SANG PREMIER

DU MÊME AUTEUR

aux Éditions du Masque

La Femelle de l'espèce, 1996
(Masque de l'année 1996)
La Parabole du tueur, 1996
Le Sacrifice du papillon, 1997
Dans l'œil de l'ange, 1998
La Raison des femmes, 1999
Le Silence des survivants, 2000
De l'autre, le chasseur, 2001
Un violent désir de paix, 2003

aux Éditions Flammarion

Et le désert..., 2000
Le Ventre des lucioles, 2001
Le Denier de chair, 2002
Enfin un long voyage paisible, 2005

ANDREA H. JAPP

SANG PREMIER

roman

calmann-lévy

ISBN 2-7021-3528-5

« Ce qu'on n'a pas, ce qu'on n'est pas, ce dont on manque, voilà les objets du désir et de l'amour. »

PLATON, *Le Banquet.*

10 octobre, environs de Boston, Massachusetts

Tony s'avança à pas comptés dans l'immense salon. Il avait bien fait d'insister pour retirer ses chaussures, il aurait maculé le blanc cassé de la moquette avec ses tennis, grisâtres de poussière, de ciment et de plâtre. Vraiment, les gens riches perdent le sens commun. Enfin, du moins ceux qui sont nés dans l'argent, et c'était de toute évidence le cas de ce mec. Parce que ça devait valoir un paquet au mètre carré, une moquette en haute laine vierge comme ça. Il le sentait à la caresse souple et pourtant résistante des fibres sous ses chaussettes. Du reste, il suffisait de jeter un coup d'œil à ce qui l'environnait. Les deux longs canapés en cuir beige, le miroir de Venise suspendu au-dessus du manteau en marbre rose de la cheminée, les toiles qui ornaient les murs ivoire, élégant mélange entre l'éclat sauvage des couleurs primaires d'œuvres modernes et la lumière distillée avec génie d'huiles plus anciennes. Tony ne s'y connaissait pas trop en peinture, en revanche, il sentait d'instinct le « Beau » et c'était beau. Beau et très cher.

Il avait tout juste terminé le chantier, avec trois jours de retard. Dans une petite quinzaine, le plâtre qu'il venait de lisser serait bien sec et prêt à recevoir deux couches de peinture. On était vendredi. Le type allait lui régler le reliquat de la somme convenue. Un chouette week-end en perspective. D'autant qu'il s'agissait d'un boulot au black, tout bénéfice.

Bon, d'accord, le client était un peu timbré, mais il ne lui avait pas pris la tête des heures durant pour obtenir une ristourne. C'est classique : ils sont toujours tous d'accord sur le prix au début, et ensuite ils commencent à renâcler, à marchander. Mais avec le type en question, il n'y avait rien eu à redire.

Un abri antiatomique... J'te jure! Ces gens-là oublient qu'il faudra bien en sortir un jour et que les réserves d'air, d'eau potable et de bouffe ne seront pas éternelles. D'autant que s'ils balancent une bactérie pathogène bien résistante, elle sera toujours là. Tony avait entendu ça un jour à la télé. Il paraît qu'il existe des bactéries qui peuvent persister des années durant dans l'environnement, plongées dans une sorte de dormance. Le genre de sales bêtes capables de résister à une ébullition. Mais bon, après tout, ce n'était pas son affaire, il avait fait ce qu'on lui demandait, un point c'est tout. Cependant, le client devait quand même craindre qu'on ne le prenne pour un fêlé puisqu'il avait lourdement insisté sur le fait que cet aménagement devait rester confidentiel. Ou alors, il redoutait une déferlante d'invités inopportuns le jour où ça tomberait. Le caisson n'était prévu que pour une personne, deux au maximum, mais en ce cas les réserves seraient réduites d'autant. Selon Tony, il fallait être un brin ravagé par la paranoïa pour se faire construire un truc pareil. Et si ce mec était parano à l'égard d'une improbable attaque atomique sur le sol américain, il devait l'être aussi pour le reste. Il n'avait pas à se faire de bile, le jeune maçon le lui avait assuré. Après tout, on ne clame pas sur les toits que l'on se remplit les poches au noir. Les gens sont si mauvais, si jaloux. Il paraît qu'une bonne moitié des redressements fiscaux sont lancés après une dénonciation anonyme. Sa mère avait raison, à ce sujet comme pour le reste : « Tu veux être peinard ? Ferme ta gueule ! » Ça tombait pile, Tony n'était pas du genre bavard. Même en thérapie, il ne parvenait pas à l'ouvrir. Pourtant, Dieu sait qu'il avait hésité, pesé le pour et le contre, avant de prendre rendez-vous chez ce psychothérapeute. Celui-là précisément, pas un autre. Il avait déchiré le papillon portant son adresse du panneau de liège « petites annonces » d'une librairie. Une librairie spécialisée de Hanson Street, à deux pas de Washington Street. Il aimait bien cette boutique, pleine de livres qu'il ne lirait jamais, puisque la littérature c'était pas trop son truc. Il avait un peu de mal à comprendre les phrases longues. Des pages et des pages de phrases, sans dessins. Attention, ce n'était pas qu'il ne savait pas lire. Disons juste qu'il avait un peu désappris à force de ne pas s'exercer. Il devait déchiffrer les lettres à mi-voix parce que le silence de sa tête formait comme un écran de ouate. Les mots s'y perdaient. Il avait maintenant besoin de les entendre pour les assimiler.

Le type, là, il lisait vachement. À chaque fois que Tony était remonté de la cave pour s'assurer d'une exigence, vérifier un détail, il l'avait trouvé avachi dans un siège, un livre ouvert entre les mains. Et de vrais livres, parfois des vieux volumes reliés, pas des trucs marrants, ni des magazines. Même – il y avait de cela trois ou quatre jours –, il avait été rudement embarrassé : le client était à poil, allongé sur un des canapés de cuir beige, un bouquin à la main. Complètement à poil. Un super beau mec, d'ailleurs. Enfin, le peu que Tony en avait vu, puisqu'il avait aussitôt baissé le regard.

Une gêne nerveuse l'envahit à ce souvenir. Oui, vraiment un très, très beau mec. Large d'épaules, baraqué mais mince, longiligne presque, de fins muscles précis et puissants jouant sous une belle peau mate. Grand. Brun, très brun. De magnifiques cheveux bouclés encadraient son visage. Il avait un sourire... un sourire ravi, comme un gosse, qui étirait ses lèvres, découvrant à peine de belles dents. Et puis il renversait la tête sur le côté et le sourire lui tirait les paupières vers les tempes. Ouais, le genre qui doit tomber toutes les gonzesses.

Tony avait tenté de maintenir son regard rivé à la pointe de ses chaussures de chantier. En vain. Ses yeux avaient frôlé la courbe d'un mollet, les cuisses galbées, presque des cuisses de femme... le sexe non circoncis, hâlé, puissant d'une veine affleurante naissant du pubis pour courir le long de la verge. Il était partiellement épilé, un court trapèze très brun jetait une ombre troublante sur son bas-ventre.

Une sorte de vide douloureux avait aspiré l'abdomen de Tony. Un vertige. Il avait résisté de toute sa volonté.

Peut-être même les mecs... sûrement les mecs. Eux aussi, il devait les tomber. Mais il était sans doute du genre qui ne se rend compte de rien. Son psy aurait rétorqué : « Du genre qui refuse de s'en rendre compte. » Enfin, du moins si Tony avait ouvert la bouche pour lâcher cinq mots. Parce que après huit séances, tout ce qu'il parvenait à faire lorsqu'il prenait une inspiration pour sortir une phrase, c'était fondre en larmes. Bordel, et il ne savait même plus pourquoi, sur qui, il pleurait. Les deux premières fois, au moins, il avait trouvé une explication convenable, satisfaisante : il pleurait sur ces années durant lesquelles il avait refusé de pleurer. Le raccourci ne fonctionnait plus. Il se détestait encore plus parce qu'il avait tant besoin de dire des trucs. D'autant que le psy ne lui faisait pas cadeau des séances, et c'était rien de le dire. Ils vous racontent tous qu'il faut payer « pour que ça marche ». Mon cul. Il faut payer pour qu'ils gagnent de l'argent, c'est aussi simple que cela. Du reste, ils ont bien des patients qui sont remboursés par leur assurance maladie, parfois même par la mutuelle de la boîte qui les emploie.

Selon Tony, les psys remplaçaient les prêtres, avec un gros avantage, celui de l'absence de jugement moral, ou plutôt du jugement d'une morale. Finalement, il aurait pu se déboutonner, se répandre – puisqu'il en était à ce stade – devant le père Francis de San Michaele, l'église au coin de Snowhill Street et de Prince. Non, abruti, bien sûr que non. Sa mère était très active auprès du vieux prêtre, et très pieuse. Depuis qu'elle avait délaissé St. Leonard's dans Bennett Street – la plus vieille église italienne de Boston – sous prétexte que son nouveau curé un peu progressiste, un jeune, « avait des idées de foldingue », elle s'accrochait au père Francis comme à sa dernière bouée. Certes, ce dernier aurait respecté le secret de la confession, mais il était âgé, et perdait parfois un peu les pédales. Une indiscrétion involontaire, un mot malheureux... Ça tuerait sa mère. Ça la tuerait d'apprendre que son fils unique était pédé. Même s'il lui expliquait que, d'abord, il avait refusé de le croire et qu'ensuite, contraint à l'évidence, il avait tenté de lutter de toutes ses forces, c'est sûr qu'elle en mourrait de chagrin. Alors il avait discrètement arraché le petit papillon dans cette librairie gay de Hanson Street. Il voulait comprendre pourquoi, voilà la seule phrase qu'il avait réussi à sortir au petit blond poupin qui l'avait reçu. Le psy lui avait répondu :

– Je n'en ai pas la moindre idée, et ce n'est pas ce qui importe. Hormonal, environnemental, génétique, ou un cocktail, toutes les théories ont été avancées, sans succès. Ça nous a valu – ça nous vaut toujours – un nombre impressionnant d'internements abusifs, de grillés aux électrochocs, de zombies assommés aux psychotropes, de tabassages divers et variés, et de suicides. Je passe sur les exécutions sommaires qui se pratiquent dans certains pays et je ne compte pas ceux qui, chez nous, sont contraints à la schizophrénie volontaire dans leur monde professionnel ou familial, et qui se sentent coupables parce qu'ils mentent à tout le monde, notamment à ceux qu'ils aiment. Voyez-vous, Tony, mes ambitions sont limitées : vous permettre de vivre, et ça signifie s'accepter.

Rigolo ! Lui, le psy, il s'en foutait... Même que c'était devenu son fonds de commerce, les pédés. Mais Tony... Et ses potes, les voisins, surtout sa mère, qu'est-ce qu'il devait leur raconter ? Qu'il était une tantouze ? Qu'il se faisait mettre ? Et pourquoi pas des pompes à talons hauts et des bigoudis, tant qu'on y était ? Attention, ce n'était pas qu'il trouvait les femmes inférieures, mais bon... c'était pas la même chose, quoi.

Tony n'avait pas espéré un miracle, mais au moins une explication ou une logique. On peut discuter une logique, on peut aussi s'y raccrocher, voire s'y opposer. Il n'y en avait pas. Rien qui puisse expliquer pourquoi les quelques fois où il s'était fait un mec – le plus souvent dans des toilettes –, juste avant de lui en vouloir, de se haïr et de fuir, il avait eu la fulgurante impression d'être enfin arrivé chez lui.

Il toussota, embarrassé. Le client lui tournait le dos, il lisait. Heureusement, il était habillé. Il portait un pantalon de cuir noir et un large tee-shirt bleu pétrole. Merde, ce mec était parfait, de partout.

Cordell avait joué avec la question. Du moins s'était-il donné cette peine.

Il n'existait qu'une solution au problème. Il soupira. Non qu'il fût ennuyé de la mettre en application. C'est juste qu'il n'aimait pas se sentir contraint par des données qu'il n'avait pas choisies. Rien de plus.

Il se leva, s'étirant avant de se tourner vers Tony, un sourire contrit aux lèvres.

Puisqu'il fallait en passer par là...

« *Homo homini lupus* *. »

THOMAS HOBBES, *Du citoyen*.

* « L'homme est un loup pour l'homme. »

10 octobre, FBI, base militaire de Quantico, Virginie

Dougray J. Doyle reposa le mémoire qu'il venait de parcourir sur la pile, neuvième version des mêmes platitudes que les précédents. Une médiocrité polie, se déclinant avec une belle aisance. Que venaient au juste chercher la plupart de ces jeunes gens dans le cours de criminologie qu'il dispensait à l'université de Virginie ? Des réponses ? Il n'en existait aucune qui fût interchangeable. Des recettes de pensée ? Elles stérilisaient l'esprit humain, le privant de toute sa versatilité. Un papier de fin d'année attestant qu'ils avaient engrangé un diplôme supplémentaire, peut-être ? Sans doute la réponse que Dougray aurait préférée. Un diplôme, c'est carré, objectif, et si ça manque d'imagination, ça peut toujours servir. Tous les ans le même petit pincement d'inquiétude, d'exaltation aussi, lui revenait lorsqu'il affrontait pour la première fois sa nouvelle promotion. Derrière quel front, quel regard se cachait un esprit de recherche, de doutes ? À quelle curiosité pourrait-il enseigner que la connaissance n'est pas un moyen d'arriver, mais de voyager, d'être. Parvenir à convaincre l'un de ces étudiants que l'intelligence se dresse afin de résister à la confortable anesthésie du « généralement admis » et du « tenu pour acquis ». Mais les lieux communs et la pensée dominante sont si puissants, si rassurants. S'ajoute à ce précieux soulagement le fait qu'ils sont l'outil grâce auquel on peut, en général, gagner le plus d'argent.

Il attrapa le mémoire suivant, laissant échapper un soupir de lassitude. Le thème imposé par Doyle cette année confinait pour lui à l'obsession : « Charly, la manipulation du rite. » Cordell Taylor-Caedon parvenait à jouer avec les symboles, les interchangeait pour mieux semer ses adversaires. Il faut être très intelligent pour retourner l'intelligence des autres contre eux. Cordell utilisait le profilage pour anéantir les profileurs.

Il jeta un regard sur le nom de l'étudiant : Henry McTigue. Ah oui, le rouquin frisé qui tripotait son crayon comme un frêle bâton de majorette, le faisant rouler entre ses doigts, levant rarement le regard vers Doyle. Un transfuge du cursus de sciences dures... Physicien ? Non, biochimiste, à moins que ce ne fût statisticien.

Dès le feuillet d'introduction, la mise en pages surprit Doyle, l'agaça aussi. Aucun effort dans la forme, qui au moins permet un survol plaisant du texte. Il parcourut rapidement les premières lignes, puis s'arrêta pour revenir en arrière et reprendre sa lecture. Où ce gamin avait-il pêché ces détails ? Les autres s'étaient contentés de reprendre les paroles de Doyle, n'hésitant pas à le citer mot pour mot, sans doute convaincus que leur scrupuleuse fidélité le flatterait. Un plan aride, presque déplaisant rythmait un propos structuré et pourtant presque hargneux. Il relut :

> *... sept ans auparavant, Helen Baron, docteur en philosophie, enfant unique d'une famille de bourgeois de Boston, épousa Cordell Taylor-Caedon. Lui était le riche héritier de l'empire cosmétique et pharmaceutique bâti par son père...*

Cordell Taylor-Caedon : une sorte de miracle, le rêve fait homme. Un début d'énervement redressa Doyle sur son fauteuil. Lui pour qui la séduction avait toujours été un don mystérieux, un regret aussi, butait sur ses coutumières utilisations. Vaincre l'autre, abuser, dominer et, dans le cas de

Cordell-Charly : tuer. L'histoire d'Helen et de Cordell avait commencé comme un séduisant roman sentimental : rien n'y manquait. Mariage aux couleurs de conte de fées, blanc et rose : jeune et jolie jeune fille épouse prince charmant. Trois ans plus tard, l'homme bouleversant assassinait ses beaux-parents et disparaissait sans laisser de traces. L'exquise Helen découvrait que son mari avait déjà à son actif une quinzaine de meurtres dont celui de sa sœur aînée, Barbara, et de ses propres parents. Le moyen le plus sûr d'anticiper son colossal héritage.

> *Si l'on exclut ces meurtres d'intérêt, tous les autres relèvent du pur bonheur, de l'absolu plaisir : celui du pouvoir, de la séduction et du meurtre. Meurtres avec danse puisque Cordell entrave ses victimes assez lâchement, pour leur permettre quelques mouvements. Slows de désir avant l'apogée : leur égorgement. Un sociopathe charmeur et létal. Un amoureux de musique, passionné d'esthétisme et d'orchidées.*
>
> *Helen changea d'identité en bénéficiant du programme de protection des témoins mis au point par le FBI. Elle se nommait à présent Julia Holmer...*

La main de Doyle s'avança en aveugle, courant sur la plaque de Plexiglas à la recherche de son paquet de cigarettes. Merde, il avait arrêté de fumer, c'est-à-dire qu'il avait arrêté de tenter d'arrêter pour se l'interdire tout à fait. La main dépitée renonça, rejoignant l'autre qui soutenait le mémoire. Helen... Fuite d'une femme qui s'était découverte étrangère en sa propre vie. Son mariage, son mari, chacun de ses instants n'avait rien à voir avec ce qu'elle avait toujours tenu pour acquis. Son existence basculait dans le monstrueux réel. Elle venait de se faire expulser de son rêve. Pensait-elle véritablement changer de chair, de souvenirs, en se débaptisant ? Sans doute pas, elle était trop intelligente pour un si inepte raccourci. Mais peut-être cet alias lui permettait-il de regarder Helen, la femme d'avant, de l'extérieur, dans le vain espoir de minimiser la douleur ? Avait-elle cru à la réalité de cet armistice qu'elle signait avec elle-même, alors qu'elle cherchait à rejoindre son ex-mari par tous les moyens, terrée dans un mobile-home qui ressemblait à un bidonville miniature, s'empiffrant jusqu'à l'obésité pour démolir les derniers vestiges de la ravissante Mrs. Taylor-Caedon ? Au demeurant, pourquoi cherchait-elle tant à remonter la piste de Cordell ? Pour l'abattre ? Peut-être. C'était du moins l'explication qu'elle se concédait. Mais pourquoi ? Par vengeance, en souvenir de ses parents massacrés ? Pour en débarrasser l'humanité ? Ou parce qu'elle se savait incapable de s'en défaire autrement ?

La sonnerie du téléphone fit bondir Dougray. Il hésita à réintégrer le monde de « l'ici et maintenant ». Mais l'appel provenait du bureau de Thomas Sturgeon qui déboulerait, inquiet, s'il ne décrochait pas.

– Thomas ?

– Je ne vais pas tarder à monter déjeuner, monsieur. Je vous attends ?

– Quelle heure est-il ?

– Pas loin de midi et demi.

– Déjà... Si votre estomac peut patienter une autre petite demi-heure, c'est d'accord.

– Vous êtes tombé sur un génie ?

– Non, mais le mémoire que je suis en train de parcourir fait remonter pas mal de choses.

– Ouh, mauvais, ça ! Bon, je temporise avec mon estomac. Je passerai vous chercher.

Un pointillé que cette brève conversation. Juste un pointillé : il replongea aussitôt dans les différentes identités d'Helen, Julia/Terry/Constance. Ces vies multiples lui appartenaient-elles un peu puisqu'il les avait sauvées, contre leur gré ? Non. Non, il ne leur avait pas épargné la boucherie. Un autre l'avait devancé : le tueur, le mari, Cordell.

Enfin, l'opportunité qu'elle avait tant attendue s'était présentée. Proposer son aide au FBI, profiter des forces colossales nées dans les souterrains de la base de Quantico, en Virginie. La nouvelle Julia Holmer y avait rencontré l'équipe du CASKU, ancienne unité des sciences du comportement, spécialisée dans la traque des tueurs en série et fait la connaissance de Dougray J. Doyle, directeur de l'unité, lui...

Le film de leur première entrevue repassa dans la mémoire de Doyle. Elle l'avait ému, presque intimidé. Pas vraiment elle, plutôt sa détermination. Il avait cru retrouver chez cette femme l'obstination désespérée de certains vaincus : perdre certes, mais refuser jusqu'au bout de se coucher. La suite devait lui démontrer son erreur.

Dougray Doyle se sentit blêmir en découvrant la phrase qui terminait le paragraphe intitulé « État des lieux » et lutta pour reprendre son souffle :

> *C'est un homme taciturne, rongé par la folie de sa femme – internée depuis la naissance de leur fils Liam, âgé de douze ans. Il élève seul le petit garçon.*

Comment McTigue était-il au courant ? Comment ce type avait-il eu accès à ces informations ? Qui, dans son équipe, s'était laissé aller aux confidences ? Il tourna la page d'un geste brutal, l'arrachant à moitié de sa grosse spirale noire, redoutant d'y découvrir d'autres révélations sur l'animosité qui avait opposé Helen à Esperanza Lorca y Fernandez, malgré le respect mutuel qui avait rapproché les deux femmes. Elles étaient dans le même camp, luttant côte à côte pour éliminer Cordell, mais Helen réveillait la mémoire d'Espy. Helen avait tout eu. Espy dérapait parfois dans ses coupants souvenirs de misère, d'enfance.

Doyle se contraignit à lire sans sauter un mot, luttant contre une impatience proche de la panique.

> *Le nouveau jeu, tel que Julia le définit sans le vouloir, fascine Cordell. Lui seul contre sa femme, contre tout le FBI ! Et il joue. Une jeune femme, agent de l'unité des sciences du comportement, est sacrifiée à son goût des parties d'échecs.*

Cory Fried, sa gentille secrétaire, égorgée par jeu. Échec et mat, blond sur rouge.

Qui était au juste Henry McTigue ?

Le but de Cordell dans cette partie ? Remonter jusqu'à Helen.

McTigue avait compris. Cordell voulait jouer la dernière manche ventre contre ventre, regard contre regard, souffle contre souffle. Gagner, bien sûr. Faire plier sa femme, la faire renoncer, se coucher, accepter tout... Et la tuer.

Doyle se détesta de céder au chantage qu'il s'imposait tout seul, déchiffrant la suite en diagonale. Ce petit merdeux était-il au courant de sa pathétique liaison avec Espy ? Lorsqu'il parvint à la dernière ligne de conclusion sans avoir rien découvert de compromettant, il transpirait. Quoi ? Une piètre indiscrétion concernant sa vie sentimentale deviendrait-elle plus effrayante que la divulgation de pans entiers d'une enquête ? S'en voulant de cet accès de lâcheté, Dougray se replongea dans l'analyse.

Un autre meurtre, peut-être le dix-septième ou le dix-huitième. La victime est une sorte de jumelle de Julia/Helen, l'obsession de son démiurge-destructeur de mari.

Susan Wuang Tong, directrice des laboratoires de biologie et de biochimie du FBI à Washington, retrouve un indice collé dans les plis du ruban adhésif qui bâillonne la jeune femme égorgée dans son appartement. Ce qui ressemble à un étroit cylindre sera identifié par le professeur Morehouse – directeur du département d'entomologie légale du Smithsonian Institute – et son adjoint William Nutt. Il s'agit d'un segment de la patte d'un grand papillon nocturne : Xanthopea morganii praedicta. *Le phalène est l'artisan de fécondation d'une orchidée : l'étoile de Bethléem. C'est la piste que le FBI recherchait pour remonter jusqu'à Cordell. Du moins la piste officielle puisque Doyle – grâce à l'expertise d'une informaticienne détachée de l'ATF*, Nina Kroeger – traque le tueur via Internet.*

* Bureau of Alcohol, Tobacco Firearms and Explosives : Bureau des alcools, tabacs, armes à feu et explosifs.

Un chagrin diffus remplaça la hargne de Doyle. Nina Kroeger avait également d'autres plans, beaucoup plus personnels : convaincre Cordell d'organiser l'élimination de Jesse-James Preston, meurtrier sadique, tortionnaire de sa compagne Beverly. Preston avait été abattu dans sa prison par des codétenus. En échange, Nina avait livré à Cordell des renseignements prouvant qu'un *copycat* avait décidé d'abattre sa femme. Une rivalité de monstres, un jeu annexe propre à fasciner Cordell. Nina en était certaine : seul lui était assez impitoyable, assez certain de son pouvoir sur tous, pour sauver sa femme. Après tout, il souhaitait tant la tuer lui-même : elle devait donc rester en vie tant qu'il n'aurait pas décidé du moment. Julia avait été sauvée *in extremis* lorsque, lasse de lutter, incertaine de trouver la force de résister encore, elle s'était offerte en holocauste.

> *Presque un an jour pour jour s'est écoulé. Julia Holmer a de nouveau bénéficié du programme de protection des témoins. Elle a quitté les États-Unis. Nul ne sait où elle se terre, en dehors de Dougray J. Doyle.*
>
> *Nina Kroeger a démissionné du FBI.*

Doyle se souvenait, en effet, avoir lâché cette information en réponse à une question. Un juron lui échappa : une des rares questions posées par Henry McTigue !

Un court chapitre, baptisé d'un inoffensif « conclusion », terminait cette synthèse.

> *C'est, selon nous, toute l'utilité du profilage vis-à-vis de Charly qui est en question. Certes, on peut disserter à loisir sur l'intelligence délétère du tueur, sur son aptitude à contourner les pièges, sur son habileté à dévoyer les symboles, mais au bout du compte, ces années de traque et de réflexion n'auront pas servi à grand-chose. Déterminer son profil psychologique devait permettre d'anticiper ses actes pour le rejoindre. Or il n'en est rien. Finalement, la seule stratégie efficace du FBI fut d'utiliser une ruse vieille comme le monde : l'appât. Cela étant, la caractéris-*

tique des appâts est de n'avoir nulle envie d'attirer le fauve vers eux. Quelle forme d'appétence pour le suicide, voire de fascination pour le meurtrier, explique l'inverse dans le cas d'Helen Taylor-Caedon ?

Un point nous paraît très obscur, sans doute parce qu'il s'agit d'une erreur intellectuelle que ne commettrait aucun bon scientifique. Il est incohérent de tenter d'évaluer un ensemble de données hors de leur contexte propre. C'est ce que les chercheurs formés aux sciences réelles nomment « le cadre de l'expérience ». Pourquoi vouloir percer les motivations de Charly en les coulant de force dans notre logique de victimes ? Il échappe à notre logique, il nous échappe donc. Réfléchir comme une victime, c'est faire avec les moyens du bord, c'est donc réfléchir aux moyens que le tortionnaire vous abandonne. Réfléchir comme Charly, c'est plier, forcer les moyens pour atteindre son but. La seule question intéressante, la seule qui puisse permettre de le rejoindre est donc : quel est son but ultime ?

Le mince mémoire cartonné de bleu cobalt valdingua dans le bureau et Doyle rugit :

– Connard prétentieux de scientifique !

Pourtant son poing s'abattit sur la plaque en Plexiglas, pourtant sa fureur se transforma en amertume. Il venait de tomber sur ce véritable esprit qu'il espérait, mais ledit esprit lui balançait à la figure qu'ils s'étaient conduits comme des abrutis durant des années.

Il le coincerait la semaine prochaine et exigerait des explications sur sa connaissance de l'enquête.

Sciences réelles... ! Connard !

10 octobre, Loch Rannoch, nord de l'Écosse

Julia frissonna. En dépit de l'espèce de coupe-vent qu'elle avait enfilé à la hâte, une bruine têtue avait fini par tremper son pull. Pourtant, elle n'avait pas froid. Pourtant, elle n'avait pas envie de quitter cette minuscule anse de galets qui avançait en pente douce vers l'eau noire du loch. Un noir si limpide, comme un cristal, reflet de l'eau pure sur les fonds de lave calcinée, souvenir de la folie ravageuse d'un très ancien volcan.

Julia inspira, bouche ouverte. Le froid piquant de l'air lui arracha une quinte de toux. Les larmes lui montèrent aux yeux, liquéfiant le mauve et le violet des collines de bruyère. Une bouffée de bonheur sans condition, sans explication. Depuis quand n'avait-elle pas été secouée par la sensation primitive du bonheur de vivre, du bonheur d'être, comme un animal ?

L'idée folle qu'elle pourrait revivre ici.

L'idée incohérente que ce relief si laminé par les ères de glaciation, puis de réchauffement, si peuplé encore par les fantômes des hordes barbares, romaines, puis chrétiennes, sécrétait une sorte d'élixir. Il avait accouché dans la démesure de sa jeunesse de dieux étranges qui n'auraient pu naître ailleurs. Une longue femme pâle, une épée plaquée contre le ventre, reposait toujours dans les eaux d'un lac. On prétendait – en souriant à demi – qu'un signe, un jour, la ferait se redresser, brandir la lame épaisse pour l'abattre sur les vandales de paix. Certains affirmaient qu'elle s'était endormie dans le sanctuaire du loch Katerine. Mais Julia préférait penser que les eaux du loch Rannoch la berçaient, à quelques mètres d'elle.

L'idée salvatrice que ces lacs, ces rapaces volant si haut pouvaient la ramener à sa vie.

Peut-on à nouveau être traînée dans la vie par la vie, presque à son corps défendant ?

Un minuscule souvenir lui revint. Un éclat de sa vie d'avant. D'avant *avant*, lorsqu'elle tentait de convaincre une classe d'étudiants que la Pensée est l'ultime rempart de l'Homme. Ce *delicatessen* dans lequel elle achetait un sandwich au pastrami tiède, légèrement salé par des tranches de ces énormes cornichons en saumure. Le patron – un vieux monsieur jovial et chauve dont la rondeur sanglée dans un grand tablier de coton blanc était une indéniable publicité pour ses produits – semait ses phrases de mots étranges et chantants. Russes, hongrois, yiddish, bulgares, tant de fleuves, tant de notes, tant de mots. Il concluait toutes ses phrases volubiles d'un : « Bah... la vie vit », offrant dans la foulée la version originale en yiddish. Sur le coup, Julia avait souri, songeant qu'il s'agissait là d'une savoureuse conjonction de mots, juste de l'acrobatie verbale d'une langue symbolique et subtile.

Et si la vie vivait vraiment ? Si elle n'était pas simplement une caractéristique temporaire de la matière biologique, mais une entité ? Si nous étions parmi les réceptacles qu'elle se choisit ?

La vie viendrait, vous prendrait, vous lâcherait, de gré ou de force.

La vie s'inoculerait comme un puissant virus.

Avait-elle, à nouveau, contracté la tenace maladie de vie ?

10 octobre, Logan International Airport, Boston

Louisa-Mae Shepard patientait depuis une bonne dizaine de minutes devant la porte coulissante en verre épais qui libèrerait sous peu les passagers en provenance de Tananarive.

Huit heures plus tôt, l'appel de leurs collègues malgaches les avait tirés de leur routine. Des mois qu'ils pistaient ce réseau de contrebande de pierres précieuses. Les gemmes en provenance d'Afrique franchissaient le canal du Mozambique sur de frêles embarcations, puis partaient de l'aéroport de Tananarive à destination de New York, San Francisco, Boston, voire Londres, Paris, Hambourg ou Madrid. La contrebande de pierres précieuses est une des plus difficiles à pister : énormément d'argent – indétectable par des chiens – sous un faible volume aisément dissimulable. Presque impossible à coincer, à moins d'informations précises. Sans compter que les cachettes les plus déroutantes, parfois les plus pathétiques, abondent. Des diamants bruts enveloppés d'un morceau de feuille de bananier, fourrés dans un anus ou dans un vagin, ou avalés jusqu'à l'émission dans les selles, en priant pour que la feuille ne soit pas abîmée, découvrant des arêtes de carbone impitoyables, capables de dilacérer n'importe quel tissu biologique.

Le client d'aujourd'hui était un gros poisson. Il utilisait un vieil attaché-case en vinyle noir – surtout pas d'élégants bagages qui risquaient d'être éventrés et inventoriés par les employés indélicats des compagnies aériennes.

La jeune douanière malgache que Louisa-Mae avait eue au téléphone lui avait expliqué qu'ils avaient préféré laisser s'envoler le client, craignant qu'il ne bénéficie d'appuis insoupçonnés à Tananarive. Elle l'avait décrit : grand, émacié, cheveux poivre et sel coupés court, yeux gris, une petite cinquantaine. Le nom qui figurait sur son passeport australien était Neil Foster.

Louisa-Mae Shepard le repéra. Il venait de récupérer ses bagages : une vieille valise à coque rigide et un attaché-case en synthétique, qui avait connu des jours meilleurs. Lui, en revanche, était élégant sans ostentation. Un grand type coiffé en brosse, mince, vêtu d'un pardessus en poil de chameau à col châle.

Elle adressa un discret signe d'intelligence aux trois douaniers qui patientaient un peu plus loin. Ils se rapprochèrent aussitôt de leur cible qui jeta un coup d'œil instinctif derrière lui, évaluant sans doute les opportunités de fuite. Il n'en existait pas. Les trois hommes entourèrent le voyageur selon une tactique bien rodée : un de chaque côté, le dernier derrière son dos. La jeune femme patienta le temps qu'ils parviennent au bureau de fouille intégrale et d'interrogatoire.

Lorsqu'elle les rejoignit, elle comprit à la moue agacée et déçue de ses collègues que quelque chose n'avait pas fonctionné. Le plus âgé, Mitch, haussa les épaules et tendit la main vers l'attaché-case ouvert sur le bureau : vide. Le passager, Neil Foster, était assis bien droit sur une chaise. À l'arrivée de la jeune femme, il lâcha d'un ton courtois mais ferme :

– Écoutez, je comprends parfaitement que vous soyez vigilants, c'est même plutôt rassurant, mais il ne faut pas exagérer ! Fouillez tout et laissez-moi repartir, je suis déjà en retard.

Un pro. Pas un de ces petits cons qui la ramènent et fanfaronnent, satisfaits d'avoir joué un sale tour aux flics.

Shepard jeta un regard rapide au contenu de la valise répandu sur une paillasse en aluminium et détailla l'intérieur de la mallette. Rien, à l'exception d'un grand bloc-notes et d'une carte de la ville de Boston. Pourtant, l'aménagement intérieur du bagage était étonnant. Les parois internes étaient recouvertes d'une épaisse couche de mousse alvéolée sur laquelle étaient scotchés une dizaine de petits carrés orangés. Elle pointa l'index vers l'un d'eux et demanda :

– C'est quoi ?

– Des carrés d'éponge.

– Ah oui ?

– Oui, comme vous pouvez le vérifier sur mes papiers, je suis dans le négoce des œuvres artisanales... poteries, statues en terre cuite, et bijoux ethniques, ce genre de choses. (Une idée sembla lui traverser l'esprit, et il compléta.) Il ne s'agit pas de contrebande d'œuvres d'art, mais de créations récentes. En fait, je suis un représentant de commerce international, si l'on peut dire. J'achète des pièces un peu partout dans le monde et j'essaie de les vendre dans d'autres pays. Il faut maintenir une ambiance un peu humide pour éviter que les terres cuites s'abîment, surtout dans le froid des soutes. On risque des fissures... invendable. Il suffit d'imbiber les carrés d'éponge avec un peu d'eau. Comme une cave à cigares.

Louisa-Mae fournit un gros effort pour dissimuler la vague de découragement qui l'envahissait. Merde. Le type disait sûrement la vérité parce que ces carrés n'auraient été d'aucune utilité avec des éclats de carbone pur, ou même avec de la came. Quelque chose de très vague lui picota le nez, comme une odeur de naphtaline. Le pardessus de l'homme, sans doute.

Leurs confrères de Tananarive avaient dû se planter. Elle devait présenter des excuses polies au type et le raccompagner. Une autre journée de fichue.

10 octobre, Fredericksburg, Virginie

Nina Kroeger se releva du futon sur lequel elle était à moitié allongée. Elle referma, un peu consternée mais satisfaite, le rapport d'audit qu'elle épluchait depuis une bonne heure. De l'enfoncement de portes ouvertes à la sauce psycho-bazar, le tout pour la modique somme de 50 000 dollars. L'évidence s'y démontrait comme s'il s'agissait de découvertes cruciales. En général, lorsqu'un service ne fonctionne pas en dépit de la compétence des employés, c'est qu'ils ne s'entendent pas, qu'ils ne sont pas valorisés, ou encore que la répartition des tâches est mal organisée. Il est clair que résumées en trois phrases, ces conclusions ne valaient pas 50 000 dollars, alors qu'étalées sur cent vingt feuillets reliés de carton fort, ça prenait de la valeur. D'un autre côté, elle n'allait pas bouder son plaisir. Elle n'avait jamais gagné autant d'argent que depuis sa démission du Department of Justice, et plus spécifiquement de l'ATF.

Nina finissait par se demander si ce n'était pas pour cette unique raison que pas mal de clients la payaient si bien : soulever des évidences que nul n'ignorait à moins de posséder un QI de moustique, dispenser en échange la preuve extérieure – donc *a priori* objective – que quelque chose ne fonctionnait pas et méritait d'être remanié. Les experts se transforment en alibis et en parapluies. En fusibles aussi.

Ils n'y peuvent pas grand-chose. Si un dirigeant prend une décision impopulaire, il passe pour un tyran. S'il la cautionne par un rapport d'expertise, c'est un manager conscient de ses limites. De surcroît, si le remaniement échoue, il peut coller l'erreur sur le dos des experts. Ça vaut bien 50 000 dollars.

Elle soupira et s'encouragea à l'objectivité : peut-être aussi que, le nez collé sur une réalité, on finit par mal la percevoir. La seule solution consiste alors à rechercher un regard extérieur.

Au fond, autant se l'avouer : elle leur en voulait. Le problème, c'est qu'il s'agissait d'un « leur » générique, si flou... Elle en voulait à ce monde où l'argent peut couler à flots mais se tarit lorsqu'il s'agit de sauver des vies anonymes, celles qui ne rapportent rien. L'infantilisme de cette revendication l'agaça aussitôt : si les bons sentiments pouvaient sauver le monde, ça se saurait.

Quoi qu'il en fût, elle avait fait très fort :

> *Il y va de la lisibilité de l'entreprise. Dire ce que nous sommes, ce que nous faisons. Extrapoler notre culture vers le futur, tout en intégrant notre passé. Au-delà du signifié, attacher une importance nouvelle aux signifiants qui doivent nous véhiculer dans l'esprit de nos clients, mais également de nos concurrents. Rechercher des métaphores dynamiques – avant tout des transferts de dénomination.*

Son client du moment était une grosse entreprise de charcuterie industrielle qui fournissait les collectivités. Cela étant, elle rendait un service appréciable aux publicitaires qui travailleraient ensuite pour la boîte. Dans un monde qui rêve de manger de la viande en étant végétarien, et que les saucisses poussent enfin sur les arbres afin qu'on n'égorge plus de mignonnes Piggy, leur emblème – une tête de cochon vagissante – ajoutait l'obsolescence au politiquement incorrect. Le beurre et l'argent du beurre, la chair sans l'agonie, la guerre sans les morts. Un besoin de douceur jusqu'à l'aveuglement.

Beverly était végétarienne. Nina, par amour, par amusement, avait bien tenté de s'y conformer, mais la vue d'un *T-bone* saignant la faisait saliver de convoitise. Bev expliquait que, puisque sa physiologie d'adulte pouvait se passer de chair, elle refusait que l'on tue pour elle. Un dégénéré l'avait massacrée comme on n'abattrait plus un animal. Un de ses cousins éloignés avait dit, juste après la crémation du corps merveilleux, torturé pour satisfaire les fantasmes de domination d'un enfoiré : « Elle a passé si vite. » Une admirable métonymie, à ceci près qu'elle était restée longtemps entre les pattes du tordu de Preston. Nina refusait d'imaginer le nombre d'interminables minutes, heures, que Beverly avait endurées. Une lâcheté nécessaire au sauvetage de sa santé mentale.

Nina avait orchestré la mort du bourreau sadique avec un soin, une précision chirurgicale. Cette élimination – car elle était au-delà d'une vengeance – ne l'avait pas dédommagée. Elle ne l'espérait pas. Mais elle l'avait soulagée, lui permettant d'atteindre enfin cette belle et terrible douleur du deuil. Sans doute une des exceptions les plus magnifiques et les plus cruelles de l'espèce humaine : la souffrance, le souvenir de l'amour mort.

Après sa démission de l'ATF et son départ du FBI, où elle avait été transitoirement déplacée, Nina avait songé à vendre le trois pièces lumineux qu'elle venait d'acheter, à quitter la ville, à quitter l'État. L'ineptie d'une telle précipitation lui était vite apparue. Cet appartement était vierge de souvenirs communs. Bev ne l'avait jamais occupé de ses petites manies loufoques et hilarantes. Elle ne l'avait pas parcouru des soirées entières, sa boussole *feng shui* à la main, pour déterminer la place cruciale d'une plante à feuilles découpées, lesquelles, avait-elle expliqué à Nina, envoient les *chi* néfastes lorsqu'elles sont positionnées de façon inadéquate. Elle ne l'avait pas peuplé d'elle, de ses sourires qui faisaient fondre

Nina, de ses foulards et de ses bracelets qu'elle semait partout, comme des petits moments d'elle-même.

Nina avait donc décidé de rester à Fredericksburgh. Pourquoi pas ici plutôt qu'ailleurs ? Elle avait été rapidement embauchée par une des grosses boîtes de consultants de l'État. Une informaticienne haut de gamme, doublée d'une analyste diplômée de psychologie, triplée d'une célibataire sans enfant pouvant travailler douze heures par jour, ça ne se refuse pas.

Depuis, elle n'avait gardé que fort peu de contacts avec son ancien univers de Quantico. Elle avait dîné en ville à trois reprises avec Lorca, été invitée à un barbecue dominical par Thomas Sturgeon. L'attitude d'Esperanza l'avait un peu attristée. Comme Dougray Doyle, Lorca savait que Nina avait aidé à l'élimination de Michael Baghurst, leur ancien collègue. Elle n'ignorait pas non plus que Nina avait mis au point le meurtre de Preston, grâce à la complicité amusée de Cordell Taylor-Caedon. Lorca était de la même race qu'elle, et si elle n'approuvait pas cet « effacement », cet homicide par procuration, elle le comprenait. La mort de Preston ne devait pas l'empêcher de dormir, au contraire.

Pourtant, si Nina avait espéré entretenir une relation, non pas d'amitié, mais du moins de cordialité, elle avait été déçue. Espy était mal à l'aise en sa compagnie. Son insistance à rester dans des banales conversations, ses retards au restaurant, son maintien raide, et surtout le fait qu'elle oubliait le plus souvent de réagir aux rares appels de Nina en témoignaient. Quoi ? Que craignait-elle ? Que Nina ne lui fasse des avances ? Il faudrait alors lui expliquer avec tact qu'elle ne risquait rien, même si elle y mettait du sien. À bien y réfléchir, cette explication ne collait pas. En dépit du fait qu'elle semblait avoir fréquenté un nombre impressionnant de draps étrangers, Lorca était plutôt du genre à rembarrer vertement un importun ou une importune...

Non, sa gêne palpable venait de leur court passé commun

dans les souterrains aveugles du Jefferson Building, pas de Nina. Nina, une intelligence, une perspicacité, une mémoire. Nina, témoin désolé de la débâcle amoureuse d'Espy vis-à-vis de Dougray Doyle. Espy rejetée alors que pour la première fois de sa vie, peut-être, elle s'offrait. Espy qui trouvait enfin le courage d'affronter sa peur de l'autre, pour s'apercevoir qu'il était trop tard.

Merde, quel gâchis. Gâchis partout. Saccage de la mort, saccage de l'abandon, saccage de nos peurs, saccage des vies qui ne se croisent jamais au bon moment, jamais au bon endroit.

Mais merde, à la fin ! Arrêter de constater les saccages. Se bouger un peu. Lutter contre la progression du ravage.

Un accès de rage la jeta sur le téléphone. Une voix lasse répondit après quatre sonneries. Lasse et pas tout à fait sobre :

– Ouais ?

– Espy ? C'est Nina. J'ai une excellente bouteille de bordeaux, un paquet de spaghettis tout neuf, et une sauce bolognaise surgelée. J'arrive dans un quart d'heure.

– Euh... Ben... Non, parce que...

– Quoi ? Ne me dis pas qu'il y a quelqu'un chez toi. Personne n'y habite, pas même toi.

– Non... Non, qu'est-ce qui se passe ?

– Rien de particulier. Mais je me disais qu'on pourrait créer un groupe « d'entraide et de parole »... à deux. Tu vois, genre double « A » pour alcooliques anonymes.

– Je n'ai pas envie d'arrêter de boire et je ne sais pas très bien parler.

– Moi non plus, justement, on va s'entraîner.

Nina eut l'impression qu'un soulagement minuscule teintait la réponse de l'autre :

– Et on l'appellerait comment, notre groupe de parole ? C'est important, le baptême.

– Juste, mais je suis experte en représentation symbolique maintenant. Les double V.

– Pour water-closets ?

– Non... Pour veuves vulnérables.

Un silence, puis la voix plus grave de Lorca :

– Joli... Pas gai, mais très adapté. Si je trouve une casserole, je fais chauffer de l'eau.

Nina allait raccrocher lorsque la voix d'Espy interrompit son geste :

– Nina... ?

– Oui ?

– Tu ferais quoi ? Trésorière, secrétaire générale ou présidente de l'assoce ?

– On va tirer au sort. Mais tu as raison, faut se donner des statuts.

– Je suis contente que tu m'aies appelée.

10 octobre, environs de Boston, Massachusetts

– C'est fini, alors ?

La voix grave, un peu amusée, repêcha Tony très loin, à quatre mètres du sourire. Il sursauta et se sentit rougir comme un imbécile. Bordel, qu'il était beau ! La quarantaine, et ce jean en cuir qui lui allait à merveille. Pieds nus. Ce détail frappa Tony. De longs doigts de pied mats, à plat, sans hésitation ni crispation nerveuse, sur la moquette claire. Tout chez ce type respirait l'aisance d'être, de vivre, de bouger. Il était bien dans sa peau, il l'aimait et elle le lui rendait.

Tony parvint à retrouver assez de maîtrise pour murmurer :

– Euh... oui. Vous voulez faire une petite inspection ?

– Bien sûr.

L'homme passa devant lui. Lorsque les effluves légers de bois de santal lui frôlèrent le visage, Tony ferma un court instant les paupières de confusion. Ils dépassèrent l'immense serre qui flanquait la maison. Une cage de verre et de fer forgé luxueuse qui abritait une jungle d'orchidées rares et difficiles. Tony y avait risqué un œil indiscret quelques jours auparavant. Des vagues vanillées, mêlées d'odeurs plus charnelles, l'avaient assailli. Un cataclysme de couleurs, d'odeurs, de sons aussi. Le frémissement des feuilles lourdes et grasses sous la pluie fine de l'arrosage. Parfois, une sorte de trêve, comme un soupir végétal. Très vite, un malaise l'avait gagné et il avait précipitamment rejoint sa cave et son abri. Un truc bizarre, comme s'il venait d'assister à une scène extraterrestre, une scène de voracité. Les fleurs cascadaient des vasques suspendues aux poutrelles métalliques de la voûte en verre ou sinuaient sur les planches en bois supportant les jardinières et les pots. Elles rampaient, se coulant, explosaient d'arrogance et de somptuosité. Certaines se paraient de masques carnassiers ou méprisants, d'autres d'auras angéliques. L'histoire d'un des rares bouquins qu'il ait jamais lus, un roman de SF, lui était revenue. Un machin pas mal délirant, une planète dominée par des végétaux intelligents, décadents et sadiques.

Comme s'il pénétrait ses pensées, le client déclara :

– Vous avez visité la serre.

Ce n'était pas une question.

– Euh... Non... j'ai jeté un œil, comme ça, en passant.

– Oui, je sais, plaisanta l'homme. La maison est *intelligente*, comme on dit maintenant. Le système de surveillance est très au point, jusque dans la serre, fliquée par des détecteurs d'entrée, ainsi que par des capteurs volumétriques et infrarouges, qui déclenchent des caméras en cas d'intrusion. C'est assez marrant... J'aime beaucoup les gadgets technologiques... lorsqu'ils fonctionnent, sinon rien n'est plus exaspérant... peu importe. Il faut que je vous emmène faire le vrai tour du propriétaire avant que vous ne partiez. Vous aimez les orchidées ?

– C'est super beau, on peut pas dire... Mais...

– Étrange et beau jusqu'au malaise aussi, n'est-ce pas ?

Était-il devenu soudain transparent pour ce type ? Il bafouilla :

– Ben... un peu, oui.

– Selon moi, c'est l'évidence du sexe. Aucune fleur n'est plus... sexuée que l'orchidée. Elles l'utilisent, le détournent, le piratent pour assurer leur propre reproduction. Ce sont de sublimes escrocs. Grisant, n'est-ce pas ? Angoissant aussi, je vous l'accorde... Mais c'est meilleur comme ça, non ?

Une tension soudaine électrisa la colonne vertébrale de Tony. Avait-il compris ? Se racontait-il une histoire ? Pouvait-il, devait-il, supporterait-il ? Merde ! Ses cellules répondirent pour lui et il leur en voulut terriblement. D'abord un gouffre au creux du ventre, comme si sa force l'abandonnait. Puis l'énergie qui se concentrait plus bas, vers son sexe, qui le tendait, lui faisant remonter les nerfs à fleur de peau.

La visite de l'abri fut courte : le client était satisfait, très satisfait. Surtout, Tony sentait que depuis quelques instants lui-même était ailleurs que dans ces quelques petits mètres carrés de tanière antiatomique, protégés par une coque en béton spécial de plus de cinquante centimètres d'épaisseur, elle-même doublée d'une lourde couverture de plomb.

L'homme lui tendit une enveloppe remplie de billets : le solde de la somme convenue, plus un petit bonus. Il le pria de recompter. Tony s'exécuta mais dut s'y reprendre à trois fois, se perdant dans le compte. Comme il fourrait l'enveloppe dans la poche arrière de son jean, une main se posa sur son torse et il crut qu'il fondait en larmes parce que le geste était parfait, parce qu'au fond il n'attendait que cela depuis quelques interminables secondes.

– Viens.

– Je... je peux pas.

– Mais si. Ferme les yeux. Je te conduis.

Le son, les odeurs vanillées mêlées à celles de l'humus et des copeaux de résineux. Il rouvrit les yeux. La serre, ils étaient dans la serre. Un murmure le fit frissonner :

– Encore quelques pas. Là-bas, il y a une bâche. Cela sera plus confortable que la terre.

Une houle de panique figea Tony. Il aurait pu mettre un mec dans des chiottes, le retourner contre le mur barbouillé de graffitis obscènes, parce qu'au fond il avait décidé que c'était tout ce qu'il méritait : du sexe à la sauvette. Il l'aurait traité de salope, de pouffiasse pour oublier sa terreur. Mais là, là... Pas ce mec, pas celui-là, pas dans cette maison magnifique, pas dans ce parfum, pas dans cette lumière.

– Je... je ne sais pas... je... comment... ?

Un sourire radieux, un index qui se posait sur le sillon joignant la base de son nez à la lèvre supérieure. L'homme précisa :

– Peu importe. Comme tu veux, comme je veux. Pour le plaisir d'un moment, rien d'autre.

Toutes causes absoutes, toutes craintes dissoutes. L'éblouissement d'un instant qui lui parut soudain suffisant pour le rembourser de ces années d'avidité et de culpabilité. L'homme nu, à genoux devant lui, qui embrassait son ventre, dessinait son sexe de sa langue. Puis, plus tard, lui à genoux à son tour. Puis, encore plus tard, les belles cuisses de l'homme trempées d'une fine sueur le retenant prisonnier, complaisant, vaincu autant par lui que par l'autre. Toute peine atténuée, diluée.

Puis le froid, l'imminence d'un abandon déchirant lorsque l'autre se releva bien après, tendant une main à Tony pour l'aider à le rejoindre.

Il déclara d'un ton paresseux :

– Je suggère une bonne douche, suivie d'une coupe d'excellent champagne.

La confusion délicieuse qui régnait dans le cerveau de Tony l'empêcha de répondre. Un incommensurable désordre d'idées. Mais pour une fois, le désordre était lumineux.

La douche était presque brûlante et les jets multiples picotèrent la peau de Tony. Une sensation assez bouleversante : sa peau ne lui appartenait plus tout à fait, elle était encore un peu à l'autre. On aurait dit qu'elle s'irritait de sa récente séparation d'avec un épiderme différent.

Il avait tant envie de dire quelque chose à cet homme, de le remercier aussi, mais comment y parvenir, comment trouver les mots sans avoir l'air d'un abruti ? L'autre le comprit-il ? Il murmura contre son oreille :

– Chut... Tout à l'heure. Tourne-toi, je vais te masser le dos.

Tony s'exécuta. Il avait rêvé de ce moment, il en était certain.

Il ne vit pas la main hâlée se tendre, les longs doigts attraper un objet dans les petites niches aménagées au creux des parois de mosaïque ocre de la cabine, qui abritaient les flacons de gel douche, les gants de crin et les shampoings. Il ne vit pas la lame trempée du rasoir s'approcher de sa nuque. Il s'écroula, la gorge tranchée, cherchant toujours ses mots, ceux qui devaient décrire la perfection du moment d'avant.

Cordell rinça la lame sous le jet puissant de la pomme de douche centrale et patienta une bonne minute, bloquant le jeune homme sous ses genoux, guettant l'arrêt des mouvements saccadés de ses jambes. Il ouvrit ensuite l'eau en grand, attendant que le sang se dilue. Il contempla la nappe rouge vif, puis rosée, qui colorait ses pieds.

Une moue de déplaisir lui fronça les sourcils. Cet épisode ne l'avait pas comblé, pas même distrait. Il avait d'abord songé à abattre le maçon sur la bâche – installée la veille dans ce but – juste après un dernier orgasme, puis avait opté pour la douche. Plus facile à nettoyer.

Certes, le jeune homme l'avait rassuré sur sa discrétion, et Cordell avait deviné le reste à quelques involontaires confidences. On lui résistait mal... car on n'avait pas envie de lui résister. Il aurait fait un prodigieux espion. Tony était un solitaire par nécessité, qui de son propre aveu vivait assez isolé. Un pédé qui ne parvenait pas à s'accepter, que son appétence pour d'autres hommes dévalorisait, minait, puisqu'il était d'une éducation où les mâles mélangent virilité et objet du désir, voire positions. Sans doute aplatissait-il les femmes sous lui. La position dominante : dessus, toujours dessus. Ce n'est pas la plus propice au plaisir, ni pour l'un, ni pour l'autre, mais le sexe est si souvent démonstration de pouvoir, même inconsciente... Cordell n'avait pas choisi Tony, enfin si, mais seulement afin de construire l'abri.

En ce moment, il était surtout obsédé par les femmes, un certain type de femmes, la sienne. Cela étant, cette petite addition à la vaste demeure devait rester strictement confidentielle. Et nul n'est plus fiable qu'un mort.

10 octobre, Loch Rannoch, nord de l'Écosse

Julia soupira de soulagement en pénétrant dans sa chambre afin de se rafraîchir avant le dîner : on avait oublié de garnir la petite corbeille en osier de shortbreads et d'oatcakes maison. Tant mieux, car elle se serait fait un devoir de les avaler et son dîner en aurait pâti.

Rafraîchir : le terme était amusant. L'automne arrivait si tôt dans cette région que les gens, les maisons, les animaux s'emmitouflaient dès la fin de l'été, attendant avec une obstination enjouée le passage de l'hiver, puis l'arrivée d'un nouveau et court printemps.

Tout ici était taillé pour la résistance : au froid, à la pénurie, à la splendeur sans concession de cette nature souveraine, butée.

Julia passa dans la salle de bains, frissonnant de la fraîcheur excessive renvoyée par les murs carrelés de blanc. Elle tapota le radiateur sans grande illusion. Gagné, il était froid. Les quatorze degrés extérieurs devaient sans doute sembler bien confortables aux habituels résidents de l'hôtel. On n'allumait le chauffage que la nuit. Tant pis, elle irait s'offrir un double scotch au bar de l'hôtel afin de se réchauffer en attendant le repas.

Elle retira de la poche de son coupe-vent l'éclat de granit qu'elle avait emprunté au loch. Emprunté : un jour, plus tard, elle le lui restituerait. Une petite pierre, parfaitement ronde, rose et vert, verte des algues qui s'y étaient incrustées, vestiges millénaires. *« As smooth as a world and as large as alone* *. » Qui avait écrit ce vers, déjà ? Yeats ? Sans doute pas.

Elle retira son pull trempé et sa jupe ample. Le miroir qui couvrait le mur au-dessus du lavabo lui renvoya l'image d'une masse déplaisante, humide et flasque. La grande culotte en coton blanc lui remontait bien au-dessus du nombril, lui sciant le ventre, séparant son abdomen en deux gros segments adipeux. Julia se fit la réflexion qu'elle ressemblait à une sorte de reine insecte, blafarde et grasse. Étrange, ce corps qui n'était plus le sien. Embarrassant, ce corps dont elle avait cru faire une armure et qui devenait blessure.

Elle troqua ses grosses chaussures de marche, boueuses de la lande, contre des mocassins plats, et attacha ensuite ses cheveux en catogan. La bruine continuelle qui tombait depuis une semaine semait un surcroît de désordre dans son épaisse chevelure auburn.

Julia passa une robe chasuble en laine noire sur un ample tee-shirt à manches longues de coton gris perle. Un vrai record de coquetterie. Mais ce menu effort ne l'agaçait pas. Pas ici. Les gens du coin s'offraient un dîner au restaurant trois étoiles de l'hôtel tous les vendredis soir. La sortie locale. Tout le monde se faisait beau. Ce qu'elle aurait sans doute trouvé un peu emprunté là-bas, chez elle, lui apparaissait ici comme une délicieuse habitude. Les dames sortaient de chez le coiffeur, fardées et pomponnées avec discrétion, elles enfilaient leurs plus jolies bagues. Les hommes portaient le lourd kilt clanique. Quel est l'abruti qui, un jour, a affirmé qu'on ne pouvait pas faire confiance à un peuple dont les mâles portaient jupe ? Outre qu'il s'agissait encore d'une de ces allusions à la prétendue infériorité des femmes – si fréquentes qu'on ne les repère même plus –, trouver quelque chose d'efféminé à ces hommes relevait de

* « Aussi lisse qu'un monde, aussi vaste que solitaire. »

l'hallucination ou de la mauvaise foi. Même laids, ils parvenaient au prodige de demeurer élégants, bougeant leur masse comme s'ils tenaient vraiment debout et droits sur le sol. Des points d'exclamation entre ciel et terre.

Un chien, sans doute de petite taille, aboya dans une chambre, un peu plus loin. Ils lui manquaient, ces quadrupèdes disparates qu'elle avait ramassés un peu partout. Lui manquait leur tendresse obstinée, si aveugle. Lui manquait leur intelligence des gestes de l'humain, leur subtilité de traduction de ses humeurs. Lui manquait surtout la certitude de sa responsabilité vis-à-vis d'eux. Finalement, il n'y avait jamais eu que ces animaux – sans nom puisqu'elle ne leur en avait jamais attribués – pour lui démontrer que sa vie à elle faisait une différence. Quelle importance que cette différence consistât à remplir des gamelles de chiens et de chats ?

Julia descendit vers dix-huit heures trente. On dîne tôt dans ce Nord, la nuit tombe vite et l'air vif et exigeant creuse les appétits.

Elle s'installa sur l'un des bancs capitonnés qui couraient le long de trois des murs du bar de l'hôtel. Un feu rugissait dans l'immense cheminée qui occupait tout le quatrième. Deux clients, un homme et une vieille dame, étaient déjà installés en face d'elle, assez distants l'un de l'autre pour que Julia en déduise qu'ils n'étaient pas ensemble. La petite femme, très âgée, rose de bonheur et de sherry, lui adressa un signe de tête puis détourna courtoisement son fin profil. L'homme d'une cinquantaine d'années, installé un peu plus loin, était vêtu d'un kilt en épaisse laine vert lichen et bleu. Il referma le magazine d'ornithologie qu'il parcourait, se leva, salua Julia avant de se rasseoir et de replonger dans sa lecture. La vieille dame poussa un soupir discret en rajustant les gros plis plats de sa jupe prune. Le mouvement de sa main retint le regard de Julia. Une belle main de femme âgée que l'arthrose arquait sans ménagement. Des millions de gestes, des légions d'efforts avaient abandonné leur mémoire dans ces jointures rétives, au fil de ces veines affleurantes. Elle avait vécu. Ses mains s'en souvenaient, portant sans honte les cicatrices inévitables du temps qui passe. Julia remarqua l'union des deux alliances d'or à son annulaire. Quoi ? Les deux hommes d'une vie ? L'alliance de sa mère, ou celle de son mari défunt, jointe à la sienne ? Le symbole de l'obstination de notre amour pour ceux qui sont partis ?

Une idée ahurissante traversa Julia. Un jour, dans longtemps, elle voulait être cette femme. Un jour, elle voulait rectifier d'une main à la belle usure l'alignement de plis de laine prune sur ses genoux.

Une idée ahurissante mais si gracieuse qu'elle en sourit. La femme âgée lui renvoya un sourire timide. Ce n'est qu'à ce moment-là que Julia se rendit compte qu'elle avait embarrassé la jolie dame par l'insistance de son regard. Elle s'en voulut : les beaux moments ne devraient jamais être gâchés par notre voracité à les retenir. Julia faillit se lever pour rejoindre le « salon des dames ».

À son arrivée à l'hôtel, quinze jours plus tôt, elle avait essayé le pub, qui allongeait l'aile droite du bâtiment rococo. Les hommes présents avaient accueilli son entrée dans un demi-silence étonné, ni hostile ni réprobateur. Elle avait rapidement compris, à leurs voix qui tentaient de se discipliner, à leurs gestes qui devenaient gauches, qu'elle les gênait, ou plus exactement qu'elle les bridait. Le pub était le domaine des mecs. On y gueulait pas mal, on y buvait souvent trop, on s'y laissait parfois aller à des plaisanteries lestes. Pas la place d'une dame. Elle avait terminé son verre, puis vite quitté l'endroit sur un sourire. La porte n'était pas refermée derrière elle que les vociférations reprenaient.

Une autre salle de ce gigantesque hôtel était le privilège des dames, un bar-salon de thé. Des canapés de velours violine aux larges assises, de petits guéridons, des vases de fleurs, de jolis *kilims* le décoraient. Sur une table basse en acajou, des piles de magazines féminins. Aucune interdiction, aucune exclusion, juste un code dont les termes tacites précisaient comment l'on devait se tenir, quelles conversations mener et dans quel endroit. Finalement une jolie démonstration de courtoisie et de liberté.

Julia avait fait son choix : le bar mixte. D'abord, les whiskies qu'on y servait étaient plus généreux que chez les dames, et puis les gens qui y passaient et s'y détendaient en commandant leur dîner la distrayaient davantage.

Un couple s'installa quelques instants plus tard sur le même banc qu'elle, celui qui flanquait la baie vitrée donnant à perte de vue sur le loch. L'homme devait avoir une bonne quarantaine d'années. Un brun, cheveux mi-longs à peine ondulés, brushés avec soin vers l'arrière, petites lunettes rectangulaires à la mode, pull blanc en mailles fines, moue un peu ennuyée, un peu lointaine. La jeune femme n'avait pas trente ans. Jolie fille. Très brune, elle aussi, un chignon artistiquement bordélique retenant ses cheveux lisses et brillants. Elle portait une robe noire moulante, sans manches et très échancrée, égayée d'un châle de soie vert jeté avec précision sur une épaule. Julia se fit la réflexion qu'elle ne devait pas avoir chaud. Ils s'assirent dans un soupir jumeau. L'homme demanda à sa compagne ce qu'elle désirait boire, assez fort pour que tous entendent le léger bafouillage chic qui ralentissait ses mots. Elle lui répondit d'une voix impatiente, accompagnée de petits gestes nerveux de la main, se donnant sans grand résultat les airs d'une Julia Roberts qui aurait travaillé dans le monde de l'édition ou de l'art. Des citadins, probablement des Londoniens. Il passa commande, puis ouvrit d'un air absorbé un ouvrage de philosophie dont le titre seul catastropha Julia : *Ontologie de la pensée kantienne : regards sur le Beau et le Sublime*. Il tira de la petite sacoche qu'il avait déposée à ses côtés un carnet recouvert de cuir bleu marine. Il ne l'ouvrit jamais, pas plus qu'il n'avança d'une seule page. Bien qu'il parût absorbé par sa lecture, Julia comprit à ses regards furtifs vers les autres clients qu'il cherchait à savoir si on l'avait remarqué. La jeune femme, le front crispé par l'effort, le regard torturé, prétendait dessiner les contours du lac dans son bloc de papier blanc. Elle déclara d'un ton péremptoire et maniéré :

– Binny me harcèle... Elle veut ab-so-lu-ment que je fasse l'ouverture de sa nouvelle galerie de Notting Hill. Mais elle m'emmerde, à la fin. Je ne suis pas prête. Je n'ai pas assez de matière !

Julia jeta un regard curieux vers le gribouillis maladroit de la jeune femme et une hilarité difficile à contenir la gagna.

L'homme acquiesça d'un signe de tête et, ne voulant pas se laisser distancer par sa compagne, répondit, de façon assez incongrue mais très audible :

– Au fond, je me demande ce que nous avons véritablement retenu de l'enseignement kantien ?

Julia avala une longue gorgée de son whisky dans l'espoir de juguler le fou rire qu'elle sentait lui échapper. Une quinte de toux lui fit monter les larmes aux yeux. Il fallait qu'elle s'installe non loin d'eux dans la salle de restaurant. Leur conversation allait la distraire le temps du repas. Elle parvint à reprendre son souffle et son regard croisa celui de l'homme en kilt installé en face d'elle. Il haussa un sourcil goguenard. Julia se leva, et quitta le bar avant de commettre l'irrattrapable impair d'un gloussement.

« D'ailleurs, les désirs de l'Homme sont insatiables : il est dans sa nature de vouloir et de pouvoir tout désirer. Il n'est pas à sa portée de tout acquérir... »

NICOLAS MACHIAVEL, *Discours sur la première décade de Tite-Live.*

« D'ailleurs, les désirs de l'Homme sont insatiables ; il est dans sa nature de vouloir et de pouvoir tout désirer, il n'est pas à sa portée de tout acquérir. »

NICOLAS MACHIAVEL, *Discours sur la première décade de Tite-Live*.

10 octobre, Sumner Tunnel, Boston, Massachusetts

Lynn Tanaka soupira de lassitude. Plein le dos. En plus, ce fichu avion avait un bon quart d'heure de retard, non que cela changeât grand-chose à sa fatigue, mais il semble que décoller et atterrir à l'heure soit de plus en plus accidentel. Un problème d'encombrement des pistes, à ce qu'elle avait entendu.

Ces voyages continuels l'épuisaient, et elle n'avait presque pas dormi au cours de ce dernier vol. Le passager affalé sur le siège voisin, un gros bonhomme envahissant, avait ronflé durant plusieurs heures, son torse s'inclinant progressivement vers sa voisine, sa tête venant reposer sur son épaule comme si elle se transformait en polochon pour son confort. Les premières fois, Lynn l'avait redressé avec douceur, puis s'était énervée et l'avait repoussé avec tant d'impatience que le gros type s'était réveillé en sursaut, marmonnant une vague excuse... pour se rendormir aussitôt et se laisser aller à nouveau contre elle. Manque de chance, l'avion était bondé, comme tous les vendredis. En dépit de l'insistance de Lynn, l'hôtesse n'était pas parvenue à lui dénicher une autre place.

La bonne nouvelle, c'est qu'elle était enfin arrivée à destination et que, à moins d'une urgence, la banque internationale pour laquelle elle travaillait comme experte en marchés boursiers ne la renverrait pas à Tokyo avant une quinzaine de jours. Lynn haussa les épaules : difficile d'avoir le beurre et l'argent du beurre. Américaine d'origine japonaise, elle avait été engagée, certes grâce à ses diplômes et ses compétences, mais aussi grâce à sa double culture.

Comme elle sortait de l'interminable tunnel qui relie Logan International Airport à Downtown Boston, parallèlement au Callahan Tunnel au fond des eaux de la baie, elle se détendit. Il faut être fou pour se rendre à Logan en voiture, et encore plus pour espérer pouvoir en ressortir par le même moyen de transport. Le « T » est largement plus adapté, mais Lynn ne parvenait toujours pas à affronter l'idée de traîner ses valises dans le métro après avoir traversé la moitié de la planète en avion.

Elle détestait le boyau du Sumner Tunnel, mais ça valait encore mieux que la horde pressée, fatiguée, qui se ruait dès sa descente d'avion vers des wagons bondés, d'autant que le métro bostonien n'est pas de la première jeunesse, ni du dernier confort. Boyau, le terme exact : on avait le sentiment de pénétrer dans une section d'intestin. « Circulation fluide » signifiait qu'on parvenait parfois à passer en seconde puisqu'il ne fallait pas compter franchir les quatre ou cinq kilomètres séparant la ville de l'aéroport en moins d'une bonne demi-heure dans les meilleurs cas. Embouteillé en permanence. Le genre de piège où il convient d'éviter de penser à ce qui pourrait se produire si un véhicule explosait soudain quelques mètres devant le vôtre. Avec un peu de chance, elle serait chez elle – à Charlestown – d'ici une petite heure.

Elle bifurqua dans New Atlantic Avenue pour rejoindre Commercial Street jusqu'au Fitzgerald Expressway, cette section de l'I93 qui longe Charlestown.

Lynn aimait Boston, sa ville natale. Une des plus jolies villes des États-Unis, selon elle. Certes, la circulation y est épouvantable et les *boston drivers* ont récolté une des pires réputations qui soient... assez méritée, d'ailleurs. C'était du moins l'avis de Lynn lorsqu'elle devenait piétonne à son tour. À la décharge des énervés du volant, donc de la sienne, dès que l'on abandonne les grandes et larges artères récentes, on se perd dans un entrelacs de charmantes mais peu praticables ruelles, qui montent et qui descendent, se tordent en méandres, souvenir de l'époque des charrettes à bras et des cavaliers. Une configuration urbaine dont les Américains ont peu l'habitude.

Qu'avaient-ils imaginé comme surprise pour son retour ? Pour la première fois depuis son embarquement à Tokyo, un sourire lui vint. David et Victor. David, son mari, son amour, son étonnement permanent et Victor, son petit garçon de sept ans, son amour, son miracle. Bref, ses deux mecs. Et ils se ressemblaient tant. Elle retrouvait déjà chez son enfant l'invraisemblable étourderie de David, ce côté lunaire. Il ne se passait pas un mois sans qu'il oublie sa carte bancaire dans un distributeur, qu'il égare ses clefs ou ses lunettes, quand ce n'était pas les trois dans la foulée. David était du genre à sortir acheter une bouteille d'huile d'olive pour revenir avec deux tubes de dentifrice parce que en chemin autre chose avait occupé sa tête, ou à oublier la facture de téléphone dans la poche d'un imperméable jusqu'à la coupure de la ligne.

Victor suivait les traces paternelles avec un évident talent, et ce n'étaient pas ses fins traits eurasiens – qui contrastaient avec le type slave de son père – qui y changeaient grand-chose. Lynn pouffa. À chaque nouvel oubli, perte, bourdes en tout genre, ils avaient la même excuse. Elle gémissait : « Mais enfin, tu le fais exprès, c'est dingue ! » Ils répondaient à tour de rôle : « Euh... ben, non... je pensais à autre chose, chérie/maman. » Mais ils n'oubliaient jamais la surprise célébrant ses retours de déplacement. La dernière fois, ils avaient fait un étourdissant ménage de l'appartement. Une autre fois, ils avaient passé deux heures à réaliser un gâteau sur lequel ils avaient sculpté l'idéogramme de son prénom japonais à l'aide d'un ruban de chocolat.

Il fallait qu'elle songe sérieusement à changer de travail. Elle gagnait très bien sa vie, mais ces allées et venues continuelles entre les deux bouts de la planète l'éreintaient et elle passait parfois une semaine sans voir son mari et son fils. Trop. Ils lui manquaient trop, surtout le soir, lorsqu'elle rentrait dans sa chambre d'hôtel. Heureusement que David était dessinateur et qu'il travaillait le plus souvent chez eux.

Derrière elle, une sorte de frémissement, le son d'un impact léger la fit sortir de ses pensées. Elle jeta un coup d'œil dans le rétroviseur. D'abord, elle ne vit que l'amoncellement de bagages entassés à la va-vite sur le siège arrière, trop épuisée qu'elle était pour les ranger avec soin dans le coffre. Puis, durant quelques fractions de seconde, la stupeur la figea, quelques fractions de seconde encore et la terreur. L'ombre de ce qui ressemblait à une main s'affola contre le pare-brise arrière puis fonça sur elle. Frénésie d'un mouvement sombre. Elle vit. Elle vit des yeux protubérants, des yeux de sang. Elle sentit des doigts minces agripper ses cheveux, frôler sa nuque. Elle hurla, son pied enfonça la pédale du frein et elle lâcha le volant, tentant d'arracher l'ombre répugnante piégée dans ses cheveux.

La voiture tourna comme une toupie désaxée. Elle oscilla, puis glissa à vive allure vers la ligne centrale.

Le mugissement puissant d'un Klaxon explosa contre les tympans de Lynn. Elle rouvrit les yeux pour entrapercevoir un mur bleu cobalt de vingt tonnes qui arrivait en sens inverse. Elle entendit aussi le vacarme de fin du monde de la tôle, percutée de plein fouet par le camion.

10 octobre, Loch Rannoch, nord de l'Écosse

Julia traîna un peu dans le petit salon attenant à la grande salle de restaurant déjà bruissante des conversations des convives attablés. Ah, non, elle ne les raterait pour rien au monde, les deux fats désopilants. Une voix derrière elle, une belle voix grave demanda :

– Et vous ? Qu'avez-vous au juste retenu de la pensée kantienne ?

Elle se retourna. L'homme au kilt, sa revue d'ornithologie coincée sous son aisselle. Pourquoi ne tourna-t-elle pas les talons sans répondre ? Peut-être parce qu'il y avait eu la main de la jolie dame, ses deux alliances d'or unies. Il y avait les yeux de cet homme, des yeux si clairs qu'on se disait, sans doute à tort, qu'il n'y pouvait rien dissimuler. Julia s'entendit répondre d'un ton affable :

– Le plus terrible, voyez-vous, c'est que Kant est un délice de limpidité.

– Ah oui, mais la limpidité ne permet pas de se faire remarquer à peu de frais dans un bar d'hôtel ! (Il marqua un temps d'arrêt et poursuivit :) Je me nomme Ian MacAlpine. J'habite un peu plus haut, vers la pointe nord du lac.

– Constance. Constance Wilson. Je suis américaine.

– Constance ? C'est un bien joli prénom. Une jolie qualité aussi.

Elle aima sa poignée de main, ferme sans force superflue.

– Si c'est présomptueux ou déplacé, surtout n'hésitez pas à m'envoyer paître... J'ai cru comprendre que nous allions dîner seul, chacun dans notre coin. Après l'avant-goût du bar, nous allons probablement nous battre pour nous installer à la table située juste derrière eux... un bon spectacle ne se refuse pas. Aussi, faites-moi le plaisir d'être mon invitée, et nous partagerons les meilleurs sièges en toute cordialité.

Étrange, elle accepta sans même hésiter. Pourtant, elle avait si peu parlé depuis des mois. Elle n'avait ouvert la bouche que pour commander un repas, un verre, demander son chemin.

Ils patientèrent encore quelques instants, complices de leur farce, attendant que les deux acteurs de leur divertissement s'installent pour se précipiter à la table située juste derrière eux. Par prudence, Julia s'assit en leur tournant le dos, inquiète à l'idée que son hilarité devienne trop visible. Ian accepta donc de faire face à l'homme kantien. Il marmonna entre ses dents :

– Donc, il faut que je me tienne, c'est ça ?

Julia rétorqua :

– Vous serez sans doute au supplice, mais si nous voulons profiter de notre distraction tout le repas, l'un de nous doit s'y coller !

Les atermoiements volontairement audibles du couple qui hésitait entre le homard, le saumon sauvage, l'entrecôte Black Angus des Highlands pour finalement commander une soupe de pois et du pain beurré, les amusèrent. Des radins en représentation. L'hôtel était cher, il ne s'agissait donc pas d'économies inévitables. Des snobs argentés et parcimonieux.

Le même cirque recommença pour le vin. La femme déclara :

– Non, le château-margaux... je n'ai pas une passion. Un peu lourd... Le pomerol... bof ! Moulis ? On ne boit que ça, en ce moment ! Prenons deux verres de *house-wine*, ça change.

Julia faillit s'étrangler avec son saumon fumé sauvage des Shetland et s'excusa d'une voix hoquetante :

– Une minuscule arête, je crois.

L'effort que Ian fournissait pour demeurer imperturbable lui faisait monter les larmes aux yeux. Il répondit, faux cul :

– C'est un peu le problème avec les saumons artisanaux.

Pourtant, ce qui devait leur assurer une bonne heure de distraction les lassa vite. Julia se prit à s'intéresser à la conversation de son compagnon. Il avait été ingénieur dans les champs pétrolifères et parcouru le monde. Il parlait de tous ces pays avec intelligence.

Ian MacAlpine était drôle et tendre. Depuis quand n'avait-elle pas rencontré un homme drôle ? Tendre... Elle en avait fréquenté un, peu de temps auparavant. Dougray Doyle. Mais si triste, si dévoré par la vie. Elle regarda vraiment l'homme qui lui faisait face. Il était assez grand, un mètre quatre-vingts, peut-être un peu plus. Lourd sans essoufflement, lourd d'un muscle qui le portait. Des yeux bleu pâle, iris presque décolorés encerclant une pupille d'un noir déroutant. Sans doute un roux, mais ses cheveux drus étaient maintenant blancs. Un beau nez d'homme, fort, droit. Des rides profondes burinées par l'hostilité du soleil.

– ... ils m'ont offert un bébé. Un petit garçon... C'était un beau cadeau. Tout cela pour cinq coups de pelleteuse et un vieux bout de pipe-line excédentaire qui amenait l'eau à leur village. J'étais bouleversé... quelques secondes. Après, je me suis souvenu que les bébés ne sont pas des chiots. Mes démarches auprès du consulat britannique n'ont pas abouti. Je m'y attendais. J'ai restitué le bébé à la mère, une jeune fille de quinze ans. Elle a pleuré. Elle en avait déjà deux et était enceinte du suivant. Je crois qu'elle s'était forgé le même plan que moi : ce bébé-là aurait plus de chance ailleurs.

Julia remarqua d'un ton doux :

– L'idéal serait plutôt qu'ils aient les moyens de nourrir, de soigner, d'élever leurs enfants, non ?

Il avança la main par-dessus la nappe, mais retint son geste en baissant les yeux :

– Ils ne les auront sans doute jamais, ma chère. L'extrême pauvreté peut rapporter tant d'argent quand on sait bien l'exploiter... une vraie manne. Pendant ce temps, les enfants meurent comme de petits animaux. Nous crevons de trop, ils crèvent de pas assez ou de pas du tout... (Il grimaça.) Et comme nous ne dérogeons pas, je vous déclare cela autour d'un repas qui suffirait à nourrir une famille du Bengladesh durant un mois.

Sans doute s'en voulut-il soudain de la gravité de leur conversation :

– Mais je vais finir par vous dégoûter de votre entrecôte d'Angus. Ce serait dommage. J'ai donc sillonné le monde, j'avais un peu la bougeotte étant plus jeune. J'en ai ramené pas mal d'éblouissements, d'étourdissements, pas mal de colères aussi et... une passion pour les perroquets.

– Les perroquets ?

– Oui.

– Je croyais que la plupart des espèces étaient protégées, interdites à l'exportation par les particuliers ?

– Elles le sont, d'où mon petit rôle de jeune retraité. J'ai créé une minuscule association de protection. Je recueille les oiseaux abandonnés, maltraités, la plupart passés en fraude chez nous, ou saisis à nos frontières. On ne les renvoie plus dans leur pays d'origine parce que la majeure partie meurt au cours du voyage, ou dans les hangars débordés des douanes en attendant qu'on s'occupe d'eux. En d'autres termes, je ne suis pas le propriétaire de mes cinquante-sept pensionnaires, je suis leur nounou et leur hôtelier.

L'amusement le disputa à l'attendrissement et Julia demanda :

– Cinquante-sept perroquets, ici, au nord de l'Écosse ?

Faussement vexé, il rétorqua :

– Nous sommes un peuple surprenant, que croyez-vous ? Nous avons inventé le whisky, nous adorons la panse de brebis farcie – il fallait y penser –, nous portons des jupes, nous pratiquons le lancer de troncs d'arbres et nous élevons des perroquets.

Julia avait oublié le couple de fats derrière son dos. Lorsqu'ils se levèrent pour quitter la salle de restaurant, elle en fut presque soulagée. Leur présence était devenue superflue, gênante même.

Elle ponctua leur départ d'un murmure :

– Nous aurions dû nous contenter d'une dose homéopathique de nos bavards. C'est heureux qu'ils abandonnent le terrain, ils étaient à deux doigts de me gâcher mon dessert.

Ian la gronda en riant :

– Vous êtes affreuse.

– Je sais. Je ne parviens pas à me dominer. J'ai mauvais esprit, je crois.

Soudain sérieux, il insista :

– Ouh là... je me demande alors ce que vous avez pensé de mon incessant bavardage.

Elle réfléchit quelques instants et déclara, parce que c'était la vérité :

– J'ai passé un excellent moment...

– ... qui semble vous inquiéter.

Sa perspicacité troubla Julia.

10 octobre, Boston, Massachusetts

Un plaisir inattendu fit frémir les jolies lèvres pleines de Dame Sara-Jane Chifley-Stanton, veuve prématurée d'un baronnet britannique qui avait concédé ce titre de « Dame » contre la colossale fortune de sa femme. Cinq ans plus tôt, il avait eu le bon goût de décéder assez précocement d'une cirrhose, si confit d'alcools divers et variés qu'il avait plongé dans la dépression la thanatopractrice chargée de l'embaumer et de le maquiller. La petite jeune femme avait éclaté en sanglots au-dessus du cadavre, crispant dans sa main droite un bâton de fard insuffisant et dans l'autre un mouchoir en papier trempé de ses larmes. Supputant que la disparition de son mari ne motivait pas cette affliction, Sara-Jane avait tenté de la réconforter. La jeune femme, habillée d'une robe en mousseline noire protégée d'un immense tablier qui la faisait paraître minuscule, avait bafouillé entre ses larmes :

– Mais c'est affreux. Comment... Regardez, madame... Là, toutes ces veinules éclatées sous les pommettes. On dirait des araignées noires. Je ne parviens pas à les recouvrir. Comment vais-je faire pour le rendre beau ?

Compatissante, Sara-Jane l'avait rassurée comme elle avait pu :

– Mais mon petit, il a toujours été fort laid. Rendez-le présentable, ce sera déjà miraculeux.

La sortie, pourtant généreuse de l'avis de Dame Sara-

Jane, avait semblé choquer la jeune femme. Non qu'elle n'ait pas apprécié son mari. Elle l'avait, au contraire, trouvé distrayant. Même ivre – un état presque constant chez lui –, il restait distingué. Certes, il l'avait cocufiée avec tout ce qui pouvait prétendre au port légitime du soutien-gorge. Elle ne lui en tenait pas rigueur puisqu'il avait été assez discret pour ne jamais la ridiculiser, ce qu'elle n'eût pas toléré. Ils avaient passé un marché et chacun s'en était acquitté avec honneur. Elle avait son titre, il avait profité de son argent. À quarante-cinq ans, elle était veuve, noble, libre, et toujours aussi riche.

Ah oui... Quelle beauté, quelle absolue perfection. Certes, une photo suscite la méfiance, surtout maintenant, avec tous les perfectionnements du numérique qui permettent de transformer un singe en Adonis, mais quand même. Le sourire abandonna le beau visage lisse de Sara-Jane.

Elle déposa les clichés sur son petit bureau gracile en bois de rose et rajusta le châle de cashmere sur ses épaules. Devait-elle céder ? Non, pas à nouveau ! Oh, allez, une dernière fois, une petite fois. Après, elle se le promettait, elle serait sage pour toute la soirée. Elle gloussa de jubilation et souleva le miroir à main posé sur une pile de dossiers. Une vague de délice lui arracha un rire... Mon Dieu, elle ne s'en lassait pas, reproduisant le rituel du miroir une bonne dizaine de fois par jour depuis trois ans.

Elle détailla ce visage, différent, mais qui l'enchantait. Une merveille. La femme qui la contemplait de l'amande douce de ses yeux bleu pâle paraissait trente-quatre ou trente-cinq ans. Un joli nez court et droit avait remplacé l'excroissance trop volumineuse qui trônait auparavant. Une petite bouche pleine qui semblait hésiter en permanence entre la bouderie et le rire avait gommé la mince fente amère des lèvres passées. Roberto, son coiffeur, avait également participé à la métamorphose en insistant pour qu'elle abandonne le blond artificiel qui couvrait ses cheveux gris. Cet auburn lui donnait des airs de Rossetti. Elle s'accorda une longue minute de contemplation charmée et se contraignit à reposer le miroir.

Bien sûr, quelques esprits chagrins de son entourage

avaient trouvé à redire à l'époque, ou plutôt à médire. L'éternel blabla sur « le corps, l'identité, le charme des imperfections, la nature, la superficialité de la beauté physique », blabla qui omet le plus souvent le calvaire vécu par ceux qui sont affligés de difformités ou simplement de laideur. Car soyons honnêtes, à défaut d'être généreux : les grosses imperfections ne charment que fort peu de gens et certains en souffriront longtemps. Quant à la nature, quel gag ! Nous contournons ses règles depuis que nous sommes sur terre.

Trois ans auparavant, Sara-Jane n'avait rien eu à faire des commentaires faussement désolés : « Mais ma chère, votre nez. Il avait tant de caractère ! » « Vos rides en pattes-d'oie ? C'était un signe de puissance. » Les commentaires des autres. Ce qui avait poussé Sara-Jane n'avait rien à voir avec les autres. Les autres l'avaient toujours appréciée pour son argent, sa puissance, son esprit, son intelligence. C'était suffisant dans leur cas, pas dans le sien. Car Sara-Jane avait toujours voulu SE trouver jolie, plutôt que de tant ressembler à son père.

Elle avait adoré le grand homme lourd, mais ses traits d'épais batracien en auraient fait une femme affligeante. Il avait fallu à Sara-Jane presque cinquante ans pour accepter, au fond, l'idée de tomber enfin amoureuse d'elle-même. Les autres ne pouvaient le comprendre et Sara-Jane ne pouvait les y aider. Il aurait fallu, pour y parvenir, leur expliquer que nul n'avait jamais compté pour elle, à l'exception d'elle-même et de ce père que pas mal admiraient et que tous redoutaient. Il s'agissait, selon elle, d'une supériorité sentimentale difficile à faire admettre. Oh, certes, ils la distrayaient, tous ces êtres qui peuplaient ses heures libres. Mais pour quelle raison aurait-il fallu les aimer ?

Il convenait de leur dissimuler cet état d'esprit qui les eût chagrinés. Après tout, ils n'étaient en rien responsables de son indifférence à leur égard. Quoique... Un peu, quand même, puisque rien de ce qu'ils faisaient ne la touchait vraiment. Si l'on avait absout son père pour le même comportement, il choquerait terriblement venant d'elle, aussi n'en faisait-elle pas étalage. Étrange comme on s'attend à ce que les femmes soient génétiquement plus aptes à l'empathie. Peut-être est-ce justifié. En tous cas, Sara-Jane était passée à côté.

Elle se souvint. Elle avait douze ans à la mort de sa mère, un suicide mondain, une overdose de somnifères avalés à l'aide d'une bouteille d'excellent porto. Elle sanglotait, tassée dans l'un des fauteuils en cuir du bureau de son père. Lui était assis derrière sa table de travail, attendant le départ du convoi funéraire. Il avait soupiré et demandé d'un ton gentil, presque surpris :

– Mais pourquoi pleures-tu ? Tu l'aimais vraiment ?

La question l'avait tant sidérée qu'elle était demeurée interdite. Mince, elle n'y avait jamais pensé de la sorte. Elle croyait savoir que l'on sanglotait lorsque sa mère décédait. Elle avait hoché la tête entre deux reniflements. Son père lui avait adressé un petit signe de main et elle s'était approchée de son siège. Il lui avait tendu un mouchoir et l'avait serrée dans ses bras en murmurant :

– Tu ne tiens pas de ta mère... et je ne le déplore que sur le plan physique... Je vais te révéler un secret qu'il ne faudra jamais répéter, car on te prendrait pour une méchante ou une folle : on n'a pas à aimer, ce n'est pas une obligation, c'est même parfois une lourdeur. Pourtant, cela peut arriver. Ainsi, je ne m'attendais pas à t'aimer. J'ignore si toi tu m'aimes, au-delà de ton besoin de moi. Nous verrons cela lorsque tu seras plus grande, lorsque tu pourras te défendre seule. (Il avait hésité avant d'achever.). Vois-tu, Sara-Jane, tu seras la seule personne dont j'aurai espéré l'amour.

Et elle l'avait aimé. Elle avait eu un chagrin terrible à sa mort, le seul de sa vie. Comme ils s'étaient distraits ensemble, commentant les erreurs des uns et des autres et leur obstination à les reproduire. Sans fiel, juste par amusement. C'était leur secret.

Où avait-elle trouvé le courage de se séparer du souvenir de son père gravé dans ses propres traits avant de contacter ce chirurgien esthétique ?

Étrange... C'est à peu près à la même époque qu'elle s'était prise de passion pour les orchidées, allant jusqu'à créer une fondation dépendant de la société d'horticulture du Massachusetts. Un des buts de la fondation Stanton – le nom de son père – était la promotion de nouvelles variétés d'hybrides. Une véritable passion, à tel point que Dame Sara-Jane s'était étonnée de ne pas en avoir ressenti les prémices plus tôt. Étrange ? Sans doute pas. La perfection esthétique de ces fleurs, leurs stratagèmes d'élégance la troublaient comme une proposition galante. Une ahurissante beauté, dans laquelle on cherche en vain l'intervention d'un scalpel, celui-là même qui avait transmuté sa chair, sa peau humaine en éblouissant pétale.

Elle soupira. L'éleveur qui venait de lui envoyer ces photos avait réussi un prodige, surtout si l'on accordait foi à ses affirmations : une nouvelle variété de cymbidium, d'un pourpre arrogant, égayé de minuscules touches or, exhalant un parfum d'orange et de vanille mêlées ! Une véritable beauté qui méritait de rafler le prix annuel. Elle appuya sur le petit bouton du dictaphone dont sa secrétaire transcrivait le contenu tous les matins :

– Clarisse... rapprochez-vous, s'il vous plaît, de ce... (Sara-Jane chaussa ses lunettes et déchiffra la haute écriture maniérée) Mr. Delcortal. Les clichés de son « bébé » sont sur mon bureau. Jetez-y un coup d'œil, c'est stupéfiant. Futé en plus... Il propose de baptiser son orchidée la Sara-Jane... Ou comment se mettre en bons termes avec la patronne ! Mais ne soyons pas perfides, disons que c'est un galant homme. Expliquez-lui que les membres du comité aimeraient rencontrer la nouveau née afin de... non pas *s'assurer*, c'est vexant, disons de... « s'extasier » sur son parfum et sa robe.

Dame Sara-Jane se leva, très contente d'elle-même. Si ce fabuleux hybride était bien ce qu'il semblait, elle allait river son clou à cet abruti prétentieux de Lyndon Bird-Henry, qui dominait l'orchidophilie de la côte est depuis bien trop longtemps. Sara-Jane avait décidé de l'écraser. Il avait fait un jour une remarque qu'elle n'avait pas appréciée. Elle avait oublié la sortie, mais pas son envie de réduire l'autre. Cela étant, il convenait de lui casser les reins subtilement, sans quoi le jeu ne serait plus aussi amusant.

« C'est une preuve de ce que nous avons avancé : les hommes ne font le bien que forcés. Dès qu'ils ont le choix et la liberté de commettre le mal avec impunité, ils ne manquent de porter partout la turbulence et le désordre. »

NICOLAS MACHIAVEL, *Discours sur la première décade de Tite-Live.*

C'est une preuve de ce que nous avons avancé : les hommes ne font le bien que forcés. Dès qu'ils ont le choix et la liberté de commettre le mal avec impunité, ils ne manquent pas de porter partout la confusion et le désordre.

MACHIAVEL, *Discours sur la première décade de Tite-Live*, I, 3.

10 octobre, environs de Boston, Massachusetts

Les dernières notes de la variation Goldberg 4 de Bach s'achevèrent. Un des trente éclats de génie composés autour d'un seul air, écrit à l'origine par Johann Sebastian Bach pour Anna Magdalena, sa seconde femme. Un des plus courts – à peine une demi-minute –, un des plus intenses selon Cordell, surtout dans cette version de 1955 interprétée par Glenn Gould. Une puissance de terre, l'éternité de l'argile, son infinie adaptabilité. Le pas d'un homme marchant dans un sous-bois, plantant à chaque pas un bâton dans l'humus. Noirs, cuivres et rouges d'automne, air vif et intoxiquant du petit matin. Rien à voir avec la grâce si structurée de l'aria. Un chef-d'œuvre de contrôle, de génie. Il adorait également la variation 7. Une précipitation sauvage, presque impossible de notes, doigts fermes, rapides, aux deux extrémités d'un clavier. Courte, elle aussi, si éphémère, et pourtant persistante. La durée est-elle antinomique au génie ? Faut-il être un météore pour exploser, rayonner le temps d'un bref éblouissement ? Sans doute pas, Bach était mort à soixante-cinq ans, un bel âge pour l'époque. Sans doute pas, mais le génie nous affole et nous fascine tant, il nous est incompréhensible au fond, et nous préférons nous rassurer de sa fugacité.

Cordell sourit de bien-être et se leva à regret du canapé pour remplir sa coupe de champagne. Quelle belle occuperait sa soirée ? *Paphiopedilum* ou *Miltonia* ? Pas de *Dendrobium* ce soir, trop gracieuses. Il avait envie de démesure et d'arrogance. Les deux vont si bien ensemble. Ah... cette *Zygopetalum* qu'il venait de faire rentrer. Un parfum si subtil qu'il en devenait indescriptible. Le carmin mauve des pétales, le labelle supérieur zébré de veines pourpres comme une invitation au baiser, à la morsure aimante. Une caractérielle exigeante qui ne s'épanouissait que dans les extrêmes. Une température froide la nuit, tropicale le jour. Les exigences de la vie, celles de la mort. Dès que la nuit serait pleine, il allait devoir s'occuper de ces dernières. Le parc boisé qui entourait la propriété s'étendait sur dix hectares. Jolie sépulture pour Tony car, celui-là, on ne devait pas le découvrir. Sa tombe était déjà creusée depuis une semaine. Elle l'attendait, sous les arbres.

Bye-bye, gentil Tony.

Et puis demain...

Demain, il se mettrait en chasse. Une belle chasse. La seule qui l'intéressait, le distrayait à l'heure actuelle. Une chasse difficile. Helen. Sa femme. Celle qui s'était fait appeler Julia, puis Terry *.

Où était-elle passée ? Comment avait-elle pu rester loin de lui durant si longtemps ? Plus d'un an. Treize mois, exactement. Certes, le FBI avait à nouveau dû lui procurer une identité de rechange, des papiers, bref tout ce qu'ils mettaient en place dans le cadre de leur programme de protection des témoins. Cordell avait déployé pas mal d'énergie et d'argent toute cette année pour flairer sa piste. De surcroît, il la connaissait si bien...

L'obstination d'Helen l'avait toujours amusé au plus haut point. Une belle constance butée, courageuse aussi... mais pas toujours futée. Curieux, comme les femmes intelligentes manquent souvent de ruse. La ruse serait-elle une des compensations des intellects moyens ? Or Helen était intelligente. Sans cela, elle serait morte depuis longtemps. Elle l'aurait très vite ennuyé et il aurait été contraint de la tuer.

* Cf. *Un violent désir de paix.*

Oui, elle était très intelligente. Mais ce qui lui avait sauvé la vie durant leurs trois années de mariage constituait aussi son plus grand handicap vis-à-vis de lui. Elle cherchait toujours une logique, une cause, bien qu'ayant certainement admis maintenant qu'il n'en existait aucune. Pourtant, elle espérait encore une révélation, un truc à côté duquel elle serait passée. Un miracle, quoi. La logique comme miracle, un vrai gag! Comme il est ardu pour le commun des mortels d'admettre que quelqu'un tue, juste pour le plaisir du meurtre. Cordell était bien au-dessus de leur peur, de leurs réserves. Petites bêtes paniquées qui couraient en tous sens pour oublier leur terreur de la mort. Or la plupart d'entre eux ne vivaient pas, se contentaient d'exister ou, pire, de survivre. Pourquoi donc avaient-ils si peur de mourir? Finalement, s'il y réfléchissait bien, il devait admettre que sa femme vivait. Elle vivait pour la mort : le tuer et mourir ensuite. Du moins le croyait-elle.

> *Ah, Helen... Helen, ma douce. Tu ignores encore tant de choses. Avoue. Avoue que tu as appris la majeure partie de ce que tu sais grâce à moi. Avoue que tu n'as vraiment vécu que durant les trois ans de notre mitoyenneté. Je ne dis pas vie commune, car tu n'as jamais compris, senti que chaque matin, lorsque je te regardais t'éveiller contre ma peau, lorsque je te souriais, je me demandais si je te laisserais vivre jusqu'au lendemain. J'adorais ces instants, ils étaient si intimes. Ta vie, sa persistance de moi à moi. Moi comme seul juge de toi. Quand je pense que ce minable insecte de Michael Baghurst a tenté de te tuer. Quelle stupidité, quelle insupportable énormité. Rivaliser avec moi. Rivaliser avec moi afin d'étalonner sa propre existence, une obsession si commune des humains. Rivaliser avec Dieu, une constante. Pour rivaliser, il faut comprendre. Me comprendre est une aberration dans les termes, puisqu'il n'y a rien à comprendre. Quant à Dieu, je vous Le laisse, Il ne m'intéresse pas.*

Cordell ferma les paupières de bonheur. Sa main caressa sa poitrine et descendit lentement vers son ventre dur. Il expira, bouche ouverte. Elle allait encore le malmener, le faire geindre d'impatience. Vilaine main, qui n'obéissait qu'à elle. Mais elle savait mieux que lui. Elle flatta son ventre, griffant avec tendresse la peau fine qui encerclait son nombril, puis se faufila vers l'aine qui tressaillait à chaque contact de ses doigts, s'interrompant dès qu'il remontait le bassin pour s'offrir, reprenant lorsqu'il redevenait sage et patientait. Puis... Puis une pensée parasite, insidieuse... Et s'il ne parvenait pas à la retrouver ? La main suspendit son geste et il ouvrit les yeux. Et s'il ne parvenait pas à retrouver Helen ?

Une mauvaise humeur brutale le redressa. Il détestait qu'on lui résiste, ou du moins qu'on lui tienne tête si durablement. Ce type... ce type l'exaspérait. Doyle. Dougray Jasper Doyle, du FBI. C'était à cause de lui qu'il ne parvenait pas à remonter la piste de sa femme. Encore à cause de lui et de ses plans crétins qu'elle avait failli se faire tuer par Baghurst. L'autre, la fille, avait compris. Nina Kroeger. Elle était parvenue à contacter Cordell via Internet sous deux identités différentes. S'il s'était immédiatement méfié de l'un de ses alias, ce *XX*, vérifiant avec soin toutes ses indications, ce qui lui avait permis de ne pas tomber dans le piège que lui tendait Doyle, il avait cru le second : *Bloodfeast*. Les connaisseurs repèrent toujours le goût du sang chez un autre fauve. Un remarquable triple jeu. Une bonne, trop bonne. Aux dernières nouvelles, elle avait démissionné. Une pugnace pièce de moins sur l'échiquier. Qu'aurait-elle pu incarner ? Pas la reine, la reine était Helen. Cordell n'avait eu vent d'aucune poursuite contre Kroeger. Sans doute l'équipe de Doyle avait-elle décidé de la couvrir. C'était ce qu'ils avaient de mieux à faire. Après tout, cette fille avait sauvé Helen – car ils en auraient été incapables – et fait un substantiel cadeau à la société : le retrait définitif du sieur Preston, avec pour conséquence principale l'arrêt des carnages sadiques dont il s'était rendu coupable et qu'il avait la ferme intention de reproduire une fois sorti de prison. Restait cette Esperanza Machin, opiniâtre à souhait.

Ces gens l'emmerdaient. Vraiment.

D'un autre côté, s'ils n'avaient pas été là, le jeu aurait eu moins de piment. Mais trop de piment finit par gâcher un plat.

Éviter la dispersion. Oui, mais comment ? Retirer une autre pièce majeure ? Oui, mais laquelle ?

« Mais il faut, cette nature (celle du Prince), savoir bien la colorer et être grand simulateur et dissimulateur. Les hommes sont si simples et ils obéissent si bien aux nécessités présentes que celui qui trompe trouvera toujours qui se laissera tromper. »

NICOLAS MACHIAVEL, *Le Prince*.

11 octobre, Providence, Rhode Island

L'après-midi s'achevait. La nuit hésitait encore un peu, plus pour longtemps.

Cordell adorait cette saison, les couleurs fauves, rouges, ocre de l'été indien, qui gagnaient en intensité, en furie presque au fur et à mesure que l'on gagnait le nord.

Il avait hésité. Devait-il remonter un peu, ou au contraire descendre vers le sud ? L'idéal était de franchir la frontière d'un État mitoyen, ce qui lui donnerait un délai appréciable. Il n'avait besoin que de vingt-quatre heures, à peine.

Après pas mal de tergiversations, il avait opté pour la deuxième solution : le sud, Rhode Island, Providence. Une ville intéressante, ainsi baptisée parce qu'elle avait été la première de l'État, « en remerciement de la Providence divine ». La cité avait, dans le passé, été le premier port de Nouvelle-Angleterre, tirant sa fortune du commerce du rhum en échange d'esclaves d'Afrique. Elle s'étale de nos jours sur sept collines, dont l'une – Federal Hill – n'est pas sans évoquer le Northend de Boston. C'est la Little Italy de Providence, où se sont historiquement installées les vagues d'immigration italienne. Jadis fief de la Mafia, le quartier est maintenant, à l'instar du Northend, animé et chaleureux, ponctué d'une multitude de barbiers, de boulangeries, de restaurants. Cordell avait déjeuné dans l'un d'eux, paressant devant une succession de cappuccinos qui avait ravi le serveur puisqu'elle accréditait sa péremptoire affirmation selon laquelle : « Y font pas meilleur, même dans le Northend ! »

Si l'on excluait ces détails de brochure touristique, Providence était une cité précieuse pour d'autres raisons. Elle était reliée à Boston par un court ruban de l'Interstate 95. L'autre inappréciable avantage de Providence était son attrait touristique et sa forte densité étudiante : un flux continuel de gens, entrant, sortant, en visite. On repère très vite une disparition dans un petit bled tranquille et éteint. Beaucoup plus tardivement dans une telle ville.

Sélectionner une proie étrangère. Homme ou femme, peu importait. Certes, les femmes se défendent moins bien, mais puisqu'il s'agissait d'un test, le genre importait peu, du moins pour lui. Au contraire, un homme en pleine force de l'âge lui permettrait d'optimiser la démonstration... Quoique... Il n'y aurait pas lutte physique, mais obstination.

Il remonta le col de son pardessus de cuir bordeaux et enfila ses gants. Le froid un peu vif de ce début de nuit lui piquait agréablement les yeux. Il s'interrogea. Longer l'immense avenue, désertée à cette heure, vers l'ouest ou l'est ? Allez, l'ouest, vers le soleil couchant. D'autant que c'était également dans cette direction qu'il avait garé la camionnette d'occasion rachetée quelques mois plus tôt à un plombier qui partait à la retraite. Cordell ne l'avait pas repeinte, jugeant que les grandes lettres vertes *Vecchi – Plombier-Chauffagiste* lui fournissaient un amusant déguisement.

Règle numéro 1 : toujours rabattre la proie vers le piège. L'épuiser afin qu'elle y tombe sans presque se défendre.

À la réflexion, une femme convenait davantage à son plan. Une femme contre laquelle il devrait faire l'effort de ne pas utiliser son charme. Le protocole expérimental ne fonctionnerait que s'il s'efforçait d'attiser sa vigilance, voire sa méfiance.

Son regard fut aspiré par la joggeuse qui traversait la rue, cent mètres devant lui, sa queue-de-cheval blonde oscillant sur ses épaules au rythme de sa foulée. Elle était grande, musclée, sans doute assez lourde : un bon point. Peu importait ce soir qu'elle fût blonde, brune ou rousse, peu importait qu'elle fût mélomane, cultivée ou gourde à bouffer du foin. Elle lui convenait. Elle portait un sweat-shirt échancré d'un beau rouge, assombri devant d'un triangle inversé. Un beau delta de sueur dont la base s'appuyait sous le cou et la pointe s'infiltrait entre les seins. Joli !

Ce soir, il avait besoin d'un mannequin. Un mannequin qui ait peur, qui tente de fuir, puis qui résiste dans l'espoir de sauver sa peau.

11 octobre, FBI, base militaire de Quantico, Virginie

Lorca soupira. Elles avaient bien rigolé avec Nina. Enfin... après dix premières minutes un peu embarrassées. Leur gêne s'était vite dissipée, aidée en cela par l'ingestion d'une demi-bouteille de scotch, suivie de deux bouteilles de vin. Lorsqu'elles s'étaient rendu compte que ni l'une ni l'autre ne savait cuisiner les pâtes, l'hilarité avait viré à la crise de fou rire adolescent. Elles avaient dîné sur leurs genoux d'une sorte de bouillie d'amidon trop cuit, colorée par une sauce bolognaise si insipide qu'elle en devenait indescriptible. De « pas mal éméchées », elles avaient rapidement glissé vers « fin rondes », hurlant de rire dès que l'autre ouvrait la bouche, même pour ânonner la première ineptie qui lui passait par la tête. Quelle cuite ! Incapable de rentrer chez elle, Nina avait dormi sur le canapé. Le petit déjeuner avait été douloureux et elles s'étaient refilé les cachets d'aspirine, comme on se passe le beurrier. N'empêche, ça faisait pas mal de temps qu'Esperanza n'avait pas passé une soirée à peu près vivable.

Elle parcourut pour la troisième fois le document interne. Y étaient présentées toutes les formations auxquelles pouvaient prétendre les agents, en fonction de leur grade, de leur ancienneté et de leur « plan de carrière ». « Plan de survie » ou « plan de fuite en avant » n'étaient pas mentionnés. C'était pourtant la fonction primordiale de tous les modules d'enseignement, de perfectionnement ou de remise à niveau qu'elle avait enchaînés au cours de ces derniers mois. Certes, elle y avait appris une foultitude de choses, depuis l'analyse criminelle jusqu'au management du stress, en passant par l'étude du comportement des gangs, voire l'investigation des actes de violence domestique perpétrés par des officiers de police. Cependant, son but premier avait surtout été de mettre le maximum d'espace entre les boyaux souterrains du Jefferson Building qui abritaient leurs bureaux et elle. En d'autres termes, le maximum d'espace entre Dougray et elle.

Peu de temps après s'être ridiculisée dans le couloir trop sombre de la grande maison triste qu'il habitait à la sortie de Fredericksburg, elle était parvenue à le coincer*. Plus d'un an auparavant. Pour une baffe, ç'avait été un vrai raz-de-marée. Elle s'était répandue, avouant qu'elle se mordait les doigts d'avoir mis un terme peu glorieux à leur relation, demandant si elle pouvait rester avec lui, suppliant presque. Oh, il avait été parfait. Il l'avait mise à la porte avec l'habituelle gentillesse dont il savait faire preuve avec les dames. Éconduite, balancée, cassée. Sur le coup, elle avait pleuré comme on se noie, terrorisée à l'idée qu'elle venait de foutre en l'air la seule histoire d'amour qui ait jamais compté dans sa vie, le seul homme qui puisse vraiment l'atteindre. Le lendemain, elle avait téléphoné dans l'après-midi à Quantico, annonçant qu'elle souhaitait prendre quelques jours de congé. Doyle les lui avait accordés sans se renseigner sur leur motif.

Les quelques jours de congés s'étaient transformés en une semaine, puis deux. Dougray Doyle ne l'avait pas appelée. Non que Lorca s'étonnât de son mutisme. Elle avait dû refaire une bonne vingtaine de fois sa lettre de démission et la succession des nuits blanches ne lui avait pas permis d'élucider l'énigme qui tournait en boucle dans ses insomnies. Qu'est-ce qui la blessait le plus : son amour-propre bafoué ou son chagrin amoureux ? Question subsidiaire :

* Voir *Un violent désir de paix.*

quelle réponse était la plus souhaitable, la moins destructrice, bref, laquelle laisserait le moins de séquelles ?

Elle avait déchiré la dernière lettre, la plus adéquate, la plus brève aussi, puisqu'elle était passée d'une logorrhée larmoyante et trop sentimentale de dix pages à un efficace squelette de cinq lignes :

> *Monsieur,*
>
> *Je vous serais reconnaissante de bien vouloir accéder à ma requête de démission du service que vous dirigez et d'appuyer ma candidature – justifiée par mes états de service – vers une autre unité. Mes motifs sont d'ordre personnel.*

Étrangement, la platitude de cette version administrative l'avait fait éclater en sanglots par l'évidence de ce qu'elle n'y disait pas.

Une cuite en règle, admirablement organisée, le dernier samedi de ses vacances thérapeutiques – ou pétochardes, au choix –, lui avait permis de sombrer dans un coma à peu près indolore jusqu'à l'aube. Les crispations de nausée qui serraient son diaphragme l'avaient réveillée. En dépit de la fraîcheur de ce petit matin d'automne, elle était en nage. Scotchée au fond de son lit par des vertiges, les tempes douloureuses d'une migraine meurtrière, une cuvette à proximité de son oreiller, elle avait mis un terme au bordel nerveux qui l'empêchait d'aligner deux pensées structurées. Baffe d'amour-propre ? Elle en avait pris un certain nombre dans son enfance, et si elles laissent toujours des traces, elles sont d'autant plus blessantes quand on y accorde de l'importance. Vrai chagrin d'amour ? Il n'existe pas de chagrin d'amour tant que la défaite n'est pas avérée. Elle ne l'était pas encore. En réalité, Dougray avait posé ses conditions. Espy ne l'avait pas compris sur le coup parce que la panique le disputait chez elle à la mortification. Dougray avait lâché :

– J'ai été saoulé de *un peu*, je ne veux pas de *un peu*. Gavé ! Je préfère *rien* à un *peu*.

Doyle n'était pas homme de négociation amoureuse. Il

s'y était tant embourbé au profit de sa femme, durant douze ans, pour aboutir au désespoir.

Le lundi matin de son retour, elle était parvenue à coincer Doyle dans son bureau, juste avant le déjeuner. La veille, elle avait tourné et retourné dans sa tête une liste d'entrées en matière, lesquelles s'étaient toutes révélées aussi ineptes les unes que les autres. Comment explique-t-on à un homme taciturne dont le regard glisse sur vous sans animosité qu'on l'aime, qu'on les veut – lui, son fils de douze ans, ses exigences, sa vie, son passé même – et qu'on croit qu'on peut réussir le futur ? Merde, comment commençait-elle ? Si elle faisait allusion à cette scène dans le long couloir, elle fondrait en larmes et fuirait de son bureau. Si elle l'omettait, les enchaînements lui permettant d'aborder le seul sujet qui l'intéressât risquaient de se révéler acrobatiques : « Euh, je me demandais si vous vouliez un café – sucré ou non ? – et, tant que j'y pense, je suis raide amoureuse de vous. » Autre tactique, elle attendait qu'il fasse le premier pas, tout en semant assez de signaux pour illuminer tous les couloirs. Le problème, c'est qu'il avait déjà fait le premier pas, plusieurs années auparavant, et qu'elle l'avait jeté comme une vieille chaussette. La probabilité qu'il récidive était donc bien mince.

Elle avait guetté son arrivée ce matin-là, patienté une dizaine de minutes afin qu'il s'installe, puis pénétré dans son bureau en débitant :

– Je ne sais pas par où commencer. Vous vous doutez de ce que je...

Il l'avait interrompue d'un geste de la main :

– Oui et je vous arrête tout de suite. Inutile de nous enfoncer davantage. Je vous le répète. C'est trop tard ou trop tôt. Vous voulez conclure cette histoire comme on finalise un marché. Ça ne peut pas fonctionner avec moi. Je vous l'ai dit, je manque d'expérience dans le domaine sentimental et les finasseries m'emmerdent. Je n'ai plus le temps. Je ne cours que si je suis certain de ne pas me planter, et ne me sortez pas le boniment éculé sur « l'amour est un pari ». C'est de la foutaise. L'amour c'est comme le reste, c'est ce qu'on en fait. À nos âges, l'amour est un acte et une conduite. Ça se construit et ça se protège.

– Je n'avais pas l'intention de m'y fourvoyer... dans le boniment, je veux dire.

– Parfait. Or, pour l'instant, je sens que je cours à la catastrophe. Comme si j'y étais.

Elle s'était crispée et avait demandé :

– C'est définitif?

– Si l'on exclut la mort, je ne connais pas grand-chose qui le soit.

Rien d'autre. Ils en étaient restés là depuis des mois, presque un an. Espy avait ensuite enchaîné les formations, avec la bénédiction de son supérieur que ces éloignements à répétition semblaient également soulager. Il ne lui restait à découvrir que le cours d'analyse statistique des empreintes ADN – une véritable prise de tête matheuse à ce qu'elle avait entendu dire – et un module de sociologie dont le thème était : « La violence aux États-Unis. » Allez, le dernier.

Esperanza entreprit de remplir avec application son formulaire d'inscription, lequel devait recevoir le visa du chef de service. Aucun problème, puisque le chef de service en question – Dougray – serait trop heureux qu'elle libère encore le paysage de sa présence.

La sonnerie du téléphone la fit sursauter.

– Ouais?

Une voix d'homme, douce, affable mais un peu surprise, répondit à cette injonction :

– Agent Lorca y Fernandez?

– Elle-même.

– J'appelais à tout hasard. Je ne pensais pas vous trouver un samedi à la base.

– On s'amuse comme on peut.

La voix, un cran plus interloquée, hésita :

– Je ne sais pas si vous vous souvenez de moi ? Brian Synge... j'encadrais la formation d'analyse criminelle...

Un grand type d'une quarantaine d'années, aux gestes fluides, à la voix courtoise, presque onctueuse, démentie par son regard. Un regard bleu glace, la fixité des iris d'oiseau de proie. On dirait qu'ils ne savent cligner que d'un œil à la fois, mouvement de paupière ultra-rapide d'un prédateur toujours en éveil. En dehors de ce détail qui l'avait mise un peu mal à l'aise, Synge était excellent pédagogue.

– Hum...

– « Hum » quoi ? Vous vous souvenez ?

– Oui.

Elle eut le sentiment qu'il contenait un rire lorsqu'il insista :

– Euh... je me demandais si nous pourrions déjeuner ensemble, un de ces quatre ?

Une onde de mauvaise humeur envahit Espy. Ah non, pas un plan drague, pas en ce moment. Elle se rendit compte soudain de la stupéfiante raréfaction de ses aventures. Merde, elle qui ne passait pas trois jours, et surtout trois nuits, sans lever un mec – pourvu qu'il soit potable et propre – faisait preuve depuis quelques mois d'une abstinence angoissante. Ils le sentaient, leur approche se mâtinait maintenant de prudence, voire de méfiance. Avant, il suffisait qu'elle pénètre quelque part pour qu'une sorte d'écriteau invisible signale « Sexe garanti. À ne pas rater », comme si sa vacuité s'affichait. Des peaux, des chairs, des sueurs et des odeurs pour meubler le vide. Il paraît que, à l'instar des insectes, les humains aussi sécrètent des phéromones. Tous ces amants, ces épisodes, n'étaient pas des prénoms, encore moins des hommes, c'étaient juste des heures en moins à errer au-dedans d'elle-même. Doyle. Tout cela était de la faute de Doyle. Doyle était en train de lui ravager complètement la tête ! Réagis, ma fille ! Merde, elle n'en avait pas envie. Pas envie de partager deux draps, un moment de peau avec un étranger, un autre, vingt autres. D'un autre côté, ce n'était pas la faute de ce Synge... Du moins tant qu'il ne devenait pas crampon. Elle se contraignit au calme :

– Écoutez Synge... Ne le prenez pas mal, mais si... Comment dire... Enfin si ça dépasse le plan professionnel, ça ne m'intéresse pas.

Le rire, à l'autre bout de la ligne, devint plus franc :

– Heureusement que tel n'était pas mon mobile... j'aurais été mortifié. Mais non, je suis marié et père de famille... je veux dire que je suis bien marié. Mon invitation est strictement professionnelle, agent Lorca... Et confidentielle.

La mauvaise humeur d'Espy se volatilisa, aussitôt remplacée par la curiosité :

– Vous pourriez être plus précis ?

– Non.

– Ah... alors, il va falloir que j'accepte.

– Cela me paraît le plus sage. Vous connaissez le Hand in Glove, à Frederiksburg ?

– Ce n'est pas trop loin de chez moi.

– Parfait. Quel jour vous irait ?

– Pas lundi mais mardi, mercredi, ou jeudi, comme vous préférez.

– Disons mardi alors. Treize heures ?

Quelle précipitation... Espy saliva tout en sachant qu'elle allait devoir ronger son frein tout le week-end. Comme s'il lisait dans ses pensées, il ajouta, avant de prendre congé en lui laissant ses numéros de poste et de portable :

– En effet... nous sommes pressés.

12 octobre, environs de Boston, Massachusetts

Lucy Gildor émergea par paliers d'un sommeil comateux. Ses tempes explosaient sous la migraine. Elle tenta de se redresser sur un coude, paupières serrées pour lutter contre la nausée qui remontait dans sa gorge, mais dérapa et s'affala à nouveau sur le dos.

Le silence si dense, si total qui l'environnait lui fit brutalement ouvrir les yeux. Blanc, si blanc comme un laboratoire, avec par endroits des zones à peine grisées qui ressemblaient à des langues d'humidité. Encerclée de murs blanc mat. Où se trouvait-elle ?

Ce type.

Quand ?

Hier, tout à l'heure, un mois plus tôt ? Elle contint la panique qui lui coupait le souffle. Elle ouvrit grand la bouche pour inspirer à pleins poumons, mais une douleur crispante lui électrisa la lèvre. La scène lui revint d'un coup.

Elle trottine sur place, au bord du trottoir, afin d'éviter que ses muscles ne refroidissent, attendant le passage au rouge d'un feu tricolore. Un grand type en pardessus de cuir bordeaux s'approche d'elle. Un sourire involontaire étire d'abord les lèvres de Lucy : il est beau, charmant... jusqu'à ce qu'elle détaille la ligne mauvaise de ses maxillaires, puis plonge dans son regard. Ce mec est un dingue. Il n'y a plus personne dans cette avenue. C'est du reste pour cela qu'elle l'apprécie et la suit tous les soirs : pas de passants pour la contraindre à ralentir l'allure.

Un regard vers la chaussée. Les phares d'une voiture qui se rapprochent. Elle évalue la distance, puis accélère. L'écho d'une course derrière elle, pas très loin, peut-être deux ou trois mètres. Elle guette le son d'une respiration difficile – elle est sportive et peu de gens peuvent la suivre au marathon – en vain. Le type s'accroche.

Courir. Elle court. La trouille s'entremêle à l'effort prolongé et commence à altérer son rythme cardiaque. Ne pas se laisser aller, parce qu'elle risque un point de côté. Courir. Elle distingue les lumières d'un de ces lotissements qui ont récemment poussé en périphérie de la ville comme des champignons. De gentilles petites familles qui regardent leur télévision et s'apprêtent à dîner. Se précipiter vers une des portes, cogner de toutes ses forces, hurler à l'aide. Encore cinq cents mètres, peut-être juste quatre cents.

Une voix, à peine heurtée par l'allure, menace derrière elle :

– Tu n'as aucune chance ! Tu es juste en train de me mettre de mauvaise humeur.

Lucy allonge sa foulée. Elle ne devrait pas, c'est encore trop tôt pour aller puiser dans ses dernières réserves d'énergie, mais la peur occulte le reste. Elle sent son souffle se raréfier, lui râper le larynx, les larmes commencent à dévaler de ses paupières. Tenir, ne pas se laisser gagner par la trouille, conserver ses ultimes forces pour atteindre les lumières lointaines qui dansent au rythme de sa course...

Le sang se précipite sous son crâne, contre son cou. Son cœur remonte dans sa gorge, s'affole.

Une main s'abat sur elle, agrippe sa queue-de-cheval, la tire avec férocité. Elle crie et tombe à genoux. La voix moqueuse, à peine essoufflée :

– Tu as perdu... Tu te bats ou tu meurs ?

Elle se relève, plie la jambe à toute vitesse. L'homme évite le coup de genou d'un petit bond. Son poing part et percute le menton de Lucy. La douleur la casse en deux et elle se cramponne pour ne pas s'évanouir. Dans la pénombre, seulement trouée par la lumière distante d'un lampadaire, elle aperçoit une seringue. Elle se débat, tente de le griffer au visage.

Une infime piqûre. L'envie de hurler. Impossible. Un goût métallique dans la bouche. Lucy se concentre pour étendre les doigts. Elle les voit bouger dans son cerveau, mais remarque que sa main reste immobile.

L'obscurité.

Lucy ravala avec peine un flot de salive amère et tenta de nouveau de se lever. Un vertige chimique la fit trembler. Son regard descendit. Il ne l'avait pas violée ou alors ailleurs, avant de la rhabiller ? Elle passa la main sous l'élastique de son pantalon de survêtement, frôlant son sexe. À priori, non, il ne l'avait pas violée. Une terreur incongrue l'envahit à cette constatation, comme si l'absence de violence sexuelle faisait brusquement changer son agresseur de catégorie : d'ordure commune à fou furieux.

Où se trouvait-elle ? On aurait dit une cave. Non, il n'y traînait rien, pas un seul objet. Pas de bouteilles, ni de pots de conserve, ni l'habituel désordre que l'on s'attend à trouver dans ces lieux. Pas d'ouverture, juste un grand canapé, celui qu'elle occupait, à assise profonde recouvert d'une indienne chamarrée de violet et de parme. Une vive lumière, dégueulée par les barres au néon qui striaient le plafond bas, éclaboussait le blanc. Des étagères désertes formaient une sorte de claustra de métal noir, séparant le canapé du reste de la pièce presque carrée. Un paravent bas, en bois roux clair, encerclait le coin situé dans sa diagonale. Pas un son. Si... Si, en tendant l'oreille, elle percevait le faible ronronnement de l'air conditionné. Une cellule. Aussi nette et désespérante qu'une de ces chambres d'isolement d'hôpital psychiatrique, à l'exception de la couche confortable sur laquelle elle s'était réveillée.

Lucy parvint à se redresser pour s'asseoir, appuyant son

poing serré sous la ligne de son soutien-gorge dans l'espoir de juguler les spasmes de nausée qui la faisaient vaciller.

Elle respira à fond à plusieurs reprises et se leva en titubant. S'accrochant aux étagères, elle réussit à les contourner.

Un sanglot nerveux l'étouffa. Elle avait commis une monstrueuse erreur hier... avant... elle ne savait plus quand au juste. Elle aurait dû faire face, combattre alors qu'elle était encore en possession de ses forces plutôt que s'épuiser dans une course vaine. À entraînement égal, un homme est plus fort qu'une femme, d'abord parce qu'il est en général plus lourd et surtout parce que son éducation ne l'a pas inhibé sur la violence. Cet avantage s'efface lorsque la femme sait qu'elle défend sa peau. Ne s'interpose alors entre elle et le salut que cette meurtrière fable de l'espoir, de la pitié du prédateur. Le mensonger « si je me conduis comme une gentille petite fille, il ne me fera pas de mal, enfin, du moins pas trop ». C'est précisément sur ce renoncement que comptent tous les vrais tordus.

La pièce – cellule ? – devait mesurer une douzaine de mètres carrés, guère davantage. Il n'existait d'autre issue qu'une large porte blindée, évoquant un sas de coffre-fort de banque. Elle tenta de l'ouvrir, s'acharnant sans résultat sur le boîtier électronique qui devait commander une fermeture de l'intérieur.

Les vestiges de l'anesthésie lâchaient peu à peu son cerveau, restituant aux choses qui l'environnaient leur signification. L'endroit avait été refait récemment. Une bâche bleue était poussée contre le mur opposé. Lucy s'en approcha et se laissa tomber à genoux. Elle tâta du bout de l'index les petits dépôts blancs qui la constellaient et les gratta de l'ongle. Ils résistèrent, preuve que le plâtre n'était pas encore assez sec pour se détacher du plastique tissé. Elle leva les yeux. Ces grandes langues gris pâle trahissaient un plâtre encore humide.

Elle se contraignit au calme. Se concentrer. Il devait y avoir un moyen. Elle rampa à quatre pattes vers le paravent roux, tenta de le faire glisser. Il s'affala, la manquant de peu. Un seau hygiénique. Il dissimulait un grand sceau hygiénique en émail blanc décoré d'un poisson stylisé, dans des tons orange et verts. Un truc chinois.

Elle revint, en se traînant, vers le mur contre lequel était poussé le canapé. Il semblait le plus frais si l'on en jugeait par l'étendue des taches grisâtres. Lucy jeta un regard autour d'elle, aux étagères. Rien, aucun objet pouvant lui servir de truelle. Elle tira le meuble, juste assez pour se faufiler derrière et progresser en s'aplatissant contre le mur. La camisole chimique avait dilué ses forces. Elle gratta le bas du mur à l'aide de ses ongles. Le plâtre s'effrita. Une bouffée de soulagement la fit haleter. Un minuscule triomphe la galvanisa. Peut-être la cloison était-elle suffisamment friable pour qu'elle parvienne à y creuser un trou assez large afin de s'y faufiler ? Son geôlier ne découvrirait sans doute pas son entreprise puisque ses efforts seraient dissimulés par la banquette qu'il lui suffirait de repousser à la moindre alerte. Un signe, il s'agissait d'un signe faste. Elle allait s'en sortir ! Une idée effroyable tempéra soudain ce bref répit. Mais si le tordu qui l'avait emmenée jusqu'à ce trou la laissait crever de faim et de soif, une sorte de dingue sadique... aurait-elle le temps de creuser assez large ? Ou si son plan était d'attendre qu'elle se réveille pour la torturer et la tuer ? La terreur lui dessécha la bouche. Elle ferma les yeux, tentant de maîtriser l'étouffement qui la gagnait, tentant de repousser les images de souffrance, de rouge, de supplice qui s'imposaient.

Se calmer, il fallait se calmer tout de suite. S'il était seul, elle était de taille à se défendre. Pour cela, elle devait conserver ses forces plutôt que de permettre qu'elles s'effilochent dans la peur. Lucy se contraignit à respirer avec lenteur et attaqua de nouveau le mur. L'ongle de son majeur cassa en crissant sur quelque chose qui semblait beaucoup plus résistant. Elle se laissa couler vers le sol, les yeux à quelques centimètres du petit cratère qu'elle venait de creuser. Merde...

Du métal. Une paroi de métal gris sombre doublait la mince couche de plâtre.

Les tremblements la reprirent. Elle ne sortirait jamais d'ici.

Un bruit de clefs. Lucy parvint à s'extraire de derrière le canapé, à le pousser et à se redresser avant qu'il ne pénètre dans la cellule. L'homme qui l'avait rattrapée à la course.

Elle se fit la réflexion idiote qu'il était magnifique. Était-il possible qu'un être aussi beau soit malfaisant ? Était-il possible que cette élégance serve un tortionnaire ?

Il se tenait juste devant la porte ouverte, torse nu, seulement vêtu d'un pantalon de cuir noir, les mains sur les hanches. Il n'était pas armé. Il lui sourit en inclinant la tête sur le côté.

– Vous êtes réveillée ? Vous avez la migraine ?

Elle acquiesça d'un hochement de tête. Il promit :

– J'irai vous chercher un verre d'eau et de l'aspirine.

Depuis son entrée, Lucy évaluait la distance la séparant de la porte béante. Si elle fonçait et le renversait, elle avait une chance de parvenir à sortir. Il était plus grand qu'elle d'une bonne tête, mais sans doute à peine plus lourd. De plus, il paraissait détendu, affable, presque compatissant, alors que l'envie de vivre la tendait.

Il commit l'erreur qu'elle espérait, pour laquelle elle priait depuis quelques secondes. Il avança de deux pas dans sa direction et croisa les bras dans le dos.

Elle bondit et se rua sur lui. Un coup de poing violent la cueillit au sternum. Elle tomba à genoux sur le sol en ciment cru, le souffle impossible. Des larmes de douleur lui dévalèrent le long des joues. Elle l'entendit murmurer d'un ton gentil « non, non, non... », et le vit tirer une mince seringue de la poche de son pantalon.

L'agacement léger d'une piqûre, ce même goût métallique qui envahissait sa bouche.

Elle s'écroula.

12 octobre, Loch Rannoch, nord de l'Écosse

Julia arrêta sa voiture de location en équilibre contre la mince bande de terre qui délimitait la berge du lac en contrebas.

Un sorte d'urgence. Un rite si incongru, si instinctif aussi, qu'elle n'aurait osé l'avouer à personne.

Elle se laissa glisser sur les fesses jusqu'au lac, la pente raide risquant d'entraîner sa masse. Ailleurs, dans un autre pays, à des milliers de kilomètres de là, un rire méchant lui serait venu, un rire contre elle-même, contre cette adiposité qui l'entravait. Pourtant, elle avait œuvré chaque jour depuis quatre ans à cette obésité. Elle avait mis tant d'énergie à la construire, tant d'énergie et tant de haine. Un marché de dupe. Elle avait vu dans ses cellules gorgées de triglycérides une armure, une vengeance. Elle voulait la destruction. La seule qui lui demeurait possible était la sienne. Elle était l'unique victime de ce grotesque ravage. C'était elle qui ne pouvait pas marcher plus de cinq cents mètres, que ses articulations de genoux vrillaient au matin, elle dont le souffle se perdait dans la graisse.

Elle serra dans sa paume la large croix celte qu'elle venait de s'offrir à Pitlocry, dans une boutique pour touristes. La bijoutière, une femme blonde avenante sans hystérie commerçante, avait posé un petit panonceau sur son bureau. Une haute écriture appliquée y avait tracé : « *Enjoy life. This* *is not a rehearsal**. » La recommandation – presque l'injonction – n'avait rien de révolutionnaire. Elle avait pourtant curieusement affecté Julia. Qu'avait-elle fait d'autre jusque-là, si ce n'est répéter sa vie ? Non, c'était faux. Du moins pas au début, mais elle avait oublié, c'était si loin. Julia s'était transformée en accessoire d'elle-même, impliquée dans une pièce dont elle ignorait la durée, le lieu, l'époque, les protagonistes secondaires. Elle n'en connaissait que le thème central et le personnage principal. Pas elle.

Trouver au moins assez d'énergie pour ne pas se contenter de répéter le dernier acte. Le jouer vraiment, une fois... Une bonne fois pour toutes.

Plus tard. Pour l'instant, revenir au flanc de ces collines pourpres, à cette conquérante bruyère qui colonisait le lit des ruisseaux. Après les grosses pluies, ils se déversaient en furie dans les lochs, comme des veines gonflées, tracées dans le vif d'une chair de granit. Se nourrir encore un peu de ce sang de carbone et de silice.

Revenir à son urgence, celle qui l'avait conduite jusqu'ici, impérative, obligatoire.

Julia s'approcha des vaguelettes qui mouraient sur les éclats de pierres de lave. Elle s'agenouilla et plongea la main dans l'eau glaciale. Caresse antalgique de cette neige liquéfiée sur son épiderme. Hérétique baptême d'une athée. Dieu avait déserté sa mémoire, des années plus tôt. Parfois, comme aujourd'hui, elle le regrettait tant...

Pourquoi avait-elle acheté cette croix ? Pour le cercle qui épousait l'intersection de ses branches. Pour la vitalité sauvage que ce peuple de Celtes mêlés avait insufflée au christianisme d'alors, celui des martyrs.

Le cercle symbolisait la longévité, l'éternité. Il symbolisait l'envie de survivre.

Devenir cette bruyère têtue qui progressait comme un sortilège. Des racines comme des os d'homme, qui s'an-

* Profitez de la vie. Ce n'est pas une répétition.

craient si profond, capables de résister à tout. Pourtant, transplantées ailleurs, elles mouraient le plus souvent. Pourquoi n'était-elle pas morte là-bas ? Sans doute à cause de cette particularité humaine : la persistance de l'espoir. Irritante, intrigante particularité. Combien de gens sont-ils morts d'espoir ? Une multitude, sans doute. Peut-être est-ce gravé dans nos gènes ? Mais cela, la bruyère l'ignorait, elle poussait ou elle crevait.

Le cercle symbolisait la longévité, l'éternité. Il symbolisait l'envie de survivre.

Nuit du 12 au 13 octobre, environs de Boston, Massachusetts

Un désert blanc et mat qui sentait la craie humide. Lucy Gildor ouvrit les yeux tout contre le mur de plâtre. Elle était allongée à même le sol de ciment. Quelle heure était-il, quel jour ? Rien à foutre. Elle avait dû vomir : son sweat-shirt puait l'aigre. Rien à foutre.

Elle se tourna avec difficulté sur le flanc. Un miracle. Un miracle ou une hallucination ? La cave était grande ouverte. Le battant de la porte, épais d'une bonne dizaine de centimètres, était béant, repoussé contre le mur.

Se calmer. Se calmer tout de suite. Puis courir. Libre. Sortir d'ici. Libre.

Elle lutta contre les derniers effets de la drogue que son ravisseur lui avait injectée et avança, d'abord méfiante, aux aguets. Pas un bruit, pas un mouvement.

Lucy inspira, remplissant ses poumons jusqu'à sentir leur pénible résistance.

Elle s'élança droit devant elle.

Elle grimpa l'escalier le plus vite qu'elle put, s'aidant de la rampe en fer forgé ouvragé. Le contact du métal frais contre sa paume la rassura un peu. Elle déboucha dans un large couloir au sol marbré. Au bout, une haute porte. Elle se rua vers elle et tourna la poignée de toutes ses forces. En vain. La porte était verrouillée.

La trouille la suffoqua à nouveau et elle tourna la tête,

cherchant une issue. Là-bas, une autre porte, vitrée. Maîtrisant le tremblement qui lui crispait les mollets, elle courut. La double porte céda d'un coup lorsque la jeune femme s'affala contre elle de tout son poids.

Qu'est-ce que... ? Elle se trouvait dans une sorte de gigantesque serre. Il y régnait une touffeur humide presque insupportable. Des milliers et des milliers d'orchidées, une éruption de couleurs.

Au bout, là-bas, une autre issue, plus petite, donnait sur un parc. Elle traversa le suffoquant jardin en quelques foulées.

– Elle est condamnée...

Lucy se tourna d'un bloc vers la voix amusée. L'homme. Elle le fixa, désespérée. Il ne portait qu'un jean.

– ... et je viens juste de boucler celle par laquelle vous êtes entrée.

Elle s'entendit gémir :

– Mais pourquoi... ?

Il eut un petit geste agacé de la main, comme s'il chassait un insecte importun.

– Quelle importance maintenant ? L'essai était joli... mais raté... dans votre cas. De deux choses l'une : vous parvenez à m'immobiliser et vous vivez ou...

Il s'avança lentement vers la femme qui reprenait son souffle, bouche ouverte. Ce n'est qu'à ce moment-là qu'elle découvrit le foulard vert avec lequel il jouait.

De longues planches pliant sous le poids des pots, des jardinières les séparaient encore. Lucy jeta un regard affolé sur sa droite. Si seulement elle parvenait jusque-là, elle pourrait le contourner. Elle prit son élan. Une main s'abattit sur son épaule. Comment pouvait-il bouger si vite ? Il la saisit à bras-le-corps, la ceintura. Elle se débattit, son poignet heurta ce qui ressemblait à une grosse bouteille de verre. Elle tenta d'assommer son agresseur, mais le récipient lui échappa et se fracassa en tombant au sol.

Un croche-pied la fit s'affaler dans les débris de verre.

Mais elle ne sentit pas leur blessure parce qu'elle venait de comprendre. Comprendre qu'elle allait mourir, ici, maintenant. Elle sanglota. Un truc bourdonna dans sa tête, irrita sa gorge, fébrile, hargneux.

Elle l'entendit encore murmurer : « Cela ne m'amuse pas, vous savez », alors qu'une soie douce et tiède s'enroulait autour de sa gorge.

14 octobre, Loch Rannoch, nord de l'Écosse

Le lourd Range-Rover soulevait des paquets de tourbe détrempée à chaque tour de roues. Julia écouta durant un moment le bruit rythmique des mottes argileuses propulsées par les pneus, retombant ensuite au sol.

Pourquoi avait-elle accepté l'invitation de Ian ? Elle le connaissait à peine. Certes, leur dîner de l'avant-veille avait été charmant et ils s'étaient promenés hier autour du lac. Très insuffisant pour connaître un homme, elle en avait fait la calamiteuse expérience. Ian rompit le silence :

– Ah... Nous ne devrions pas tarder à apercevoir la maison. Là, juste derrière ce rideau d'arbres... Horreur, j'ai oublié de vous prévenir : extasiez-vous sur les shortbreads au gingembre de Fiona.

– Fiona ?

– Ma nounou.

Julia détailla son profil, se demandant s'il plaisantait.

– Ce n'est pas une blague. Il s'agit véritablement de la dame qui m'a élevé. Le problème, c'est qu'elle ne s'est pas rendu compte que j'avais un peu vieilli. Inutile de tenter d'y remédier, c'est trop tard et elle est encore plus obstinée que moi... Vous aimez les shortbreads, au moins ? (Il hésita, redoutant sans doute une bévue, puis poursuivit :) Non, parce que c'est quand même assez calorique.

Elle sourit et précisa, avec une gentillesse qui lui était devenue inhabituelle :

– Ma ligne ne craint plus grand-chose, vous ne trouvez pas ?

Il haussa les épaules et elle craignit qu'il ne se lance dans un mensonge courtois, coutumier depuis des années, quatre pour être précise. Paroles lénifiantes, faussement laudatives : « Mais pas du tout, j'adore les femmes qui ont des formes, et quelle magnifique peau de rousse... », qui trahissaient surtout la gêne des regards que l'on posait sur elle.

Le 4×4 ralentit, puis stoppa sur le bas-côté. Ian se tourna vers elle et rectifia sans précipitation :

– Vous êtes enveloppée.

– Non, je ne suis pas enveloppée, je suis obèse. Techniquement obèse, mathématiquement même... Bien que j'aie perdu trois kilos depuis mon arrivée en Écosse... L'exercice, je suppose. Il n'en demeure pas moins que mon indice de masse corporelle est de 43, avec cent sept kilos pour un mètre cinquante-huit. C'est ce que les cliniciens appellent la surobésité ou l'obésité sérieuse. Il n'existe aucune classe supérieure, si je puis dire.

Ian fronça les lèvres, haussa les sourcils et rétorqua :

– Oui, c'est trop, cent sept. (Il caressa le volant du bout de ses doigts gantés et déclara d'un ton calme :) Fort peu de choses sont permanentes... Je veux dire chez un être humain, tout est si... fluctuant... volatil. Sauf peut-être la bêtise et la méchanceté. Mais les kilos, ça se perd si facilement.

– Vous m'offrez un abonnement aux Weight Watchers ? persifla-t-elle d'un ton peste dont elle regretta aussitôt la stupidité.

– Pourquoi pas ? Leur système marche et a la réputation d'être sensé. Mais non, ce n'était pas le sens de ma remarque.

Il s'interrompit et redémarra. Un peu étonnée, Julia insista :

– Qu'alliez-vous ajouter ?

– Rien d'autre. (Il eut un petit rire et rectifia :) C'est fabuleux, un cerveau humain. Ça fonctionne avec tant de sagacité chez certains êtres et pourtant, c'est capable de tant de cécité volontaire. C'est aussi capable de vous bousiller en vous faisant croire que vous êtes la coupable et que c'est le prix à payer.

Julia se figea durant quelques instants. Qui était cet homme ? Que savait-il au juste ? Pourquoi avait-il dit cela ?

Elle prit une longue inspiration, mais renonça aussitôt à lui poser les questions qui se massaient dans sa tête. Pas par lâcheté, pas même par crainte, juste parce qu'elle sentait qu'elle ne parviendrait pas au bout de sa phrase sans fondre en larmes.

Mais si, je suis coupable. J'aurais dû voir, j'aurais dû savoir. Mon cerveau est coupable de son aveuglement. Et pourquoi s'est-il aveuglé ? Parce qu'il voulait pouvoir continuer à aimer. De cela, il est grandement coupable.

Fais un effort, Helen. Fais un effort, gros tas. Reviens. Reviens immédiatement, c'est un ordre !

La souffrance était toujours là où elle l'attendait. La souffrance, elle, ne la trahissait jamais.

Tu es devenue une gigantesque et invisible plaie, Cordell. Elle suppure à l'intérieur de moi, mes cellules se dilacèrent, mes chairs se gangrènent, mais nul ne le perçoit. Il suffit que je te frôle, que je frôle mes souvenirs, pour que la douleur irradie dans tout mon corps, dans toute ma tête.

– Constance ? Constance, vous allez bien ?

Elle sursauta, ouvrit les paupières et bafouilla :

– Euh... Une chute de tension, je crois. De petites hypoglycémies passagères... Ça m'arrive. Pourquoi parliez-vous de mon cerveau destructeur ?

– Parce que c'est de cela qu'il s'agit, non ? Nous ne nous connaissons que depuis quatre jours... et vous êtes très discrète... mais je vous sens.

Le bleu pâle de son regard effleura le regard de Julia. Il sourit :

– Ah... La maison aux perroquets ! J'espère que vos tympans sont résistants.

Au sérieux de son regard, au pli de son front qui démentaient la légèreté de son commentaire, Julia comprit qu'il lui faisait la générosité de ne pas la pousser plus avant.

Julia était parvenue à dégeler Fiona. Pourtant, la nounou qui devait approcher les quatre-vingts ans était du genre retors et farouche. Surtout avec les dames que lui ramenait son Ian, qu'elle ne nommait que *sir* devant les invités. Ce dernier lui avouerait, avec la plus grande discrétion, que la dame âgée était un brin snob et qu'elle regrettait qu'il n'ait pas épousé la diplomatie ou la politique.

Étrangement, Julia avait aussitôt été amusée par la femme boulotte à l'accent gaélique si prononcé qu'elle ne comprenait que la moitié de ses phrases. Le grand âge semblait lui avoir concédé quelques dernières faveurs, à moins qu'il n'eût été impressionné par la mâchoire carrée, les yeux bleu-mauve et le frêle chignon de cheveux blancs, ramené agressivement en haut du crâne, comme le petit chapeau d'une brioche.

Il n'en demeurait pas moins que la voracité inhabituelle de leur invitée semblait avoir satisfait Fiona, qui avait épié ses gestes avec un regard d'épervier, avant de se retirer sur une tirade à peine compréhensible :

– Appétit d'oiseau, crâne de piaf, santé de colibri.

Ian avait attendu que la lourde porte aux panneaux taillés en diamant se referme avant de conclure :

– Ou l'inverse, dans votre cas.

– Dites-moi, elle est tétanisante.

– Et vous n'avez encore rien vu !

Il reposa sa tasse de thé avant de poursuivre :

– Vous êtes un peu réchauffée ? Prête pour la visite ? Ces vieilles baraques sont impossibles à chauffer.

Il s'agissait en réalité d'un de ces manoirs d'inspiration Tudor, style architectural fort prisé sous Élisabeth 1re, et qui avait essaimé au nord lorsque la souveraine, à l'issue d'un long et profitable règne, avait légué la couronne d'Angleterre à Jacques d'Écosse. Lorsque Julia s'était installée dans l'immense salon, seulement tiédi par une cheminée de pierre assez large pour cuire un bœuf, elle s'était fait la réflexion qu'elle ressemblait à un bibelot fragile dans cet environnement massif et pesant. Déroutante sensation, étrangère depuis fort longtemps.

– Avec plaisir, répondit-elle en se levant d'une chaise os de mouton si inconfortable que nul n'aurait souhaité y demeurer plus longtemps que nécessaire.

– Le plus court est de ressortir et de contourner l'aile est.

Ian la précéda. La nuit était tombée et les chaussures en gros cuir de Julia s'enfonçaient dans la terre gorgée d'eau. Les yeux rivés au sol, cherchant à anticiper d'éventuelles flaques de boue, l'idée qu'elle était cinglée de suivre cet homme presque inconnu lui revint pour la dixième fois depuis leur rencontre. Personne ne savait où elle se trouvait ; personne ou presque. Son haleine se matérialisait au rythme de ses pas, de ses expirations, petits nuages blanchâtres s'effilochant devant sa bouche, happés par l'air glacé. Des bribes de scénarios gore se télescopèrent dans sa tête : si ça se trouve, ce type était un fondu, il allait la violer avant de la démembrer ou de l'éviscérer et cette vieille dame était en réalité une voyeuse cannibale, complice de l'enfant devenu grand qu'elle avait élevé ou qu'elle avait eu clandestinement d'un ancien maître. Julia fit un effort pour contrôler le pouffement nerveux qui montait dans sa gorge : crétine, tu lis trop et tu regardes trop la télévision. Crétine ? Elle avait aimé à la déraison un des tueurs en série les plus redoutables des États-Unis. Crétine ? Lorsqu'il avait assassiné son père, sa mère et Nana, il avait presque fallu qu'on lui cogne dessus pour qu'elle le croie.

La voix étouffée de son hôte la fit stopper net :

– Nous y sommes. Préparez-vous à un spectacle inhabituel.

Julia leva les yeux. Une nef illuminée. Une énorme serre – probablement un ajout du début du XIXe siècle – prolongeait la façade sud de la maison, excroissance harmonieuse et oblongue. L'intérieur des hautes parois vitrées était recouvert d'une buée d'humidité qui formait comme un store liquide. Elle entendit avant de voir. Des cris stridents trouaient parfois le brouhaha qui provenait du jardin d'hiver. Soudain, un silence massif s'installa tandis que Ian ouvrait la double porte en fer forgé blanc. Julia avança d'un pas, puis de deux, dans la touffeur de la grande salle. Des dizaines de paires d'yeux ronds, noirs, la fixèrent. Têtes inclinées à angle droit, épais becs entrouverts sur un point d'interrogation muet, bourrasques de couleurs, panaches vert émeraude, rouge vif ou bleu cobalt. Un bafouillage chic la salua :

– Co... co... comment allez... euh... vous ?

Elle tourna la tête en direction de la voix distinguée pour découvrir un petit perroquet d'un magnifique gris perle.

Ian expliqua :

– Il s'agit d'un gris du Gabon. Ces animaux sont capables de parler jusqu'à trois cents mots... Je veux dire qu'ils « parlent » vraiment, ils ne se contentent pas d'imiter des sons ou de répéter les mots qu'on leur apprend. Ils sont capables de composer des phrases simples pour s'exprimer.

– En effet... J'en ai entendu parler. Étonnant.

– L'autre, à côté, est son compagnon. Mais il s'est tellement piqué que les plumes de son poitrail ne repoussent plus.

– Comment ça ?

– Il s'est arraché les plumes. C'est un signe de dépression nerveuse chez les oiseaux. Ils s'automutilent, comme pas mal d'animaux intelligents. Il a passé quinze ans dans une ancienne fosse septique, seulement éclairée par une trouée pratiquée au ras du sol. Un caprice. C'est fréquent... Il y a un film, un disque, ou une star quelconque possède un animal particulier et tout le monde veut le même. Et puis la mode passe. On balance la bête comme une paire de godasses... Le propriétaire voulait son gris du Gabon, ça classe... un signe extérieur de richesse puisque ces animaux peuvent atteindre des sommes exorbitantes. Et puis il s'est aperçu que ces oiseaux – les perroquets en général – sont très intelligents, très réactifs. Ils ont besoin d'affection, qu'on leur parle, qu'on s'occupe d'eux, ou ils dépriment... C'est encore pire qu'un chien parce que eux, ils n'obéissent pas. De surcroît, ajouta-il en levant la voix, comme vous pouvez l'entendre, ils sont très bruyants.

– Quinze ans ? Quel abruti ! Il ne pouvait pas le confier à une association ?

– Et avouer qu'il l'avait obtenu en contrebande ? Encore heureux qu'il ne l'ait pas tué ou laissé mourir de faim. Certains perroquets peuvent devenir centenaires... C'est un engagement de longue durée !

Quelque chose tira la manche de Julia. Elle se tourna pour découvrir un ara blanc qui la fixait d'un regard d'exigence. La crête de plume jaune citron s'évasa comme un éventail et l'animal poussa un hurlement qui la fit tressaillir. Elle gémit :

– Mais que me veut-il ?

– Que vous lui fassiez des compliments. Il s'appelle Ben.

– Que tu es joli, Ben, tu es splendide, murmura-t-elle d'une voix caressante et convaincue.

La crête retomba et l'oiseau s'avança, tendant une patte vers elle, serres recourbées. Mais un cacatoès voisin ne l'entendit pas de cette oreille et se hérissa en vociférant, quémandant à son tour l'attention flatteuse de la femme. Durant le quart d'heure qui suivit, Julia débita, sans reprendre son souffle, toutes les gentillesses qui lui passaient par la tête, allant même jusqu'à complimenter un petit lori de Nouvelle-Guinée aux teintes explosives pour son « pelage luisant », ce qui ne parut pas l'offusquer. Elle calma à tour de rôle les battements d'ailes jaloux des oubliés, les crêtes ébouriffées des impatients, les vociférations stridentes des attentifs. Un éclat de rire du maître de maison la sauva de l'essoufflement :

– Vous pouvez continuer toute la nuit, ils ne se lasseront pas tant qu'il y aura de la lumière.

– Et celui-là ? demanda Julia en désignant l'ara possessif qui la rappelait à l'ordre en tirant sur la manche de son imperméable lorsqu'il jugeait qu'elle se désintéressait de lui deux secondes de trop.

– Celui-là, c'est vraiment dommage. Il a appartenu durant vingt ans à une femme d'un certain âge qui l'adorait, mais elle a développé une allergie aux plumes. Elle a tenu tant qu'elle a pu au point qu'elle a failli y rester. Après son arrivée ici, le pauvre Ben a fait une dépression nerveuse qui a duré plus d'un an. Son ancienne compagne humaine me téléphone tous les mois pour prendre de ses nouvelles.

– Un appel pour vous, sir, urgent. J'ai fait patienter. Vous pouvez prendre la ligne dans le petit bureau.

Poings sur les hanches, Fiona se tenait dans l'embrasure de la porte qui conduisait vers l'intérieur du manoir.

– Qui ?

– Le major Barnes.

La réaction de Ian surprit Julia. Une ombre d'irritation ou de gêne fronça ses sourcils et le sang lui monta aux joues.

– Euh... Excusez-moi... Teddy, un vieux camarade... Ça ne vous ennuie pas ?

– Mais je vous en prie.

– Vous me suivez ou je vous abandonne à vos fans, au risque de vous retrouver au bord de la syncope à mon retour ?

– Non, non... je vous suis... Une femme seule, même bien entraînée, n'y suffirait pas.

Il l'installa à nouveau dans l'immense salon réfrigérant, s'excusa et sortit d'un pas rapide.

14 octobre, Frederiksburg, Virginie

Le Hand in Glove se vidait de sa horde pressée d'habitués lorsque Espy pénétra dans la salle aux murs de brique roux foncé. Elle se fit la réflexion que Brian Synge n'avait pas choisi cette heure tardive par hasard. Il l'attendait, installé à une petite table ronde, excentrée comme il se doit. Il se leva à son arrivée, un chaleureux sourire aux lèvres. Pourtant, son regard était toujours aussi incisif, aussi froid. Elle jeta un coup d'œil appuyé à sa montre pour se donner quelques instants et il crut bon de la rassurer :

– Vous n'êtes pas en retard. C'est moi qui suis arrivé avec dix minutes d'avance, c'est pathologique chez moi. Un verre de vin rouge ? Ils ont un merlot sans prétention tout à fait sympathique.

– Volontiers... mais je reprends la route.

Il plaisanta :

– Ne me dites pas qu'un verre de vin vous fait peur ?

Elle sentit immédiatement que cette boutade anodine cachait autre chose et que l'homme assis en face d'elle l'évaluait, passant en revue les différentes approches possibles. La vague impression que ce type tentait de la coincer l'exaspéra et elle répondit, suave :

– Mais si, mais si... je ne suis qu'une frêle jeune femme.

Il la détailla quelques instants et elle soutint son regard. Il passa commande de leurs consommations sans presque la lâcher des yeux et proposa d'un ton neutre :

– Et si nous épluchions la carte avant de discuter ?

– Inutile, je la connais par cœur. Pour moi ce sera du guacamole, suivi d'un T-bone bleu avec frites, à moins que le plat du jour ne me séduise.

– Robuste constitution, dites-moi ?

– Attendez de voir mon dessert ! Tarte chocolat et noix de pécan avec une louche de crème Chantilly.

Une jeune fille aux cheveux parme et aux ongles vernis de vert bronze déposa leurs verres devant eux, si brutalement qu'un peu de vin trempa le bout des doigts de Lorca. Au lieu de s'excuser, la fille leva les yeux au ciel en soufflant d'énervement. La mauvaise humeur de Lorca monta d'un cran. Elle temporisa pourtant encore et demanda :

– Que me recommandez-vous comme plat du jour... plutôt les quenelles de homard frais aux épinards ou l'agneau du Montana ?

L'autre exhala avant de marmonner :

– J'suis pas vot'mère... faut apprendre à faire des choix dans la vie, d'accord ?

Espy résista à la folle envie de se lever et d'attraper la fille par les cheveux pour la secouer. Au lieu de cela, elle serra sa serviette entre ses ongles et s'enquit d'un ton sucré :

– Quelque chose ne va pas, mademoiselle ?

Un « pfffttt » excédé lui répondit. Espy s'entêta :

– Mais, je vous en prie, exprimez-vous.

La serveuse zézaya d'un ton à la fois vulgaire et boudeur :

– C'est juste qu'on va encore finir à j'sais pas quelle heure !

Lorca lutta contre la bordée d'injures disproportionnées qu'elle sentait monter dans sa gorge et siffla :

– Un conseil : changez de métier ! Un autre conseil, barrez-vous avant que je me fasse un gros plaisir.

Une main ferme se posa ou plutôt s'abattit sur son bras.

Elle tourna la tête. Synge la fixait. Quelque chose dans son regard lui cloua le bec. Il déclara d'un ton neutre :

– Ce n'est rien mademoiselle, merci.

Lorsqu'elle eut tourné les talons, il murmura au profit de Lorca :

– On se calme. Elle n'a pas l'air d'avoir inventé l'eau tiède et on peut parier qu'elle est payée des clopinettes. Ça ne mérite ni des insultes, ni même votre mauvaise humeur. (Il hésita, puis :) Et si vous me disiez pour quelle raison je vous tape autant sur les nerfs ?

– Non, non... Vous l'avez dans le désordre. Si vous m'expliquiez pourquoi vous souhaitiez me rencontrer et si vous arrêtiez de tourner autour du pot ?

– J'y viens, j'y viens... Mais la coutume veut que l'on commence par bavarder pour se rapprocher progressivement du vif du sujet.

– Les coutumes me laissent assez indifférente et je n'ai pas beaucoup de temps.

– Il va pourtant vous en falloir, avec la quantité d'aliments que vous comptez ingurgiter !

Elle le sentit véritablement amusé pour la première fois et lui concéda un sourire.

La même jeune femme parme revint avec leurs entrées, un bol de guacamole décoré comme un cœur de tournesol de tacos triangulaires pour Espy et une salade d'épinards aux fines tranches de dinde fumée, parsemée de pignons de pin, pour Synge. Elle déposa l'assiette de Lorca en se tenant aussi loin d'elle que possible, comme si elle craignait que l'autre ne lui saute à la gorge, et gratifia Brian Synge, son sauveur, d'un petit sourire contrit et reconnaissant.

Ils commencèrent leur déjeuner. Rompant le silence la première – une erreur, elle le savait –, Lorca demanda :

– Vous êtes de chez nous ?

– Pas vraiment... Disons que je suis affecté transitoirement au FBI. J'y encadre pas mal de formations sur l'analyse criminelle... entre autres.

– Universitaire ?

– Non. Enfin, j'ai été prof durant deux ans à l'université de Virginie. Il y a plus de dix ans de cela.

– Bon... Je passe toutes les agences et institutions en revue ou nous sautons cette étape et vous me dites tout de suite d'où vous venez ?

Sa fourchette suspendue à quelques centimètres de la bouche, il la détailla et répondit d'un ton placide :

– CIA.

Espy se contenta de hocher la tête. Elle s'en doutait. Synge avait cette particularité qu'elle avait déjà rencontrée chez certains représentants de l'agence de renseignement : une sorte de supériorité courtoise qui naît du fait que l'on sait – ou croit savoir – des choses que les autres ignorent. Se méprenant sans doute sur son silence, il ajouta :

– Vous savez, les choses ont pas mal évolué... Enfin, je veux dire rationnellement, entre les différentes agences du pays.

– Ah bon ?

Il pouffa de façon inattendue :

– Oh là... Je sens que vous avez embrayé sur le programme « méfiance absolue, je n'en lâche plus une ».

– Raté. J'attendais juste la suite.

– La suite ?

– Allons, Mr. Synge... Vous ne m'avez pas fait revenir en ville, afin de déjeuner à une heure assez discrète, juste pour me raconter que vous étiez dans le renseignement. C'est palpitant, mais cela pouvait sans doute attendre...

– Je ne suis pas dans le « renseignement »... pas vraiment... je suis avant tout recruteur.

– Et ?

– Et votre profil m'intéresse.

Étrange. Un an plus tôt, cette sortie aurait fait saliver Espy de curiosité. Au lieu de cela, elle s'entendit demander d'une voix détachée, comme si elle discutait d'un cas d'école ou d'une inconnue :

– Pour quoi faire ?

– Je m'attendais à autre chose.

– Pardon ?

– Oui, je m'attendais à ce que vous cherchiez à savoir quel profil ?

– Ça n'a aucun intérêt pour moi, du moins en ce moment, tant que j'ignore si ce que vous me proposez me convient.

– Devenir agent d'infiltration.

Lorca se redressa et son couteau lui échappa des doigts. Elle attrapa la serviette posée sur ses genoux et la froissa en boule avant de la jeter sur son assiette. Elle se leva et siffla, dents serrées :

– Vous êtes malade ? Je n'ai pas envie de me faire buter ou de devenir une pute camée. Je n'ai pas non plus envie de participer à des trafics de merde, ou à des agressions contre les gens que je suis censée protéger, juste pour être acceptée par une bande de fondus. Mon sens de l'héroïsme et mon patriotisme ne vont pas jusque-là. Ma connerie non plus.

– Asseyez-vous, je n'ai pas terminé, ordonna-t-il.

– Pas envie ! Allez, salut, c'est vous qui réglez l'addition. Je finirais de bouffer à la cafet' de la base.

Elle tourna les talons sans un regard pour la serveuse qui s'approchait, tenant en équilibre leurs plats de résistance.

« La cause la plus commune qui invite les hommes au désir de s'offenser, de se nuire les uns aux autres, est que plusieurs recherchent en même temps une même chose, et que, fort souvent, ils ne peuvent pas tous la posséder ou la diviser entre eux. »

THOMAS HOBBES, *Du citoyen.*

16 octobre, Institut médico-légal, Boston, Massachusetts

Le docteur Richard DiGiola s'étira. Une langueur, assez malvenue en ces lieux, ne le quittait pas depuis le début de la journée. Langueur épuisée puisqu'il n'avait presque pas fermé l'œil de la nuit.

Nom d'un petit bonhomme, quelle engueulade ! Jessica, sa femme, avait du tempérament, et lorsqu'elle se mettait vraiment en boule, mieux valait faire profil bas, rentrer la tête dans les épaules et attendre la fin de l'ouragan en espérant qu'elle ne balancerait pas au travers de la maison tout ce qui avait la malchance de lui tomber sous la main.

Certes, il ne l'avait pas volé, et en plus il ne regrettait rien. Plus de vingt ans, exactement vingt et un, pour river son clou à cette pimbêche de Gina. Une petite vengeance, assez indigne d'un homme de trente-huit ans, médecin légiste plus que prometteur, et qui avait de bonnes chances de terminer sa carrière comme médecin expert général du Commonwealth du Massachusetts. Mais, avant tout cela, il avait commencé par être un gamin puis un adolescent grassouillet, myope, pas très grand et affligé d'une timidité maladive avec les filles qui lui plaisaient. Au demeurant, peu de choses avaient changé, sauf l'âge. Vingt et un ans plus tôt, il était tombé fou amoureux de cette brune aux yeux de lavande. Gina, ah, Gina ! Jolie comme un cœur, mauvaise comme la gale, rusée comme un singe et perfide comme une vipère, elle avait un an de plus que lui. Elle l'avait fait tourner en bourrique, acceptant avec une moue compassée tous les cadeaux qu'il lui offrait grâce aux quelques sous qu'il gagnait dans l'épicerie de son père. Il n'en dormait plus, passant ses nuits à lui écrire des poèmes, à composer des chansons, puisque à l'époque il rêvait encore de devenir un improbable Frank Sinatra *bis* pour convaincre l'élue de son cœur. Elle l'avait allumé, pour le laisser en plan une bonne centaine de fois. Il ne s'en offusquait pas. C'était, selon lui, un truc de filles par lequel il fallait passer. Et puis, sans doute découvrait-il, sans en avoir conscience, la jubilation masochiste de la plaie d'amour.

Jusqu'à ce que son passage dans Salem Street déclenche systématiquement les gloussements des copines de Gina. Il avait fini par comprendre. Ses poèmes faisaient l'objet de lectures publiques visant à le ridiculiser. D'abord, la rage l'avait précipité vers l'immeuble où habitait l'odieuse traîtresse. Mais le chagrin lui avait coupé les jambes en route. Il était rentré chez lui, serrant les dents pour ne pas fondre en larmes en pleine rue. S'il s'était assez vite guéri de son amour saccagé, il ne lui avait jamais pardonné cette humiliation.

Et hier soir, alors qu'il traversait le campus médical de Boston University, abritant les locaux du médecin légiste en chef, pour rejoindre East Brookline Street, la silhouette qui le précédait avait attiré son attention. Richard avait pressé le pas et hélé la femme. Elle s'était retournée, une moue renfrognée crispant son visage. Gina. Mais Gina avec vingt ans et vingt kilos de plus. Gina assez mal fagotée et pas mal froissée. Seul le regard lavande semblait intact. La moue de la femme s'était volatilisée :

– Richie... Richard DiGiola... Ça alors !

Une sorte de bouffée joyeuse avait poussé Richard. Il l'avait convaincue d'aller boire une tasse de café. Elle n'avait que peu résisté. Il avait vite appris, dans le désordre, qu'elle était divorcée et venait de trouver un poste de secrétaire au Goldman School of Dental Medicine, situé juste en face du gros bloc sombre qui hébergeait la morgue, de l'autre côté d'Albany Street. Il avait joué à merveille, la poussant aux confidences en souvenir du « bon vieux temps ». C'est lorsqu'il avait glissé qu'il était médecin, anatomo-pathologiste légal plus exactement, qu'il avait senti le changement d'humeur de son ancienne tortionnaire. Elle était devenue tendre, séductrice. Il l'avait laissée venir. Lorsque enfin elle avait déclaré d'un petit ton malheureux :

– Ce qu'on est bête lorsqu'on est jeune... Tu sais, je m'en suis mordu les doigts. Et puis, tu es parti étudier à la George Washington University...

– Ils ont un excellent département de sciences médico-légales.

– Ah ? J'ignorais.

Elle avait posé, comme par mégarde, le bout des doigts sur sa main et la griserie de la victoire avait empourpré Richard. Sans doute s'était-elle méprise sur la cause de cette soudaine rougeur. Elle s'était enfoncée :

– Tu connais les filles. Je voulais me vanter, parader devant les copines... J'étais si flattée. C'est après que... j'ai réalisé... Ce que j'ai pu pleurer. Je regrette tant, tu sais...

Il l'avait considérée, un gentil sourire aux lèvres. Grand seigneur puisqu'il gagnait enfin, il avait rétorqué :

– Oui, on était bêtes hein ? Ce sont des trucs de gosses. Bon, ben il va falloir que je rentre. Jessica, ma femme, va s'inquiéter.

– Tu es... ?

– Marié ? Oui, très bien marié. À une femme ravissante, adorable... et intelligente.

Richie était si hilare en rentrant qu'il avait commis l'énorme bourde de raconter sa rencontre à Jessica, oubliant sottement la jalousie chronique de celle-ci, jalousie qui frisait l'état pathologique. Voir surgir du passé une ancienne flamme de son mari l'avait aussitôt fait passer en mode belliqueux, très offensif.

Il ronronna en s'étirant à nouveau. Il aimait bien les femmes jalouses. Enfin, il aimait que la sienne le soit. Ça l'emmerdait ferme sur le moment, mais au fond, ça le rassurait. D'autant que lorsque Jessica s'effondrait, épuisée par sa crise, elle regrettait aussitôt ses menaces de divorce, de rétorsions en tout genre sans oublier l'inévitable et douloureuse agonie par empoisonnement du cocufieur supposé. Et lorsque Jessica se sentait coupable, elle devenait très, mais alors très amoureuse.

Un café... Une soupière de café bien fort s'imposait.

Il jeta un nouveau regard sur la liste de la journée... Trois corps étaient arrivés depuis qu'il avait quitté le bâtiment la veille au soir, et il n'était pas dix heures du matin. Le docteur Lamont Grey, leur chef, étant en congrès jusqu'à la fin de la semaine, les autopsies lui revenaient toutes. Un homme de race caucasienne, âgé, précisait le listing, décédé depuis plusieurs jours, retrouvé dans son appartement par un voisin alerté par l'odeur. Deux anonymes, une femme et un homme. Sans doute un couple de SDF ou des clodos. Il réprima une moue de déplaisir. La routine. Des heures de boulot pour conclure dans un cas qu'un vieillard était décédé de causes naturelles et très probablement d'oubli, et que les deux autres avaient fini des suites d'un abus chronique d'alcool.

Un détail pourtant l'intrigua : l'homme anonyme avait été retrouvé coincé entre deux bennes à ordures de Jamaica Plain, c'est-à-dire dans South End, alors que la femme avait été découverte par des promeneurs, allongée derrière un banc de Charlesbank Park, dans le West End. Le listing ne précisait pas la cause apparente de la mort, puisque la définition de celle-ci revenait au légiste et à lui seul.

Autant s'y coller tout de suite, il en finirait plus vite.

Pourquoi avait-il choisi cette étrange spécialité médicale ? Car c'était un choix. Lorsqu'il l'avait annoncé quelques années plutôt à sa mère, elle avait été atterrée – en dépit de son inconditionnel amour et de son aveugle admiration pour son unique rejeton. Sa mère le voyait pédiatre, luttant pour des enfants malades, ou – moins héroïque mais plus lucratif – chirurgien esthétique. Elle s'était vite remise, cette obscure et presque confidentielle spécialité étant soudain devenue à la mode, en partie grâce aux cinéastes et aux écrivains.

Si les étudiants la fuyaient quinze ans auparavant, on refusait maintenant des candidatures.

Peut-être un insatiable goût pour la vie et ses meilleurs moments l'avait-il poussé ? La vie n'éblouit jamais autant, dans ses moindres détails, que lorsque l'on côtoie sans cesse la mort. Une certaine passion pour la vérité glacée de la science aussi. Glacée comme eux, vraie comme eux. Les morts. Redonner pour quelques heures à ces cellules, ces tissus, ces humeurs, la mémoire de leur vie d'émotions, de leurs bonheurs et de leurs peurs. De leurs douleurs aussi. D'effroyables douleurs. Et puis sortir. S'apercevoir que la nuit est magnifique, que l'air a ce soir un léger parfum de chèvrefeuille ou de pin, ou de neige. Se dire que cette étoile, là-haut, ne brillait pas aussi fort, hier ou avant-hier. Songer que le sourire de cet enfant, de cette femme, de ce vieil homme, est probablement un des plus jolis moments du monde. Se rendre compte que ce chien qui frétille de la queue, une balle de tennis dans la gueule, fixant son maître, est la chose la plus drôle qui vous soit jamais arrivée. Trépigner d'impatience en attendant le contact de la main d'une femme sur votre épaule, contre vos reins. Aimer brusquement tout, trop, et dans le désordre.

Lorsqu'il pénétra dans le sas de décontamination et d'habillement précédant la salle d'autopsie 3, les deux techniciens assistants, Alex Pankow et Maddie Park, s'y trouvaient déjà, plaisantant :

– Putain, ma vieille... Une grappe... Jamais vu ça en vingt ans de carrière. Tu te demandes comment le mec survivait encore. C'était plus un foie, c'était de la pulpe. On savait pas comment l'extraire pour le peser.

Maddie renchérit :

– À la paille, ou avec un aspirateur de bagnole ?

L'autre pouffa, quêtant un acquiescement de Richie qui ne vint pas. Il comprenait la raison de ces blagues vaseuses. Des blagues de décompression. La mort des autres finit par vous entrer par tous les pores de la peau. Il faut la désincruster de là. Lui avait Jessica, sa vitalité, ses crises, son amour ainsi qu'une grosse passion pour les comédies musicales et l'opéra italien. Il préférait éviter les plaisanteries de salle de garde, ne pouvant s'empêcher de les juger parfois blasphématoires. Le personnel le trouvait donc « réservé », enfin c'est ce qu'ils disaient lorsqu'on pouvait les entendre. « Cul serré » ou « bambino à sa mama » étaient les versions plus privées et largement plus fielleuses. Mais maintenant il s'en foutait, parce qu'il était le chef ou presque et qu'il avait, en effet, une mère merveilleuse, une femme sublime et une magnifique maison, et qu'en plus il venait de se venger de Gina ! Petite crise d'infantilisme ? Rien à foutre si c'est bon pour l'ego, donc pour tout le reste.

– On commence par quoi, monsieur ? demanda Maddie.

– Par qui. (S'en voulant de son ton trop sec, il tenta de se rattraper d'un sourire.) Honneur aux dames, l'inconnue. C'est quel numéro ?

– P03/10-16/001-RDG.

Post mortem de l'année 2003, 16 octobre, première autopsie de la journée. Suivaient les initiales du médecin ayant supervisé l'autopsie.

Dès qu'il descendit la fermeture Éclair de la grande housse en plastique noir, Richard DiGiola comprit qu'il s'agissait d'une mort violente. Strangulation. Pas accidentelle, puisque le rapport de police ne mentionnait sur les lieux la présence d'aucun lien, corde ou autre ayant pu étouffer la jeune femme. Meurtrière ou involontaire ? Le nombre de suffocations survenant durant ce fameux « jeu du foulard » avait quadruplé en quelques années. Bravade ou auto-érotisme. Dans un cas comme dans l'autre, la victime serrait trop le garrot ou alors confectionnait un nœud impossible à défaire d'une simple secousse. La pression contre les vaisseaux sanguins du cou privait le cerveau d'oxygène. La victime s'asphyxiait.

D'après les constations faites sur place lors de la découverte du corps à huit heures quarante-cinq du matin, la température nasale relevée et corrigée était en isothermie avec l'environnement, une nuit fraîche durant laquelle le thermomètre n'avait pas grimpé au-dessus de 10 °C. En d'autres termes, la mort était survenue plus de quarante heures avant la découverte du corps, ce que confortait la désinstallation de la *rigor mortis*. On évite de prendre la température anale afin de ne pas abîmer d'éventuels indices démontrant – entres autres – une sodomie, imposée ou non. Deux cavités naturelles sont alors privilégiées : le nez et l'oreille, au travers du tympan.

– Merde, elle est jeune, marmonna Alex.

– Oui, je dirais la trentaine. Pas SDF et encore moins clocharde. Les cheveux sont propres, les ongles manucurés, recouverts d'un vernis transparent, récent... Tiens, celui du majeur droit est cassé... (Il se pencha vers le sac en plastique transparent qui enveloppait sa main et précisa :) cassé très court – la chair est à vif – et pas limé... les vêtements de sport de bonne qualité, pas usés... Pourtant... (Il renifla) elle est soignée mais cette tache jaunâtre pue... On dirait qu'elle a vomi. Sa montre... Là, c'est un beau bijou... Bon, on la soulève.

Ils dégagèrent l'inconnue de sa housse mortuaire pour la déposer sur une table en Inox. Suivit le premier examen, purement descriptif. L'état, l'âge approximatif, le sexe, les possessions du cadavre. Ainsi que l'avaient déjà mentionné les officiers du Boston Police Department, aucun papier ne permettait son identification.

Avec un luxe de précautions, Richard DiGiola enleva ensuite les sacs en plastique transparents qui protégeaient les mains de la jeune femme, pendant que Maddie maintenait un plateau en Inox émaillé blanc sous elles. Il gratta soigneusement le dessous des ongles, décollant quelques grains d'un résidu grisâtre piégé sous la corne. Les prélèvements des cavités naturelles et du sang suivirent. Les uns serviraient à préciser si la jeune femme avait été victime de violences sexuelles, les autres à déterminer de nombreux critères, et notamment si elle se trouvait sous l'effet de substances illicites ou d'alcool lorsqu'elle était morte. L'ensemble des échantillons serait aussitôt envoyé au Boston Police Crime Laboratory Unit. L'énorme structure les déchargeait de pas mal des analyses depuis son expansion, laquelle avait suivi son déménagement à Horse Pond Road, Sudbury, dans les anciens locaux de l'académie des sapeurs-pompiers. Les techniques d'analyses étant de plus en plus sophistiquées, les appareils qui les permettent sont hors de prix et les scientifiques ou ingénieurs qui les contrôlent aussi. Une nécessaire centralisation avait donc eu lieu.

– Elle a été déplacée ? interrogea Alex.

– Les lividités cadavériques sont fixées. La zone de décoloration est localisée dans le dos et sous les omoplates... le corps était bien allongé en position dorsale. Cela étant, autosuffocation ou meurtre, je doute que la chose se soit produite sur place. Trop de passage, même le soir. Au pire, quelqu'un aurait repéré le cadavre plus tôt.

– Et la terre sous ses ongles...

– On verra. C'est quoi ça... plaies multiples, entailles plutôt, courtes et superficielles... couvrant la face externe de la cuisse gauche... certaines ponctiformes, d'autres plus longues, à section nette.

Il plongea la mince spatule qu'il maniait et perçut une faible résistance. Il retira une esquille de verre de la plus longue entaille qui alla rejoindre les autres prélèvements.

– Coupures... Par éclats de verre. On dirait qu'elle est tombée sur le flanc et que sa cuisse a percuté du verre cassé.

La langueur bienheureuse disparut. Richard bascula comme à l'accoutumée. Il avait la sensation de n'être plus que deux yeux, deux mains, un cerveau. Une voix aussi. Une voix plate, calme, qui ne parlait qu'au profit du magnétophone enregistrant ses moindres mots, ses plus petits soupirs. Le reste s'était envolé. Les gestes précis des deux autres vivants de ces lieux se mêlaient aux siens.

– Tache verte abdominale de putréfaction. Déjà bien étendue, dépassant la fosse iliaque droite... Donc, ou la mort remonte à plus de deux jours ou alors le corps a été gardé à une température supérieure à la température environnementale. Sillon complet de compression à la partie moyenne du cou, en regard de la thyroïde, assez large... évoquant fortement une strangulation par un lien de type foulard...

La lame incisa, partant de derrière chaque oreille, descendant le long des régions postéro-latérales du cou jusqu'à hauteur des clavicules. Elle continua sa route, suivant la ligne du sternum et de l'abdomen, longeant le repère ombilical jusqu'à parvenir à la symphyse pubienne.

– Petits foyers d'hémorragie disséminés sur les viscères... Importantes lésions pulmonaires. Forte congestion, emphysème aigu. Bon, on fait des coupes pour l'histologie. Ils mettront sans doute en évidence une distension alvéolaire... attends, attends...

Alex suspendit son geste sans comprendre que Richard se destinait cet ordre à lui-même.

– C'est quoi, ce machin... ces machins... Maddie, une longue pince fine... J'incise l'œsophage longitudinalement. Merde, on dirait une touffe de poils... non, non...

Il abaissa les lunettes-loupe sur ses yeux, poursuivant son soliloque :

– Non... Merde, c'est un insecte... Une grosse mouche. Pas vraiment. Il y en a plusieurs... *a priori* trois... Je les extrais. C'est d'un bleu métallique avec des reflets verts, un bon centimètre de long... Ce n'est pas une mouche... C'est plus allongé... Cela étant, je ne suis pas expert en entomologie... attends... ah... bordel... J'en vois une autre. Tout en haut du nez, écrasée contre la lame perpendiculaire de l'ethmoïde... peut-être repoussée par l'introduction du thermomètre... Qu'est-ce que ces bestioles foutent là... Pas du tout la localisation habituelle des insectes nécrophages précoces... en plus, ça ne ressemble pas à des mouches bleues... Non, je ne connais pas ces insectes... Il faut trouver un spécialiste... Vous pouvez vous renseigner, Alex? Ça n'a peut-être pas grand intérêt, mais je préfère vérifier.

16 octobre, Boston, Massachusetts

Il était très, très beau. Plus jeune qu'elle, de plusieurs années, mais il l'ignorait. C'était pour ce résultat que Dame Sara-Jane Chifley-Stanton avait réglé des honoraires luxueux au chirurgien plastique. Beau, fin, cultivé, charmant.

Elle avait donné rendez-vous à Charles Delcortal à quinze heures, dans les bureaux de la fondation Stanton, et regrettait maintenant de ne pas l'avoir invité à déjeuner. Ces deux heures passées en sa compagnie avaient été un enchantement, assez inattendu : en général, les prétendants au prix décerné annuellement par le jury d'experts, de botanistes et d'horticulteurs qu'elle présidait, arrivaient crispés de timidité, ou dégoulinant de flagornerie. Si ces entretiens, en dépit de leur répétition, la distrayaient toujours, elle devait s'avouer qu'elle n'avait pas autant ri depuis longtemps. Charles, puisqu'ils en étaient déjà à s'appeler par leurs prénoms, sautait du coq à l'âne avec génie, mêlant les anecdotes florales aux plaisanteries de mélomane, de fin gastronome et de grand voyageur. Il faisait aussi preuve d'un évident talent pour l'autodérision, une qualité assez rare et une marque d'intelligence. Sara-Jane avait un gros béguin pour l'intelligence. Elle avait ri aux éclats lorsqu'il avait avoué d'un ton coupable de petit garçon pris en faute :

– J'ai commencé par élever des chevaux en Argentine. Des chevaux de course.

– Et pourquoi avoir abandonné ?

– Oh, ils couraient beaucoup trop vite pour moi. C'est pour cela que j'ai ensuite opté pour les orchidées, ça reste dans son bac. Non, à la vérité, je n'avais aucun talent pour l'élevage de cracks des champs de courses. C'était d'autant plus crétin que, pour tout vous avouer, ces grands animaux m'impressionnent pas mal. Les monter est un vrai calvaire. Une lubie... une autre.

Sara-Jane en avait conclu que Mr. Delcortal ne courait pas après la jolie somme attribuée au gagnant de leur concours d'hybrides. Il était riche, comme elle, peut-être passionné d'orchidées et, en tous cas, adorablement farfelu. Quant à elle, son choix était fait : ses deux voix de présidente iraient à sa Sara-Jane à labelle pourpre et doré au parfum de vanille et d'orange mêlées.

Elle se pencha à nouveau vers la petite serre portable en Plexiglas qu'il avait posée sur la table les séparant. Il sembla à Sara-Jane que la précieuse cymbidium frissonnait d'avance, comme si elle aussi célébrait l'amenuisement de la distance séparant les deux humains. L'homme murmura :

– Vous avez une magnifique chevelure auburn. J'aime les cheveux frisés. Presque couleur setter irlandais, c'est si rare. Une rousse aux yeux bleus et à la peau pâle... Vous aimez danser ?

– Je triche un peu, admit-elle, presque timide. Je suis auburn, mais mon coiffeur leur donne un reflet plus cuivré.

Une demi-vérité ; elle ne pouvait se vanter que d'un châtain moyen assez banal ayant viré au blanc-gris.

Étrange... alors qu'il ne lui ressemblait pas du tout, cet homme lui évoquait son père. Pourquoi ? Parce qu'elle retrouvait subitement l'énergie de faire des efforts pour lui plaire ? Ou simplement parce qu'il la séduisait comme aucun autre homme ne l'avait séduite ? Car si l'on faisait fi des tabous et des peurs autant l'admettre : elle avait été amoureuse de son père, seulement de lui. Longue passion platonique, désincarnée et pourtant si tenace. Oui, autant l'admettre tout de suite. Ainsi on gagnait en temps et en clarté.

Elle se redressa en soupirant. Il n'y aurait pas de sexe avec cet homme. Il pourrait y avoir tout le reste, sauf cela. Elle voulait qu'il y ait tout le reste. Le sexe lui était devenu si évident. L'amour lui demeurait si complexe. Troublant et inquiétant.

Un gouffre gigantesque se creusa sous son sternum, un froid intense lui serra les tempes, lui faisant monter les larmes aux yeux et elle se demanda si elle allait s'évanouir pour la première fois de sa vie.

D'une voix qu'elle ne reconnut pas, elle s'entendit répondre :

– Oui, j'aime danser. En privé.

Le rire léger de l'homme lui parvint de très loin :

– Mais on ne peut vraiment danser qu'en privé.

17 octobre, Smithsonian Institute, Washington DC

Lorsque le professeur Edward Morehouse pénétra dans « The Castle », une des implantations du Smithsonian Institute située entre 10th Street et Constitution Avenue, il n'était pas huit heures. La grande bâtisse pompeuse, si digne de son époque, était encore impressionnante, émouvante aussi. Selon Morehouse, peu de bâtiments de notre époque pressée et regardante mériteront similaire éloge dans un siècle ou deux.

L'ascenseur le déposa au troisième étage et il déverrouilla la lourde porte blindée, protégée d'un code et d'un mouchard magnétique, à l'aide de son passe plastifié. Le calme qui régnait dans le couloir menant aux laboratoires de son département l'apaisa aussitôt, lui faisant oublier sa coutumière mauvaise humeur vis-à-vis de la circulation des heures de pointe. Comme bon nombre de conducteurs, Morehouse en voulait aux autres de se trouver à la même heure que lui au même endroit. Lui seul était en retard, pressé par une VRAIE urgence. À croire que tous les autres se baladaient, s'agglutinant aux feux rouges ou aux intersections dans le seul but pervers de lui taper sur les nerfs et de le retarder.

Edward Morehouse souffla en retirant son imperméable pour le poser avec soin sur son avant-bras. Commençait le rituel. Les murs du long couloir luisaient faiblement des vitres protégeant les collections d'insectes ramenés du monde entier par les glorieux – quoique oubliés – prédécesseurs du professeur. Morehouse se délecta comme chaque matin, chaque soir, son regard caressant les ailes, les antennes, les carapaces embaumées. Il salua d'un involontaire petit signe de tête l'un de ses préférés : le criquet à cornes. Le taxidermiste avait pris soin de repousser les deux coques de chitine noire afin d'étaler sur la planche les ailes membraneuses qu'elles protégeaient. Trente centimètres d'envergure, deux mains ouvertes. La taille d'un merle. Il sourit à l'un de ses « géants splendides ». Le machaon grand porte-queue, en voie de disparition en Europe, une merveille de dix centimètres d'envergure, un papillon comme une toile de maître aux ailes jaunes à marques noires, égayées vers l'arrière de gouttes bleues et de croissants jaunes. Au bout des ailes postérieures du lépidoptère, un seul point rouge. Sa parfaite circonférence était un mystère. Il s'arrêta enfin à hauteur de l'incontestable, l'inimitable *Danaus plexippus*, le monarque. De la longue chenille rayée de blanc, jaune et noir émerge cette perfection de plus de neuf centimètres d'envergure, une institution aux États-Unis. Les ailes roux et brun sont bordées d'un ruban noir tacheté de blanc. Il s'agit d'un grand voyageur qui peut parcourir des centaines, voire des milliers de kilomètres. Certains spécimens d'Amérique du Nord errent ainsi jusqu'à l'Espagne et au Portugal.

Edward Morehouse soupira de satisfaction, de tristesse aussi : son pèlerinage matinal était terminé.

Une voix apathique et pourtant nasillarde le fit bondir :

– Professeur ?

– Ah... Vous m'avez surpris, William ! Je rêvassais.

– Oui... Ils sont si magnifiques.

– N'est-ce pas ? Je ne m'en lasserai jamais...

Morehouse détailla rapidement l'immense jeune homme maigre qui se tenait à quelques mètres de lui, avachi contre le chambranle de la porte de son labo. En dépit d'une longue collaboration fructueuse avec son ingénieur, il ressentait toujours le même dégoût en sa présence. Un dégoût mitigé de consternation. William Nutt avait la crasse triomphante. Ses maigres cheveux retombaient sur son front, se plaquant contre ses joues, sur le col de sa blouse, en mèches collées de sébum. Il se dégageait de lui une odeur aigrelette de vieille transpiration, une de ces odeurs qui persistent longtemps dans les narines, même après que son propriétaire – ou son sécréteur – a disparu. Au sujet de son plus brillant collaborateur, une éternelle et idiote question revenait toujours à Morehouse : comment quelqu'un de si osseux pouvait-il avoir l'air si mou ? Quant à la vie privée de son adjoint, Morehouse avait décidé d'éviter ce sujet, par crainte d'embarrassantes confessions. Si l'on en jugeait par la durée de ses incrustations dans les labos, il ne devait pas mener une vie extérieure très intense. Un jour de confidences, William Nutt avait grommelé de sa voix lente et hésitante :

– Nous nous ressemblons... vous savez, professeur. La vraie vie est ici... dans ces murs. L'univers des insectes... est tellement plus fascinant... que le nôtre.

Morehouse s'était retenu de rétorquer que s'il était, en effet, un passionné, il n'était pas désespéré à ce point. Car si le monde humain réserve un bon lot d'emmerdements majeurs, il sait aussi parfois se faire pardonner par quelques jolies satisfactions. Il ne connaissait à William qu'un seul et dévorant amour en dehors de ses bestioles : Abba. Et encore, il convenait de réduire cette dévotion pathologique à la chanteuse brune du groupe star de la pop, années 70-80 : Frida, Anni-Frid Lyngstad. Voir William chantonner *Thank you for the music* en étirant ses longs bras de mante religieuse et en avançant son torse creux aurait sans doute pu provoquer l'hilarité ou la stupéfaction. Pourtant, lors de ces récitals confidentiels qu'il surprenait parfois en pénétrant dans le bureau de Nutt, une gêne mêlée de compassion saisissait Morehouse. Après tout, nos histoires d'amours fantasmatiques ont un gros avantage sur les réelles : elles ne vieillissent et ne nous abandonnent que lorsque nous le décidons.

Le regard appuyé de William Nutt rappela soudain Morehouse au présent, au couloir éclairé chichement.

– Excusez-moi, William… j'étais perdu dans mes pensées. Vous avez encore passé la nuit là ? Il faut vous distraire quand même un peu, mon petit, la vie passe vite, vous savez ?

– Me distraire ? Avec quoi ?

La question cloua le bec du professeur qui balbutia :

– Ben… je ne sais pas, moi. Il existe plein de distractions…

Nutt en avait soupé qu'on s'acharne à vouloir le faire sortir de ces lieux, ses lieux, ceux dans lesquels il se sentait chez lui. Il s'obstina :

– Si je puis me permettre, monsieur, qu'avez-vous fait hier soir en rentrant chez vous ? Vous êtes allé au cinéma, au théâtre, au restaurant ? Vous avez ouvert un bon roman ?

Une bien longue sortie pour Nutt, qu'il acheva à bout de souffle.

– Euh… Non… J'ai relu l'excellente analyse comparative Armbruster, publiée en 1988, sur les pollinisateurs des *Dalechampia*…, avoua Morehouse d'une petite voix.

– Sans commentaire, conclut Nutt d'un ton morne en rentrant dans son labo.

Bon, le jeune homme avait marqué un point. Et puis, qu'en avait-il à faire de la vie de son collaborateur hors les murs des labos ? Nutt lui avait valu un surcroît de notoriété, des publications prestigieuses dans leur domaine, et de gros contrats leur permettant de survivre alors que les crédits de recherche fondaient comme neige au soleil. Un nouveau marasme, ni le premier, ni le dernier. Comme pas mal de scientifiques, Morehouse était prêt, en contrepartie, à passer sur pas mal de « particularités » comportementales, voire hygiéniques, tant qu'elles ne devenaient pas insupportables au reste du petit monde sur lequel il régnait avec bonhomie mais fermeté.

La voix aigre de William lui parvint du bureau :

– Ah... monsieur. J'allais oublier. C'est pas *Danaus plexippus*, ni même son petit cousin *Danaus chrysippus*...

– Comment ?

– La bouillie qu'ils nous ont envoyée lundi par express.

La mémoire revint à Morehouse. Le Boston Police Department, sur les conseils du Russell Building de Washington, leur avait expédié une grosse enveloppe molletonnée, laquelle renfermait un petit sachet plastique utilisé pour collecter les indices sur les scènes de mort violente, dans ce cas, un accident de la circulation. Le genre de prestation de service sans grand intérêt, mais qui leur permettait de gagner un peu d'argent pour faire tourner le département d'entomologie. La note jointe stipulait :

> *Le résidu brunâtre, d'où émergent des antennes ressemblant à celles d'un insecte, a été retrouvé écrasé sous le cadavre d'une jeune femme – Lynn Tanaka – dont la voiture a été pulvérisée sur l'Interstate 93 par un poids lourd arrivant en sens inverse. D'après les témoignages, la conductrice semble avoir perdu le contrôle de son véhicule. Elle roulait assez vite, rejoignant son domicile de Charlestown après avoir atterri à Logan Airport. Le département de police se demande si elle n'a pas paniqué en découvrant l'insecte piégé dans l'habitacle de sa voiture, puisque ses analyses toxicologiques ne permettent d'incriminer ni alcool, ni neuroleptiques ou substances illicites.*

Lorsqu'il avait lu la note, William Nutt avait soufflé :

– Pfftt, les gens sont trop... S'affoler à cause d'un insecte !

À quoi le professeur avait répondu :

– C'est fréquent, William. Les gens sont révulsés ou terrorisés par les insectes. Ils n'ont peut-être pas tout à fait tort, d'ailleurs. Ces animaux sont fabuleux, si adaptables, si flexibles... En un sens si supérieurs aux faibles humains. Enfin, là n'est pas le sujet. Imaginez. Si cette jeune femme a vu fondre sur elle un monarque, ça surprend.

Morehouse s'enquit, plus pour faire plaisir à son collaborateur que par réel intérêt :

– Et c'est quoi ?

– Je ne sais pas encore. Insecte, ça c'est certain. Nous sommes bien chez les lépidoptères. Pour le reste, ça me rappelle quelque chose... mais je ne parviens pas à mettre le doigt dessus.

– Mais vous allez trouver, William, je ne me fais pas de souci.

– Bien sûr, je vais trouver ! J'y suis presque.

William Nutt n'entendit pas ce que rétorquait le professeur. Il venait de coller ses écouteurs contre ses oreilles et de pousser le volume sonore. Une profonde expiration de soulagement souleva ses épaules anguleuses lorsque Frida répéta : *« In your eyes, there is no hope for tomorrow... »* ah, *Chiquitita*... Une de ses meilleures, vachement plus subtile qu'il n'y paraissait de prime abord. Du moins était-ce l'avis de William.

17 octobre, Russell Building, Washington DC

Le docteur Susan Wuang Tong, directrice du service de biologie-biochimie du Russell Building qui abritait les plus gros labos du FBI, crispa les lèvres de consternation en considérant le petit téléphone sans fil posé sur son bureau. Et si elle ne répondait pas ? Elle s'apprêtait à partir, rentrer chez elle enfin, et deux coups de téléphone consécutifs l'avaient déjà retardée. Oui, mais si... ? Si c'était important ? Elle se morigéna : avec des raisonnements comme celui-ci, elle allait encore passer une autre moitié de la soirée scotchée au téléphone.

Rageuse, elle attrapa le petit boîtier. Si elle reconnut immédiatement la voix de son confrère, le débit précipité du professeur Morehouse lui interdit de comprendre le contenu de sa tirade. Profitant d'un des rares instants durant lesquels il reprenait son souffle, elle l'interrompit :

– Je ne vous suis pas, cher ami... pourriez-vous reprendre ?

Morehouse s'exécuta, non sans une certaine impatience. Un bout de l'histoire prit enfin forme : le labo du département d'entomologie légale avait été chargé d'identifier un *insecte* présumé, retrouvé sous le cadavre d'une jeune femme morte dans un accident de la route.

– ... étant donné la taille importante des débris des ailes et des antennes, la police a pensé au monarque, ce qui déjà était étonnant puisque la bestiole a été retrouvée à Boston.

Les monarques sont de grands migrants, mais quand même... d'autant que nous sommes à la mi-octobre.

Susan Wuang Tong ne voyait toujours pas la raison de cet appel, mais elle avait une grande estime pour le scientifique, dont l'aide s'était révélée précieuse dans le passé. Il poursuivit :

– Nous en serions restés là... à savoir : « Non, il ne s'agit pas du monarque ni de son cousin » – nous n'étions payés que pour ce type de réponse – si William n'avait eu un de ses « flashes », comme disent les jeunes... William Nutt, mon col...

– Oui, je m'en souviens, confirma-t-elle en fronçant involontairement le nez.

– Nous avions conservé l'empreinte génétique dans notre banque de données, la comparaison a été aisée. Le phalène retrouvé sous la jeune femme est *Xanthopea morganii praedicta* !

Susan se laissa aller sur le plateau de son bureau. La bride de son sac à main glissa de son épaule et le sac tomba par terre. Elle lâcha le manteau plié sur son avant-bras libre. Un seul mot lui vint :

– Merde !

– Je n'osais pas en votre présence, mais ce fut aussi mon commentaire lorsque William a déboulé encore plus livide qu'à l'accoutumée dans mon bureau. Inutile de vous dire que ce papillon nocturne de Madagascar n'avait rien à faire dans une voiture bostonienne, surtout en cette saison. Du reste, il ne devait pas venir de très loin. Les conditions climatiques sont telles qu'il serait mort très vite. Selon moi, il devait être endormi en raison du froid, et après quelques kilomètres, la chaleur de l'habitacle l'a réveillé. Il s'est alors envolé, sans doute affolé par les lumières des phares.

Incapable d'ordonner ses pensées, Susan répéta :

– Merde, ce n'est pas possible !

– Si. Franchement, si nous ne l'avions pas rencontré il y a un an, lors de cette enquête sur les meurtres de ce serial killer – Charly –, nous aurions eu du mal à l'identifier. Mais William a une mémoire stupéfiante. Il est capable de mémoriser des pans entiers de séquences d'ADN.

– Ça ne m'étonne pas, murmura Susan, en regrettant que cette capacité un peu inquiétante ne permette pas au jeune homme de retrouver plus souvent le chemin de la salle de bains.

– Que comptez-vous faire, ma chère ?

– Appeler Quantico... Quoi d'autre ?

17 octobre, FBI, base militaire de Quantico, Virginie

Lorsque Dougray Doyle raccrocha le combiné, après une bonne demi-heure de conversation, il était presque vingt heures. Il hésita : devait-il d'abord téléphoner à Elfride, la jeune femme d'origine allemande qui gardait Liam le soir, pour lui avouer qu'il serait encore plus en retard que prévu ?

Une trouvaille, Elfride. Elle le déculpabilisait un peu de son emploi du temps erratique et ça valait beaucoup plus que ce qu'il la payait. En dépit de son envie que son fils reste la chose la plus importante de sa vie, Dougray J. Doyle ne parvenait pas à négocier assez serré avec le temps qui passe, et qui passe si vite. Au bout du compte, le marché devenait défavorable pour tout le monde : Liam qui ne passait pas assez de temps avec son père, qui s'ennuyait parfois – malgré l'adoration qu'il éprouvait pour son chat Jasper – et Doyle qui s'en voulait de n'être pas assez disponible dans deux endroits à la fois – chez lui et dans les souterrains du Jefferson. Pas facile d'être à la fois le père et la mère d'un jeune garçon de treize ans, si intelligent soit-il. Si approximatif aussi. Approximatif et mensonger dans son cas puisque, depuis un an, Doyle avait décidé de tout mettre en œuvre pour gommer de la tête de son fils le fantôme de sa mère biologique. Car finalement, Rosemary n'avait été que cela : un système biologique capable de concevoir, qui avait basculé dans la folie juste après la naissance de Liam.

Depuis un an, il avait espacé son pèlerinage obligatoire autrefois hebdomadaire au Bellview Hospital, un établissement psychiatrique semi-privé situé à quelques kilomètres au nord de Richmond. Il ne luttait plus pour ancrer encore un peu Rosemary dans ce monde – celui de son fils et de son mari. Il luttait pour Liam, c'est-à-dire sans doute contre elle. L'évacuer des rêves de miracle du petit garçon qui s'accrochait encore à la fable consolatrice d'une guérison spontanée.

Il n'y en aurait pas. Sans doute parce qu'au fond Rosemary avait trouvé dans son univers à elle – si douloureux fût-il – ce qu'elle cherchait. Distordant le passé, recomposant le présent, elle était parvenue à inventer sa vie, à s'approprier les souvenirs de sa mère, veuve d'un mari adoré, décédé trop tôt d'une crise cardiaque. Elle était devenue sa propre mère, l'épouse de son père. Sa chronologie personnelle s'était amputée d'une génération : elle. Dougray, son mari, n'existait plus, pas plus que leur fils. Elle passait maintenant ses journées à dorloter, à laver un petit chien en peluche qu'il lui avait offert quelques mois plus tôt : Muffin. Le petit chien blanc de sa mère. Rosemary ne reconnaissait plus Doyle, et seule sa voracité lui faisait espérer les visites de son mari. Son impatience se cristallisait sur le plein sac de gâteaux et de sucreries qu'il lui offrait, son régime alimentaire principal depuis des années. La dernière fois qu'il avait prononcé le prénom de leur fils, elle n'avait même pas interrompu le monologue tendre et bêtifiant qu'elle adressait à son jouet.

Irait-il lui rendre visite demain ? Non. La semaine prochaine. Reculer progressivement. Il avait fait la même chose avec la cigarette. Il paraît qu'il vaut mieux arrêter d'un coup. Facile à dire.

Doyle eut un sourire triste. L'image était si juste : Rosemary était comme une addiction et elles sont toutes destructrices. Au bout du compte, on s'y soumet parce qu'on ne trouve plus le moyen de faire autrement, sans en retirer aucune satisfaction. Que sécrétait donc Rosemary qui le tenait encore ? Pas l'amour, non, celui-là avait fini par battre en retraite parce qu'il ne restait plus rien à quoi s'accrocher. Pas l'espoir insensé d'une amélioration de l'état de sa femme. Elle avait rompu toutes les amarres avec la réalité des autres, celle de son mari, de son fils. Au demeurant, en avait-elle jamais eu ? L'extrême nervosité, l'hypersensibilité qui l'avaient tant charmé chez la jeune femme, n'étaient-elles pas les prémices de ce basculement ? Doyle s'était posé la question, mais elle était dépassée. Que restait-il alors ? La peur. Peur de n'être pas capable d'affirmer un jour à Liam qu'il avait tout fait, jusqu'au bout, pour freiner le dérapage de sa mère. Mais même la peur finit par s'user.

Non, il n'irait pas demain. Il s'offrirait une belle journée d'automne avec son fils.

Revenir à ici et maintenant. Merde... *Xanthopea morganii praedicta*. Charly.

Xanthopea morganii praedicta, la fameuse *Forma praedicta* de Darwin. Le scientifique avait déduit son existence des années avant qu'on ne la découvre. Un grand phalène d'une bonne dizaine de centimètres d'envergure à robe brun-roux, artisan involontaire de la reproduction d'une magnifique orchidée blanc et jaune-vert : l'étoile de Bethléem, ou orchidée-comète, en raison de la forme de ses pétales qui tombent en dessinant la queue d'une étoile filante. Le nom latin de cette merveille est *Angraecum sesquipedale*. *Sesquipedale*, ou encore « un pied et demi », une bonne trentaine de centimètres, la profondeur du très long éperon de la fleur, au creux duquel il faut aller chercher le pollen pour le transporter vers une fleur femelle. La longueur aussi de l'incroyable trompe du grand papillon de nuit. La fleur le courtise, traçant jusqu'à lui un chemin odorant, un parfum rare qu'elle ne sécrète qu'à la tombée du jour, lorsque le lépidoptère s'éveille.

C'était grâce à la détermination génétique d'un tronçon de patte du phalène par l'équipe du professeur Morehouse qu'ils avaient presque réussi à remonter jusqu'à Cordell Taylor-Caedon la dernière fois. Raté de peu. Comme Helen

Taylor-Caedon avait manqué de peu se faire massacrer par son ancien mari. Un stupide holocauste que Dougray Doyle ne lui avait toujours pas pardonné. Une inacceptable forme de suicide selon lui, qui admettait pourtant le droit à la mort. Mais pas dans le cas de Julia.

Elle s'était proposée pour aider à l'arrestation de son mari. D'une certaine façon, elle leur avait remis sa vie en garantie. Une sorte d'épouvantable caution que l'on restituerait à sa propriétaire une fois le marché mené à terme. Brusquement, elle avait opté pour une sortie facile : la mort. De ce volte-face, elle était impardonnable. Juste après son départ des États-Unis pour une destination connue de quelques rares personnes, dont lui, il s'était débarrassé de la tendresse confuse qu'il éprouvait pour elle. Aux yeux de Doyle, la nouvelle Constance Wilson n'était plus tout à fait une victime. Dans cet instant d'égoïsme, elle n'avait pas une seconde pensé au sort de celles qui suivraient tant qu'ils n'auraient pas coincé Charly. Elle avait avalé les somnifères qui devaient la livrer à son mari. Soumission chimique, démission neuroleptique, reddition pharmacologique. Rien à foutre. Elle n'était qu'un numéro. Du moins l'était-elle devenue. Sans doute le 18 d'une série de meurtres qui comprenait l'assistante de Dougray, Cory Fried. D'autres avaient probablement déjà grossi ce nombre. Et tous ces massacres-là appartenaient à Doyle, peuplaient ses instants, pourrissaient sa vie.

Rien à foutre des tendances suicidaires de Mrs. Taylor-Caedon. Dans ce cas précis, le suicide était un luxe que Doyle n'avait aucune intention de s'offrir, ni de se laisser imposer.

Dougray parcourut les notes qu'il avait griffonnées à la hâte pour ne rien perdre du débit précipité du docteur Wuang. *Xanthopea morganii praedicta.*

Que fichait l'énorme papillon nocturne dans la voiture que cette jeune banquière abandonnait au parking long séjour de l'aéroport durant ses fréquents déplacements ?

Comment le phalène avait-il pu pénétrer dans l'habitacle ? La jeune femme revenait du Japon. On ne trouve ces lépidoptères qu'à Madagascar.

Doyle soupira d'agacement en se laissant aller contre le dossier de son fauteuil. Lynn Tanaka était-elle un des maillons d'un juteux trafic visant à faire pénétrer sur le sol américain des espèces rares, protégées ou interdites ? Dans ces cas-là, les passeurs se débrouillaient pour transiter par des pays n'éveillant pas de suspicion particulière de la part des douaniers, comme le Japon ou l'Europe du Nord. Si cette hypothèse était la bonne, la jeune femme était-elle morte d'un stupide accident de la circulation, ou l'avait-on aidée ? Son client final pour cette étrange transaction était-il un éleveur d'orchidées désireux de reproduire la fécondation presque naturelle de ses fleurs adulées ? Cordell ? À vérifier avec les comptes en banque, le niveau de vie de la famille, les familiers. Doyle ferma les yeux, luttant contre une soudaine pesanteur qui le faisait basculer vers la somnolence.

Un grand papillon sombre, large comme une main d'homme. La jeune femme conduit, elle est fatiguée, elle rentre chez elle après un long voyage. La nuit est tombée. Éclairs des phares qui lèchent le pare-brise. Elle entend ou sent quelque chose. Elle se retourne et découvre ces grandes ailes affolées. Le phalène panique, se cogne contre les vitres de la voiture. Il fonce vers elle parce qu'elle crie, gesticule et que c'est la seule chose qu'il distingue. Elle perd le contrôle du véhicule, la voiture s'écrase contre un camion venant en sens inverse. Lynn Tanaka, peut-être une autre victime, indirecte, lointaine, de Charly. Mais dans ce cas, d'où sortait le papillon et où devait-il se rendre ? Il n'avait pas atterri à Boston par erreur.

Une brusque contraction des mollets le réveilla en sursaut. Il regarda sa montre, atterré. Merde, il s'était assoupi presque une heure.

Il se rua vers le portemanteau et fonça dans le couloir désert sans prendre la peine d'enfiler son blouson.

17 octobre, environs de Frederiksburg, Virginie

Dougray se gara devant la longue maison plate, malheureux compromis entre le néo-cubisme minimaliste des années 60 et les exigences petites-bourgeoises des anciens propriétaires auxquels Rosemary l'avait rachetée.

S'il n'avait jamais aimé cette demeure, il l'avait trouvée supportable quelques années plus tôt, une éternité plus tôt. Il aurait dû la vendre depuis longtemps, mais ne parvenait pas à s'y résoudre. D'abord, il s'était accroché à l'idée bien carrée, rassurante, que la conserver représentait une sécurité financière dont Rosemary – les astronomiques frais engendrés par sa maladie – pouvait avoir besoin. Mais la vraie raison justifiant son hésitation était floue, presque occulte. Il s'agissait de la maison de sa femme. S'en débarrasser n'équivalait-il pas à renoncer à tout espoir, à rompre à tout jamais les quelques liens qui le rattachaient encore à son passé à trois ? Même cette crainte superstitieuse s'était émoussée. Ils méritaient qu'on leur épargne – à Liam et à lui – une vie dans un endroit laid, inamical. Les amarres avaient lâché d'elles-mêmes, autant l'accepter.

Toutes les lumières de la maison étaient éteintes. Il regarda le long parallélépipède gris et triste et une crispation d'angoisse le poussa vers le perron. Elfride était-elle partie en laissant Liam seul ? Il fonça vers la chambre de son fils. Une seconde de pure panique. L'enfant ne s'y trouvait pas.

Il se contraignit à reprendre sa respiration pour lutter contre l'asphyxie de trouille qui lui bloquait le diaphragme. Incapable d'aligner deux pensées, il courut vers sa chambre.

Elfride était couchée sur le flanc. Liam s'était tassé comme un chaton ou un bébé, le nez collé au ventre de cette femme qui se faisait berceau. Quelque chose le bouleversa aux larmes, un truc diffus, entre chagrin et amour. Avait-il tant manqué de ces gestes, de ces scènes si banals qu'on les croit normaux, évidents, jusqu'à ce qu'ils fassent défaut? Terriblement.

La jeune femme se tendit et leva la tête vers lui en ouvrant les yeux. Elle était très jolie, plutôt petite et gracieuse, brune aux cheveux mi-longs, les yeux si foncés qu'il avait d'abord cru qu'elle n'était pas allemande pour finir par admettre qu'il était, lui aussi, contaminé par les poncifs qui voudraient que toutes les Elfride du monde soient de belles plantes athlétiques, blondes aux yeux bleus. Elle posa son index devant son sourire pour lui intimer le silence avant de se dégager avec douceur du corps de l'enfant.

Elle le suivit dans le salon, refermant la porte derrière elle et déclara dans un rire bas :

– Ah... Désolée... J'ai lutté contre le sommeil... perdu!

– Il ne pouvait pas dormir? s'inquiéta Doyle.

– Si, mais il n'avait pas envie de rester seul dans sa chambre... (d'un ton accusateur, elle ajouta :) tant que vous n'étiez pas rentré.

– Je suis confus, j'avais plus de retard que prévu.

Le fixant, elle rétorqua :

– Il y a des téléphones, et vous savez vous en servir, non?

Sans doute n'était-elle pas aussi remontée que son ton le laissait paraître. Dougray Doyle avait remarqué qu'elle accentuait les mots avec une certaine anarchie, en dépit de leurs accents toniques, donnant à ses phrases un petit débit heurté qui les rendaient souvent cinglantes. Pourtant, il se sentit extrêmement coupable et s'embourba :

– Euh... si, mais je me suis dit que... de toute façon, j'allais partir sous peu et que...

Ferme, les épaules bien droites, la tête levée vers lui, elle le coupa :

– Oui, c'est bien ce que je pense : vous n'y avez pas pensé ! Vous me faites toujours la chose même.

– La même chose, la reprit-il sans y penser, pour s'excuser aussitôt, euh... pardon.

– Ce n'est pas grave. Au moins, j'ai appris à jouer aux échecs. Liam est un bon pédagogue. Je croyais que c'était plus compliqué que cela.

– Attention, il triche.

Elle sourit en hochant la tête :

– Je sais... mais moi aussi, et je suis plus futée que lui... La preuve, il ne m'a pas encore soupçonnée.

Il aimait son léger accent. Les mots sortaient de sa bouche, presque nouveaux, leurs consonnes plus définies, leurs voyelles plus soulignées.

Une étrange constatation lui vint. Étrange et dérangeante : c'était le premier moment de cette longue journée où il se sentait bien.

« Chacun voit ce que tu parais, peu perçoivent ce que tu es et ce petit nombre ne se hasardera pas à s'opposer à l'opinion d'une foule. »

NICOLAS MACHIAVEL, *Le Prince*.

18-19 octobre, Back-Bay, Boston, Massachusetts

Dame Sara-Jane Chifley-Stanton plissa les yeux de langueur. Le dîner en tête à tête avait été un enchantement. Charles Delcortal était un enivrant convive, drôle, cultivé, flatteur sans tapage. Il l'avait charmée grâce à une description enthousiaste, presque hystérique, de l'interprétation par Solomon du concerto pour piano n° 15 de Mozart. Le génial compositeur avait plaisanté, déclarant que cette œuvre était « un exercice destiné à faire transpirer le pianiste ». Un scintillement de difficultés, de subtiles chausse-trappes. Puis il l'avait fait pouffer à la narration faussement désespérée de ses récents déboires boursiers. Des larmes presque émues lui étaient montées aux yeux – pour la première fois depuis bien longtemps – lorsqu'il avait évoqué d'un murmure le décès de sa sœur, noyée dans la piscine familiale.

Elle était séduite, cette aimable confusion étant assez rare pour qu'elle l'apprécie à sa juste valeur. Pourtant, quelque chose lui échappait. Cet homme l'intriguait, sans qu'elle en comprenne bien les raisons. Il avait parlé, beaucoup, s'était en apparence livré, mais quelque chose d'inaccessible demeurait. Elle le sentait.

Alanguie sur une des méridiennes de velours pourpre du salon d'été, Dame Sara-Jane avala une gorgée de l'excellent cognac qu'un majordome venait de servir avant de se retirer sur un signe discret. Elle jeta un regard à l'homme assis sur un fauteuil, seulement séparé d'elle par un guéridon gracile. Il était silencieux depuis quelques secondes, presque perplexe.

– À quoi pensez-vous, Charles ?

– À quelqu'un. Une femme que vous me rappelez... dangereusement.

– J'ai du mal à croire qu'une femme puisse se révéler dangereuse pour vous, plaisanta-t-elle.

– Si... mais une seule.

– Racontez-moi tout. Je suis aussi curieuse qu'un chat.

– Elle adorait les chats. Les chiens aussi, d'ailleurs. Lorsque je vous ai vue pour la première fois, j'ai eu un tel choc. (Il eut un petit rire triste.) Pour ne rien vous cacher, j'avais sottement imaginé que l'impériale mécène des orchidées, Dame Sara-Jane Chifley-Stanton, était une vieille dame poudrée, dissimulant les fanons qui alourdissaient son cou sous des cols roulés ou des plis de dentelle.

– Très XIXe... La chirurgie esthétique n'est pas faite pour les chiens, vous savez.

– Ah non, cela aurait démoli mon fantasme. Bref, un choc, assez douloureux. Mais je m'en suis remis. La preuve : je passe une délicieuse soirée.

– Serait-il déplacé d'insister ?

– Non... juste risqué.

– Pourquoi *risqué* ?

– Parce que je ne veux pas, vraiment pas, que vous en tiriez des conclusions erronées sur mon envie d'accepter votre invitation.

Elle badina. Pourtant, il perçut la vague inquiétude de son ton :

– Le suspense devient insupportable, il faut que vous m'éclairiez.

– Il s'agit de ma femme. Vous lui ressemblez de façon étonnante. Les mêmes yeux, la même chevelure, la même petite bouche étonnée, amusée.

– Votre femme ?

– Oui... Helen. C'est un si joli prénom, vous ne trouvez pas ?

– Si. Un prénom grave, sérieux sans prétention. Et où...

Il l'interrompit :

– Elle est morte... Il y a quatre ans.

Sara-Jane força un regret, sans parvenir à dissimuler tout à fait son soulagement :

– Je suis désolée...

– Non... Non vous ne l'êtes pas...

– C'est exact et là... j'en suis véritablement désolée.

– C'est inutile, car moi non plus, pas ce soir.

– Vous ne l'aimiez plus ?

– C'est plus compliqué que cela. Disons que j'attendais quelque chose d'elle, quelque chose qui n'est jamais venu, mais que je persistais à espérer. C'est idiot parce qu'au fond, je crois qu'elle était incapable de me le donner. Ce n'était pas en elle, pas dans sa nature.

– De quoi s'agissait-il ?

Il baissa soudain les yeux et son index caressa le sillon qui séparait sa lèvre de la base de son nez. D'une voix douce, il déclara :

– Mais... je n'en sais rien. C'est une charade inconnue. Un vide, un gouffre à combler, j'ignore où, comment, avec quoi. (Il pouffa et s'excusa.) Vous devez me prendre pour un inquiétant déséquilibré.

Sérieuse pour la première fois depuis le début de la soirée, elle rectifia :

– Non. Non, pas du tout. Je comprends si bien la parabole du gouffre insondable et blessant. L'idée qu'on est un être en manque, sans parvenir à préciser quel est ce manque ni surtout comment y remédier. Je crois que je n'en ai pris conscience qu'à la mort de mon père... Mais si nous poursuivons sur ce sujet, nous allons virer au sinistre.

– Doux Jésus, deux heures du matin... J'abuse de votre hospitalité.

Au loin, vers la Charles River, l'aboiement péremptoire

d'une mouette déchira le bruit de fond de la nuit. Sara-Jane fit un effort pour revenir au ton badin qui avait égayé leur soirée :

– Pas tout à fait assez... mais nous verrons cela.

Il salua cette réplique en levant son verre. Elle reprit :

– C'est étrange. Nous nous sommes rencontrés il y a si peu de temps... Pourquoi donc ai-je l'impression déroutante de vous connaître très bien et pourtant d'avancer en terrain inconnu ?

Il sembla réfléchir quelques secondes, puis déclara :

– Que vous dire ? La vérité ? Elle est amusante, mais elle ne convient pas à toutes les oreilles. Un joli mensonge ? Peut-être est-ce souhaitable ?

Elle se redressa sur son siège et pencha légèrement le buste vers lui :

– Commencez par le mensonge, j'aime les jolies choses.

– Vous avez raison. Je crois que certains êtres sont faits l'un pour l'autre. Ils se cherchent, amputés d'un morceau d'eux-mêmes. Lorsque – parfois, car ce n'est pas systématique – ils parviennent à se rejoindre, ils éprouvent cette immense sensation de familiarité avec l'autre, ce bout perdu, si désespérément cherché.

Dame Sara-Jane ferma les paupières et admit :

– Ah oui... C'est joli. Et c'est un mensonge, donc ?

– Bien sûr, voyons. C'est si doux... La réalité l'est rarement.

Elle ouvrit les yeux et demanda :

– Alors, passons à la vérité.

– Vous la souhaitez vraiment ?

– Oui. Je veux comparer.

– La vérité, c'est que... je tente de vous séduire. Une des stratégies les plus efficaces consiste à s'approcher de l'autre, à le rassurer tout en conservant un certain mystère pour l'intriguer.

Le sourire de Sara-Jane mourut. Elle posa son verre sur le plateau du guéridon et se leva sans hâte avant d'avouer :

– C’est réussi. Que se passe-t-il ensuite ?

Il ne répondit pas, mais s’approcha d’elle à la frôler. Elle sentit vaguement, très vaguement, qu’il desserrait la large ceinture de soie de son kimono d’intérieur. Elle ébaucha un geste pour retenir le obi, un geste incertain. Les lèvres tièdes de l’homme caressèrent la veine de son cou et elle l’entendit murmurer :

– Chut. Dansons...

Elle bafouilla :

– Je... suis un peu perdue...

Il rit contre son oreille :

– C’est parfait puisque je suis là... Dansons...

19 octobre, Back-Bay, Boston, Massachusetts

Une brume hésitait, embrassant la surface paisible de la Charles River. Le ciel virait au bleu-gris. Une mouette indécise survolait la berge, ailes inclinées en V, bec entrouvert sur un âcre glapissement. Les bruits de la ville, en cette heure intermédiaire, parvenaient à Cordell étouffés par l'épaisseur des vitres. Il était fatigué. Une paix lourde, bienfaisante, avait envahi ses muscles, pesant sur sa nuque. Il était satisfait. Il remonta la main et la posa sur la fenêtre, juste sur le reflet de la mouette arrogante. Vol en cercles concentriques dont l'objet lui échappait. Il appuya sa paume contre le verre frais et sourit. Puis, il embrassa la trace abandonnée par ses doigts. Rouges. Rouge sang.

Cordell se tourna et jeta un regard distrait à la forme avachie sur le tapis. Une épaisse tache de sang s'était élargie sous la femme. Il considéra un instant la longue plaie béante de sa gorge et ramassa son rasoir pour l'essuyer contre l'un des doubles rideaux, dessinant une zébrure rouge vif sur le velours cognac. Il contourna le corps, afin d'éviter de fouler le carmin qui coagulait déjà en épais film et de se salir la plante des pieds. Il passa dans la salle de bains, se lava le visage, les mains et le torse, regardant l'eau teinter progressivement l'émail blanc du lavabo.

Il revint vers le salon et écouta les dernières mesures du *Crying* de Roy Orbison. Puis il rejoignit le désordre de la chambre pour s'habiller. Il retrouva le gros rouleau de ruban adhésif gris sous un pli de la couette et le fourra dans son sac à dos de cuir qu'il balança sur son épaule.

Helen, mon ange, où es-tu ce soir ? Dors-tu, mon ange ? Es-tu si loin de moi ou apprendras-tu bien vite ma nouvelle digression sur le thème « tu es à moi » ? Tu l'es tant, mais tu le sais, n'est-ce pas ?

Et si elle tombait à nouveau amoureuse ? Où était-elle ? Avec qui ? La bonne humeur de Cordell vacilla. Impossible. Impossible qu'elle parvienne un jour à rompre le lien qui l'unissait à lui.

Car il faut que tu l'apprennes, ce ne serait pas drôle sans cela. Il faut que tu saches que je viens de tuer une autre toi qui n'était pas tout à fait toi.

Il jeta un dernier regard sur la chevelure rousse frisée alourdie par le sang qui imbibait le tapis et boutonna son trench en cuir. Il balaya du regard cet autre regard si bleu, si mort, enfila ses gants et sortit.

20 octobre, FBI, base militaire de Quantico, Virginie

Le lundi matin, Dougray découvrit le formulaire de demande de stage rempli sur son bureau lorsqu'il s'installa derrière l'épaisse plaque de Plexiglas. Espy l'avait sans doute déposé la veille, profitant du dimanche afin de ne croiser personne dans les couloirs.

Un stage de reconstitution faciale ? Il y avait des experts pour cela. Et pourquoi pas de macramé ou d'ikebana pendant qu'elle y était ? D'autant que le moment était passé. Il décrocha son téléphone :

– Lorca ?

– Oui, monsieur.

– Je ne peux pas accéder à votre demande cette fois.

– Ah ?

– L'objet de cette formation me semble assez éloigné de la définition de votre poste d'enquêtrice.

– Mais je...

– Peu importe. Vous avez cinq minutes ? Trouvez Sturgeon et rappliquez tous les deux. Je crois que... Charly refait surface.

– Hein ?

– Vous m'avez entendu.

Ils déboulèrent dans son bureau moins d'une minute plus tard.

Thomas Sturgeon bafouilla :

– Une nouvelle victime ?

– Non, *a priori*, de ce coté-là, nous avons la paix depuis dix mois... En revanche, nous avons un *Xanthopea machin-machin.*

– Le papillon de l'étoile de Bethléem ! siffla Espy.

– Juste. Ça pourrait provenir d'une autre source, mais j'ai l'intuition que le lien avec Cordell Taylor-Caedon se retend.

Il résuma à leur profit les conditions de la découverte du grand phalène écrasé et conclut :

– Vous contactez le Boston Police Department. Je veux tout savoir sur cette fille... Lynn Tanaka. Pourquoi ce foutu papillon se trouvait-il dans sa voiture ? Ah... N'oubliez pas de demander la couleur de ses bagages...

– Pourquoi ?

– Je veux savoir si la bestiole a pu se poser dessus sans qu'elle la remarque. Parce qu'un truc de plus de dix centimètres d'envergure, ça ne passe pas inaperçu. (Il jeta un regard à sa montre.) Il est neuf heures trente... Je suggère une petite réunion vers midi. Merci, j'ai quelques coups de téléphone à passer.

L'hésitation qui l'avait taraudé tout le week-end le prit à nouveau d'assaut. Devait-il informer Constance Wilson, alias Julia Holmer, alias Helen Taylor-Caedon ? Non... Non, il en savait encore trop peu. Elle ne lui serait d'aucune utilité en ce moment et il n'avait pas besoin qu'elle rapplique. Qu'elle reste encore un peu au milieu des moutons, de la bruyère et des joueurs de *bagpipes*.

Il était onze heures trente lorsque Thomas Sturgeon passa la tête par l'entrebâillement de la porte du bureau de Doyle.

– Entrez, Thomas. Quoi de neuf ?

– Espy tente de localiser une fille... Louisa-Mae Shepard.

– Qui est ?

– En congé.

– Mais encore ?

– Inspectrice des douanes à Logan International Airport. Ça a été un peu le parcours du combattant, mais on y arrive... Le détective du Boston PD chargé du dossier ne savait pas grand-chose d'autre que ce qui se trouve dans leur rapport.

Pour eux, il s'agit d'un des multiples accidents de la circulation survenus dans la semaine, pas de quoi s'affoler. D'autant que le routier dont le camion a pulvérisé la voiture était formel, en dépit du fait qu'il était très secoué : la conductrice avait perdu le contrôle de son véhicule. Il l'a littéralement vue se précipiter sous son vingt tonnes. Il a freiné comme un dingue... Encore une chance qu'une petite futée ait pensé à faire expertiser les débris du lépidoptère en songeant que ce n'était pas trop normal de retrouver un machin de ce genre.

– Et cette Louisa-Mae Shepard ?

– Une obstinée, heureusement pour nous. Elle leur a pris la tête avec une histoire de contrebande de pierres précieuses en provenance d'Afrique, via Madagascar. Un passeur qu'ils tentent de coincer depuis pas mal de temps... Il s'en est fallu d'un cheveu pour qu'on passe à côté lorsque je leur ai expliqué que ce phalène n'avait rien à faire à Boston. L'inspectrice futée du Boston PD ignorait que Madagascar se trouvait tout près du continent africain. Elle n'a fait le rapprochement que lorsque j'ai lâché tout à fait par hasard que les trafiquants passaient le canal du Mozambique. C'est à ce moment-là que la déclaration de cette douanière lui est revenue à l'esprit et qu'elle...

Espy entra en lançant :

– J'ai contacté Shepard sur son portable. Elle patientait dans la salle d'attente de son gynéco et ne pouvait pas trop parler. Elle me rappelle dès qu'elle en sort. Elle avait l'air soulagée que quelqu'un s'intéresse à son histoire. Les douaniers de Logan Airport ont donc pisté le type en question, un certain Neil Foster. Passeport australien. Après l'appel de leurs collègues de Tananarive. Il trimbalait une mallette bizarre, équipée de petits carrés d'éponge dont il a prétendu qu'il s'agissait d'humidificateurs afin d'éviter le craquellement des pièces de poterie qu'il négocie de par le monde.

– Ou la déshydratation de phalènes et autres petits animaux appartenant à des espèces protégées, acheva Doyle. Eh bien, nous allons attendre l'appel de cette Ms. Shepard.

Y aurait-il une victime disposée à aller nous chercher un gobelet de truc chaud et marron ?

Sturgeon s'apprêtait à se désigner lorsque le téléphone interrompit son geste. Doyle enclencha le haut-parleur. Un débit précipité les noya d'abord. De toute évidence, Louisa-Mae Shepard était pressée d'en découdre avec son passager australien. Doyle tenta de la calmer un peu :

– Ms. Shepard, pourriez-vous répéter plus lentement ? J'ai avec moi deux de mes collaborateurs, dont l'un essaie de prendre des notes.

– Pardon, pardon... Donc, les confrères de Tananarive nous ont téléphoné au sujet de ce Neil Foster... Il venait d'embarquer à destination des États-Unis. Ils préféraient nous le laisser, craignant que le type en question jouisse de complicités dans leur aéroport et parvienne à s'échapper. Ça fait des années que nous avons ce réseau dans le collimateur.

– Contrebande de pierres précieuses ?

– Oui, enfin, je devrais dire entre autres... J'en suis certaine. Vous savez, nous avons maintenant affaire à des dealers tous azimuts. Pierres, drogue, objets d'art interdits à l'exportation... Bref, tout ce qui vaut beaucoup d'argent dans un faible volume...

– Et espèces animales ou végétales en voie de disparition ?

Il lui sembla que cette question la déroutait un peu :

– Oui, aussi, bien sûr... mais, en réalité, les trafiquants se spécialisent maintenant sur les moyens, davantage que sur la « nature » de leur trafic.

– C'est-à-dire ?

– Par exemple la contrebande par bateau véhicule surtout les gros volumes : résine de cannabis, alcools, cigarettes, armes, personnes, gros animaux... au contraire, les passeurs isolés se concentrent sur les petits volumes : pierres, petites pièces d'archéologie, héroïne...

– Papillons ?

– Quoi ?

– Vous m'avez bien entendu, des papillons rares...

Elle hésita quelques instants, semblant réfléchir, puis :

– Pourquoi pas ? Je n'y aurais pas pensé *a priori*... les petits animaux enlevés à leur habitat naturel sont plutôt les lémuriens, des reptiles, certaines mygales, des perroquets... bref, tous ceux qui sont protégés parce qu'ils sont en voie d'extinction, d'où leur prix exorbitant au marché noir. Attendez... C'est pour cela que son attaché-case était équipé de carrés d'éponge... je n'ai jamais gobé cette histoire de poteries. Mais la mallette était vide lorsque nous l'avons contrôlée... Oh, merde ! gémit-elle alors. Il nous a sentis venir... Il a lâché les insectes dans la nature, c'est ça ? Mais... quelle taille font-ils ?

– Dix à quinze centimètres d'envergure, marron foncé.

– Il fallait donc que ce soit à l'extérieur. Ce genre de truc ne passerait pas inaperçu dans un aéroport, surtout s'ils sont plusieurs. On risquerait la panique...

– C'est en effet ce que je crois. Quand l'avez-vous rejoint au juste ? Je veux dire à partir de quel moment ne l'avez-vous plus lâché des yeux ?

– Lorsqu'il a franchi les portes, après avoir récupéré ses bagages sur le tapis roulant... je vois... Les ouvertures des tapis donnent sur le tarmac... Ça permet aux manutentionnaires de vider leurs chariots plus vite.

– D'autres vols sont-ils arrivés simultanément ? Enfin, du moins les bagages ?

– Oui. Un léger incident qui corsait les choses pour nous, puisque ça doublait la fréquentation des passagers autour du tapis roulant. Un vol en provenance de Tokyo a atterri avec une quinzaine de minutes de retard.

– Ms. Shepard, ce passager... Foster, avez-vous conservé ses coordonnées ?

– Bien sûr. Nous avons deux adresses, l'une à Sydney, en Australie, l'autre – un hôtel dans lequel il prétend s'arrêter à chaque fois qu'il débarque à Boston pour affaires – le Boston Marriott Long Wharf, dans State Street... Ce n'est pas très loin du New England Aquarium, ce qui prouve que ses affaires marchent bien... C'est un excellent hôtel, pas donné.

Ils discutèrent encore quelques minutes, sans que rien d'autre ne vienne à l'esprit de Louisa-Mae Shepard. Doyle allait raccrocher lorsqu'elle hurla :

– Attendez, attendez là... l'odeur ! Ce n'était pas de la naphtaline ! J'ai pensé d'abord à ça, parce que ce sont deux trucs que je n'aime pas renifler... J'ai cru qu'il s'agissait de son pardessus !

– Quoi, quoi ?

– Ça sentait le chloroforme ! C'est ce que les trafiquants utilisent le plus souvent pour calmer les petits animaux fragiles... sauf dans le cas des oiseaux, à cause de leurs sacs aériens qui se remplissent de vapeurs toxiques et que ça peut tuer...

– Vous pourriez être un peu plus précise ?

– Pas mal d'animaux sont très sensibles aux substances anesthésiques et les différentes espèces peuvent réagir de façon radicalement opposée. Certains spécimens deviennent hyper-agressifs sous sédation, par exemple. Donc, quand les dealers n'ont pas de données vétérinaires sur l'espèce qu'ils trafiquent, ils utilisent les bonnes vieilles méthodes... le chloroforme à faible dose.

Lorsque Dougray Doyle raccrocha quelques minutes plus tard, une peine diffuse l'accablait.

À quoi tient une vie ? Existe-t-il une logique, même perverse, dans l'entrelacs de coïncidences qui dit si l'on survivra ou si l'on mourra ? Faudrait-il croire à une sorte d'horloge qui indiquerait que ceci est la fin, maintenant ? Pire encore : tout cela n'aurait-il véritablement aucun sens ? L'ironie dévastatrice d'une anecdote lui revint. Ce type, seul rescapé d'un effroyable crash d'avion survenu à l'autre bout du monde, qui devait décéder, écrasé sous une voiture quelques semaines plus tard. Juste devant chez lui.

Sentant qu'il allait se faire piéger, le trafiquant avait lâché les phalènes au bout du tapis qui déversait les bagages. Un des insectes, sans doute abruti par le froid qui parvenait de l'extérieur, voire par une anesthésie légère destinée à éviter qu'il ne s'abîme durant son transport, s'était accroché à l'une des valises de Lynn Tanaka.

Fin d'une femme. Une vie humaine pour un phalène de contrebande.

Après le départ de Thomas et d'Espy, les quelques appels que Dougray Doyle passa aux banques le confortèrent dans sa rage contre l'ironie cinglante des existences humaines. Lynn Tanaka était une jeune femme charmante, mariée, mère d'un petit garçon. C'était une citoyenne au-dessus de tout soupçon, membre de quelques associations de parents d'élèves, de voisinage, de sauvegarde de l'environnement. Rien ne pouvait laisser supposer qu'elle et son mari faisaient autre chose que gagner honorablement leur vie. Ses valises étaient – en effet – couleur chocolat. Elle n'avait donc entraperçu que trop tard l'insecte qui devait lui coûter la vie.

Son dernier appel fut pour le capitaine Mark Breslow, du Boston PD. L'homme d'une cinquantaine d'années avait pris ses fonctions l'année précédente, et si Doyle ne l'avait jamais rencontré en personne, il avait eu l'occasion de l'entendre. Il s'en faisait une image dont il n'ignorait pas qu'elle pouvait être trompeuse. Un homme subtil sous des dehors débonnaires. Un Bostonien de souche si l'on en croyait cette façon caractéristique d'avaler les r, surtout ceux qui sont situés derrière un a, prolongeant ainsi le son de gorge de la voyelle. Un « parc » devient un « pâââhk », ce qui, lorsqu'on n'y est pas habitué, peut provoquer quelques jolies confusions de sens. Breslow parsemait ses phrases de l'adjectif « méchant », sans qu'il signifie grand-chose. Un tic local.

Mark Breslow attendait son appel, ainsi qu'il le lui annonça aussitôt :

– Dès que nous avons appris qu'il s'agissait d'un méchant papillon exotique, ça m'a rappelé quelque chose. Il ne m'a pas fallu longtemps pour faire le lien avec Charly.

– En tout cas, remerciez le détective – je crois qu'il s'agit d'une femme – qui a eu la finesse de s'intéresser de près à cette bestiole, sans quoi nous risquions de passer à côté d'un élément qui peut s'avérer important.

– Miranda Souza. C'est une nouvelle recrue – c'est d'ailleurs pour cela que nous l'avons affectée aux accidents de la route –, mais une bonne. Un vrai fox-terrier. Quand elle serre les mâchoires sur quelque chose, elle ne lâche plus. Elle ne comprenait pas ce que foutait ce gros machin répugnant sous la femme. D'autant que... pour sa famille, et même pour le conducteur du poids lourd, il était important que nous puissions affirmer aux assurances que la conductrice avait perdu le contrôle en raison d'un événement extérieur. Le dédommagement ne sera pas le même que si elle avait été sous l'emprise d'une substance, ou si elle s'était endormie. C'est dingue de devoir penser à ça dans des moments pareils, mais malheureusement, la plupart des tragédies humaines se soldent par des histoires de pognon.

Doyle réprima un sourire : un sentimental. Un sentimental blindé, mais pas totalement guéri. « Guéri » comme d'une maladie, puisque dans certains métiers l'émotion est une plaie de l'esprit. Au demeurant, Dougray en était une autre éblouissante démonstration.

– J'ai eu une édifiante conversation avec l'inspectrice des douanes, Louisa-Mae Shepard.

– Ah oui... Elle est un peu du genre énervé...

– Je dirais plutôt pugnace, comme votre Souza. Il faut mettre la main sur ce Neil Foster. Si la chance voulait bien tourner de notre côté, il n'est pas exclu qu'il nous permette de retrouver la piste de Cordell Taylor-Caedon. On peut négocier avec lui, sans en avertir les douanes, bien sûr. Je ne voudrais pas voir débouler Ms. Shepard folle de rage dans mon bureau.

Breslow gloussa et acquiesça :

– Confidence pour confidence, moi non plus. Jusqu'où pousse-t-on la négociation ?

– Jusqu'à la générosité : nous n'avons rien de rien pour le contraindre à nous aider. On nettoie l'ardoise s'il nous file le nom de ses commanditaires et de ses clients.

– D'accord... De toute façon, ajouta Breslow d'un ton

futé, ce genre de mec se fait trop de méchant blé pour se ranger des voitures... d'autant que les peines qu'il encourt ne sont pas gigantesques tant qu'il ne touche ni à la came, ni aux armes, ni aux secrets ultra-technologiques. On remettra la main dessus un jour où l'autre, car on ne va plus le lâcher.

– Vous avez ma bénédiction, capitaine. Rappelez-moi dès que vous avez quelque chose.

Il était à peine midi et demi lorsqu'une lassitude maussade le poussa à téléphoner à Espy :

– Je me demandais si nous ne pourrions pas aller déjeuner un peu plus tôt, aujourd'hui.

Une voix un peu embarrassée répondit :

– Euh... C'est-à-dire que... Thomas ne peut pas manger avec nous. Sa gamine a de la fièvre, il l'emmène chez le pédiatre pendant la pause. Sa femme avait une réunion professionnelle importante dont elle ne pouvait pas se dégager.

Agacé par cette réserve, il rétorqua d'un ton trop mordant :

– Je pense que nous devrions tout de même parvenir à déjeuner en tête à tête, non ?

– Oui... C'est pas ce que je voulais dire...

– Mais si. Bon, je passe vous prendre.

Leurs échanges se limitèrent à quelques considérations météorologiques, chacun apportant un soin particulier à éviter toute remarque un peu personnelle. Espy s'absorba dans la soigneuse mastication d'une cuisse de poulet panée, arrosée d'une petite livre de sauce barbecue. Certains silences paisibles donnent envie de prendre la main de l'autre. D'autres donnent envie de fuir. Fuir pour de bon, dans les souvenirs ou encore dans les bavardages. Les souvenirs qu'ils partageaient n'ayant rien d'attrayant, Doyle opta pour un inoffensif bavardage :

– Elle a bientôt deux ans, non, la petite fille de Thomas ?

– Gabrielle ? Oui. Dans ces eaux-là.

– C'est joli comme prénom, Gabrielle. Pas commun. C'est l'âge où ils enchaînent otites sur rhumes, sur bronchiolites. C'est à se demander comment les bébés résistent à tout ça.

Espy le fixa d'un air étrange et déclara :

– Je ne sais pas. Je n'ai pas eu d'enfant.

La conjugaison étonna Doyle, comme un constat définitif, un regard sur le passé. Pourquoi n'avait-elle pas simplement dit : « Je n'ai pas d'enfant » ? Il décida pourtant de ne pas le lui demander.

Ils redescendirent sitôt leurs cafés avalés.

Le soulagement disproportionné qu'éprouvait Doyle en se réinstallant derrière son bureau le troubla. Quoi, en était-il arrivé au point que la présence de son ancienne liaison l'embarrassât ? Sans doute. Et pourquoi ? Étrangement, une conversation bénigne, sans aucun rapport, échangée le matin même avec Elfride, juste avant son départ pour la base, lui revint en mémoire :

– Est-ce qu'on trouve du suif dans ce pays ?

– Du suif ?

– Oui, ou du saindoux ?

– Je n'en ai pas la moindre idée. C'est pour quoi faire ?

– Mais des boules de graines pour les oiseaux du jardin, bien sûr. Il commence à faire froid le matin. Ils ont besoin de graisse.

Un échange si ridicule. Ridicule mais délassant, réconfortant aussi. Permettre aux oiseaux de survivre en dépit de la mort de Lynn Tanaka, en dépit du naufrage de sa vie à lui, en dépit de ce monde qui n'avait aucun sens, en dépit des réalités qui s'entassaient dans les sous-sols du Jefferson. Des réalités qui saignaient et qui hurlaient. En effet, fondamental de confectionner des boules de suif aux graines pour nourrir les oiseaux du jardin, pour ne pas péter complètement les plombs.

Il enclencha son répondeur. D'abord, la voix de Mark Breslow l'étonna. Déjà ? Les quelques phrases qui résonnèrent dans le cocon de son bureau le figèrent.

Il fallut à Doyle deux ou trois secondes pour comprendre ce que son interlocuteur lui expliquait. C'est extrêmement long trois secondes, long comme une année de trêve dont on a sottement espéré qu'elle durerait toujours.

Il se précipita dans le couloir et s'époumona :

– Lorca !

Un bruit de chaise que l'on repousse avec brutalité. Elle surgit.

– Qu'est-ce qui...

– Thomas est de retour ?

– Oui, à l'instant.

– Dans mon bureau, tous les deux, immédiatement.

Dougray Doyle était au téléphone lorsqu'ils s'installèrent en face de lui. Il raccrocha quelques minutes plus tard, après quelques monosyllabes pénibles, sur un « je vous rappelle très vite » de fin de monde. Espy et Thomas le fixaient. Ils venaient d'assister à une conversation qui tournait au monologue. Monologue incompréhensible puisque la voix de son auteur – le capitaine Mark Breslow du Boston PD – était inaudible, Doyle ayant oublié ou préféré ne pas activer le haut-parleur.

Dougray baissa les yeux, observant le tremblement léger de ses mains comme si elles ne lui appartenaient plus. Une onde glacée lui descendait du front, envahissant ses joues, pour dévaler jusqu'à son cou. Il frissonna. Espy détailla ce visage qui se crispait, le blêmissement de la peau mate qui se cendrait sous la disparition du sang. La cendre de la fureur ou de la trouille. Elle la reconnaissait parce qu'un jour elle l'avait provoquée, lorsqu'elle l'avait congédié comme un vague amant de passage, un de plus. Elle cria :

– Quoi ?

– Charly.

– Les papillons ?

– Non, une femme... retrouvée égorgée chez elle... Back-Bay, Boston. Les chevilles entravées, un bras plaqué le long du corps, maintenu par...

– Du ruban adhésif gris... et elle ressemble à Julia Holmer...

– Juste, souffla-t-il.

– Enfoiré de merde, murmura Espy en fermant les yeux. Qui a découvert le corps ?

– Les flics du Boston PD... Grâce à l'appel d'un journaliste de *USA Today*... Le gars a trouvé sur son répondeur un message anonyme lui précisant le lieu du meurtre. L'appel a été passé à sept heures trente du matin... ce matin, de chez la victime. Une voix décrite comme très articulée et cultivée. Sans doute Cordell.

– Quoi ? Mais Charly n'a jamais contacté les médias auparavant !

Une sorte de pesanteur s'abattit dans le bureau tout en longueur. Bouche entrouverte, Thomas fixait le grand tableau de liège. Il lâcha d'un ton confus, comme si le tueur venait de rompre un engagement sacré :

– Mais... Il avait arrêté depuis presque un an.

Dougray Doyle sentit quelque chose se rompre en lui, il se sentit déraper. Il hurla, incapable de se maîtriser :

– Ce sac à merde n'a jamais arrêté... ils n'arrêtent jamais ! Il n'était pas en taule pour un autre motif, nous l'aurions su. Il est assez structuré pour avoir changé de *modus operandi* durant un temps, histoire de nous balader ou alors... ou alors...

– Ou alors, insista Thomas, il attendait quelque chose avant de refaire surface...

– Les papillons ? proposa Espy, incrédule.

– Je n'en sais foutre rien ! éructa Doyle.

Sturgeon, qui paraissait à peine présent depuis quelques instants, continua de la même voix monocorde :

– Ou encore... pourquoi *USA Today* ? Pourquoi pas le *Boston Globe* ? Parce que *USA Today* est distribué dans le monde entier... Parce qu'il s'agit d'un quotidien national qu'achètent la plupart des Américains en voyage à l'étranger.

La suite du raisonnement s'imposa à Doyle :

– Bordel, Thomas, c'est exactement ça ! Parce qu'il veut que Julia l'apprenne... Parce qu'il ignore où elle se cache et qu'il veut la contraindre à sortir de sa tanière !

– Comment s'appelle la victime ? s'enquit Esperanza.

– Vanessa Hunt. Juriste dans une compagnie d'assurances. Divorcée. Ils nous envoient le rapport de police.

22 octobre, Perth, Écosse

Le jeune homme se précipita vers la femme qui s'affalait contre une étagère surchargée de friandises et de magazines. La compassion le disputait chez lui à une inquiétude plus pragmatique. Elle pesait une petite tonne et risquait d'emporter avec elle toute la travée, ce qui lui occasionnerait des heures de rangement sans compter le mécontentement injuste de la patronne.

– Madame, vous voulez vous asseoir ? Un verre d'eau, peut-être ?

La femme le fixait, mais il fut certain qu'elle ne le voyait pas. Il insista :

– Vous voulez vous reposer un peu ?

Elle secoua la tête en signe de dénégation et balbutia :

– Un étourdissement... Ça va passer. Pardon.

– Mais non, je...

– Pourriez-vous... pourriez-vous, s'il vous plaît, ramasser mon journal ?

Il se baissa pour récupérer le numéro de *USA Today* qui avait glissé au sol lorsque la cliente avait commencé à tourner de l'œil. Il avait machinalement parcouru les gros titres des quotidiens ce matin en les rangeant dans les présentoirs. La plupart titraient sur la guerre d'Irak, même les canards financiers.

La femme sortit avec précipitation et le petit jeune

homme la suivit un moment du regard, soulagé mais vaguement inquiet. Elle aurait dû se reposer un peu. Elle était livide.

Il sembla à Julia que l'univers venait de se figer. Elle avançait dans le froid pinçant de cette large rue commerçante de Perth, animée d'une foule de badauds et d'employés pressés, sans savoir au juste quoi, du souffle glacé qui balayait son cerveau ou de cette bise d'automne, lui faisait claquer des dents.

Avant. Avant, juste avant de pénétrer dans cette petite échoppe encombrée, elle avait songé qu'il était presque midi et qu'elle irait sans doute lire le journal devant un délicieux déjeuner thaïlandais dans un petit restaurant qu'elle venait de repérer au coin de Mill Street. Elle avait goûté cette matinée, cette promenade sans but, sans urgence. Avant, elle avait songé que cette vieille ville qui penchait doucement vers la rivière Tay avait su conserver son charme de gros bourg médiéval tout en ne refusant pas les ajouts confortables du présent. Elle avait flâné, acheté quelques babioles superflues. Elle avait passé une bonne heure chez Waterstone's, sa librairie préférée, s'offrant un gros dictionnaire d'anglais et une petite brochure résumant les plus jolies balades pédestres du Perthshire tout en sachant qu'elle ne les entreprendrait pas.

C'était avant.

Avant de lire en fin de première page :

« Charly, une des dix personnes les plus recherchées par le FBI, refait surface. Il semble bien que ce soit le serial killer lui-même qui ait alerté dimanche matin l'un de nos journalistes, pour lui annoncer qu'il venait d'assassiner une habitante de Boston. La victime, Vanessa Hunt, avait trente-sept ans. Elle était employée comme juriste par la Hawk Insurance... »

L'article se poursuivait encore en précisant que le FBI était chargé de l'enquête depuis son début et dressait le succinct historique et l'interminable tableau de chasse de Cordell. Il ne mentionnait pas les caractéristiques physiques de la victime, pourtant Julia les devinait.

Elle se laissa choir sur l'un des bancs de bois sombre qui parsemaient l'avenue piétonne, tentant de maîtriser les frissons qui la faisaient grelotter. À côté d'elle, une femme sèche et ridée comme une pomme d'hiver tentait sans succès d'allumer une cigarette, protégeant la flamme de son briquet de sa main en coupe et vitupérant contre le vent adverse. En face, des flots de musique hoquetaient à chaque nouvelle ouverture des portes vitrées d'un grand magasin de disques, marée de décibels.

Elle savait ce qu'il convenait de faire maintenant, mais une fatigue sans fin la clouait sur les lames de bois du banc.

> *Bouge toi, gros tas, avance. Tu ne peux plus rester là. « Là » n'est plus rien, ne signifie plus rien.*

Elle se rendit compte qu'elle tenait toujours le journal froissé dans sa main et se leva soudain pour aller le jeter dans l'une des grosses poubelles qui ponctuaient le coin de l'avenue. Ces quelques pas lui coupèrent les jambes. La sueur dévala de son front, coula le long de ses maxillaires et elle inspira, bouche grande ouverte, pour récupérer son souffle. Un épuisant accès de fièvre, celle d'une très ancienne maladie. Cordell.

> *Bouge toi, gros tas, avance. C'est exactement ce qu'il veut... Te terroriser, te contaminer l'esprit avec une certitude, celle de ta soumission à sa volonté. Te leurrer avec une fable meurtrière, celle de ton incapacité à le contrer.*

Elle alluma le téléphone portable qu'elle choisissait le plus souvent d'oublier au fond de son sac. Sept messages. L'un de Charlotte Krakowski, une femme entre deux âges, pas mal allumée mais fiable, qu'elle avait recrutée afin de lui confier sa meute canine et féline durant son absence. Charlotte adorait les animaux. Elle appelait toutes les semaines, le plus souvent pour rassurer Julia au sujet de sa ménagerie, parfois pour lui raconter de menus incidents qui la faisaient tant rire qu'elle avait du mal à les narrer. Les six autres émanaient tous de Dougray Doyle. Il lui annonçait avec un luxe de précautions ce qu'elle venait de prendre en pleine figure dans une échoppe de High Street. Elle supprima de pressions nerveuses de l'index les paroles gênées, les soupirs inquiets et les silences embarrassés. Elle effaça la requête qui concluait chacun des messages : « Rappelez-moi au plus vite, je vous en prie. » Elle se défit de l'ordre qui ponctuait les trois derniers : « Vous ne devez surtout pas rentrer maintenant. »

Bouge toi, gros tas, avance. Il cherche quelque chose. Ceci n'est pas une coïncidence. Ceci est un plan. Trouve, sers-toi de ta tête !

Julia bifurqua à gauche dans South Street et se rapprocha du petit cyber-café dont les vitres opaques l'avaient d'abord un peu alarmée. Elle poussa la porte. Aucune des têtes absorbées ne se redressa pour détailler la nouvelle arrivante. Tous étaient plongés dans la manipulation de leurs claviers. Elle s'installa devant un des ordinateurs vacants et pénétra sur Internet. Elle rédigea son e-mail et ajouta son numéro de téléphone portable en précisant qu'elle n'avait que rarement accès à une messagerie électronique. Elle n'hésita que quelques secondes avant de cliquer sur l'icône d'envoi.

En dépit de la trouille qu'elle tentait de juguler depuis qu'elle avait découvert l'article de *USA Today*, un sourire fugitif lui vint. Elle aurait donné cher pour voir la tête que ferait le destinataire à la lecture du message.

« Les hommes oublient plus vite la mort de leur père que la perte de leur patrimoine. »

NICOLAS MACHIAVEL, *Le Prince*.

22 octobre, environs de Boston, Massachusetts

Cordell Taylor-Caedon s'allongea sur l'un des grands canapés de cuir. Le soir tombait. Sa peau nue, si mate, s'irisait sous la lueur élégante des lustres de l'immense salon. Il frissonna de délectation, de froid aussi.

Plaisante cascade d'équations. Helen aurait déclaré d'un ton sage de philosophe : sélectionner les hypothèses de départ, poser les bonnes prémisses, le reste en découlera. Il est vrai que la philosophie se mêle si bien de mathématique.

Il pouffa : il venait de réaliser un joli coup. Cette fille – cette si jolie et ennuyeuse juriste qui lui avait pris la tête une bonne partie de la soirée avec l'intarissable narration de ses vies antérieures – devait sa mort à Helen.

Il avait passé la veille un délicieux moment avec Dame Sara-Jane. Un moment de séduction, de ruse, et d'élégance. Lorsqu'il l'avait entraînée dans un long slow, elle avait eu une phrase troublante : « Je... suis un peu perdue... »

Il avait fixé les yeux si bleus, se demandant ce qu'ils taisaient. Non... Il l'avait lu dans ses iris : il ne s'agissait pas de sexe. Ils avaient dansé, ils s'étaient respirés, frôlés, tentés. Et puis, quelque chose d'infiniment précieux s'était imposé : ils s'étaient reconnus. Était-ce vraiment la première fois qu'une telle sensation de consanguinité avec un être s'imposait à lui ? Il avait bien aimé sa sœur Barbara. La noyer dans la piscine familiale lui avait causé du chagrin. Mais ils n'avaient rien en commun et elle était la deuxième héritière, celle avec laquelle il devrait partager au décès de leurs parents. Cordell s'était toujours méfié de son père. L'abattre était justifié par la colossale fortune qui lui reviendrait alors en héritage. Le plaisir coûte si cher. Celui de Cordell – le meurtre divertissant – était un des plus onéreux. Sa mère ? Charmante fofolle que l'idée de vieillir remplissait de terreur. Il avait fallu l'éliminer avec son jeune amant qui déployait ses charmes mercenaires en échange d'un compte en banque alimenté avec largesse. Aucune consanguinité là-dedans, juste une accidentelle généalogie. La génétique humaine est une telle loterie : entre miracle et calamité. Helen... sans doute s'était-il convaincu que son amusante épouse possédait, enfouie quelque part en elle, la fibre dont il avait besoin. Car la solitude des monstres est un étonnant paradoxe. La monstruosité – quelle qu'elle soit, c'est-à-dire plutôt l'aberration – engendre une obligation de solitude. Mais elle devient parfois insupportable, mortifère en dépit de sa sombre fierté. Et le monstre, le mutant, finit par se rassurer du fait qu'il n'est peut-être pas seul, que peut-être un double attend d'être rejoint. L'avait-il espéré d'Helen ? À l'évidence. Son intelligence le laissait présumer. Mais elle était déjà trop alourdie de tabous, de craintes de damnation. Pas Sara-Jane.

Il haussa les épaules. Certes, cette admirable soirée s'était mâtinée d'une légère contrariété puisque le cadavre de Sara-Jane était à l'origine prévu pour s'étaler à la une de *USA Today*. Sa célébrité et sa fortune, de même que l'identité de son tueur, garantissaient à Cordell une pleine page. Raté. Mais il ne le regrettait pas. Il s'était donc rabattu dès le lendemain sur Vanessa Hunt : elle possédait les caractéristiques physiques qu'il recherchait. Il l'avait levée dans Boston Common alors qu'elle rejoignait Charles Street en coupant par le parc. Le reste s'était déroulé sans encombre : un restaurant, un feu d'artifice de séduction, quelques rires. Seul bémol : le médium que la dame consultait mensuellement.

Or donc, elle avait été Pharaonne, déchirée par son amour impossible pour le Grand Prêtre du temple d'Osiris, puis alchimiste de renom au cours du Moyen Âge européen. Étrange, comme la grande majorité des gens qui se souviennent de vies antérieures n'ont jamais été soubrettes sous Louis XIV, se faisant trousser par quelque nobliau de passage, ou serf curant les douves du seigneur local, ou même pute phtisique et vérolée de Whitechapel au XIXe siècle... Cordell avait fourni un effort démesuré pour paraître fasciné par cet époustouflant *curriculum vitæ*. Peu importait. La dame n'était plus et le médium venait de perdre une de ses fidèles clientes.

22 octobre, Loch Rannoch, nord de l'Écosse

Julia fixa l'autre rive du lac en plissant les paupières, surveillant l'amerrissage du petit hydravion jaune qui se posait et décollait deux fois par jour sur l'eau noire et glacée. Parfois, lorsque la brume se faisait discrète, elle voyait deux silhouettes en descendre, un homme et une femme. Elle s'était permise de rêver un peu. Que faisaient-ils ? Rentraient-ils de quelque obligation professionnelle par ce moyen de transport peu commun ? La grande demeure – un petit manoir – construite à l'aplomb de la colline leur appartenait-elle ? Quel âge pouvaient-ils avoir ? Ce qu'elle apercevait de leur démarche laissait supposer qu'ils étaient encore très alertes. Un couple à l'évidence, puisque la femme s'appuyait contre l'homme et que celui-ci entourait sa taille d'un bras. Sans doute Julia aurait-elle pu se renseigner à l'hôtel, mais alors le rêve serait mort.

– Constance ?

Elle se tourna vers Ian qui s'approchait d'elle, sautant avec aisance en bas du petit appontement de bois qui surplombait la berge. Il semblait tendu. Dès son retour de Perth, en début d'après-midi, elle avait laissé un message sur son répondeur, laconique mais d'une fermeté dont elle espérait qu'elle lui épargnerait un surcroît d'explications.

Il ne souriait pas et lança avant même de l'avoir rejointe :

– Mais comment ça, vous rentrez aux États-Unis ? Vous m'aviez dit ne pas avoir d'impératifs.

– C'était exact, il y a quelques jours encore. Un problème est survenu.

D'un ton sec qui sidéra Julia, il insista :

– Un problème ?

– Oui… familial.

– Vraiment… je vous croyais sans famille ?

Mais que lui prenait-il ?

Quelque chose dans son insistance fit basculer l'étonnement de Julia vers l'agacement, gâchant un peu de sa sympathie pour lui, peut-être même de son affection. Elle n'avait nulle intention de se justifier devant cet homme presque inconnu. Elle répondit platement :

– Alors disons : un problème « ex-familial ».

Il eut un petit rire ironique, désagréable, qui réveilla aussitôt la méfiance de Julia :

– Ex-familial ? C'est la meilleure !

Elle le contempla quelques instants et lâcha d'un ton froid :

– Écoutez, Ian… je vous trouve charmant… alors restez-le.

Elle tourna les talons, s'apprêtant à rejoindre l'hôtel. La poigne de l'homme s'abattit sur son avant-bras. Une incompréhension mêlée de rage immobilisa Julia qui fit face.

– Vous me lâchez et vous me lâchez maintenant !

Il desserra sa prise et ouvrit la bouche. Elle le coupa :

– Je n'ai plus rien à vous dire.

Elle pressa le pas, remontant vers le chemin qui la séparait des jardins de l'hôtel, se demandant, un peu inquiète, s'il tenterait de la rattraper.

22 octobre, Russel building – Smithsonian Institute, Washington DC

Susan Wuang Tong reposa le gobelet de café – le quatrième depuis qu'elle était arrivée ce matin, vers sept heures – dans le vain espoir de profiter de quelques heures de tranquillité pour résorber un peu son retard chronique.

Elle jeta un regard désespéré vers les monticules de dossiers empilés sur les longues paillasses en faïence blanche de cet ancien labo reconverti à peu de frais en bureau. Des piles d'articles ou d'ouvrages de référence pas encore lus, ni même parcourus, menaçaient de s'effondrer. Les mètres de petits Post-it verts, roses ou jaunes, qu'elle collait en guirlande sur son bureau afin de se rappeler des urgences prioritaires, la culpabilisaient. Une chouette classification, cette idée des urgences prioritaires. Assez inefficace, mais d'abord rassurante. Elle avait adopté ce système quelques années plus tôt. Il y avait les urgences prioritaires, les urgences simples, les priorités simples. Le reste, tout le reste, avait fini par disparaître progressivement de ses préoccupations, faute de temps, de place, de moyens.

Cela étant, ces carences répétitives finissaient par phagocyter aussi les deux dernières catégories. Elle en était maintenant à se consacrer exclusivement au règlement des urgences prioritaires. En soi, cette limitation pouvait sembler bénigne, à tort. Susan avait réduit, voire éliminé, de son agenda les visites à d'autres laboratoires, ses participations à des colloques ou conférences, ses journées de lecture dans des bibliothèques de fac, bref toutes ces rencontres, ces « frottements d'idées », comme elle les nommait, qui permettent à un scientifique de rester à la pointe de son domaine. La connaissance évolue si vite, parfois si radicalement. C'est en ce moment que se préparent, sur les bancs des universités, dans les couloirs des labos, les savoirs et les découvertes qui verront le jour dans vingt ans.

Elle s'admonesta. Si elle commençait de la sorte dès huit heures du matin, elle allait déprimer pour le reste de la journée. Prendre les choses une par une et surtout marquer derechef un point décisif, dans le genre coup d'éclat. Elle avisa la haute tige malingre au bout de laquelle pendouillaient trois larges feuilles agonisantes : l'avocatier avorton qu'elle avait sottement planté dans un moment d'optimisme, se convainquant qu'elle penserait à l'arroser. L'alternative était simple, carrée comme elle les aimait. Elle s'occupait de la plante ou elle la balançait, s'évitant ainsi une contemplation attristante. L'avocatier et son pot rejoignirent le tas de papiers qui s'accumulaient dans sa corbeille de bureau. Voila : une décision, une action, une conclusion ! Menues, certes, mais on fait avec les moyens du bord.

Soulagée d'avoir réglé au moins un problème, si futile soit-il, elle s'installa derrière son ordinateur et entreprit d'étudier les rapports des analyses effectuées par les ingénieurs et techniciens du département depuis la veille. Des numéros, rien que des numéros de dossiers, une série de codes. Une désincarnation nécessaire, protectrice. Ne pas savoir ou donner à savoir que sous ces pics de chromatographie, sous ces gels d'électrophorèse, sous ces spectres moléculaires se cachaient des agonies, des tortures, des meurtres, des viols. Pour qu'elle soit fiable, au-dessus de tout soupçon et donc utilisable, une recherche d'ADN doit être la même, que l'on traque un vilain escroc « à l'autruche » – qui tente de fourguer du cuir de porc pour de la peau d'autruche – ou un tordu assassin qui a défoncé le vagin d'une petite fille de trois ans. Et pourtant... Ce qui les portait, ce qui expliquait l'extrême implication de la plus grande partie du personnel, c'était cette rage, cette haine parfois. Se dire que l'on ne peut rien négliger parce que, peut-être, ce pic-là est-il la dernière trace objective de la mort d'un enfant, peut-être permettra-t-il d'en éviter une autre ? Et pourtant... certains soirs, elle devait faire un effort pour ne pas utiliser l'accès qui lui était réservé et déchiffrer les codes avant d'avoir terminé l'analyse des résultats. La seule chose qui parvenait à l'en dissuader, c'était une phrase prononcée un jour par l'un de ses professeurs de biochimie : « Lorsque l'on est scientifique, on laisse ses désirs au portemanteau. Faire coller la chose biologique à ce que vous avez envie qu'elle soit relève du suicide intellectuel. »

Elle terminait de valider les conclusions de ses collaborateurs lorsque son portable vibra. Mince, elle avait encore oublié de changer ce truc et de réinstaller la sonnerie. Voir le boîtier ramper sur son bureau la hérissait. On aurait cru une sorte de petite bête vrombissante. Elle reconnut aussitôt le débit un peu précieux du professeur Morehouse... En parlant de petite bête vrombissante !

– Ma chère... Nous ne nous quittons plus... Pour mon plus grand plaisir. Comment allez-vous ?

– Bien, je vous remercie, et votre ton m'indique que de votre côté, la journée s'annonce agréable.

Elle l'entendit pouffer :

– Observatrice... J'avoue que les succès, si minimes soient-ils, me ravissent toujours.

– Pour ne rien vous cacher, je partage ce défaut... ou cette qualité, c'est selon. À quoi dois-je le plaisir de votre appel ?

– À une très jolie euglossine, quatre pour être exact.

Elle contint son impatience. En dépit de ses manies un peu cabotines, elle connaissait assez Morehouse pour se douter que son appel était important. Elle ménagea donc le goût du bonhomme pour le suspense :

– Une euglossine... Et c'est ?

Encouragé par l'interrogation, Edward Morehouse ne se

fit pas prier pour retomber dans son unique passion : ce que nous appelons les « insectes », même si le terme semblait l'exaspérer par son inadéquation.

– Les euglossines ont été découvertes dans les années 50. Il s'agit d'abeilles, à ceci près qu'elles ne ressemblent pas du tout à notre *Apis mellifera* – laquelle est un hyménoptère du groupe des aculéates et de la famille des apidés – et qu'elles ne sont pas mellifère. Comme vous le savez, le miel est le résultat de la biotransformation que subit le nectar des fleurs dans le jabot de l'abeille et... mais je m'écarte...

Susan profita de cette fausse contrition pour tenter de comprendre où son collègue voulait en venir :

– Et où avez-vous trouvé ces abeilles sans miel ?

– Dans le cadavre d'une jeune femme. Au demeurant, ce n'est pas moi qui suis à l'origine de cette trouvaille mais un des médecins légistes du Commonwealth du Massachusetts. DiGiola... Le docteur Richard DiGiola.

La curiosité de Susan grandit aussitôt et elle demanda avec précipitation :

– À Boston ? Qui était cette femme ? De quoi est-elle morte ?

– Dans l'ordre : oui ; à ma connaissance, nul ne le sait encore ; elle a été étranglée et déposée sous un banc public du Charlesbank Park.

– Étranglée, dites-vous ?

– En effet...

Elle l'entendit s'adresser à quelqu'un qui venait de pénétrer dans son bureau. Il s'exclama d'un ton agacé :

– Oui, je sais que je suis en retard... Une minute, commencez la réunion sans moi, j'arrive. (Son ton s'adoucit comme il reprenait leur conversation.) Écoutez, ma chère, je suis un peu coincé, là... Pourquoi ne venez-vous pas déjeuner en ma compagnie ? Dans notre somptueuse cafétéria... Je ne vous promets pas d'inoubliables agapes, mais du moins pourrons-nous bavarder tranquillement.

– J'accepte d'autant plus volontiers que votre self ne peut guère être plus déprimant que le nôtre !

– Cet optimisme vous honore, bien qu'il soit téméraire de l'appliquer à notre cantine... retrouvons-nous à l'entrée du restaurant. Disons, vers une heure... L'endroit commence à se vider un peu.

– Entendu. À tout à l'heure.

Susan raccrocha et jeta un regard sur sa montre. Il lui restait une petite heure pour faire le « tour des popotes », écouter les doléances de chacun, les envies frustrées de nouveau matériel, les fantasmes d'appareils, les ruminations sur le manque chronique de personnel et le trop-plein de travail, égayés parfois de quelques anecdotes personnelles sur un projet de vacances, les progrès ou les bêtises d'un enfant, voire d'un compagnon à quatre pattes. Bref, la vie normale d'un labo presque normal.

Il n'était pas tout à fait une heure lorsque Susan déboucha sous la rotonde qui abritait le self-service réservé au personnel. Edward Morehouse l'attendait. Bien qu'elle ne fût plus qu'à quelques mètres de lui, le petit monsieur d'allure soignée agita la main pour lui signaler sa présence. Sous son aisselle gauche était coincé un épais dossier cartonné. Il le désigna d'un mouvement de menton en précisant :

– Tous les détails de cette affaire – enfin du moins ceux que m'a communiqués DiGiola – sont là-dedans. Mais d'abord... fonçons avec nos plateaux !

Une petite table libre de quatre personnes les accueillit au bout de la grande salle. Susan se fit la réflexion que rien ne vieillit plus mal que les modernismes économes. L'endroit, redécoré dans les années 90, s'était voulu branché, à peu de frais. Les tables en Inox brossé avaient terni. Le plastique coloré de tons violents des chaises moulées laissait apparaître par endroits un réseau blanchâtre de fibres synthétiques, cicatrice abandonnée par tous les fessiers qui s'étaient posés là depuis plus de quinze ans.

Morehouse étala aussitôt son dossier afin d'empêcher que quiconque s'installe à leurs côtés. Adoptant un ton de conspirateur, il attaqua :

– Il s'agit donc d'une Jane Doe, bref, une inconnue. Une jeune femme d'une trentaine d'années. Vous lirez tout cela plus en détail. J'attire cependant votre attention sur la discordance existant entre l'état de décomposition et le moment, ainsi que le lieu, de la découverte du cadavre. En d'autres termes, elle aurait été tuée ailleurs, sans doute maintenue dans un environnement assez chaud, comme une maison, une quarantaine d'heures puis balancée sous ce banc du Charlesbank Park. DiGiola doit être un bon. Lorsqu'il a découvert les euglossines, il a tout de suite compris qu'il n'avait pas affaire à des insectes nécrophages. Les abeilles étaient localisées pour trois d'entre elles dans l'œsophage de la victime, et la dernière s'était fourrée tout en haut du nez. Sur le coup, je vous avouerai que cette histoire n'a pas fait tilt dans ma tête. Jusqu'à ce que William Nutt se rende compte que les quatre bestioles étaient de la même espèce. Il s'agit pour les quatre spécimens d'*Euglossa ignita* !

Il ponctua le nom, tapotant du bout de l'index sur le rebord de son plateau, comme s'il s'agissait d'une révélation de portée internationale. En pleine confusion, Susan se hasarda :

– Mais, euh... pourquoi pensiez-vous que cette affaire me concerne ? En dépit de son indiscutable intérêt scientifique, se reprit-elle de justesse.

Le visage de Morehouse s'éclaira d'un sourire triomphant :

– Savez-vous, ma chère, pourquoi nous connaissons tant de choses au sujet des euglossines... alors même que leur découverte est relativement récente ?

– Non... J'avoue que...

– Parce qu'elles font partie des pollinisateurs spécifiques des orchidées... dont certaines *Vanilla*. Ainsi *Euglossa tridentata* est-il l'artisan de la fécondation de *Vanilla planifolia*, dont naîtront des gousses qui renferment l'incomparable vanille que nous consommons. Je ne m'étendrai pas sur l'énorme intérêt économique qu'elle peut présenter.

La fourchette de Susan lui échappa de la main. Elle bafouilla :

– Ah non...

– Ah si ! Inutile de vous dire que je commence à trouver que cela fait beaucoup d'orchidées pour une simple coïncidence... D'où la raison de mon appel.

– Et je suppose que l'on ne trouve pas non plus ces euglossines sous nos latitudes ?

– Certes, non. Elles proviennent donc d'un élevage. *Euglossa ignita* est le pollinisateur spécifique de *Stanhopea candida*, une ravissante orchidée colombienne et brésilienne. J'ai trouvé une photo sur Internet ce matin... On dirait des oiseaux en ascension, avec leurs ailes levées au-dessus de leur corps.

– Mais pourquoi cette fille les aurait-elle avalées ?

Morehouse serra les lèvres en cul de poule avant de répondre :

– Entendons-nous bien. Il s'agit de pures hypothèses de ma part. J'ai beaucoup réfléchi à ce point. Selon moi, elle ne les a pas avalées... Il faut vous dire que les euglossines sont des abeilles sans dard. Cela sous-entend qu'elles n'ont pas grand moyen de défense à l'exclusion de la fuite. Mais comme toutes les abeilles, si la ruche ou la colonie est menacée, elles attaquent, le plus souvent en groupe. Il s'agit dans ce cas d'offensives kamikazes. Elles pénètrent dans les orifices naturels du prédateur dans le but de l'affoler, voire de l'étouffer. Bien sûr, la plupart du temps, elles meurent aussi.

– La victime aurait dérangé un élevage ?

Il désigna deux lignes surlignées de vert du rapport de Richard DiGiola :

– Là... Le légiste note la présence de multiples entailles peu profondes sur la cuisse gauche de la victime, probablement laissées par des éclats de verre. Je me demande si elle n'a pas pulvérisé involontairement un vivarium, laissant s'échapper les euglossines. Elle est tombée sur les morceaux de verre, cible immobilisée, assez aisée pour les insectes qui ont attaqué...

Susan termina sa phrase :

– ... Et elle est morte peu de temps après, ce qui expliquerait qu'elle n'ait pas pu au moins se débarrasser de celle qui était remontée dans son nez...

– C'est aussi ce que je m'imagine.

– Charly !

Susan reposa ses couverts au centre de son assiette à peine entamée, contemplant l'homme assis à ses côtés sans tout à fait le voir. Enfin, elle revint à la salle, à l'air un peu inquiet de son collègue. Elle se força à sourire :

– Vous savez que vous êtes vraiment excellent ?

Contrairement à son habitude, il ne prétendit pas à la fausse modestie, ni ne ronronna de satisfaction, se contentant d'un gentil aveu :

– Pourquoi croyez-vous que j'aime tant ces petits moments de succès, ainsi que vos compliments ? Vous êtes encore jeune, Susan. Aussi vous épargnerai-je la liste des claques d'orgueil que j'ai prises, des échecs que j'ai essuyés... Si certains m'ont construit, d'autres m'ont salement secoué.

Elle posa sa main sur celle de l'homme et murmura :

– Mais je sais...

– Oh, je sais que vous savez, tous les scientifiques savent. Mais ce que vous ignorez, c'est que ça n'a jamais de fin. (Il lui sourit soudain avant de conclure.) Des hauts et des bas, des bas très bas... C'est pour cela qu'il convient de se réjouir et de profiter de nos minuscules instants de hauteur. Qu'allez-vous faire ?

– Encore vous remercier et vous assurer que je veux que mes « hauts » soient aussi éclatants que les vôtres. Je me chargerai de digérer les inévitables « bas », j'ai de l'estomac ! Et puis transmettre au plus vite le contenu de notre conversation à Dougray Doyle, de Quantico.

22 octobre, FBI, base militaire de Quantico, Virginie

Un silence massif accueillit la dernière phrase de Doyle. Un silence obstiné, puisque ni Espy ni Thomas n'avaient songé à le rompre depuis le début du monologue de leur chef. D'une voix atone, il venait de leur restituer la conversation qu'il avait échangée une heure plus tôt avec le docteur Wuang.

Doyle poussait du doigt un crayon à papier, le faisant rouler millimètre après millimètre sur la plaque de Plexiglas de son bureau. Il le rattrapa soudain, le serrant dans sa main comme pour le briser et exhala :

– Le *modus operandi* n'a rien à voir avec celui de Cordell Taylor-Caedon. La fille est jeune, entre vingt-cinq et vingt-huit ans, blonde, jamais eu d'enfant, sans doute sportive vu sa musculature. Pas d'entraves, en dépit des marques de prise et de défense présentes sur les avant-bras de la victime... Elle a dû résister pas mal... Et l'étranglement ne fait pas partie de son jeu. Il n'est pas certain que cette affaire nous concerne.

Espy haussa les épaules et murmura :

– Et on aurait deux tueurs, fondus d'orchidées et d'insectes pollinisateurs, sur le dos ?

– C'est bien ce qui me gêne. La coïncidence est dure à gober. Thomas, vous m'appelez ce docteur Richard DiGiola de l'institut médico-légal de Boston. Selon Susan, un truc coince sur l'estimation de l'heure de la mort de la victime. Espy, vous vérifiez tous les avis de recherche de personnes disparues passés depuis une semaine à dix jours. Limitez-vous d'abord au Massachusetts, puis aux États voisins.

Dévastatrice sensation qu'un univers entier vous glisse entre les doigts. Il se faisait l'effet d'un insecte abruti s'acharnant à remonter la même pente couverte de givre. Hier après-midi, il avait coincé le fameux Henry McTigue, le rouquin au mémoire bleu cobalt. Il avait demandé d'un ton aussi anodin que possible au jeune homme de lui consacrer quelques minutes à la fin du cours. McTigue n'avait pas eu l'air impressionné, juste curieux.

– Votre analyse était excellente, avait-il attaqué. Je me demandais où vous aviez pêché toutes ces informations ?

– L'affaire Charly m'intéresse depuis longtemps. J'ai rassemblé tous les articles parus sur le sujet, pas mal de détails en provenance d'Internet, également.

– Dont la pathologie de ma femme ? avait rétorqué Doyle d'un ton beaucoup plus cassant qu'il ne l'avait souhaité.

McTigue avait plissé les yeux, intrigué :

– Non... pourquoi le prenez-vous si mal ? Enfin, c'est un... enfin cela déclenche seulement la compassion.

– Où avez-vous trouvé ce... détail ?

– Mon père est psychiatre au Bellview.

Merde, le docteur Robert McTigue ! Comment ce lien avait-il pu lui échapper ? Mauvais parce qu'il perdait pied, il avait persiflé :

– Je m'étonne de sa conception de la déontologie !

Le feu était monté aux joues pâles du jeune homme qui avait baissé les yeux avant d'expliquer d'un ton doux :

– J'ai surpris une conversation qui ne m'était pas destinée. Cela étant, vous conviendrez que ceci n'est qu'un... comment dire, épiphénomène, ce qui ne signifie pas que ce soit sans importance.

– En d'autres termes ?

Henry McTigue avait hésité et une épouvantable certitude avait secoué Doyle : le jeune homme cherchait ses mots afin de l'épargner.

– Ce... euh... cette volonté de... enfin de voiler aux autres la maladie de votre épouse... eh bien, je me demande si cela ne procède pas de la même incapacité à envisager d'autres logiques. Vous cherchez à comprendre la dissemblance de votre femme en utilisant les mêmes outils d'analyse que ceux que vous appliquez au commun des mortels. Celle de Charly aussi... sa dissemblance, veux-je dire. Vous n'y parviendrez pas. Ces logiques sont d'essence radicalement différente.

Faussement goguenard, Doyle avait contré :

– Parce que vous, vous y réussiriez ?

– Non... En revanche, je sais comment il faudrait aborder le problème.

– Ah oui ?

– Il faudrait tout oublier, mais c'est si dangereux. Oubliez votre humanité, c'est-à-dire ce qui vous lie aux autres. (Le jeune homme avait souri et secoué la tête avant de reprendre :) Voyez-vous, j'ai cherché un qualificatif adéquat pour Charly. Je l'ai trouvé il y a peu.

– Sociopathe.

– Non, ça c'est un diagnostic. « Aliéné », au sens étymologique du terme. Privé de liens. Il existe deux types d'êtres humains : ceux qui ne peuvent pas fonctionner, qui s'écroulent s'ils n'entretiennent pas de liens avec leurs congénères, c'est la vaste majorité, vous et moi. L'autre catégorie, celle qui peut rompre les liens, y gagne un gigantesque pouvoir, une totale liberté. C'est Charly, l'apothéose d'un écœurant pouvoir, et... dans une douloureuse mesure, votre femme. Elle n'a conservé que ce qu'elle avait choisi. C'est effrayant et c'est surtout vous – votre fils et vous – que je plains.

Doyle avait tenu encore un peu, juste assez pour ne pas prendre la fuite.

Esperanza s'étira. Deux heures scotchée devant ce foutu écran. C'est invraisemblable le nombre de gens qui disparaissent pour, heureusement, souvent réapparaître après une courte fugue. S'ajoutent à cela les réactions angoissées et souvent trop précoces de certaines familles, qui traduisent le moindre retard d'un proche par l'enlèvement et omettent d'avertir les services de police de leur retour. C'était, au demeurant, l'explication de la seule fausse alerte qui l'avait fait bondir lorsqu'elle avait épluché les listings des femmes disparues concernant l'État du Massachusetts. Une certaine Liloo Kramer de Ashmont, blonde, vingt-sept ans, mariée, dont la photo pouvait correspondre à la description sommaire que leur avait faite Doyle, dans l'attente des photos des services du médecin expert général. Espy avait aussitôt téléphoné au numéro qui figurait sur le fichier informatique. Une voix d'homme pâteuse, assez vulgaire, lui avait répondu. La conversation avait vite dégénéré lorsqu'elle s'était présentée, expliquant en termes vagues la raison de son appel :

– Cette pouffiasse s'est encore barrée avec un mec ! Ça, celle-là, elle me ferait pas le plaisir de se faire buter par un dingue.

Glaciale, Espy avait répondu :

– Je n'aime pas votre humour, Mr. Kramer.

– Je m'appelle pas Kramer. C'est son nom à elle. Je m'appelle Revell. Et j'en ai rien à cirer que vous aimiez pas mon humour, d'ailleurs c'est pas de l'humour. Qui c'est qui s'emmerde avec les gosses pendant ce temps ? C'est pas vous, alors lâchez-moi.

Espy avait raccroché sans prendre congé.

Elle attaqua le listing concernant Rhode Island, celui qu'elle avait réservé pour la fin, l'État étant un des plus petits des États-Unis et donc, *a priori*, le plus rapide à parcourir.

Elle cliqua sur un nom : Lucy Gildor, vingt-huit ans, blonde, célibataire, habitant Providence. La mosaïque d'une photo s'installa par à-coups sur l'écran, comme un pouls numérique, révélant peu à peu le visage avenant et carré d'une jeune femme. Espy la détailla. Sans être jolie, du moins dans le sens que l'on accorde généralement à ce mot, Lucy Gildor possédait ce charme sans artifice des gens qui entretiennent leur santé et leur corps plutôt que leur allure. Elle avait de beaux cheveux, des dents bien plantées, une peau fine et saine et un sourire lumineux. Lorca ouvrit l'annexe avec une légère appréhension, espérant presque découvrir dans le rapport de disparition qu'il s'agissait d'une mère célibataire ou toute autre précision la disqualifiant comme victime potentielle.

Lucy Gildor n'avait pas d'enfant. Sa disparition avait d'abord été signalée le 11 octobre au soir par un appel du colocataire – un certain Teddy Schaffer – avec lequel elle partageait un quatre pièces dans Benefit Street, face au port. Ne voyant pas revenir Lucy de son jogging quotidien, Schaffer s'était inquiété vers onze heures du soir. Le flic qui avait pris l'appel lui avait recommandé de se rassurer, arguant que la jeune femme avait peut-être rencontré quelqu'un. Espy grommela « connard », tout en sachant que bon nombre de ces appels sont le fruit d'une inquiétude prématurée et qu'elle aurait sans doute imité son collègue de Rhode Island. Schaffer, âgé lui aussi de vingt-huit ans, célibataire, s'était présenté au poste de police le lendemain. Lucy Gildor n'avait pas reparu. Ils étaient copropriétaires de la boutique d'aliments diététiques qu'ils avaient ouverte trois ans auparavant. Teddy Schaffer avait connu Lucy à l'école primaire. Selon lui, elle n'était pas du genre à découcher, ni à se faire lever par le premier venu.

Une piste, une simple piste, tenta de se convaincre Espy en imprimant le fichier. Pourtant, au fond d'elle-même, elle savait qu'elle venait de découvrir l'identité de leur inconnue assassinée.

Elle le haïssait et elle avait tort, elle en était consciente. Elle le haïssait même s'il n'était pas le tueur de la gentille Lucy.

L'image d'Helen Baron/Julia Holmer s'imposa dans son esprit. N'y avait-il véritablement qu'elle pour les aider à remonter jusqu'à son ex-mari ? Peut-être pas, mais pour l'instant Julia était leur seule option. Pourquoi Doyle l'avait-il expédiée elle ne savait où ?

La confirmation de ce qu'elle redoutait leur parvint quelques heures plus tard, via Internet, en pièce jointe du rapport d'autopsie.

Les photos du visage de la victime, prises à la morgue, quelques jours plus tôt. Le corps malmené venait de retrouver un nom et un prénom.

23 octobre, Dulles Airport, Washington DC

Julia souffla comme un phoque lorsque l'avion s'immobilisa. Le vol lui avait semblé interminable. Il l'était.

Elle avait transité par Londres. Un retard de livraison des plateaux-repas, permettant de faire patienter les voyageurs du vol à destination de Washington, l'avait clouée à Heathrow durant plus de trois heures. L'impatience avait cédé place à l'exaspération, puis à l'inertie. Elle s'était avachie sur un siège, remâchant son impuissance, tentant de se rassurer en songeant que la personne à qui elle avait demandé de venir la chercher à sa descente d'avion se renseignerait sans doute sur d'éventuels retards.

Son voisin, un homme encore jeune, élégant, qui avait eu le bon goût de ne pas lui adresser la parole de tout le voyage, se leva et récupéra un trench-coat, un parapluie et sa mallette en cuir dans le casier à bagages situé au-dessus de leurs têtes. Pour ce faire, il dut pousser le manteau de Julia et son bagage à main, puisqu'elle s'était installée après lui. Il lui jeta un regard évaluateur, puis désapprobateur et se faufila dans le flot de passagers qui s'agglutinait dans la travée, sans même lui proposer de descendre ses affaires. Un beauf de la variété manucurée, un de ces hommes dont la courtoisie et les manières sont réservées aux femmes sautables, ou potentiellement utiles à leur carrière. Elle eut alors une réaction dont l'infantilisme la rassura. Pourtant, elle était habituée depuis longtemps à ces humiliantes réactions de rejet. Elle agrippa son manteau, son sac et fonça derrière son ex-voisin. Jouant des coudes pour se frayer un chemin dans le magma humain, elle parvint à le rejoindre et se retrouva collée contre son dos. Elle patienta encore un peu, et lorsqu'il prit son élan pour emprunter la passerelle qui menait au couloir de débarquement, son pied fila sous les siens. Elle le vit partir vers l'avant, trébucher, tenter de se cramponner. Il s'affala de tout son long sur la coursive métallique en poussant un gémissement étonné. Une hôtesse de l'air se rua vers lui, le front crispé d'inquiétude. Julia aussi, mais c'était pour ne rien rater du spectacle. Elle ne fut pas déçue. Il avait les maxillaires serrés de douleur et la trouille rétrospective le rendait blême. Elle poussa la perfidie jusqu'à s'exclamer :

– J'espère que vous n'avez rien de cassé ! Ça peut être traître, ce genre de chute.

Il l'envoya grossièrement paître :

– J'ai mal, alors vous me lâchez, d'accord ?

Vilainement manucuré, le beauf. Un vernis si mince qu'il cédait au premier choc. Dès qu'elle eut tourné le dos, elle s'autorisa un sourire vainqueur. Elle ne regrettait rien.

Cette jovialité revancharde fut éphémère. Pourvu qu'elle soit attendue. Elle devait encore trouver un chariot, récupérer ses deux lourdes valises, passer la douane.

Elle se dirigea vers le tapis de déchargement. Elle patienta à côté d'une femme âgée d'une magnifique cinquantaine d'années qui trépignait d'impatience en tendant le cou vers la trappe de livraison, se mordillant l'ongle du pouce. Une grande cage en plastique blanc apparut. La femme sauta sur le tapis roulant, manquant s'affaler, et rejoignit la cage à quatre pattes. Un cocker roux y était tassé, la langue pendante, le regard vague. Elle entendit la femme geindre :

– Ah ! ma pauvre chérie... C'est le calmant, ça va bientôt disparaître. C'était pour éviter que tu t'énerves. J'ai passé un affreux voyage, mon nounou, je me demandais dans quel état tu étais.

Un porteur se précipita pour récupérer la cage. Julia, que l'idée d'une conversation de courtoisie avec un ou une inconnue n'aurait jamais effleurée, s'entendit demander :

– Elle est sonnée ? Ils détestent les voyages en avion.

La femme sourit et Julia lui envia les belles rides d'intelligence qui faisaient remonter son sourire vers ses tempes :

– Oui, c'est monstrueux... Mais je ne peux pas la confier à quelqu'un, elle devient dingue et agressive sans moi. La dernière fois, elle a mordu mon père que, pourtant, elle adore en temps normal.

Sans moi. Sans moi, quelque chose se produit qui ne se produirait jamais en ma présence. Ou l'inverse, peu importait. Une signature en bas d'une vie, une attestation d'existence. Quel bouleversant privilège.

La femme disparut sur un petit geste ami de la main, la laissant seule, tellement seule. Pourtant, pour une fois, la chance fut complaisante et ses bagages furent parmi les premiers déversés sur le long tourniquet. Deux douaniers la regardèrent passer devant eux, attentifs, mais immobiles.

Une fois franchies les lourdes portes en verre armé, elle scruta la foule souriante des gens attendant qui un amant, qui un enfant, qui un ami, ou même une relation de travail. Julia se fit la réflexion idiote et surtout superflue que nul ne l'attendait jamais, sauf lorsqu'elle l'exigeait. Finalement, elle totalisait maintenant sept années d'une extrême solitude, presque un quart de sa vie. Sept ans, presque huit : même les trois années de son mariage avaient été un désert, puisqu'elle avait cru vivre avec un homme qui n'existait que dans son imagination.

> *Comme je t'ai aimé, enfoiré. Comme j'ai cru que nous étions faits l'un pour l'autre, pire, que nous nous étions attendus, cherchés de toute éternité ! Une vraie gourde. Sois soulagé : j'admets. J'admets être entièrement coupable de ma cécité. Je voulais tant croire à tes mensonges que j'ai refusé l'option de lucidité. Sais-tu pourquoi ? Parce que tes mensonges me faisaient exister pour la première fois de mon existence. Ils disaient*

que je vivais vraiment puisque tu me voulais, tu me voyais. Une gourde, une pathétique gourde. À quoi sert l'intelligence, puisqu'on parvient si aisément à la rendre muette ?

Son nom la fit sursauter. « Mrs. Holmer ! » Elle se tourna vers la voix :

– Bonjour, Mrs. Holmer... Comment allez-vous ? Heureusement que j'avais consulté Internet avant de démarrer... Quatre heures de retard, c'est de mieux en mieux. Enfin, ils vous auront au moins épargné le gag de la perte de valises !

Julia détailla la grande jeune femme solide en face d'elle. Nina Kroeger portait un blouson de cuir marron sur un gros pull irlandais. Elle faisait partie de ces êtres chaleureux sans mièvrerie que l'on a l'impression d'avoir quitté la veille, même après une absence d'un an. Ses cheveux frisés, blond moyen, avaient poussé au carré, adoucissant la ligne ferme des maxillaires.

– Bonjour, Nina. J'ai craint un moment que vous ne vous lassiez d'attendre.

– À raison... J'en avais ras le bol, mais vous aviez été assez habile dans votre mail pour piquer ma curiosité.

Julia sourit et acquiesça :

– C'était voulu, j'ai beaucoup réfléchi à la formulation. Cryptique mais alléchante, en effet. Il faut vous avouer que je n'avais pas d'autre but en venant à Washington que de vous rencontrer.

– Dougray n'est pas au courant de votre retour ? Où étiez-vous d'ailleurs ?

– Pas si vous ne l'avez pas averti... J'étais terrée au fin fond de l'Écosse.

– Le genre de coin où je me propose sans cesse de partir. Il paraît que c'est très beau.

– Magnifique. S'ajoute à cela un colossal avantage : c'est assez désert en dehors des quelques mois de saison touristique.

Nina Kroeger revint à sa première question :

– Doyle prendra très mal votre silence... Il n'aura pas

tort. Ce que vous faites est très imprudent. Vous aviez exigé ma discrétion sur votre arrivée, je m'y suis tenue, mais, franchement, elle me pèse et je la trouve risquée.

– C'est précisément de cela dont je souhaitais vous entretenir... de risque. (Julia jeta un regard circulaire et proposa :) Nous pourrions peut-être dégotter un petit coin à peu près tranquille, boire un verre et discuter ?

– Un petit coin tranquille à Dulles Airport ? À dix-huit heures trente de surcroît ? Écoutez, nous sommes à une quarantaine de kilomètres à l'ouest de Washington, pas très loin de Fairfax. Le temps de parvenir à s'échapper de l'aéroport, on arrivera pile pour un dîner précoce. On pourrait trouver un petit restau calme là-bas. Rentrez-vous sur Boston ensuite ?

– Sans doute.

– Quand décolle votre avion ?

– Je n'ai pas encore réservé. Je voulais me donner... le temps nécessaire.

Nina lui jeta un regard mi-curieux, mi-méfiant. Elle sembla réfléchir puis se décida :

– En ce cas, si vous n'êtes pas pressée, nous pouvons rentrer à Fredericksburg. Mon appartement dispose d'une pièce fourre-tout qui peut faire office de chambre d'amis.

Julia faillit accepter, se laisser aller à cette offre, peut-être pas vraiment spontanée mais cordiale, elle en était certaine. Non, pour l'instant, mieux valait repousser cette facilité. Elle mentit :

– Mon gigantesque estomac ne patientera pas jusque-là... je suis comme les bébés, il faut me nourrir souvent. Commençons par dîner à Fairfax, si vous n'y voyez pas d'inconvénient.

Le mince sourire qui étira les lèvres de Nina convainquit Julia que sa ruse venait de tomber à plat.

– Ça marche.

La route jusqu'à Fairfax sembla s'éterniser. Une gêne palpable s'était installée. Julia fournit de louables efforts de conversation, relatant par le menu l'Écosse, ses châteaux, ses moutons, sa lande et ses whiskies et Nina eut la sagesse de paraître fascinée. Fort heureusement, l'entrée dans

Fairfax leur apporta un autre palpitant sujet de débat : quel restaurant ?

Après quelques tours et détours, Nina se gara devant une pizzeria, vaste comme un hangar, dont le parking était presque désert. Plantée au milieu d'une grande pelouse, une fontaine en ciment aggloméré doré glougloutait avec un bel enthousiasme. Trois angelots grassouillets, le pubis convenablement recouvert d'un improbable drapé de plâtre, tenaient à bout de bras sa large vasque. Le mouleur avait tenté de leur donner un sourire qu'il avait dû souhaiter mutin et qui les faisait ressembler à des gnomes adipeux. Une guirlande de loupiotes aux couleurs du drapeau italien couronnait le haut de cette déroutante réalisation, clignotant par saccades. Lorsque la jeune femme coupa le contact, Julia s'enquit, un peu surprise :

– Là ?

– Oui, à moins que vous ne frôliez l'indigestion juste en contemplant la fontaine.

– Il y a sans doute de quoi, mais j'ai l'estomac blindé.

Nina sourit, franchement cette fois :

– Moi aussi. Pour tout vous dire, j'ai hâte de voir l'intérieur. S'il est à la hauteur de... de cette chose... je sens que ça va être un grand moment !

Elles ne furent pas déçues. Une des petites sœurs de la fontaine était installée au centre de l'immense salle, environnée d'une profusion de faux oliviers dans des pots de plastique imitant la terre cuite. Peut-être le propriétaire avait-il obtenu un prix de gros ? Elles s'installèrent à une table excentrée, adossée à un des murs d'épais crépi blanc, inévitablement décorée d'une bouteille de chianti ventrue transformée en bougeoir. Une huile assez voyante était suspendue juste au-dessus d'elles. Le dieu Pan, peint d'un marron de fiente, avec un derrière si volumineux qu'on eût dit qu'il portait une couche-culotte, charmait de sa flûte une bergère languide. La pauvre petiote ressemblait à un jeune veau égaré à joues rouges et robe rose layette. Son audacieux décolleté découvrait des mamelles généreuses qui lui remontaient sous le menton et l'un de ses pieds chaussés d'incohérents escarpins vernis était nettement plus long que l'autre. Le soleil d'un jaune pétant, et un ruisseau d'un bleu toxique, qui tranchait sur l'herbe dopée à la chlorophylle, complétaient cette scène de mythologie bucolique. Nina commenta d'un ton amusé :

– C'est assez décoiffant, vous ne trouvez pas, quand on songe au génie des peintres italiens, aux Carpaccio, Caravage et autres Vinci et Botticelli... Je me demande si le patron a un fournisseur attitré de croûtes ou s'il préfère exposer les œuvres du neveu, de la belle-fille, ou du beau-frère ?

– On peut le lui demander.

– Vous êtes folle ! Et s'il se met en tête de me fourguer une toile, qu'est-ce que je fais ? se lamenta Nina en adoptant un air peureux.

– Je vous défendrai, promit Julia en souriant.

Ce n'était qu'une boutade, pourtant, elle eut la nette sensation que quelque chose de très triste passait dans les yeux d'un noisette mordoré qui la fixaient. Nina se reprit aussitôt et lança en riant :

– Ça me soulage, je me sens tout de suite mieux.

– Vous savez, si je tombe de tout mon poids sur quelqu'un, je peux lui faire très mal !

– C'est la caractéristique souhaitée de tous les blindages, non ?

– Je vous croyais analyste informaticienne, pas psychologue.

– Je ne le suis pas, en effet... Mais ça ne m'empêche pas d'être une femme et donc de comprendre assez bien ce qui peut se produire dans la tête des autres femmes... même lorsque cela me semble ahurissant.

– Touché !

Un charmant serveur, sans doute d'origine pakistanaise ou indienne, vint prendre leur commande, avec un accent napolitain si marqué que Julia se demanda combien de temps il avait répété pour reproduire cette prestation d'acteur faussement italien dans une série B des années 70.

– Bella, bellissima... Zé vous récommande la primaverâââ é oun pétit pé de valpolicellllla !!! ah ma, c'est una merveilla, cé valpo.

Pince-sans-rire, Nina demanda :

– Vous les soldez ?

Un peu décontenancé, le petit gars hésita, un sourire confus aux lèvres. Julia vola à son secours :

– Mon amie plaisante... C'est parfait. Deux primavera et une bouteille de valpo.

Après le départ du serveur, le silence s'installa.

Le jeune homme revint presque aussitôt, fit goûter le vin et remplit leurs verres avant de disparaître à nouveau.

– Mrs. Holmer... Pourquoi au juste souhaitiez-vous me rencontrer de façon aussi confidentielle ?

– Julia. Ou Helen, comme vous préférez. Ou même Terry ou Constance. Je suis aussi douée qu'un bon berger allemand, je comprends plein de mots. Il paraît que certains perroquets en assimilent encore davantage, jusqu'à quatre ou cinq cents.

Le souvenir de Ian MacAlpine fit une brève incursion dans sa tête. Que s'était-il passé, pourquoi avait-il réagi de la sorte ? Au fond, elle s'en foutait. Il n'avait pas pris suffisamment de place pour qu'elle le regrette.

Nina la considéra avec le plus grand sérieux et rectifia :

– Je préfère m'en tenir au nom de famille... Tant que je ne sais pas au juste pour quelle raison vous souhaitiez me rencontrer.

– Je crois qu'on ne gagne pas à tenir autant les autres à distance.

Nina pouffa :

– Venant de vous, ça frise le burlesque !

– Touché, à nouveau.

Julia s'autorisa le temps d'une gorgée de vin, pourtant, elle avait longuement réfléchi à son entrée en matière au cours de cet interminable voyage. Elle perdait ses moyens devant cette femme, devant cette réserve sans agressivité, devant cette intelligence sans arrogance. Finalement, en dépit de leur animosité réciproque, elle aurait préféré négocier avec Esperanza : il suffisait de découvrir les babines et de montrer les crocs pour se retrouver sur le même terrain qu'elle.

Nina revint à la charge :

– Vous n'avez pas répondu à ma question.

– J'y viens... J'y viens, mais je ne sais plus par quel bout la prendre.

– C'est si grave que ça ?

– Disons... délicat. Euh... Dougray Doyle m'a expliqué que vous étiez parvenue à remonter jusqu'à Charly – mon... ex-mari – par deux biais, avec un simple clavier comme outil.

– C'est exact.

– Vous devez être une experte.

– C'est... C'était mon métier.

– L'analyse est aussi une forme d'intelligence.

– En effet... une des pires.

– Des pires ?

– Oui... parce que, voyez-vous, au bout de l'analyse, on finit souvent par se dire que tout est égal à tout. À ce moment-là, le choix n'est possible que sur des bases qui n'ont rien à voir avec l'analyse, qui relèvent davantage de ce que vous sentez, vous croyez. Comme le bien et le mal.

– Ouh là... Vous déduisez que l'intelligence ne sert finalement pas à grand-chose ?

– Ah, la philosophe montre son nez. Si, elle sert, bien sûr. Elle sert à comprendre, mais au bout du compte, ce n'est pas elle qui choisit. Elle nous sert, *a posteriori*, à justifier ce que nous avons fait, simplement parce que nous avions *envie* de le faire, pas parce que nous pensions que c'était plus utile ou plus intelligent. Dans le cas contraire, le monde ne serait pas dans l'état piteux que nous lui connaissons.

Julia hocha la tête et murmura :

– J'ai l'impression d'entendre Cordell.

Nina grimaça :

– Vous allez me couper l'appétit ! Je ne veux surtout rien avoir de commun avec ce... type.

– Monstre ! C'est un monstre. Je ne l'entends pas dans le sens que l'on attribue généralement au terme, mais dans une acception plus biologique : une aberration, un truc anormal, hors norme. Il est intelligent, très, redoutablement. Si lucide aussi. À l'inverse de la plupart des serial killers, il ne s'est jamais cherché d'alibi. Il fait ce qu'il fait parce que ça le comble de plaisir, c'est tout. Pour en revenir à notre conversation de départ... comment avez-vous procédé pour retrouver sa trace ?

– Secret de fabrication. Non, je plaisante. Il suffit de trouver les bons mots-clefs, on pénètre ensuite sur des sites.

– Des sites de... meurtres ?

– Pas vraiment. Des sites consacrés au meurtre et à ses auteurs. Ils sont gérés par des internautes de profils très différents. Parfois par des timbrés relativement inoffensifs. Le genre qui se fait band... pardon, qui s'excite avec les détails macabres des « exploits » des plus grands criminels, mais qui ne passeront jamais à l'acte, ou par des amateurs de criminologie ou de psychologie, voire par les parents ou les relations de victimes qui cherchent à amasser des contacts ou de la documentation pour « comprendre ».

– Or, il n'y a rien à comprendre. Il convient simplement de savoir pour agir.

– Juste. L'écrasante majorité des sites est inoffensive. C'est là que les techniques d'analyse entrent en jeu. Analyse informatique, pour déterminer comment est construit le site, vers quels liens il débouche, et analyses logique et analogique pour repérer les mots-clefs « évocateurs ». On fonctionne de la même façon pour les sites terroristes ou pédophiles. Ce n'est pas parce qu'un type monte un site comportant des diatribes antiaméricaines, anticapitalistes ou antioccidentales qu'il est nécessairement lié aux réseaux terroristes. En revanche, il n'est pas exclu qu'un mignon site, d'apparence bénigne, permette d'accéder à des trucs qui vendent du sexe avec de jeunes gosses, voire des bébés, le genre bien vomitif.

– Et c'est ainsi que vous êtes remontée jusqu'à Cordell ?

– Le plus difficile n'était pas de parvenir jusqu'à lui mais de l'intéresser, parce qu'à ce moment-là, il fallait pénétrer dans la psychologie de votre... de Charly.

Julia réprima un soupir de soulagement. Une clef, c'était tout ce qu'elle était venue découvrir aujourd'hui et cette femme la possédait.

– Et donc maintenant, vous connaissez le... comment dire... le protocole pour l'atteindre via Internet ?

Nina plia sa petite serviette en papier vert et la posa avec soin puis poussa de la fourchette un bout de croûte de pizza vers le bord de son assiette.

– Où voulez-vous en venir au juste, Mrs. Holmer ?

– Je souhaite que vous localisiez à nouveau Charly. Pour moi...

Un soupir sidéré lui répondit. Elle insista :

– Je veux dire que je ne tiens pas à mettre le FBI dans la confidence, mais vous n'appartenez plus à leurs forces, n'est-ce pas ? Votre prix sera le mien. Comme vous le savez, je ne manque pas de moyens.

D'un ton cassant, la jeune femme assise en face d'elle rétorqua :

– Il existe des moyens plus simples, plus économiques et surtout moins douloureux de se suicider.

– Je n'ai nulle intention de me suicider. Je veux le... l'éliminer.

Nina répondit sur un petit rire ironique :

– Et vous me demandez donc d'être complice d'un meurtre ? C'est trop gentil. Écoutez, Mrs. Holmer, même si je pensais une seconde que vous êtes de taille à faire la peau de votre ancien mari, je refuserais. Ajoutez à cela que je suis convaincue du contraire. Vous lui avez échappé à deux reprises, c'est une chance inouïe que n'ont pas eue ses autres victimes. Ne tentez pas le diable... à l'usage, on est rarement plus futé que lui. De toute façon, l'alternative que vous me proposez est inacceptable : je suis complice de votre massacre ou du meurtre de votre mari. C'est non et c'est définitif. Si vous avez terminé, je vous raccompagne à l'aéroport.

Même si elle l'avait imaginée moins radicale, Julia s'était attendue à cette rebuffade. Elle n'hésita qu'une seconde avant de sortir son joker, un argument dégueulasse dont elle était assez honteuse :

– Elle s'appelait Beverly, n'est-ce pas ? Beverly Cole.

La jolie peau de blonde de Nina se vida de son sang, creusant des cernes mauves sous ses yeux. Mâchoires crispées, elle menaça :

– Oh, je vois où vous allez en venir. Un conseil, évitez ça si vous ne souhaitez pas que je vous plante au beau milieu de ce restaurant, sans moyen de transport pour rejoindre l'aéroport.

– Non, vous ne savez pas où je veux en venir... La mienne s'appelait Nana –Teresa. C'est elle qui m'a élevée, beaucoup plus que ma mère, qui s'est sans doute toujours demandé ce que je fichais là. D'ailleurs, il a aussi tué ma mère et mon père. Nana avait le cœur gros comme une maison. Elle l'aimait beaucoup, son Cordell. Il la faisait rire. Elle lui préparait toujours de ces énormes tartes aux pommes. Lorsqu'il l'a égorgée, elle en confectionnait une. Sa tête est tombée dans les épluchures. Nina, je n'essaie pas de vous faire le plan de l'émotion. Nous sommes toutes les deux au-delà, n'est-ce pas ? Je veux juste vous faire comprendre ou admettre la vérité : il est des combats que l'on ne peut pas quitter parce qu'ils ne se terminent jamais. Vous vous y êtes engagée, c'est une grossière erreur de croire que vous pouvez en sortir maintenant. D'autres le pourraient sans doute, mais pas vous, ni Doyle, ni moi... Ni même cette garce de Lorca.

– Et pourquoi pas ?

– Parce que nous sommes... quoi ?.. des poires ? des humains ? des êtres qui défendent leur parcelle de lumière ? Je ne sais pas. Je me suis toujours dit qu'on devenait flic pour trois raisons seulement.

– Lesquelles ?

– Familiale : papa ou l'oncle Bernie était flic. Détenir un brin de petit pouvoir sur les autres. Ou encore parce qu'on avait l'impression que l'on pouvait faire une différence en sauvant la veuve et l'orphelin. Dans le dernier cas, même si c'est un mythe, c'est un joli mythe. Il ne nous en reste pas tant qu'on puisse les négliger. Votre père ou son frère Bernie était flic ?

– Non, c'était un poivrot violent... Mon père, je veux dire.

– CQFD.

Nina s'adossa contre sa chaise, croisant les bras sous sa poitrine. Lèvres serrées, elle considéra Julia durant quelques secondes avant de s'esclaffer :

– Oh bordel, vous êtes bonne... J'ai failli marcher durant quelques secondes. Ça, c'est de la rhétorique ou je ne m'y connais pas.

– Ça aurait pu, mais ce n'est pas le cas.

Julia ferma les paupières. Elle était arrivée exactement où elle s'était juré de ne pas aller. Elle avait rusé et elle s'était plantée. Seule l'âme pourrait fonctionner avec cette femme, un peu comme avec Doyle, à ceci près que Nina était encore plus sur ses gardes. Elle tapa du plat de la main sur la table :

– D'accord... Ça n'a pas grand-chose à voir avec Nana et encore moins avec mon père ou ma mère. J'ai adoré Nana, je n'avais pas le choix, il n'y avait qu'elle. Les enfants ont encore plus besoin que nous d'aimer, de se sentir ancrés. Mon père était un homme bien, droit. Il a toujours accompli son devoir, de citoyen, de médecin, de père, même si je ne suis pas convaincue qu'il m'ait vraiment aimée. Quant à ma mère... on pourrait passer la nuit sur le thème : « Je voulais qu'elle m'adore parce que je l'adorais : raté ! » Et je ne vous infligerai pas la énième resucée de la pauvre petite fille que maman n'a jamais choisie, aimée. En conclusion, vous avez raison, mon histoire n'est pas de la même essence que la vôtre, celle que vous avez partagée avec Beverly. Alors la vérité vraie est la suivante : je veux qu'il meure, même si je dois le tuer. C'est une boucle qui part de moi pour revenir à moi.

– Pourquoi ?

– Parce que j'ai besoin d'être certaine de qui je suis. C'est si compliqué à expliquer. Lorsque Cordell m'a choisie, j'ai eu la sensation de naître, que je n'avais jamais existé avant. Nina ? Nina... imaginez-vous... Imaginez que vous deviez votre existence à un tueur de la pire espèce. Il ne s'agit pas de la rencontre fortuite d'un spermatozoïde et d'un ovule, à l'issue de laquelle vous auriez été conçue... Non, vous l'avez choisi, tant voulu ! En d'autres termes, vous en êtes responsable. Peu importe qu'il m'ait menti, qu'il ait triché... J'ai pensé que cet homme était mon véritable géniteur. La fameuse intuition féminine, sans doute ! J'ai passé quatre ans à m'interroger sur les raisons pour lesquelles je tenais tant à le voir mort. S'agissait-il d'humiliation, d'amour bafoué, de revanche personnelle, ou même l'avais-je encore dans la peau, sous la peau ? Eh bien, non... Il s'agit de naissance. Parce que, pour l'instant, j'ai la conviction de devoir ma vie, ce que je suis, à une sorte de démiurge dont le seul plaisir sur terre est de séduire pour massacrer.

– Et vous pensez vous en débarrasser de cette façon-là ?

Julia baissa les yeux. Comment expliquer à cette femme ? Elle-même s'y perdait. Elle se faisait un peu l'effet d'un Faust, pas celui de Goethe, mais le premier, celui de Marlowe.

Comme tu te moquerais de moi, Cordell. Mon superstitieux infantilisme te ravirait. Je suis la gourde embourbée dans sa crainte de la damnation alors que je ne suis même pas certaine de croire en Dieu. Tu rirais aux éclats en penchant la tête vers l'arrière. Qui t'a construit si résistant ?

Le doute. Le doute me ronge. L'idée d'avoir signé un pacte inacceptable avec toi, un pacte qui stipulait que je pouvais vivre si ma vie t'appartenait, si tu me l'offrais. Tu poufferais en rétorquant : « Mais tu as signé un pacte, tu as bu mon sang et j'ai léché le tien. » Je ne veux plus te devoir ma vie.

– Julia ?

Elle releva le visage et lâcha :

– J'ai vu un reportage sur cette femme allemande... J'ai oublié son nom. Il lui avait fallu presque cinquante ans avant de pouvoir parler. Son père était nazi, médecin tortionnaire dans les camps. Un mari, un père adorable, grand amateur de jardinage et de musique classique. Lui s'est justifié à ses propres yeux et face à l'Histoire. Elle ? Elle mourait au-dedans d'elle depuis plus de cinquante ans. Elle était la fille d'un homme qui avait écouté sans émotion particulière les hurlements qu'il provoquait. Elle était magnifique, cette femme, parce que, voyez-vous, en fait, elle était morte mais elle résistait encore pour se défaire de ce père. J'ignore si c'est possible. Je souhaite qu'elle y parvienne. Je veux faire comme elle.

Nina tendit sa petite serviette en papier à Julia qui la regarda d'un air étonné. Elle ne s'était pas encore rendu compte qu'elle pleurait. Elle bafouilla :

– Ah... c'est tellement embrouillé... Comment espérer vous convaincre avec ce genre d'arguments ?

Nina répondit platement :

– Je dois aimer les incohérences... Je veux bien vous aider parce que vous avez raison : il est des combats dont on ne peut pas sortir... mais le croire un temps permet de se reposer. À une condition, et elle est non négociable, je vous préviens tout de suite : dès que vous êtes en contact avec Charly, j'appelle Doyle. C'est à prendre ou à laisser.

– J'accepte. Votre prix est le mien.

– Je ne veux pas de fric, Julia. On ne fait pas de fric sur les cadavres de vingt innocents sans y perdre son âme. Et c'est une... chose à laquelle je tiens beaucoup.

– Je ne sais pas comment vous...

– Remercier ? Vous plaisantez ? Vous ne pouvez pas pour une raison évidente : je ne le fais pas pour vous. Je le fais pour moi et surtout pour Bev. Cette fofolle se serait fait découper menu pour aider son prochain.

– Vous croyez à la vie après... je ne sais pas comment dire... à l'au-delà ?

– Je n'en sais foutre rien. Dommage. Et vous ?

– Moi non plus, et comme je le regrette !

24 octobre, FBI, base militaire de Quantico, Virginie

Le standard passa l'appel de Richard DiGiola dans le bureau d'Espy. Elle dut d'abord rassurer le médecin, fermement décidé, ainsi que le lui avait recommandé le capitaine Breslow, du Boston PD, à ne discuter qu'avec Dougray Doyle, ou à défaut avec Thomas Sturgeon qui l'avait contacté auparavant.

Si la curiosité ne l'avait pas emporté sur son énervement, elle aurait volontiers raccroché le téléphone au nez du prudent légiste. Il avait poussé la méfiance jusqu'à lui faire répéter son nom à trois reprises, comme s'il mettait en doute sa carte de visite. Enfin, il parut se détendre un peu lorsqu'elle lui expliqua pour la deuxième fois que Dougray Doyle était coincé toute la matinée en réunion de direction ; quant à Thomas, il avait fini par accepter une journée de remise à niveau au champ de tir. Un retard supplémentaire n'arrangerait pas l'enquête.

– Bon, bon. C'est qu'il s'agit de données sensibles, du genre confidentielles, vous comprenez ?

– Parfaitement, docteur DiGiola, et votre réserve est à votre honneur, approuva-t-elle en se mordant les lèvres d'énervement. Mais le temps presse, vraiment...

– D'accord. La toxico vient de rentrer, tout comme les analyses en chromatographie gazeuse ou liquide en haute performance du résidu que nous avons retrouvé sous les ongles de la jeune femme... ceux de sa main droite. Aucune trace de substances illicites ou médicamenteuses, à l'exception de S-kétamine et de midazolam. C'est suffisamment rare pour avoir une signification.

– Kétamine me dit vaguement quelque chose, mais pas l'autre.

– La kétamine est un puissant anesthésiant, celui que l'on utilise pour les opérations lourdes. La S-kétamine possède un pouvoir anesthésiant trois fois plus puissant que la forme R. De surcroît, on bénéficie aussi d'un meilleur contrôle des effets secondaires. C'est également le but de l'association avec le midazolam. Cette dernière molécule réduit de façon notoire les effets cardiaques et endocriniens indésirables. Le cocktail permet un réveil plus aisé et un retour plus rapide des fonctions cognitives du patient. (Il sembla réfléchir et poursuivit :) En d'autres termes, je ne serais pas étonné que la personne qui manipule ces substances possède de solides connaissances en anesthésiologie... Sans omettre un accès facile à ces molécules, lesquelles – inutile de vous le dire – ne sont pas vraiment en vente libre ! Si le labo avait retrouvé la présence d'une substance de type flunitrazépam – connue sous le nom de Rohypnol –, on aurait pu penser à un achat via quelques filières sur Internet... Mais dans ce cas, j'en doute vraiment.

– Selon nous, mais c'est encore une hypothèse, l'individu en question est pharmacien de formation...

– Charly !

– Juste. Ce que vous me dites nous conforte dans notre première analyse... Et le résidu ?

– J'y viens. C'est bizarre. Il s'agit de plâtre, jusque-là, rien de très sidérant, c'est un matériau qui se retrouve un peu partout dans notre environnement domestique ou professionnel. Peut-être un détail intéressant : son taux d'humidité élevé. On aurait donc affaire à un plâtre qui n'a pas totalement séché, bref un truc récent. En revanche, ce qui surprend, c'est la présence de plomb, du plomb fondu, assez pur, pas ce que l'on trouve dans la nature en cas de contact avec du minerai plombifère.

– Du plomb ? Mais c'est interdit dans les canalisations d'eau, maintenant. C'est toxique, non ?

– Oui, c'est le métal lourd responsable du saturnisme, lequel se solde le plus souvent par des altérations graves et irréversibles des fonctions cognitives, notamment chez l'enfant. Redoutable chez la femme enceinte. Cela étant, pas mal de vieilles canalisations n'ont pas encore été remplacées. C'est le cas des vieilles baraques et elles ne manquent pas à Boston ou en Nouvelle-Angleterre. Elle a pu gratter un tuyau...

– Ouais, réfléchit Lorca, peut-être qu'il l'avait menottée contre une baignoire ou un évier... Mais que viendrait faire le plâtre ? On se contente de peindre les tuyaux... Vous avez retrouvé des traces de peinture mélangées au résidu ?

– Non, aucune. D'autant qu'elle n'a pas été ligotée ou menottée... aucun hématome autour des poignets. Il faudrait admettre qu'elle soit restée amorphe, sans se débattre. Or, c'est impossible puisqu'elle a pris un violent coup dans le sternum et que ses avant-bras portent des marques de lutte.

Lorsqu'elle raccrocha quelques minutes plus tard, Espy demeura songeuse. Quelque chose dans cette histoire ne collait pas. Elle avait beau tourner en tous sens les pièces de ce puzzle, elle ne parvenait pas à obtenir une image cohérente. Pour la première fois depuis un an, elle regretta l'absence de Julia Holmer. Cette dernière avait fait la preuve dans le passé de son utilité dans le décryptage des stratagèmes de son mari. Le meurtre de Lucy Gildor était si différent de tous ceux commis par Cordell qu'Espy finissait, elle aussi, par avoir des doutes. En était-il vraiment l'auteur ? Pourquoi ce changement radical de *modus operandi* en ce cas ? Il ne s'agissait pas seulement d'une modification de mise en scène, de rites, mais d'un bouleversement profond dans l'essence, la nature de sa démarche, et la chose était inexplicable. Le jeu de Charly consistait à charmer, à convaincre, à amener l'autre à renoncer à toute réserve, à accepter – pire, à réclamer – son pouvoir délétère. C'était la victime, celle qui l'ignorait encore, qui tendait le poignet afin que son meurtrier séducteur le lui entrave, c'était elle qui suppliait pour se coller à lui lors d'un long slow sensuel à l'issue duquel elle serait sacrifiée. Le meurtre de Lucy était dépourvu de théâtralité, de *charme*.

De surcroît, Lucy ne correspondait pas à la typologie habituelle des proies prisées par Cordell. L'hypothèse d'un *copycat*, dont Charly aurait été une sorte d'effroyable mentor, était exclue pour les mêmes raisons. Un copieur de ce type imite toujours son modèle et reproduit ce qu'il parvient à comprendre, le plus évident, la mise en scène. Et pour couronner le tout, Lucy avait été *prélevée* à Providence et son cadavre retrouvé à Boston. Pourquoi ? Charly faisait partie de ces tueurs hautement adaptables qui peuvent abattre leur victime n'importe où, même hors de leur environnement familier.

Merde, qu'est-ce qui contient du plâtre et du plomb fondu ?

Espy monta déjeuner seule, Dougray Doyle n'étant pas ressorti de sa réunion. Pas vraiment seule : dans la grande salle bruissante de la cafétéria, elle traînait avec elle une inconnue morte. Une présence sans pesanteur. Juste un chagrin flou. Pourquoi la mort de Lucy Gildor affectait-elle à ce point Espy, elle qui avait fréquenté tant d'agonies ? Celle-là n'était pas parmi les plus atroces. Celle-là n'était pas de l'essence dont naissent les pires cauchemars, les haines les plus fulgurantes. Espy ignorait tout de la vie de la jeune femme, si ce n'est qu'elle partageait un appartement avec un copain d'enfance, dont rien n'indiquait qu'il fût ou ait été son amant. Lucy, une jeune femme apparemment lisse, préoccupée de santé, d'alimentation naturelle. Lucy qui ne lui ressemblait sans doute en rien.

Curieux, elle avait déjà ressenti cette peine indéfinie à la mort de Cory Fried, la secrétaire de leur unité, une mignonne poupée qui se cramponnait à ses rêves romantiques comme à une bouée de sauvetage. Romantiquement égorgée par Cordell.

Tout n'est-il que miroirs ? Finissons-nous par voir ce que nous désespérons d'apercevoir ? Ta gueule, Lorca.

Plomb-plâtre, plomb-plâtre...

Espy s'installa devant son plateau, le regard perdu vers la pelouse parsemée de mottes terreuses soulevées par l'activité d'infatigables taupes. Plomb-plâtre, plomb-plâtre... Il tombait des trombes d'eau depuis le milieu de la nuit précédente. Une grosse pluie, obstinée, qui martyrisait progressivement les petits monticules en forme de pyramide molle. Thomas devait être trempé jusqu'aux os et regretter de s'être laissé convaincre. Il résistait depuis des mois à cette nécessité de remise à niveau. Pas un passionné de la gâchette, Thomas. Espy aimait assez son collègue. Il y avait chez lui cette fermeté sans démonstration abusive des mecs bien dans leur tête et dans leur vie. Un type *efficace*. Plomb-plâtre, plomb-plâtre...

Le verre de jus d'orange qu'elle portait à ses lèvres lui échappa des mains et le liquide sucré dégoulina sur son pantalon. *Efficace*. Une vertu active. *Efficace* : qui produit un effet précis. Elle se leva brutalement et abandonna son hamburger et sa soupe de pétoncles à peine entamée. Elle délaissa l'ascenseur et dévala les marches, puis fonça dans le couloir qui abritait les bureaux de leur unité.

Dougray Doyle était de retour et elle se fit l'aigre réflexion qu'il n'avait pas souhaité la rejoindre dans la salle de restaurant.

D'un ton dont la sécheresse n'avait pas grand-chose à voir avec l'enquête concernant Lucy Gildor, elle lui résuma l'appel du légiste bostonien et conclut par ses interrogations.

– Plomb-plâtre, plomb-plâtre... Ça n'arrêtait pas de tourner dans ma tête... Et puis, soudain, un truc s'est allumé. Il s'agit d'un meurtre efficace. C'est aussi pour cela qu'il s'est déplacé jusqu'à Providence. Pas trop éloigné de son terrain de chasse habituel, mais il s'agit d'un État dans lequel il n'avait jamais sévi jusque-là. Ce détail devait lui garantir un certain délai avant que l'on fasse le lien entre l'inconnue et Lucy Gildor. Mais il a commis une erreur en ne préparant pas assez son attaque, en ne cernant pas suffisamment sa proie. Lucy partageait son appartement avec un colocataire qui a aussitôt signalé sa disparition et je doute que Cordell se soit rendu compte qu'elle emportait de curieux insectes dans la tombe. Je doute qu'il ait remarqué qu'elle avait griffé quelque chose... Ou alors, c'est encore une ruse pour nous induire en erreur, mais c'est dingue, à l'instinct, je ne le crois pas. Je crois que ce mélange de plomb et de plâtre est important, tout comme ces bestioles !

Doyle la fixait, sans presque cligner des paupières. Il acheva pour elle :

– Il ne voulait pas que l'on découvre qu'il était l'auteur de ce meurtre-là... oui... Oui, je pense que vous avez raison, Lorca ! (Une bourrasque d'énergie comme il n'en avait pas ressenti depuis longtemps accéléra son débit :) Il en a commis trois dans le passé... Des tueries efficaces. Sa sœur et ses parents, afin de récupérer l'héritage au plus vite. Or, *a priori*, il n'existe aucun lien entre Lucy et Cordell... Cette fille possédait quelque chose qu'il recherchait mais dont il craint que cela débouche sur un indice pouvant nous aider. Or, elle est descendue de chez elle en survêtement... elle était copropriétaire d'une boutique de diététique... Elle ne ressemble pas aux proies types de Cordell depuis quelque temps. Pas à cette Vanessa Hunt, pas à Julia. Cette fille devait avoir une autre caractéristique importante aux yeux de Cordell. Bordel, il a même pris le risque de la traîner jusqu'à sa tanière car c'est chez lui, non loin de la serre, que devaient se trouver ces... ces abeilles exotiques et la « chose » – quelle qu'elle soit – dont provient ce dépôt sous les ongles.

La mauvaise humeur de Lorca s'était dissipée. La chasse reprenait. Elle proposa :

– Une caractéristique physique ?

– Reprenons tout... Qu'avait-elle de particulier ?

Espy n'eut nul besoin de ressortir son dossier. Les traits de Lucy Gildor étaient gravés dans sa mémoire et elle savait qu'elle ne les oublierait jamais, sans pourtant comprendre les raisons de cette persistance.

– Elle était grande, un mètre soixante-dix-huit, baraquée, une sportive, assez lourde. D'après le rapport d'autopsie, elle pesait soixante-quinze kilos. Une description qui n'en fait pas une victime idéale...

Espy le vit soudain blêmir jusqu'aux lèvres. Il murmura dans un souffle :

– Si... si justement. Il cherchait une proie rétive, qui ne se rendrait pas sans tenter de se battre. Mais une femme... pour une autre femme... oh merde... je crois... Je crois qu'il a vérifié l'efficacité – justement – d'un piège. Un piège destiné à Julia.

Une légère incrédulité rida le front d'Espy :

– Mais c'est crétin... Elle est loin des États-Unis.

– Non... Plus maintenant. Il a fallu que cette idiote rentre. Elle a quitté l'Écosse hier.

– Elle était en Écosse ?

– Oui, sous le nom de Constance Wilson. Cordell a fait le nécessaire afin de la pousser à revenir. D'où son message à ce journaliste de *USA Today*... L'information est bien parvenue à son ex-femme. Elle s'est laissé manipuler avec une aisance inquiétante.

Méfiante, Espy demanda :

– Comment savez-vous tout ça ? Julia vous a contacté ?

– Non... Elle n'ignorait pas que je serais furieux. Elle n'a même pas daigné répondre aux messages que j'ai laissés sur son portable. Peu importent mes sources, je le sais, c'est tout.

Une rage soudaine emporta Espy. Se rendait-il compte qu'il la privait de tout ? De lui, d'espoir... cela, elle pouvait encore y faire face. Au demeurant, elle détestait l'espoir, peut-être parce qu'il l'avait le plus souvent escroquée. Mais elle ne tolérerait pas que Dougray l'expulse de ce monde souterrain, de ces dossiers, de ces moments durant lesquels ils se rejoignaient pour lutter. Si elle perdait ce dernier repère, elle perdrait tout le reste, tout ce qui lui avait permis de résister jusque-là. Elle siffla :

– C'est inacceptable. Et je me fous que vous soyez mon supérieur hiérarchique. Vous ne me débarquerez pas, vous ne vous débarrasserez pas de moi de cette façon !

Il la considéra, interloqué :

– Mais de quoi parlez-vous ?

– Vous le savez très bien. Cette scène, il y a un an, dans votre couloir... Si nous ne pouvons plus fonctionner en binôme sur des enquêtes, il vaut mieux que je me casse...

Doyle faillit avouer, faillit admettre, qu'en effet il valait mieux pour leur travail, pour lui et surtout pour elle, qu'elle quitte l'équipe. Il se retint de justesse. Les choses se précipitaient de l'autre côté, Lucy Gildor en était une ultime preuve, et il ne pouvait pas affronter Cordell seul.

– Ce n'est pas le moment, Lorca. Mais vous avez raison... Croyez-vous vraiment que j'allais abandonner Mrs. Holmer sans chaperon, à plus de six mille kilomètres de Quantico ? Elle n'est pas fiable et risque à nouveau de nous foutre dans la merde avec ses initiatives.

– Vous la faisiez surveiller ?

– On peut voir ça comme ça.

– Par quelqu'un de chez nous ?

– Non, trop repérable. Par un ancien du MI5 dont la couverture était une spécialisation dans l'exploitation du pétrole. C'est notre antenne anglaise qui m'a permis de prendre contact avec lui. Un certain Ian MacAlpine. Il s'est rapproché d'elle, d'abord avec prudence, pour carrément la serrer lorsqu'il est devenu prévisible que Cordell sortait de sa retraite provisoire. C'est ainsi que j'ai appris que Julia rentrait aux États-Unis.

– Vous pouvez toujours la localiser ?

– Oui.
– Alors qu'attendons-nous pour lui mettre la main dessus ?
– Il est hors de question que nous nous manifestions pour l'instant. Elle nous filerait entre les doigts... Et il y a peu de chance que nous parvenions alors à la retrouver avant la catastrophe.

La sonnerie du téléphone l'interrompit. Si les quelques monosyllabes ou onomatopées ne renseignèrent pas Espy sur l'identité du correspondant de Doyle, la crispation de ses mâchoires n'augurait rien de bon. Il raccrocha peu après sur un :

– Tenez-moi au courant. Le temps joue contre nous.
– Une mauvaise nouvelle, n'est-ce pas ?

Il hocha la tête avant d'expliquer :

– C'était le capitaine Mark Breslow. Neil Foster les a semés.
– Merde !
– En résumé, oui. Ils surveillent les aéroports, les gares, les agences de location de voitures, mais c'est l'éternelle métaphore de l'aiguille dans une botte de foin.

Doyle asséna un coup de poing sur la plaque en Plexiglas de son bureau, si inattendu que Lorca sursauta et gronda :

– Ce trafiquant était à peu près notre seule piste pour espérer remonter jusqu'à Charly.
– Non.
– Non quoi ?
– Non. Le résidu peut nous aider... enfin, du moins, il faut y croire. Au pire, notre meilleur appât est toujours Mrs. Holmer.

Lorca se leva pour prendre congé. Elle se retourna avant de sortir du long bureau :

– Au fait, la réunion s'est bien passée ?

Il sembla à la jeune femme que cette question anodine, surtout formulée pour redonner un semblant de banalité à leur échange, encombrait son chef. Il biaisa de façon inattendue :

– Bof, une autre de ces réunions...

Elle faillit insister, puis se ravisa. Une menace politique ou budgétaire planait-elle encore sur le futur de leur unité ? Ce ne serait qu'une énième répétition de ce qu'ils avaient traversé depuis des années. Mais la vraie raison de son manque d'intérêt était ailleurs : sa décision était arrêtée. Elle ne tarderait pas à reprendre contact avec Brian Synge.

Pas maintenant. Un peu plus tard. Après que cet enfoiré aura été éliminé.

Elle venait de découvrir la raison pour laquelle Lucy Gildor l'émouvait. Elles partageaient un domaine. L'inexistence. Cordell n'avait pas choisi la jeune femme pour ce qu'elle était, mais pour une fonction. Elle était morte d'avoir été utilisable. Et c'était finalement la seule chose qui restait à Espy depuis quelques minutes : servir. Autant décider de quelle façon elle entendait être utilisée. Sa dernière botte secrète contre la débâcle.

Après son départ, Dougray Doyle demeura immobile. Depuis quand n'avait-il pas ressenti cette incapacité ? Cordell n'était plus simplement un gibier de l'espèce la plus dangereuse, il devenait une sorte de malédiction. Pour la première fois depuis qu'il l'occupait, l'exiguïté de cette pièce aveugle tout en longueur lui pesa jusqu'à la nausée. Des rats. Ils étaient comme des rats pris au piège de leur propre méfiance, de leur impossibilité à croire encore. Le danger le plus imminent ne venait pas du tueur. Dougray le sécrétait lui-même.

Sortir. Se tirer d'ici tout de suite. Merde, comment avait-il pu un jour trouver un apaisement entre ces murs de bunker ?

Il envoya un mail rapide à Espy, parce qu'il ne trouvait plus la force de l'affronter, lui indiquant qu'il quittait la base jusqu'à lundi mais prendrait connaissance de ses messages. Il terminait sa missive en lui demandant de mettre Thomas Sturgeon sur l'identification de la poussière de plomb et de plâtre récoltée sous les ongles de Lucy Gildor.

Il passa son pardessus à la hâte.

Le silence dans sa gorge comme une pierre étouffante.

24 octobre, Fredericksburg, Virginie

Le regard rivé sur l'écran de son puissant portable, Nina Kroeger termina son verre de merlot. Elle n'avait presque pas décollé de son siège depuis plusieurs heures et un début de migraine rampait vers sa tempe droite.

Elle se leva de son tabouret ergonomique en forme de prie-Dieu et se roula en boule sur le tapis du salon, se tassant en position fœtale, ses mains serrant ses genoux, les rapprochant de son menton. La meilleure position qu'elle ait trouvée pour se détendre.

Avant, lorsque Bev occupait chaque instant de sa vie, elle prétendait parvenir à « vider sa tête de toutes pensées » afin de lui faire plaisir. Bev avait tenté durant des années de la convertir aux bienfaits de la méditation, sans jamais se douter de l'étendue de son échec. Il avait toujours semblé à Nina que si elle parvenait à nettoyer son cerveau du maelström qui l'occupait en permanence, elle mourrait. Sans doute était-ce erroné à l'époque, mais prémonitoire. Aujourd'hui, elle savait que, si elle ménageait une trêve à ses neurones, ils se rempliraient aussitôt de l'épouvantable agonie de Beverly.

Était-ce là la raison pour laquelle elle avait fini par accepter la requête de Julia Holmer? L'élimination définitive de Cordell saurait-elle générer un antidote aux souvenirs? Peut-on bouter un cauchemar hors sa vie en en détruisant un autre ? Rien n'était moins certain, mais cela valait le coup d'être tenté.

Lorsqu'elle se releva, la barre qui lui sciait les reins depuis une petite heure avait presque disparu. Elle s'étira et se réinstalla devant son ordinateur.

Elle avait obtenu ce matin même des informations assez inattendues, mais très précieuses. Des données lui permettant d'orienter sa recherche de mots-clefs dans une direction insoupçonnée.

Elle allait trouver. Elle ne lâcherait pas tant qu'elle n'aurait pas déniché un chemin jusqu'à Cordell. Après réflexion, elle avait décidé d'éviter toute ruse pour l'aborder. Elle s'identifierait.

Le meilleur moyen de bluffer avec la puissante machine à penser qu'était le cerveau de cet homme consistait à attirer son attention sur un autre point. La diversion : une des rares armes efficaces contre un prédateur retors.

24 octobre, environs de Fredericksburg, Virginie

Assis sur la moquette bleu-gris de la salle à manger, Dougray Doyle n'en revenait pas. Il éclata à nouveau de rire, imité par Liam. Il venait de passer deux heures parfaites. Des petites heures de rien de tout, indescriptibles tant si peu de choses s'y étaient produites.

Il avait ri, il avait crié, il avait protesté. Le temps était passé, amical, comme une cure réparatrice.

Elfride, en revanche, ne semblait pas du tout satisfaite. Pointant son index vers le jeu de Scrabble étendu sur la moquette rase, elle bougonna :

– Et pourquoi je ne peux pas écrire *déchirage*, je vous prie ?

– Parce que le mot n'existe pas, Elfride.

– Mais si ! Quand un... tissu se déchire, ça fait un déchirage.

Liam vola au secours de son père. Lui aussi s'amusait comme un petit fou, ajoutant au bonheur de Dougray.

– Mais non, Elfride, on dit une *déchirure*.

Elle plissa les yeux et les contempla tour à tour d'un air prudent.

– Je crois que c'est une coalition père-fils et que vous me trichez en collaboration !

Liam pouffa de plus belle et ouvrit le gros dictionnaire censé les départager, mais dont ils avaient tour à tour mis la légitimité en doute, au gré de leurs pertes ou de leurs gains.

Elle regarda le petit garçon tourner les pages avec fébrilité et un mince sourire étira ses lèvres. Et Dougray comprit qu'elle les menait en bateau pour le plaisir de les voir rire et se chamailler. Si Elfride commettait parfois quelques petites excentricités de syntaxe, son vocabulaire était parfait.

Une étrange douceur le bouleversa et il se retint de tendre la main vers la masse épaisse des cheveux bruns.

Triomphant, Liam désigna une ligne :

– Tu vois bien. C'est « déchirure ». « Déchirage », ça n'existe pas.

Elle fit mine de vérifier avec soin, allant jusqu'à tourner la page, puis joua la mauvaise humeur en retirant les lettres qu'elle venait d'aligner. Les yeux de la jeune femme rencontrèrent le regard de Dougray et il crut bien la voir rosir. Une question éphémère traversa son esprit : avait-elle perçu son émotion, l'avait-elle comprise ? Peut-être, et c'était aussi bien.

La partie se solda par un succès de Liam – succès à peine favorisé par son père qui renonça discrètement à un magnifique « lynx » bourré de points. Elle fut suivie par un goûter-thé. Dougray hésitait depuis quelques secondes. Enfin, il se décida :

– Euh... enfin... je ne sais pas... je ne voudrais pas vous forcer à revenir demain, mais si vous êtes libre, je me demandais si nous ne pourrions pas déjeuner tous les trois, quelque part en ville ? Surtout, si vous aviez prévu autre chose...

– Non. Je serais ravie de déjeuner avec vous.

Elle le fixait, attendant la suite, et se sentit perdre pied. Liam le comprit-il ? Toujours est-il qu'il hurla :

– Ouais, c'est génial ! (Il se rembrunit aussitôt :) Mais... c'est mon entraînement de plongée le matin... Je peux le sauter, remarque.

Dougray ne souhaitait pas qu'il reste à la maison le matin. Il avait décidé de consacrer un courte visite à Rosemary, et pour rien au monde il ne voulait que son fils l'accompagne.

– Non, non... Il faut que tu restes au top de ta forme.

Mais, en revanche, je peux appeler ton prof et lui demander de te laisser filer une demi-heure plus tôt. Je passerai te chercher et nous retrouverons Elfride quelque part.

– Oui, géant ! Et où on va ? On peut retourner au Richard Johnston Inn, papa, celui de Caroline Street ? C'était hyper bien !

– On va peut-être laisser à Elfride le soin de choisir ce qu'elle préfère, non ?

– Mais je ne connais pas. Je ne suis pas installée ici depuis très longtemps et je suis peu sortie. Allons donc à ce Richard Johnston Inn.

– Ça devrait vous plaire. C'est une petite institution dans le coin. Peut-être le savez-vous déjà mais une des inévitables spécialités de la région, c'est le barbecue. Et je dois dire sans chauvinisme que nous savons ce que « griller » veut dire. On se retrouve là-bas vers une heure ? Je réserverai.

– Non, pas « vers ». J'y serai à une heure précise.

Dougray les abandonna ensuite à regret afin de passer quelques coups de téléphone depuis sa chambre. Pourtant, les échos étouffés de leurs éclats de rire, de leurs exclamations lui parvenant au travers de la porte fermée, le firent sourire encore quelques instants.

Merde, il se sentait bien. Une sorte d'ombre étouffante venait de le lâcher enfin, et même la perspective de son premier coup de téléphone ne parvenait pas à l'attrister autant qu'il l'avait redouté.

Une voix féminine, qu'il ne reconnut pas, lui répondit. Il demanda :

– Je souhaiterais parler à Brian Synge, s'il vous plaît. De la part de Dougray Doyle.

– Je vous le passe tout de suite, monsieur. Il attendait votre appel.

Lorsque Synge l'avait averti quelques semaines plus tôt de son intention de recruter Esperanza, Dougray s'y était opposé pour la forme puisqu'il n'avait pas le pouvoir administratif de l'empêcher. Ses arguments n'avaient pas tenu,

Synge se cramponnant à ce qu'il avait pressenti du profil psychologique d'Espy.

L'obstination de Synge fichait la trouille à Doyle qui n'ignorait pas grand-chose des incidences médicales et psychologiques observées chez les agents d'infiltration. Il est si ardu pour un être humain, ne souffrant pas de tendances schizoïdes, de conserver son intégrité morale et intellectuelle tout en engageant des liens avec des groupes dont les activités sont à l'opposé de ce qu'il croit, de ce qu'il tient pour juste. Il lui faut se fondre dans cette tribu ennemie, agir comme ses membres, adopter leur comportement, leurs règles, dans le plus infime détail. Le fil qui relie la réalité à la vérité est ténu. Le masque finit par tant coller à l'épiderme qu'il vient un moment où l'agent ne sait plus au juste où commence la mascarade, et où elle se termine. La confusion mentale qui en résulte se transforme en auto-trahison de l'esprit, parfois amplifiée par les liens affectifs qui peuvent se développer entre l'infiltré et l'une de ses cibles.

Les meilleures taupes sont le plus souvent celles qui connaissent les règles des groupes ou organisations qu'ils infiltrent pour les avoir côtoyés dans leur environnement, ou y avoir échappé. En raison de ses origines, de son enfance précaire saccagée par une mère dont les seules occupations consistaient à se saouler en compagnie des braguettes de passage qu'elle ramenait dans son taudis, Lorca se qualifiait haut la main. C'était une solitaire. Elle avait l'individualisme requis, cette conviction de ne pouvoir compter que sur ses forces. Surtout, elle venait de prendre la seule claque sentimentale dévastatrice de sa vie, une claque en forme de rupture définitive avec un certain passé.

Dougray connaissait les risques de décompression, de dépression et de suicide qui s'attachent à ce genre d'activité, en dépit des cellules d'accompagnement psychologique créées pour parer à ce genre de dérapage.

Étrange mécanique que celle de l'Homme, si robuste et si vulnérable. Et puis, il y avait les autres. La découverte du double jeu de l'agent par les membres de la bande. Les tortures de vengeance, l'élimination physique.

– Ah, j'espérais votre appel, Doyle... avez-vous réfléchi ?

– Mon avis aurait-il une quelconque importance ?

– Je préfèrerais que les choses se déroulent au mieux. Ne croyez pas que je tente de faire passer la pilule, mais il serait également important pour Lorca de se sentir épaulée par son ancienne... famille.

– Lorca n'a pas de famille. Vous a-t-elle recontacté depuis votre rencontre avortée au restaurant ?

– Non... Mais c'est encore prématuré. Je vous avouerai franchement que sa réaction m'a rassuré. Les engouements immédiats ou les enthousiasmes débridés me rendent sceptique.

– Écoutez, Synge... En réalité, l'objet de mon appel est un marché.

– Je vous écoute.

– Puis-je discuter en toute franchise ? Je veux dire, ai-je votre parole que ceci restera entre nous ?

Un court silence devança la réponse ambiguë :

– Ça dépend. Vous l'avez si ce qui va suivre est d'ordre personnel, pas si je considère que cela déborde sur le domaine professionnel.

L'étrange formulation renseigna Dougray Doyle plus sûrement qu'un aveu. Brian Synge était au courant de sa liaison passée avec Esperanza. Non que cette révélation l'étonnât. Il n'avait jamais douté des compétences de Synge.

– C'est personnel.

– Alors, vous avez ma parole.

– Je ne serais pas surpris que Lorca vous appelle sous peu. Je ne suis pas convaincu qu'elle le fasse pour de bonnes raisons. Nous avons... enfin nous avons eu...

– Je sais.

– Ça ne me surprend pas. Je voudrais que vous vous assuriez qu'elle ne s'engage pas dans une voie aussi... radicale, potentiellement déstructurante par... panique, ou par bravade.

– Vous vouliez dire désespoir.

Il ne s'agissait pas d'une question.

– En effet.

– Écoutez, Doyle, je suis conscient de ce que représente une infiltration, une immersion... Encore plus que vous. C'est mon métier. Je sais tout des risques colossaux que courent ces agents. Il est hors de question pour nous d'encourager quelqu'un dans cette voie tant que l'on n'est pas certain de sa conviction, de ses motivations. Ce serait un suicide pour cette personne et pour nous. Sans compter les dégâts collatéraux que l'on risque de prendre en pleine figure.

Doyle soupira. Si cette affirmation n'allégeait en rien son angoisse, elle le calmait un peu et il était assez intelligent et honnête pour admettre que son soulagement était égoïste. Il avait fait ce qu'il devait. Au fond, ces derniers mois l'avaient tant écarté d'Espy qu'il ne ressentait plus vis-à-vis d'elle qu'une sorte de responsabilité assez vague. Pourtant, il l'avait aimée, il l'avait tant voulue à une époque. Il avait même cru avoir besoin d'elle.

Avait-il grandi ? Il paraît que l'on vieillit par paliers, ou peut-être ne s'en aperçoit-on que par intermittences. Lorca était une des ces intermittences. Il n'avait plus envie de se faire du mal et commençait à redouter l'idée de la souffrance. Le temps passait. Cette constatation apportait avec elle la pénible certitude que les années qu'il lui restait s'égrenaient trop vite. Rosemary avait engendré les prémices de ce bouleversement. Lorca les avait concrétisées.

25 octobre, Bellview Psychiatric Hospital, Virginie

Mrs. Gyver, la mère du grand copain de Liam, emmenait tous les samedis les deux garçons à la piscine pour leur cours de plongée.

Doyle avait appris à craindre les quelques minutes qui précédaient le coup de sonnette de la petite femme hyperactive. La logorrhée de Mrs. Gyver – « Mais appelez-moi Susan, je vous en prie » – le saoulait en quelques phrases débitées à grande vitesse et sans respiration intermédiaire. Le genre de personne qui se lance dans d'interminables narrations, nécessitant un rappel exhaustif de toute leur généalogie et de leur histoire familiale, pour en arriver enfin à une anecdote banale et sans aucun rapport avec les préliminaires. Néanmoins, une femme charmante et serviable. « Gavante », précisait Liam avec un gentil sourire. Et pourtant, son arrivée était une bénédiction pour Dougray Doyle, parce qu'elle mettait fin à son angoisse d'entendre son fils poser la question fatidique :

– Tu vas voir maman, hein ? Pourquoi je ne peux pas t'accompagner ?

Si cette formulation se raréfiait depuis quelques mois, à force d'explications paternelles plus ou moins convaincantes, Doyle sentait que la question demeurait toujours aussi persistante dans l'esprit de l'enfant.

Ce matin-là, Liam ne la posa pas et Doyle se prit à espérer que, peut-être, elle finirait un jour par s'éteindre tout à fait.

Lorsqu'il se gara une heure plus tard sur le petit parking visiteurs du Bellview Hospital, il regretta la rigidité avec laquelle il avait enfin cessé de fumer. Avant, il s'accordait toujours le temps d'une cigarette, repoussant de quelques infimes secondes le moment de descendre de voiture. Il lui semblait que l'afflux de nicotine dans son sang lui communiquait le courage de déplier les jambes, poser les pieds à terre, avancer vers le hall de réception du bâtiment central. Même cette béquille – plus ou moins efficace – lui faisait maintenant défaut pour se pousser jusqu'à la chambre de Rosemary. Pourtant, il fourra dans la poche de son imperméable le paquet à moitié vide qu'il conservait dans la voiture.

Il se rapprocha de l'un des petits bâtiments qui formaient l'ensemble de la clinique, presque pimpant de son nouveau crépi, plaquant contre lui le sac en papier kraft rempli de friandises. Les chambres des patients internés avaient aussi été redécorées, peintes de couleurs tendres et lumineuses, sans doute dans l'espoir d'alléger le douloureux cauchemar dans lequel se perdaient la plupart d'entre eux. Pas de papier peint : certains en arrachaient des lambeaux pour les mâcher, les avaler jusqu'à l'étouffement. Pas de rideaux, par crainte de pendaison.

Une voix péremptoire l'immobilisa. Il l'attendait.

– Ah, bonjour, monsieur. Je suis le docteur Mary Blackstone. J'ai oublié mon paquet de cigarettes... je devrais, certes, arrêter afin de donner l'exemple, mais... le stress, vous n'imaginez pas. Peut-être auriez-vous...

Il se tourna vers la grande femme d'une soixantaine d'années, vêtue d'une blouse blanche si étroite qu'elle ne parvenait pas à la boutonner. Afin de ne pas la gêner, il évita de baisser le regard vers ses gros chaussons écossais et ses socquettes d'homme bleu marine. Lorsque Rosemary avait été admise dans cette clinique, on lui avait expliqué que les bas et les collants – tout comme les écharpes ou les ceintures – étaient interdits aux pensionnaires, par crainte d'un geste de désespoir, ou d'une envie de sommeil paisible, plus définitif qu'un autre.

– Mais bien sûr, docteur.

Il lui tendit son paquet, dont elle extirpa deux cigarettes avant de le remercier et de tourner les talons pour disparaître comme une fugitive derrière le bâtiment.

Il ignorait son nom, puisqu'elle changeait parfois de pseudonyme. Bien que guettant son arrivée, elle ne le reconnaissait jamais.

Dougray Doyle compta les cigarettes qu'il lui restait. Plus que six. Il devrait bientôt acheter un autre paquet afin de continuer à les lui offrir, en amicale contrebande. Pourquoi refuser une désobéissance si bénigne à un être dont l'esprit s'effritait ?

Il grimpa les larges marches du perron en demi-lune et s'avança vers le bureau. Depuis quelques mois, un inacceptable fantasme se formait à cet instant précis. Dougray Doyle imaginait, comme s'il le visionnait, que la réceptionniste levait le regard vers lui. Son regard changeait. Elle ouvrait la bouche pour murmurer dans un souffle :

– Ah mon Dieu, Mr. Doyle, nous avons tenté de vous joindre, mais vous étiez sans doute en route. Mrs. Doyle vient de...

La scène s'arrêtait toujours à cet instant précis, cédant place à la réalité : le sourire avenant de la jeune femme et son guilleret :

– Bonjour, Mr. Doyle, comment allez-vous ?

Pourquoi ? Il avait enfin admis, depuis quelque temps, qu'il souhaitait que Rosemary meure d'un long sommeil sans réveil. Il souhaitait pour Liam la douleur d'un deuil aimant, puis la lente réparation du temps. Il souhaitait que cesse la dévastation de l'incertitude. Il souhaitait tant que Liam découvre enfin la belle douleur d'un souvenir de mère disparue, même si le petit garçon devait pour cela inventer une mémoire de toutes pièces puisque Rosemary n'avait jamais partagé la vie de son fils.

Pourquoi le fantasme mortifère s'arrêtait-il juste avant cette annonce ? Honte d'aller jusqu'au bout ? Crainte vis-à-vis de ce que leur réserverait la vie à deux ensuite ?

Doyle grimpa au deuxième étage, luttant contre un essoufflement disproportionné. Pourtant, il dédaignait toujours l'ascenseur. Il avait tant besoin de cette courte ascension pour s'accoutumer à la raréfaction de l'univers extérieur.

Il poussa la porte de la chambre de sa femme. Rosemary passait maintenant le plus clair de ses journées assise près de la fenêtre, son jouet en peluche blanche installé sur les genoux. Une infirmière, croisée la dernière fois à l'étage, avait prévenu Doyle qu'il fallait presque la forcer pour lui faire faire sa promenade quotidienne. Son monde s'était encore rétréci. Il s'étendait entre les quatre murs de sa chambre, entre elle et le chien en peluche, sur quelques années d'une vie de femme qu'elle avait empruntée.

Elle ne tourna pas la tête, pas même lorsqu'il s'exclama :

– Bonjour, Rosemary ! Comment vas-tu ?

Il ne l'espérait pas, il ne l'espérait plus depuis bien longtemps. Elle ne manifesta son intérêt que lorsqu'elle perçut le froissement du papier kraft. Se penchant vers l'oreille du jouet, elle lui confia quelque chose à voix inaudible et le posa en souriant sur la tablette scellée au mur.

Dougray s'approcha de sa chaise. Évitant son regard, elle lui arracha le sac des mains. Elle feula de convoitise en renversant le contenu du trésor sur ses genoux. Lorsqu'elle découvrit le sachet de petites madeleines, un gémissement hargneux lui échappa. Pas assez sucrées, elle préférait les barres chocolatées au nougat et au caramel. Son petit visage gris et creusé se fripa de déception. Elle leva enfin les yeux vers son mari. Il y lut d'abord une sorte de suspicion, puis quelque chose de plus sombre, de plus méchant, assombrit ses iris. Elle saisit le petit chien, le serra sous son aisselle en hochant de plus en plus vite la tête en signe de dénégation, de refus. Il l'entendit bafouiller d'une voix lourde de salive :

– Pas bon, Muffin... Mais qu'est-ce que ça veut dire ? Pas bon, tu n'aimerais pas du tout mon chéri, et ça risque de faire bobo à ton joli petit bidon ! (Elle s'interrompit, fixant à nouveau l'homme ennemi et glapit :) Mais qu'est-ce que ça veut dire, à la fin ? C'est mauvais, très mauvais. Nous n'aimons pas ces petites crottes jaunes... Muffin va être malade, vous êtes fou ?

Rosemary leva la main et il bloqua son bras, parant la gifle de justesse.

La rage accumulée en vain depuis treize ans, le chagrin qui avait dévoré toute sa vie dès la naissance de Liam, et même le désespoir, tout cela disparut sur l'instant. Il ne resta plus à Doyle que le vide comateux de sa tête, dans laquelle il ne retrouvait plus rien. Il s'entendit articuler avec netteté :

– C'est terminé, Rosemary. Regarde... ce n'est qu'un jouet en fourrure synthétique. Rien d'autre. C'est le quatrième que le personnel remplace sans que tu t'en aperçoives parce que tu râpes la peluche à force de la laver. Ceci est le quatrième exemplaire du même jouet de bazar. En ce qui me concerne, c'est aussi le dernier.

Un vertige le déséquilibra et il dut se cramponner au rebord du lit. Rosemary tourna les talons et se réinstalla sur la chaise poussée contre la fenêtre.

Il demeura là quelques secondes interminables, se demandant si tout était vraiment clos, tout ce qui avait constitué « eux ». Toutes ces années, ce long chemin de vie, tout ce ratage.

Oui, il en était certain. Tout était ici et maintenant. Rien d'autre d'eux n'existait plus ailleurs, n'existerait jamais plus.

25 octobre, Boston, Massachusetts

Julia patientait depuis un bon moment dans la file d'affamés qui attendaient d'être servis. Attirée par la foule d'étudiants bruyants et de professeurs un rien débraillés qui s'y pressait, elle s'était approchée du minuscule restaurant, presque une échoppe, qui vendait des salades et des sandwiches au crabe ou au homard à emporter. Le MIT * trônait juste derrière eux.

En dépit de la fraîcheur de la journée, la jeune femme noire qui prenait les commandes transpirait d'effort et de précipitation. Julia l'entendit demander :

– Avec ou sans mayo ? Excusez-moi, j'ai oublié.

Une voix féminine haut perchée, excédée et désagréable, lui répondit :

– Ça fait trois fois que je vous le répète, SANS MAYO... je parle trop vite pour vous ou il faut que je vous l'écrive ?

La longue femme noire lâcha le sandwich qu'elle confectionnait. Elle rougit sous l'affront avant de rétorquer en adoptant l'accent traînant du Grand Sud :

– Hey... Jolie mamoizêêêlle... au cas où la nouvelle ne serait pas parvenue jusqu'à vous : « Je suis lîîîbre, Miss Scâââlett ! »

* Massachusetts Institute of Technology.

Un fou rire secoua la file et quelques applaudissements saluèrent la réplique. La perruche vexée s'écarta pour disparaître d'un pas vif.

Julia avança d'un cran.

La liberté. Finalement, qui sait encore parler de liberté ? Ceux qui se souviennent l'avoir gagnée de haute lutte. Ceux qui savent que la liberté n'est pas une obligation, ni un prérequis, ni même un cadeau et encore moins une évidence. La liberté est un combat, une victoire. L'oublier est suicidaire.

Elle avait cru... Quoi, qu'avais-tu cru, pauvre gourde ? Elle avait cru que lorsqu'on aime, on donne forcément. Il ne lui était jamais venu à l'idée que l'on prenait aussi, mieux, que l'on exigeait. On donne son amour. En échange, on exige celui de l'autre, on le vérifie. Manque d'élégance ? Rien à foutre, l'amour n'est pas élégant, ce n'est pas sa fonction. Sa fonction est de nous créer. Il est moteur, il est explications. Toutes ne sont pas bonnes, mais toutes vous poussent à être, à faire, à devenir.

Elle avait confondu amour et sacrifice univoque. Se sacrifier pour le néant est une preuve d'imbécillité. On se sacrifie pour une idée, un enfant, un amour, pas pour du rien.

Elle avait sacrifié son intelligence, sa liberté, au profit d'un mirage, d'une identité qui n'existait que dans sa tête : l'aimante Mrs. Taylor-Caedon. Piteux.

Au fond, le vrai coupable était le non-amour qu'elle avait toujours éprouvé pour elle-même. C'est si féminin. Ne parvenir à s'aimer que parce que l'autre vous aime.

– Avec ou sans mayo ?

– Avec. Plein, plein, plein, s'il vous plaît.

La jeune femme lui sourit et lança :

– Et une louche pour madame, une !

25 octobre, Fredericksburg, Virginie

– Allez ma puce… viens voir maman…

Bouche ouverte, le nez à dix centimètres de l'écran, Nina Kroeger encourageait l'arrivée d'un nouveau message.

La nuit était tombée. La petite lampe de bureau qu'elle avait allumée luttait sans grand résultat contre la pénombre du salon.

La fatigue le disputait à l'exaltation depuis de longues heures. Elle mourait de faim, ayant renoncé à s'interrompre afin de se sustenter. Elle s'était rongé l'ongle de l'index gauche d'exaspération jusqu'à la chair et la plaie superficielle l'élançait. Lorsque, par intermittences, elle reprenait conscience de son corps, elle frissonnait sous son tee-shirt bien trop léger pour la soirée très fraîche.

Elle avait d'abord pas mal tâtonné. Valse des mots-clefs, acrobaties de métaphores et d'analogies.

Il lui manquait un élément crucial de la personnalité de Cordell : était-il un dilettante de génie ou un collectionneur avisé ? Composantes opposées de la même passion, l'une suggérant de temporaires bourrasques d'intérêt, l'autre une vigilance méticuleuse. Dans le deuxième cas, elle parviendrait à le cerner beaucoup plus facilement, la fascination des collectionneurs suivant une logique de quête, voire, parfois, de conquête : trouver LA pièce qu'ils convoitent. Dès qu'ils l'obtiennent, une autre pièce devient l'objet de leur désir. En revanche, si Cordell appartenait à la première catégorie, la tâche serait plus ardue. Le dilettantisme, si brillant soit-il, se mâtine d'un romantisme poétique assez difficile à prévoir.

Durant des heures, elle avait fait tourner les moteurs de recherche les plus puissants de la Toile, ciblant les bourses d'échanges, les sites d'orchidophilie ou d'entomologie, puis avait louvoyé pour atteindre d'autres domaines, plus confidentiels, plus dérobés : ceux de la mythologie criminelle et de ses aficionados.

Elle sourit : il n'existe pas d'échec dans les filatures mentales. Chaque impasse est un gain, un progrès pour peu que l'on sache l'utiliser. Chaque porte qui se ferme sur un vide resserre l'écheveau des routes encore possibles, jusqu'à débusquer la bonne. Une affaire de patience, de persévérance. La patience des chasseurs. Elle chassait un chasseur. La griserie de cette traque l'empêchait de s'écrouler de sommeil.

Merde. Elle n'y voyait presque plus rien, elle devait se lever pour allumer les vasques halogènes. Elle en profiterait pour soulager sa vessie qui récriminait depuis un bon moment et pour se servir un verre de vin. Peut-être même pousserait-elle cette débauche d'attention envers elle-même jusqu'à enfiler un pull.

La réponse au mail qu'elle venait d'envoyer, grâce aux liens proposés par un site personnel d'amateur d'orchidées, s'afficha sur sa messagerie. Le texte avait été directement tapé sous son message initial. Elle avait longuement réfléchi à sa formulation. Rien ne prouvait que ce lien informatique la conduirait vers sa cible, aussi devait-elle rester cryptique. Fallait-il ruser, jongler avec les pseudos ? Son instinct l'avait retenue. Feinter. S'exposer afin de faire croire à l'autre que la ruse est ailleurs. Détourner son attention. Elle avait tapé :

> *Nina F. B. Irwin, amatrice de* Dendrobium superbum *var. Cordell, cherche contact avec amateur* Euglossa smaragdina *var. Helen ou var. Julia pour échange.*

La réponse était aussi laconique, mais tendait à prouver qu'il avait mordu à l'hameçon puisque, si les genres et les espèces qu'elle avait choisis existaient bien, la dénomination des variétés était une charade composée à son usage spécifique :

> *Possesseur* Euglossa smaragdina *var. Helen ou var. Julia désireux d'entrer en relation avec Nina F. B. Irwin, amatrice de* Dendrobium superbum *var. Cordell.*

Suivait une adresse électronique dont Nina ne doutait pas qu'elle la baladerait sur le réseau afin de retarder son identification.

Elle hésita. Il fallait vraiment qu'elle allume et aille aux toilettes. L'échange risquait d'être long.

Il avait substitué « possesseur » au terme d'« amateur ». Le colossal poids d'un simple changement de substantif. On use de ce que l'on possède, on peut également en abuser.

Elle se réinstalla quelques minutes plus tard, un grand verre de merlot devant elle.

Le temps jouait contre eux. *Eux*, eux tous, tous ceux qui chassaient Cordell. Pourtant, elle tergiversait encore, redoutant une gaffe qui compromettrait son contact avec le tueur, ou menacerait Julia.

Elle étouffa un gloussement nerveux. Menacer Julia ? En d'autres circonstances, cette formulation aurait été hilarante ! Mais Julia échappait à la mort depuis sept ans. S'ils avaient échafaudé des centaines d'hypothèses, suggéré de multiples mécanismes psychologiques pouvant expliquer sa miraculeuse survie, Nina était convaincue de leur incapacité à percevoir la vérité. Seul Cordell savait pourquoi il avait épargné sa femme. Une lecture romanesque ou romantique de cette énigme aurait sans doute débouché sur une interprétation rose bonbon : il l'aimait. Foutaises. Les grands sociopathes n'aiment qu'eux et leur bon plaisir. Non, l'explication était ailleurs. Julia possédait quelque chose qu'il voulait, qui le fascinait même peut-être. Quelque chose d'assez précieux à ses yeux pour qu'il résiste à son envie de massacre. Quoi ? Pour combien de temps ?

Elle avala une gorgée du vin trop frais, regrettant de l'avoir conservé dans le réfrigérateur.

Un souvenir incongru et surtout pénible s'immisça dans ses pensées. Une boutade de Bev. Celle-ci avait été retardée par un accident engorgeant l'autoroute et, bien sûr, la batterie de son portable était à plat. Nina s'était fait un sang d'encre. Dès qu'elle avait été rassurée, elle avait hurlé :

– Mais merde, j'étais morte d'inquiétude... Enfin, tu ne peux pas vérifier l'état de ta batterie ! Qu'est-ce que je ferais s'il t'arrivait quelque chose ?

Bev avait tenté de la détendre en répondant :

– Nul n'est irremplaçable.

Une analogie, une autre. Une catastrophique analogie. Peu importait que cet aphorisme fût faux, que certains êtres soient, de fait, irremplaçables. Il suffisait, dans ce cas, que Cordell pense la substitution possible, le remplacement de sa femme envisageable : Julia mourrait.

Le temps manquait, le temps devenait meurtrier.

Une bourrasque de trouille lui donna la chair de poule. Elle tapa :

Cette adresse est-elle sécurisée ? Nina, FBI.

La réponse lui parvint presque aussitôt, prouvant l'impatience de son expéditeur :

Hautement. N'attendez pas trop, je pourrais croire que ceci est un piège et que vous vous accordez un délai pour activer un système de traque informatique, auquel cas notre conversation s'interromprait sur-le-champ et de façon définitive. C.

Les doigts de Nina tremblèrent de panique et d'incertitude :

Je ne fais plus partie du FBI. Votre ex-femme m'a engagée pour vous retrouver. N.

Je sais pour le FBI. Pourquoi veut-elle me retrouver ? C.

Nina hésita une fraction de seconde. Le jeu, proposer un jeu difficile et létal :

Pour vous tuer, je crois. N.

Excellente nouvelle. Quelle preuve pouvez-vous me fournir que vous agissez bien au nom de ma femme ? C.

Un appel téléphonique vous convaincrait-il ? Si tel est le cas, donnez-moi un numéro auquel elle puisse vous joindre. À vous de vous assurer qu'il est intraçable. Il est clair que mon engagement se limite à cela : vous mettre en contact. Dès que j'aurai reçu ce numéro de téléphone, je désactiverai cette adresse et restaurerai les protections et filtres installés sur mon ordinateur. Vos messages seront systématiquement renvoyés, sans aucun moyen pour vous de localiser mon appareil. Cette précision me semble importante dans le cas où une plaisanterie vous tenterait. Il n'y aura pas de deuxième essai. Je ne suis pas payée pour cela et – bien que très lucratif – le contrat que j'ai passé avec votre ex-femme me répugne assez pour que j'y mette un terme aussi vite que possible. À vous. N.

Le curseur de la souris vacilla sur l'icône d'envoi. Allait-elle trop loin, trop vite ? Se sentirait-il humilié, acculé ? Risquait-il de se désengager de l'échange ? Ou alors, conclurait-il de sa discourtoisie que, s'il finassait, le seul lien qu'il avait pu tisser avec Julia depuis pas mal de temps se romprait ? Elle enfonça la touche.

Sans doute ne s'écoula-t-il qu'une minute. Sans doute se trompa-t-elle dans le compte des battements de son cœur tant il était ahurissant. Pourtant, il sembla à Nina que ce moment n'en finirait jamais, long, lent comme une petite mise à mort.

Toute sensation de froid avait disparu. L'atmosphère de la grande pièce était devenue irrespirable et elle transpirait sous son mince tee-shirt échancré. Une, puis deux, puis une pluie de gouttes de sueur dégoulina de son front, lui piquant les yeux, trempant sa lèvre supérieure, dévalant jusqu'à son menton, sa gorge, l'écartement de ses seins.

Puis un miracle, en forme de petit drapeau rouge et vert, s'afficha dans le coin supérieur droit de son écran, salué par un carillon qu'elle trouva soudain débile et vulgaire. Un message :

Êtes-vous très intelligente ? Sans doute, aussi veux-je croire que vous plaisantez. Je n'aime pas ne pas avoir le choix. Donnez-moi son numéro de téléphone. JE l'appellerai... avec passion. S'il venait à l'idée de notre amusant Dougray Doyle de la faire suivre ou de la bugger d'une manière quelconque, prévenez-le que je dispose d'un arsenal technologique qui rendrait ses tentatives au mieux amusantes, au pire grotesques. J'exècre les fanfaronnades. Dans ce cas, le jeu cesserait. Très vite. C.

Nina n'avait aucune illusion. Il appellerait Julia d'une cabine publique ou, plus rusé et plus prudent, par l'intermédiaire d'un réseau de dispatchage qui baladerait les agents du FBI aux quatre coins du pays ou de la planète, s'ils tentaient de le localiser. Le temps qu'ils obtiennent les autorisations et parviennent à remonter l'entrelacs de transferts de communication, d'interconnections satellite, de relais en tout genre, Cordell aurait recouvert sa piste.

Elle accusa réception de l'envoi :

Je transmets votre proposition à Mrs. Holmer qui doit me contacter lundi. Ceci est ma dernière opération. Je vous concède une minute pour tout surplus de correspondance. Cette adresse électronique sera ensuite désactivée et détruite. J'en créerai une nouvelle afin de vous faire part de la décision de votre ex-femme. N.

Le « surplus de correspondance » fut immédiat :

Le nom de ma femme est Helen Taylor-Caedon et je vous rappelle que notre divorce n'a pas été prononcé. C.

Une réponse de sa part aurait été une erreur, prouvant sa crainte de l'avoir ulcéré. Elle patienta donc soixante secondes et enclencha l'effacement de sa boîte aux lettres électronique, certaine qu'il vérifierait un peu plus tard.

Il était presque minuit. Elle avait gagné un petit répit en annonçant à Cordell que Julia n'apprendrait sa proposition que lundi. Leur rendez-vous téléphonique quotidien était fixé à onze heures le lendemain. Presque aujourd'hui.

Nuit du 25 au 26 octobre, environs de Fredericksburg, Virginie

Il n'était pas tout à fait quatre heures du matin lorsque la sonnerie du téléphone de sa chambre tira Dougray Doyle d'un sommeil paisible. Il tendit la main vers la table de chevet.

Quelques minuscules instants. Un sourire endormi. Quel excellent après-midi ils avaient passé. Elfride se révélait si drôle, dans un genre un peu pince-sans-rire. Il avait adoré sa mignonne manie de l'autodérision jamais amère.

Quelques minuscules instants. Une voix douce se déversait. Douce et prudente.

– Mr. Doyle ? Je suis le docteur Mary Blackstone, du Bellview Hospital...

Quelques minuscules instants. L'image de cette femme lourde et grande, des mèches de cheveux grisonnants qui lui pendaient dans le cou. L'image d'un paquet de cigarettes à moitié vide. Elle n'avait pas du tout cette voix calme et claire.

Quelques minuscules instants. À nouveau la voix, celle qu'il ne reconnaissait pas :

– Mr. Doyle ? Je suis désolée, j'ai une terrible nouvelle. Mrs. Doyle s'est suicidée en début de nuit.

Quelques minuscules instants consacrés à la prière amoureuse du mari, de l'amant qu'il avait été.

Merci, Rosemary. Merci tant, ma chérie. Repose, mon ange. Repose tout doux maintenant.

Il s'assit d'un bond dans son lit :

– Quoi ? Qui êtes-vous ?

– Le docteur Mary Blackstone. Je suis arrivée à la clinique il y a quelques mois. Je m'occupais, entre autres, de votre femme, en concertation avec mon confrère, le docteur Robert McTigue. Nous nous sommes brièvement rencontrés. Je ne sais pas si...

– Je m'en souviens. C'est juste que je pensais à une autre femme...

– Nelly ? Il s'agit d'une de mes patientes. Je fais partie de ses pseudonymes fétiches lorsqu'elle quémande une cigarette ou des pièces pour le distributeur de boissons... Je suis si triste, Mr. Doyle.

– Comment...

– Elle était très agitée après votre départ. Nous avons tenté de lui administrer un sédatif, sans doute l'a-t-elle vomi dès que nous avons eu le dos tourné. J'ai compris que nous nous acheminions vers une crise sévère lorsqu'elle a piétiné son jouet et nous lui avons de nouveau prescrit un psychotrope. J'ignore comment elle s'est débrouillée pour recracher celui-là sans que l'infirmière s'en aperçoive. Ce coup-ci, votre femme n'a pas pu se faire vomir puisque la nurse est restée avec elle durant une bonne demi-heure. De toute façon, il y aura une enquête et si notre responsabilité était engagée...

– Non. Comment a-t-elle mis...

– Fin à ses jours ? Elle s'est pendue.

– Mais comment, avec quoi ?

Un court silence, une voix qui frémissait au bord des larmes :

– L'imprévisible. Elle a noué une demi-douzaine de paires de chaussettes les unes derrière les autres et accroché cette espèce de corde au tuyau du radiateur. Et puis elle s'est agenouillée par terre et s'est laissée tomber de tout son poids vers l'avant... Elle s'est pendue à genoux. L'asphyxie a dû être très rapide. J'étais préoccupée, et après ma garde, je suis passée jeter un coup d'œil dans sa chambre... Je l'ai découverte il y a moins d'une heure. Nous avons d'abord tenté de la réanimer mais... Je suis navrée, Mr. Doyle. Une autopsie sera effectuée... la loi... Mais ensuite, pour le corps... ?

Il répondit machinalement :

– Elle voulait être incinérée... Enfin, c'était son souhait, avant...

Il accepta l'offre du docteur Blackstone de contacter la maison de pompes funèbres qui travaillait pour l'hôpital avant de raccrocher.

Il resta là, assis au bord du lit, les mains croisées sur ses cuisses, le regard fixé entre ses pieds, sur ce bout de moquette gris anthracite. Un épuisement comme il n'en avait jamais connu l'empêchait de redresser la tête, ou même de cligner les paupières.

Qui, de lui ou d'un bref et insupportable moment de lucidité, avait tué Rosemary ?

Qui l'avait poussée à se pendre de cette façon, à la manière des taulards ? Comment l'idée lui était-elle venue ? Cela avait-il une quelconque importance maintenant ? Pas vraiment. Ce qui le brisait, c'était d'ignorer s'il l'avait fait souffrir en la contraignant à se rendre compte que le chien Muffin n'était qu'un jouet en peluche, à admettre, même pour quelques fractions de seconde, qu'elle n'était pas sa mère.

Lorsque le premier sanglot sec l'étouffa, lorsqu'il se plia vers l'avant, lorsque les larmes trempèrent le sillon de son nez, il songea qu'il se vidait d'une éternité de peine, que probablement il n'avait jamais eu autant de chagrin qu'en ce moment précis.

Il se leva et murmura pour lui-même :

– Liam, mon chéri... Maman est morte cette nuit dans son sommeil, d'une crise cardiaque.

Il ne mentirait pas davantage. S'il affirmait que sa mère avait murmuré son prénom juste avant de s'éteindre, il était certain que l'enfant ne le croirait pas.

26 octobre, Fredericksburg, Virginie

Étrange. Nina Kroeger n'avait pas vraiment dormi de la nuit, ou de ce qu'il en restait. Elle avait alterné entre ces épisodes de demi-sommeil au cours desquels les pensées s'entrechoquent pour produire d'incompréhensibles amalgames, parfois bouffons, souvent inquiétants, et des réveils en sursaut.

Pourtant, la nuit avait été aimable, et ce qualificatif était suffisamment exceptionnel dans ce qu'était devenue sa vie pour la déconcerter.

Depuis la mort de Bev, les sommeils de Nina enchaînaient les cauchemars, les litanies de regrets, les chapelets de questions sans plus aucun objet. Au contraire, cette dernière nuit avait été puissante de la tension qui précède le combat, lorsqu'il ne reste pas d'autre alternative. Elle s'était levée à cinq heures du matin, régénérée par l'insomnie. L'idée que les quelques heures qui allaient suivre portaient en elles la possibilité de modifier l'inacceptable pour le rendre moins assassin reconstruisait Nina.

Encore six heures d'attente avant le coup de téléphone de Julia. Un océan de patience. Pas grave. Sa force lui était enfin restituée.

Une frénésie hyperactive l'avait saisie. Elle avait vidé les placards, les coffres, les tiroirs, triant ses affaires, en écartant une bonne moitié. Elle avait décroché tous les cadres, nettoyé leurs vitres, transpirant comme en plein été. Deux verres de merlot et un morceau de cheddar un peu racorni l'avaient nourrie.

Elle avait réservé la dernière heure à un long bain très chaud, un shampoing, un masque « désincrustant » censé lui redonner une peau de bébé.

Puis elle avait enfilé un jean, une chemise blanche et une paire de tennis grâce auxquelles elle se sentait à nouveau plus Kroeger que Nina, plus flic que consultante. Des retrouvailles. Un changement d'avec les petits tailleurs austères-mais-féminins, ou sport-mais-chic que lui imposait sa nouvelle profession.

Enfin, elle avait attendu, la tête un peu légère et vide, de façon plutôt agréable.

À onze heures passées de quelques secondes, la sonnerie ponctuait le silence de l'appartement.

– Nina ? C'est Julia. Alors ? Pardon... Comment allez-vous ?

– Bien. Et vous ?

– On verra. Et vous, où en êtes-vous ? Votre voix est différente.

– Je l'ai.

Un silence lui répondit.

– Julia ?

– Oui... J'ai entendu.

Un soupir dont Nina ne parvint pas à déterminer s'il était catastrophé ou soulagé. Puis, une question, hachée :

– Que... vous... a-t-il... demandé ?

– Pour quelle raison vous souhaitiez le contacter.

– Et qu'avez-vous... ?

– J'ai répondu que vous comptiez l'abattre. Il a eu l'air ravi... pour autant que l'on puisse en juger sur un message électronique. Mais je crois que c'était le cas. La partie qui s'annonce l'amuse.

Dans le quart d'heure qui suivit, Nina relata le moindre détail de leurs échanges, lisant les différents mails échangés.

– Qu'est-ce qui se passe maintenant, Nina ? Vous lui communiquez le numéro auquel il peut me joindre ?

– Pas encore. Souvenez-vous de notre marché.

– Je ne l'ai pas oublié… Néanmoins, la dernière fois, la présence du FBI n'a pas…

– Ne réécrivez pas l'histoire, Julia, je la connais aussi bien que vous, si ce n'est mieux. Le FBI n'a rien à voir avec l'échec de cette mission. VOUS avez fait tout foirer. VOUS êtes responsable et c'est à VOUS seule que vous devez vous en prendre… inutile de nous étendre sur le passé, puisque ma décision est non négociable. Je téléphone à Dougray.

– Laquelle des deux rappelle l'autre ensuite, et quand ?

– Au cas où vous l'auriez oublié, j'ignore où vous vous trouvez. Un numéro de portable ne serait pas non plus superflu !

– À l'hôtel, au Boston Park Plaza, chambre 517. J'aime les hôtels gigantesques, on a l'impression de pouvoir y disparaître en toute sécurité. D'autant qu'ils l'ont assez joliment restauré.

– Je ne connais pas.

– C'est un des plus vieux hôtels de Boston, presque mille chambres.

– Avez-vous choisi Boston parce que…

– Parce qu'il se terre quelque part dans le coin. Ses derniers meurtres le prouvent. Il connaît la ville comme sa poche. Je voulais me rapprocher au maximum. Les fauves se rapprochent toujours de la viande.

– Et qui est le fauve ?

Nina entendit un petit rire triste, puis :

– Disons que pour l'instant, il vaut mieux pour mon équilibre me convaincre que je ne suis pas la viande !

– Hum… Bien, je vous rappelle dès que j'ai réussi à joindre Dougray.

26 octobre, environs de Fredericksburg et Bellview Psychiatric Hospital, Virginie

Elfride était arrivée quelques minutes plus tôt, les cheveux encore humides. Dougray avait pas mal hésité, patientant autant qu'il le pouvait avant de l'appeler chez elle, à six heures et demie. Finalement, la crainte que son fils ne se réveille, ne vienne l'embrasser, lui demander avec fougue qui préparait le petit déjeuner, avait été la plus urgente. Il avait réveillé Elfride, annoncé d'un ton atone le suicide de Rosemary. Elle avait juste répliqué :

– Mon Dieu... Je passe sous la douche. J'arrive.

Lorsqu'elle s'était avancée dans le long couloir sombre, perdue dans une doudoune beige à capuche, le soulagement aigu qu'il avait ressenti ne l'étonnait plus. Il avait l'impression d'avoir nagé des kilomètres et des kilomètres contre une mer hostile et d'atteindre enfin un récif auquel s'accrocher un peu pour reprendre son souffle. Certes, il devait se rendre au Bellview, et lorsqu'il apprendrait le décès de sa mère, Liam aurait besoin d'une présence, d'un pilier. Mais au fond, Dougray devait admettre que la jeune femme le rassurait, lui aussi, lui surtout. Pourtant, elle ne disait rien, ne faisait rien. Justement, elle le rassurait parce qu'elle attendait qu'il bouge, comme si jamais elle n'avait douté de sa capacité à réagir.

Immobile, les reins appuyés contre le rebord de l'évier de

la cuisine, une tasse de café entre ses mains jointes, le visage tendu, Elfride le regardait.

– Qu'est-ce que nous faisons ensuite ? Comment explique-t-on à Liam ?

Il lui fut reconnaissant de l'accompagner de ce « nous ».

– L'autopsie n'aura lieu que demain. Ensuite, le cercueil sera scellé, je ne veux pas qu'il la voie.

– Pourquoi ?

– Avez-vous déjà vu un pendu, Elfride ?

– Non.

– C'est bien. Tâchez de l'éviter. Les morts devraient toujours être beaux pour nourrir les rêves de ceux qui restent et les regrettent. C'est si difficile d'oublier la dernière image de quelqu'un. C'est encore plus terrible pour un enfant.

Elle ferma les yeux, pinça les lèvres, et il s'en voulut d'avoir semé en elle les germes de l'imagination.

Une voix ravie, une voix de petit garçon éclata derrière eux :

– Elfride ? Mais on est dimanche ! Tu es venue ? C'est super chouette...

Liam s'élança vers la jeune femme puis pila soudain. Des « visages de catastrophe » fut l'image qui lui traversa l'esprit. Il en avait déjà vus, à la télévision, au cinéma. Ce sont des visages lisses, comme si la peau était plaquée sur les os. Ce sont des visages qui ne disent plus rien parce que tant d'émotions se mélangent derrière. Avant même qu'il ne comprenne ce qu'il allait dire, il s'entendit demander :

– Maman est morte, c'est ça ?

– Oui. *Liam, mon chéri... Maman est morte cette nuit dans son sommeil, d'une crise cardiaque.*

Elfride plaqua la main sur sa bouche et de grosses larmes dévalèrent de ses paupières. Elle n'avait pas mal à cette femme qu'elle ne connaissait pas et à qui elle en voulait – d'une étrange et injuste façon – de n'avoir pas assez résisté pour son fils. Mais le chagrin de ce petit garçon la blessait. L'homme, le père qui s'avançait vers l'enfant, tombait à genoux devant lui, le serrait dans ses bras, lui chavirait le cœur.

Liam sanglota contre son père durant un long moment. Enfin, il bafouilla :

– Tu crois qu'elle est mieux maintenant ?

– J'en suis certain, mon ange.

– Tu le crois vraiment ou tu dis ça pour moi ?

– J'en suis certain, je le jure.

– Comment tu peux en être si sûr ?

– Je le sens.

Il mentait. Quelle importance. Il irait où il le fallait pour Liam, même si cela signifiait tricher, se parjurer. Mentir.

26 octobre, Bellview Psychiatric Hospital, Virginie

Le docteur Blackstone avait accompagné Dougray par le bras jusqu'à la chambre de Rosemary. Elle avait serré ses doigts entre les siens avant de lui demander du ton doux de l'amie :

– Préférez-vous vous recueillir seul ?

Il s'était contenté de hocher la tête en signe d'acquiescement.

Avant de refermer la porte derrière lui, il avait songé qu'il avait déjà accompagné tant de corps pour un petit bout de chemin. Sa vie était peuplée d'une multitude d'obsèques personnelles, presque confidentielles. C'est un si beau mot, celui d'obsèques, si triste, mais si généreux. Accompagner l'autre quelques instants, celui qui part, dont on espère qu'il se trouve dans un ailleurs plus tendre, plus lumineux, même lorsque l'on a du mal à s'en convaincre.

Il resta là, le dos appuyé contre le battant, son regard errant sur les murs rose pêche, s'accrochant à la robe de chambre informe en épaisse laine peignée bleue que quelqu'un avait pliée sur le dossier de la chaise.

Doyle s'approcha enfin du lit sur lequel reposait sa femme. Une main, élégante de compassion, avait repoussé la langue gonflée au fond de sa bouche entrouverte et noué une écharpe jaune autour de son cou, strié d'un épais bourrelet de chair. Le docteur Blackstone ? Elle avait de belles mains, des mains sans réserve, des mains qui savent et qui soignent.

Le visage cireux avait bleui sous l'asphyxie. Dougray balaya du bout des doigts les petits cheveux égarés, collés sur son front. Dans quelques heures, après la disparition de la *rigor mortis*, elle aurait enfin l'air paisible. Dans quelques heures, les derniers stigmates du calvaire que lui avait infligé son cerveau auraient disparu à jamais.

Son regard tomba sur le petit chien en peluche qui trônait sur la table de nuit. Muffin... Il le récupéra et le coucha contre la poitrine décharnée de Rosemary.

Dans la salle d'eau attenante, un robinet fuyait. Imperceptible impact des gouttes d'eau, comme les secondes d'un sablier. Rythme obsédant et pourtant rassurant. Une goutte tombe. On anticipe la chute de la suivante. On l'attend, on l'espère presque, on s'impatiente. Elle se confirme. Elle chute, sa fin annonçant la suivante.

Dougray s'en voulait tant, sans trop savoir au juste pourquoi. Mais après tout, nous sommes tous coupables de quelque chose, parfois seulement d'un manque ou d'une ignorance. Certains parviennent à évacuer leurs remords, d'autres les ignorent, quelques-uns – comme Dougray – toléraient le travail de sape de cette accusation générique. Une vieille équation judéo-chrétienne dont la validité restait à démontrer : pas de grandeur sans souffrance. Il s'accusait de ne pas avoir réussi à empêcher Rosemary de déraper, tout en sachant que nul n'y serait parvenu. Il s'accusait aussi d'avoir, non pas espéré, mais évoqué cette mort comme une libération pour Liam, peut-être également pour lui. Il s'accusait enfin de n'éprouver un chagrin immense que pour ce qui n'avait pas été, ce qui aurait pu être.

Plus que tout, à cet instant précis, il se détestait d'être incapable de baiser une dernière fois ces lèvres, de tenir ses mains entre les siennes.

Il l'avait tant aimée. Il avait désiré ce corps tiède des nuits entières. C'était loin, si impersonnel maintenant, à la manière de souvenirs qu'un autre homme lui aurait confiés.

Il détailla le corps creux, ravagé par la maladie, la folie. La mort lui avait infligé une dernière insulte en le rétrécissant encore davantage, s'acharnant à le faire disparaître avant même l'oubli de l'humus retourné d'un cimetière. Un fragile squelette d'enfant, seulement recouvert d'un épiderme sec et fin.

Et il sanglota. Il sanglota jusqu'à l'épuisement sur son inaptitude à accompagner cette morte. Elle l'avait abandonné depuis si longtemps qu'il la reconnaissait à peine.

26 octobre, environs de Fredericksburg, Virginie

La sonnerie résonna longtemps avant que quelqu'un ne réponde. Une voix féminine, assourdie et teintée d'un accent germanique, s'enquit :

– Qui le demande ?

– Nina Kroeger. Je faisais partie de son équipe, au FBI.

La voix trembla et Nina comprit que la femme venait de pleurer. Troublée, elle reprit :

– Qui êtes-vous ?

– Elfride. Je m'occupe de Liam.

– Mais nous sommes dimanche. Dougray est à la base ?

– Non. Il vient de rentrer de l'hôpital. Je vous le passe.

Une voix d'homme, terriblement lasse, prit le relais et Nina eut presque du mal à identifier son ancien patron.

– Nina ? Vous tombez au pire moment. Rosemary... Ma femme est décédée cette nuit.

– Merde ! Comment... Lorsque vous êtes passé me voir chez moi, vendredi matin, vous sembliez... enfin je n'ai pas eu le sentiment qu'elle était souffrante... enfin, vous voyez ce que je veux dire. Qu'est-il arrivé ?

– Une autre fois.

– Liam est avec vous, c'est ça ?

– Tout juste.

– Dougray, je ne sais pas quoi vous dire. Je suis désolée...

– Merci... De cela aussi nous reparlerons plus tard. Enfin peut-être pas, d'ailleurs...

Il demeura silencieux quelques instants. Il cherchait des mots qu'il puisse s'autoriser en dépit de la présence de son fils.

– ... c'est un anéantissement. Mais le néant, c'est aussi parfois le terme de la douleur.

Elle comprit. Au travers des rares allusions, toujours respectueuses, qu'il avait jadis faites à sa femme, à sa vie de mari sans épouse, elle avait frôlé le désert glacé de cet homme, dont la survie ne tournait plus qu'autour de son fils et de son travail. Elle avait vu la corrosion, ses jours et ses nuits rongés par l'oubli total de l'autre.

– Je compatis, Dougray. Je veux dire que j'ai vraiment de la peine pour vous, pour tout ce gâchis.

– Ah, Nina, Nina... vous êtes une sœur... vous auriez dû l'être.

C'était un mot de tendresse. Les larmes montèrent aux yeux de Kroeger. Elle préféra ne pas répondre, afin de se donner le temps d'évacuer cette émotion inattendue. Il eut l'élégance de ne pas attendre sa réponse.

– Je suppose que depuis notre rencontre d'avant-hier, vous avez du nouveau ?

Car, sitôt après son étrange dîner avec Julia dans cette invraisemblable pizzeria, Nina avait opté pour la solution la plus raisonnable. Peu importait, selon elle, de rompre une promesse qu'elle jugeait idiote et dangereuse : elle avait prévenu Doyle après avoir raccompagné Julia à l'aéroport. Il était déjà au courant de l'arrivée de Mrs. Holmer sur le territoire américain, et ne se leurrait pas trop sur ses projets suicidaires. Il avait séché la réunion directoriale prévue le lendemain matin pour foncer chez elle. Lorca n'était pas au courant, Sturgeon non plus et cette dissimulation avait embarrassé Nina. Dougray avait balayé sa gêne avec gentillesse, mais fermeté : la décision d'élargir ou non la confidence lui incombait. Lorca était sur le départ, trop préoccupée par ce qu'elle vivait comme une cuisante défaite personnelle pour être parfaitement fiable. Quant à Thomas, Doyle avait accepté l'idée que son adjoint était avant tout un brillant théoricien. Il était de la race des chercheurs, des formateurs, pas de celle des flics. La difficulté consisterait à le lui faire admettre.

– Nous pouvons parler?

– À peu près, lâcha Doyle d'un ton hésitant.

– Je viens d'avoir un long contact avec Charly.

L'interjection claqua :

– Quoi?

– Il veut Julia.

– Ce n'est pas nouveau... attendez, Nina, je vous prends dans la chambre. Je veux tout savoir, dans le moindre détail. Ensuite, nous aviserons.

Elle l'entendit demander d'une voix adoucie :

– Elfride, pourriez-vous raccrocher lorsque j'aurai repris la communication, s'il vous plaît?

La réponse de la jeune femme fut inaudible, mais Nina songea que le désert d'Esperanza Lorca n'était pas près de s'achever, et une tristesse diffuse l'envahit.

« On ne doit donc pas s'imaginer que quelqu'un se soit obligé à un autre, ni qu'il ait quitté son droit sur toutes choses, avant qu'on ait pourvu à sa sûreté et qu'on l'ait délivré de tout sujet de crainte. »

THOMAS HOBBES, *Du citoyen.*

27 octobre, Back-Bay, Boston, Massachusetts

Dame Sara-Jane Chifley-Stanton retenait avec peine sa curiosité, tapotant avec agacement le bois de son élégant bureau du bout de ses ongles recouverts de vernis transparent. Elle interrompit le flot de banalités déversées par son interlocuteur à l'autre bout de la ligne :

– Lloyd, mon cher... Je suis d'accord avec vous... Comme toujours ! Mais si nous en revenions à...

Lloyd Graham ne l'entendait pas de cette oreille. Sara-Jane avait imposé le vieux monsieur un peu fat et très désargenté – mais reconnaissant – comme trésorier perpétuel de la fondation Stanton. Graham faisait partie de cette écurie de pions interchangeables que Sara-Jane manipulait au gré de ses intérêts tout en leur concédant quelques avantages. S'il n'était pas dupe de la raison de cette faveur – des votes similaires à ceux de sa mécène –, il n'avait pas l'intention d'être privé de son petit pouvoir d'opérette. Il prit une profonde inspiration, afin de tenir la distance sans risquer d'autre interruption, et la coupa :

– Tout à fait, ma très chère, nous y revenons... Mais d'abord, je crois utile que nous nous attachions à éclaircir les aspects concernant le dépôt de brevet de la nouvelle variété de *Cymbidium*... cette magnifique Sara-Jane, laquelle porte admirablement son nom, j'insiste. Votre protégé, M. Delcortal, est-il conscient de la faveur que nous lui ferions en la désignant gagnante de notre sélection annuelle ? La seule mention de son nom sur nos brochures et sur les affiches annonçant notre très prochaine exposition au Horticultural Hall constituerait une extraordinaire publicité pour lui, auprès du grand public, mais surtout des négociants. Pendant que j'y pense, nous avons lancé leur fabrication dès l'annonce du nom de l'heureux élu. Elles seront disponibles demain ou, au pire, après-demain. (Graham prit une courte inspiration de crainte que Dame Sara-Jane ne profite de son besoin d'oxygénation pour lui couper la parole.) Pour en revenir à M. Delcortal, certes, son hybride mérite tous nos soins mais, après tout, notre réseau lui offre des opportunités de promotion inespérées. Savez-vous combien peut rapporter la commercialisation d'une orchidée à succès ? Beaucoup, beaucoup d'argent, ma chère. Je n'ignore rien de votre extrême générosité et de votre désintérêt, mais pour la fondation, le nom de votre papa, il serait juste que M. Delcortal nous accorde un petit pourcentage sur les ventes à venir. Cela étant...

Sara-Jane leva un regard désespéré vers Charles Delcortal, que la scène semblait amuser au plus haut point. Elle haussa les épaules de défaitisme et l'interrogea d'un mouvement du menton. Il écarta les doigts, indiquant le chiffre vingt.

– Lloyd, Lloyd... Si vous me permettez cette interruption... Quel pourcentage avez-vous en tête ?

– Oh, nous sommes raisonnables... Dix pour cent conviendrait.

– Et si je me faisais fort de lui arracher un bon quinze pour cent ? proposa-t-elle avec un sourire espiègle pour Charles.

– Ah ma chère... Voila bien la redoutable femme d'affaires que j'aime tant. Oui... oui, quinze pour cent... Oh oui.

Dame Sara-Jane posa alors la seule question qui l'intéressât :

– Dois-je alors comprendre, mon cher Lloyd, que le vote nous est acquis ?

Les délibérations du jury avaient été beaucoup plus houleuses qu'elle ne l'avait prévu, cet abruti prétentieux de Lyndon Bird-Henry la contrant pour le bonheur de l'embêter et de se montrer le plus fort. Il ne perdait rien pour attendre, mais elle s'en était voulu. Elle avait manqué de finesse en poussant la candidature de son poulain. Bird-Henry avait aussitôt reniflé son importance et grenouillé comme le répugnant têtard qu'il était afin de faire avorter le projet de son ennemie.

Un roucoulement ravi accueillit cette question :

– Ma chère, que ne ferais-je pour vous ? J'ai réussi à retourner Francesca Biaggi en notre faveur ! Nous passons. À une courte majorité, mais nous passons.

– Adorable Francesca... Votre ancienne flamme, si je ne m'abuse ? Vous êtes un as, Lloyd ! Un as et un grand séducteur, ajouta-t-elle, certaine qu'il ne percevrait pas la flagornerie.

Elle ne se trompait pas, puisqu'il minauda avec délice :

– Comme vous y allez, ma chère ! Disons que je me débrouille encore assez bien avec le beau sexe.

Elle destina une grimace de triomphe à Charles dont le sourire s'étira vers les tempes. Elle exultait. Il tenait tant à ce prix, à la consécration de son hybride. Lui offrir ce plaisir la rendait encore plus forte.

Étrange... Elle se foutait d'habitude des envies des autres, des raisons de leur bonheur ou de leur peine.

Lorsqu'elle parvint enfin à se débarrasser avec habileté de ce bavard intarissable de Lloyd Graham, Charles se leva pour se rapprocher de son bureau. Il tendit la main vers elle et elle y unit la sienne. Il la tourna paume vers le ciel pour y déposer un long baiser. La pression des lèvres chaudes sur sa chair, le contact de cette langue qui traçait de délicieuses arabesques fit fermer les yeux à Sara-Jane.

La plénitude. Cet homme serait sa plénitude, elle le savait, même si elle ignorait encore quelle définition précise adopterait ce rassasiement.

L'autorité de cette certitude faillit la faire fondre en

larmes. À presque cinquante ans, elle découvrait qu'elle avait toujours souffert d'un manque cruel : d'un morceau d'elle-même. Depuis le décès de son père, elle s'était sentie incomplète.

La plénitude, bientôt. Elle n'avait plus besoin que d'elle et de cet homme, rencontré comme un signe.

Les signes ont ceci de magique : ils n'existent vraiment que lorsque nous les voyons. Maintenant, elle voyait.

27 octobre, FBI, base militaire de Quantico, Virginie

Lorsque Dougray Doyle avait informé ses deux adjoints du décès de Rosemary, Thomas avait foncé sur lui pour lui serrer la main avec la sincérité douloureuse de l'amitié. Lorca s'était contentée d'un « mes condoléances » impersonnel et sans compromission. Mais Lorca était maintenant trop loin de lui pour qu'il prenne la peine de déchiffrer les non-dits entre les mots. Il se foutait qu'elle en soit soulagée, désolée ou juste indifférente. Il s'en foutait vraiment, sans amertume, sans réminiscences.

Thomas Sturgeon se secoua. Merde, il était si coincé. Sa femme – Nicole – lui en faisait parfois le reproche. Elle gémissait ou hurlait, selon les cas, « mais déboutonne-toi, tu respireras mieux ! Tu vas voir, ça fait un bien fou ». Il aurait voulu... Il aurait voulu exprimer tant de choses lorsque Dougray avait lâché ces mots terribles entre ses dents serrées. Lui dire : « Je vous aime bien, je suis votre ami. Je ne peux pas comprendre, mais je suis avec vous, de tout cœur. Si ma femme mourait, je ne sais pas... »

Au lieu de cela, il n'avait réussi qu'à lui serrer la main.

Il attaqua son quatrième café. Il n'était pas neuf heures. Il avait « brainstormé » toute la journée de la veille en compagnie de sa femme. Il adorait ces longues sessions de « ramonage de neurones », comme les baptisait Nicole. Elles s'achevaient le plus généralement par un franc délire, lorsque les deux participants, exténués, sortaient tout ce qui leur passait par la tête, les associations d'idées les plus débridées et les plus saugrenues, souvent les plus hilarantes. Il y retrouvait la quintessence de leur mariage. Ils étaient compagnons, amants, amis, conjoints. Unis. Pourvu qu'il meure avant elle ! Mais pas trop avant.

Il sourit à cette infantile prière et relut la liste établie la veille. À la question « qu'est-ce qui va avec plomb et plâtre ? », Nicole et lui avaient trouvé :

– Canalisations d'eau dans les vieilles maisons : revêtement de plâtre sur le tuyau de plomb. Canalisations d'eau : dépôt de tartre à l'intérieur du tuyau. Vérifier si la composition chimique du tartre et du plâtre est la même.

– Tours de refroidissement : uniquement les plus anciennes.

– Anciennes peintures : vérifier la proportion de plomb par rapport au plâtre. Improbable car pas de traces de peinture sous les ongles de la victime.

Nicole avait ensuite pris la relève et sa petite écriture nerveuse de myope remplaçait les lettres débonnaires de son mari.

– Plomb : écran contre les ondes et les radiations lorsque le Plexiglas est insuffisant. Tout ce qui utilise des éléments radioactifs très pénétrants : laboratoires, armée, hôpitaux, cabinets de radiologie ? Cabinets vétérinaires ? Etc. Tout ce qui est archi-protégé des ondes hertziennes et/ou sonores ?

La suite se gâtait, puisque c'était à ce moment-là qu'ils avaient commencé à pouffer et à proposer les hypothèses les plus douteuses :

– Plombage dentaire, amphore romaine ou grecque, lampe à huile égyptienne, etc.

Thomas éplucha les rapports concernant Lucy Gildor que les bureaux du docteur Lamant Grey – le médecin expert général du Commonwealth du Massachusetts – leur avaient transmis. Toutes les analyses avaient été réalisées par le Boston Police Crime Laboratory Unit, et leur compétence n'était plus à démontrer.

« Aucune trace de peinture dans le résidu collecté sous les ongles de P03/10-16/001–RDG. » La phrase, précise, prouvait que l'analyste – une certaine Debbie Marshall – avait eu la même idée qu'eux. Elle précisait : « L'échantillon, tel qu'il nous a été expédié, renferme une proportion de plomb de 1/3, soit 2/3 de sulfate de calcium, lequel renferme quelques impuretés congénères (sulfate de calcium anhydre, entre autres) cohérentes avec une préparation de plâtre commercial telle que celles que l'on utilise dans les métiers du bâtiment. »

Il fallut à Thomas un bon quart d'heure pour parvenir à joindre Debbie Marshall, qui venait d'arriver au labo. Une voix assez sèche lui répondit enfin et conclut ses présentations et l'explication du motif de son appel d'un :

– Et qu'est-ce que vous voulez, au juste ?

Il perçut un bruit de déglutition à l'autre bout de la ligne. Mauvais plan : il la dérangeait alors qu'elle terminait sans doute son gobelet de café. Il tenta de la séduire d'un :

– D'abord vous féliciter de la clarté de vos conclusions.

Elle le rembarra :

– Nous avons un cahier des charges très strict. Ça s'appelle les « Bonnes pratiques de laboratoire ». Je le suis à la lettre, c'est tout.

Thomas songea que lesdites « bonnes pratiques » n'incluaient sans doute pas le b.a.-ba de la communication interservices et opta, lui aussi, pour un programme plus économique, en posant ses questions sans plus se préoccuper de l'humeur de son interlocutrice :

– Selon vous, il ne peut s'agir d'anciennes peintures à base de plomb.

– Ce n'est pas selon moi. C'est selon les analyses. La proportion de plomb est beaucoup trop importante et on aurait retrouvé d'autres constituants, ceux qui entrent dans la composition de base de la peinture, ainsi que des colorants. Même la peinture blanche est colorée pour être plus lumineuse.

– Pourrait-il s'agir de tartre, vous savez... les dépôts de calcaire à l'intérieur d'une canalisation ?

Un soupir consterné lui répondit d'abord, puis :

– Vous savez pourquoi on appelle ça du tartre ?

– Euh...

– Parce que le tartre – comme son nom l'indique – est un mélange de tartrate de calcium et de bitartrate de potassium... C'est-à-dire pas du sulfate de calcium déshydraté par chauffage, comme le plâtre !

La sortie, faite d'un ton cassant et péremptoire, conforta Thomas Sturgeon dans son appréhension vis-à-vis des scientifiques de tous poils. Certains d'entre eux ont une nette tendance à prendre les « profanes » pour des analphabètes incultes, voire des faibles d'esprit. Du moins cette fille lui évitait-elle l'espèce de commisération polie qui accompagne parfois ce jugement. Elle n'était ni polie, ni compatissante. Il ravala la réplique désagréable qui lui venait aux lèvres et s'exhorta à la patience. Une autre réponse lui était nécessaire.

– À votre avis, les résultats de l'analyse seraient-ils cohérents avec un revêtement de pièce destiné à bloquer la pénétration de radioactivité ou bien alors d'ondes de quelque nature qu'elles soient ?

– Premièrement : je suis chimiste, pas détective et encore moins extralucide ! Je n'ai pas d'avis, je n'ai que des données. Deuxièmement, la radioactivité EST une onde. Enfin, pour répondre à votre question : oui.

– Oui ?

– Oui.

La moutarde montait au nez de Thomas qui trouva pourtant assez d'énergie pour insister d'un ton affable :

– Peut-être pourriez-vous compléter par quelques précisions... Je veux dire que j'ignore de quelle façon sont conçus ces revêtements...

Un nouveau soupir consterné/exaspéré, puis :

– C'est cohérent avec le degré de pureté du plomb retrouvé – car il s'agit de métal manufacturé – et avec sa proportion dans le résidu si l'on prend en compte l'ordre de montage des différentes couches du revêtement. Il s'agit le plus souvent d'une sorte de sandwich constitué d'une épaisse couche de ciment armé, d'une couche de plomb puis d'une couche de plâtre, en partant de l'extérieur pour aller vers l'intérieur. En d'autres termes, si l'on admet que P03/10-16/001–RDG se trouvait à l'intérieur d'une telle pièce, et qu'elle a gratté une paroi, elle a commencé par attaquer le plâtre. Il était donc logique que ce matériau soit majoritaire dans l'échantillon transmis. Je vous rappelle également que le taux d'humidité était assez élevé, prouvant que le plâtre en question était de fabrication très récente. Elle a ensuite atteint le plomb. Il s'agit d'un métal relativement mou, mais qui n'a rien à voir avec la friabilité du sulfate de calcium. Elle n'a donc pas persévéré, d'où composant minoritaire du résidu. Ah, j'oubliais : la feuille de plomb est d'épaisseur variable en fonction des radio-isotopes manipulés. Il est clair que la dangerosité du tritium n'a rien à voir avec celle du plutonium ! Du reste, dans le cas du tritium, nul besoin de protection en plomb.

– Bien sûr, approuva Thomas tout en se demandant à quoi servait ce tritium. Et le plâtre ? Que vient-il faire dans le « sandwich » ?

– Avant tout décoratif. Mais il a également le petit intérêt de maintenir en place d'éventuelles micro-poussières arrachées au plomb au fur et à mesure de l'usure. C'est plus prudent pour les manipulateurs... ou les gens qui fréquentent les lieux. Le plomb est toxique. Vous savez ça, au moins ?

Là, il hésita vraiment. Une bordée de vacheries l'aurait pas mal soulagé. D'un autre côté, cette chimiste venait de lui rendre un fier service et peut-être aurait-il encore besoin d'elle. Il prit donc congé aussi courtoisement que possible.

Dougray Doyle composa pour la troisième fois le numéro de portable que lui avait transmis Nina Kroeger. Ses deux premiers essais s'étaient soldés par un échec. Il était tombé sur une voix numérique lui proposant de laisser un message et avait aussitôt raccroché.

Le quart d'heure qu'il s'imposait entre chaque nouvelle

tentative venait de s'écouler. Il aurait été incapable de se souvenir dans quel recoin de sa tête il avait vagabondé. Tout juste se rappelait-il avoir scruté le planisphère punaisé au-dessus d'un des panneaux de liège de son bureau. Une question, une seule, revenait en boucle dans son cerveau, insistante comme une alarme : comment Liam allait-il supporter la mort de sa mère ? Il n'y cherchait même plus de réponse, ayant depuis la veille établi un catalogue quasi exhaustif de toutes les possibilités.

Une voix lente et méfiante répondit :

– Oui ?

Julia Holmer. Helen Baron. Constance Wilson.

– Dougray Doyle, Mrs. Holmer.

– Nina vous a informé.

Il s'agissait d'une affirmation, pourtant il confirma :

– En effet. Permettez-moi de vous dire ce que je pense de votre... initiative. Je...

Elle l'interrompit sans prendre la peine d'une excuse :

– Inutile. Je sais que vous êtes contre, que vous m'en voulez, et cela m'est indifférent.

Il l'entendit s'adresser à quelqu'un d'autre :

– Je vous remercie, mademoiselle... Non, c'est parfait... Je me servirai. Oui, Mr. Doyle ?

– Qui était-ce ?

– La femme de chambre... avec le plateau du petit déjeuner.

Doyle se contraignit au calme :

– Vous êtes tombée dans le piège. C'est lui qui a prévenu ce reporter. Il voulait vous faire revenir aux États-Unis, vous inciter à vous rapprocher de lui.

– Vous me prenez vraiment pour une idiote ! Je le sais. Je sais comment il fonctionne. Il devait s'ennuyer depuis un moment. Il a lancé une nouvelle partie. Ça tombe à pic.

– Pourquoi ?

Elle sembla hésiter et il l'entendit soupirer d'incertitude :

– C'est un peu flou... Je ne sais pas. Quelque chose dans

ce pays d'exil. J'ai été contaminée par une sorte de vitalité dont j'avais tout oublié, je crois. Voyez-vous, durant plus de trois ans, je n'avais pour tenir que l'idée d'une chasse. C'est différent aujourd'hui. Je veux dire que... (elle eut un petit rire triste avant d'admettre :) je crois qu'il peut être détruit sans que cela engendre nécessairement ma propre...

– Mort ? Je ne suis pas certain de gober cette affirmation.

– Eh bien vous avez tort. Quoi qu'il en soit, vous avez besoin de moi.

– Pas à n'importe quel prix.

– C'est un prix acceptable.

– Non, Mrs. Holmer. Vous avez eu une chance incroyable la dernière fois, mais ce n'était que cela : de la chance.

Julia répondit d'un ton presque cinglant :

– Je crois au hasard, aux coïncidences, pas à la chance.

– Je n'épiloguerai pas. Une seule chose est importante et c'est un marché. Nina ne communiquera votre numéro à Cordell que si vous acceptez de collaborer avec nous. J'entends par là une véritable collaboration. C'est à prendre ou à laisser. Un détail encore... Ne vous avisez pas de nous jouer un tour de cochon comme la dernière fois...

Elle l'interrompit avec brusquerie :

– Il ne s'agissait pas d'un tour de cochon.

D'un ton dont il maîtrisait de moins en moins la colère, il contre-attaqua :

– Il n'en demeure pas moins que vous avez foutu l'opération en l'air et failli vous faire buter ! (Il inspira avec lenteur afin de se reprendre :) Je disais donc, ne vous avisez pas de... faire quoi que ce soit derrière notre dos.

– C'est une menace ?

– Oui, ferme et massive.

– Et que feriez-vous ?

Il hésita à peine. Il jouait la partie au bluff, et il avait intérêt à la convaincre :

– Nina sait comment remonter jusqu'à Charly. Nous nous débrouillerons pour lui faire savoir que nous avons monté un autre piège grâce à votre aide. Il rentrera dans sa coquille et vous aurez du mal à le retrouver. En revanche, je ne doute pas qu'il parvienne à mettre la main sur vous, au moment où vous vous y attendrez le moins. Est-ce clair ?

– C'est clair. Je prends : je n'ai pas le choix.

– Je peux être demain à midi dans nos locaux du John Fitzgerald Kennedy Building, sur Government Center. Ça vous évitera un déplacement jusqu'à la base. Je vous y attendrai.

– J'y serai, c'est tout proche de mon hôtel.

Le ton de Dougray Doyle s'adoucit. Il proposa :

– Je serais ravi de déjeuner en votre compagnie.

– Avec plaisir.

Une brève satisfaction allégea les ombres pesantes qui écrasaient Dougray depuis la veille. Il venait de conquérir un mince avantage. Faute de mieux, il s'en contenterait pour l'instant.

Il chercha le numéro de poste de Marcus Fiorentino dans l'annuaire interne de la base. Marcus, le géant chevelu, directeur des « services techniques », une étiquette peu compromettante regroupant les diverses unités spécialisées dans la surveillance, les écoutes téléphoniques, les poses de micro et de mouchards électroniques, sans oublier le traçage satellite. Marcus, une sorte de montagne intelligente de plus de cent kilos de muscle, un génie autodidacte capable de bidouiller n'importe quel système électronique avec une pince à épiler et trois trombones. En découvrant la longue chevelure bouclée de hard-rocker, les santiags à bouts ferrés, les bagues en argent figurant des têtes de mort ou des croix de Malte, qui aurait cru avoir affaire à un des esprits les plus versatiles et incisifs de la base ?

Marcus Fiorentino avait commencé sa carrière dans les effets spéciaux pour le cinéma. Il en avait vite fait le tour, résumant sa déception d'insatiable inventeur d'un « merde, ça m'a vite gavé, mec ! ». Pourtant, il en avait gardé l'allure, ce que ses collègues nommaient la « dégaine ». Car, autant le dire, Marcus ne passait pas vraiment inaperçu au milieu des autres en survêtement gris ou bleu marine, en tailleur sobre ou en costume austère. Mais ainsi que le serinait leur sous-directeur : « Les créatifs ne peuvent pas obéir aux mêmes impératifs que les autres, ça les inhibe. » Tant pis pour « les autres », dont Doyle. On tolérait donc les fréquents – bien qu'inoffensifs – manquements aux règles de Fiorentino, lequel semblait éprouver d'insurmontables difficultés à déchiffrer l'heure, commençant sa journée de travail au beau milieu de la nuit, ou affichant son absence aux réunions lorsqu'elles l'ennuyaient. On fermait également les yeux sur la fréquente présence à la base de sa « merveille », Enya, sa petite fille de deux ans, qu'il transportait sur les épaules, ou à cheval sur sa hanche, lorsque sa compagne ne pouvait pas s'en occuper.

– Marcus ? C'est Dougray. Je peux monter vous voir ?

Une voix endormie lui répondit :

– Ouais.

– Ça n'a pas l'air d'aller ?

– Si, si... on dormait, c'est tout.

Doyle jeta un regard involontaire à la pendule murale située en face de lui : onze heures.

– Ah ?

– Ben ouais. Enya dort pas bien en ce moment. Pauvre puce, ses molaires percent. Ça lui fait un mal de chien. Elle est toute chaude des fois, avec les yeux tout brillants, ça me mine... Non, j'te jure, ça me casse que les bébés souffrent comme ça, c'est pas normal ! N'empêche, elle est drôlement courageuse, ma fille. Des fois, on fait une petite sieste pour qu'elle se retape... Je t'attends. Ramène-toi avec un café sans sucre pour moi. Ma petite merveille prend du chocolat.

– Ça marche, j'arrive. Pauvre puce, ajouta-t-il, un brin opportuniste.

Inutile d'expliquer à Marcus que tous les bébés font leurs dents, qu'eux-mêmes étaient passés par là, que certes, ça devait faire mal, mais qu'on s'en remettait assez bien. La baraque intelligente avait le caractère ombrageux, ne tolérait aucune réserve au sujet de sa « merveille » et ce n'était vraiment pas le moment de se le mettre à dos.

Quelques minutes plus tard, Doyle pénétra dans l'immense antre bordélique qui servait de bureau à Fiorentino. Des monceaux d'écrans d'ordinateurs, de claviers, d'unités centrales obsolètes étaient entassés dans un coin. Un vieux mannequin de couturière était piqué d'une jungle de micros à peine plus gros qu'une tête d'épingle. D'étranges sinusoïdes verdâtres s'affichaient rythmiquement sur un moniteur. Un énorme appareil de montage numérique occupait un bon tiers du mur opposé. Des pots faits de culs de bouteilles de soda, remplis de vis, de clous, de dominos électriques, de fiches s'alignaient sur un long établi, presque incongrus dans cet univers électronique et numérique. Au centre de l'immense pièce, un canapé recouvert d'un velours élimé au vert incertain était déplié en lit. Enya trônait au milieu, enveloppée dans un kilt rouge et blanc, sage petit écureuil roux aux yeux gris-bleu. Doyle songea que, heureusement, elle n'avait pas hérité du physique de titan lourdingue de son père, mais lui souhaita le même QI. Étrangement bouleversé par la sagesse triste de la petite fille, il s'avança vers le canapé, lui tendant le gobelet de chocolat au lait :

– Ça va passer, ma chérie. C'est un sale moment, je sais, mais après tu auras des dents toutes mignonnes.

Elle eut un pauvre petit sourire et accepta le gobelet dans un long soupir de fin du monde en murmurant :

– Merci. J'aime bien le chocolat.

Marcus surveillait sa fille d'un air navré mais extatique. Il commenta :

– C'qu'elle cause bien, tu te rends compte qu'elle a pas encore tout à fait deux ans. Ça me tue, ce qu'elle est précoce. Elle est super intelligente. Elle comprend tout au quart de tour. Et puis, elle est super belle et super craquante. T'as vu comme elle tient bien son verre ? J'te dis, elle est vachement en avance. C'est pas parce que c'est ma gosse que je dis ça, hein !

Doyle acquiesça avec une parfaite mauvaise foi, prêt à quelques gentilles bassesses pour préserver la bonne volonté de Marcus. Ce dernier, satisfait de l'adhésion qu'il rencontrait, demanda :

– Qu'est-ce que je peux faire pour toi, mon pote ?

Il y avait fort longtemps que nul n'aurait songé à appeler Doyle « mon pote » ou « mec », mais il ne s'en offusqua pas. Marcus était décidément à part.

– Vous vous souvenez d'un hangar situé à la limite de Boston et de Quincy ? C'était l'année dernière.

– Ouais... Charly. Enfoiré de mes deux... (Il plaqua la main sur sa bouche à la manière d'une fillette en roulant des yeux désolés.) Oh... Mer... mince... faut pas que je dise des vilains mots devant Enya. Elle apprend à toute vitesse.

Dougray faillit rétorquer que les enfants déploient souvent une étonnante faculté d'apprentissage pour les injures, mais se retint à temps. Aux yeux de son père, Enya était unique. Marcus jeta un regard coupable vers la petite fille qui buvait son chocolat en silence avant de poursuivre :

– Enfin, quand je pense qu'il est arrivé à me niqu... doubler. C'est correct, ça, « doubler » ?

– Tout à fait.

– Bon... à me doubler... moi, Marcus. Ça me tue. Ça prouve qu'il est balaise, l'enc... le gars. Parce que, pour tout te dire, fallait y penser qu'un faisceau électromagnétique reliait la caméra miniaturisée à un mouchard-témoin.

– Charly peut s'offrir les services des meilleurs experts.

– Y en a pas tant que ça dans le domaine du bidouillage électronique haut de gamme. Faut des connaissances, de la technique et de l'inventivité, mais faut aussi... de la poésie.

Doyle fut convaincu qu'il avait raison.

– Donc, le mec qu'a fait ça, c'est un top bon. Le Charly, là, il refait surface ?

– Disons que la surface du lac frissonne.

– Je vais me le faire.

– En revanche, cette expression-là n'est pas souhaitable... pour Enya, rectifia Doyle dans un demi-sourire.

– C'est grossier ?

– L'implication sexuelle est sous-jacente, si je puis dire.

À l'œil sidéré du géant chevelu, il comprit que l'idée ne lui était jamais venue.

– Ben alors, je vais me l'exploser, d'ailleurs, je préfère, c'est plus net.

– Nous n'en sommes pas encore là. Je souhaite en revanche que vous vous occupiez de Mrs. Holmer, sa femme. Je l'ai invitée demain à déjeuner. À Boston. Je devrais pouvoir la retenir une bonne heure et demie, disons entre douze heures trente et quatorze heures. Je voudrais que vous envoyiez un de vos gars au Boston Park Plaza dans Arlington Street, chambre 517. Plantez des mouchards électroniques dans la chambre, sur ses vêtements, le téléphone, tout quoi. Je veux une retransmission sonore et une possibilité de localisation de Mrs. Holmer à tout moment. Elle ne me rejoindra sans doute pas en voiture. Government Center n'est pas très loin de son hôtel, juste à quelques stations de métro, et vous connaissez la circulation bostonienne. Pendant que vous y êtes, occupez-vous du marquage de son véhicule. Je veux également un traçage de toutes les communications qu'elle passera ou recevra sur son portable.

Fiorentino plissa des yeux et remarqua d'un air futé :

– Cool, super cool ! Tu veux le plan super sioux ou plus classique ? Selon toi, elle risque de nous faire un enfant dans le dos ?

– Cela m'étonnerait de sa part, d'autant que je doute qu'elle connaisse l'étendue de nos possibilités technologiques. En revanche, Charly n'y manquera pas. J'en mets ma main au feu.

– Ouh... Je sens que ça me plaît. On va lui offrir une sucette.

– Une sucette ?

– Ouais. Un nonosse ! Quand un chien veut pas lâcher son os, tu lui tends un autre os à ronger. Toujours offrir aux gens ce qu'ils cherchent, ça les empêche de fouiner ailleurs ! C'est le principe de base de l'illusionnisme et des effets spéciaux d'avant le numérique. Détourner l'attention. J'suis un vieux de la vieille, mec. Ça marche, mon pote ! On bugge la petite dame en sous-cutané. Enfin, ça c'est si t'es sûr qu'on peut lui faire confiance. Pour éviter que son affreux jojo de mec s'en aperçoive, on colle des mouchards-sucettes pas trop difficiles à repérer ailleurs, mais pas trop évidents non plus. S'il est bon, comme je le crois, il les trouve et il est content. Pendant ce temps-là, nous, on suit la petite dame. Ça roule comme si tu y étais, mec !

– Merci, Marcus. Vous êtes un bon.

– Un super bon, un méga bon.

Doyle n'omit pas de déposer un petit bisou sur le front d'Enya en prenant congé de sa baraque de père.

Il allait sortir lorsque la grosse voix l'immobilisa :

– Euh... Dis donc, tant que j'y pense, on a l'autorisation pour tout le barda ?

Un sourire mauvais illumina le visage crispé de fatigue de Doyle. Un vrai sourire :

– Oh oui... Ça fait des mois que je prévois le retour de Mrs. Holmer, des mois que je me prépare.

Doyle trouva Espy et Thomas avachis de chaque côté du bureau de Lorca. Ils se redressèrent à son entrée. Thomas annonça :

– Nous avons pas mal cogité, monsieur.

– Et le résultat de ces cogitations ?

Espy déclara d'un ton las :

– Vu les particularités du résidu retrouvé sous les ongles de Lucy... Lucy Gildor, se reprit-elle, et les précisions qu'a fini par lâcher la chimiste des labos de police de Boston, il reste une liste limitée de possibilités.

– C'est plutôt encourageant, non ?

– Sauf si on se plante !

– Juste, admit Doyle. Et alors ?

– Parmi les labos bénéficiant d'une certification les autorisant à manipuler des substances radioactives assez dangereuses pour requérir une chape de plomb, on trouve les implantations de recherche de l'armée... assez peu probable. Charly aime le risque, mais à ce point il serait suicidaire... les abris antiatomiques, certains services hospitaliers ou enfin les entreprises qui stérilisent par irradiation des matériels spécifiques à la médecine ou à l'aéronautique de pointe. Dans ce cas, ils utilisent soient des piscines, soit des trains d'irradiation.

– Des trains d'irradiation ? s'enquit Doyle.

– Oui, enfin c'est une image. Les palettes de matériel à stériliser sont déposées sur des plate-formes qui avancent sur des rails, car la source radioactive, en revanche, est fixe.

– Certaines pistes semblent moins prometteuses que d'autres, remarqua Dougray Doyle.

Espy acquiesça :

– C'est aussi notre avis. Concernant la première hypothèse, la victime n'avait, *a priori*, aucun lien avec la recherche privée ou publique... la même réserve s'applique aux hôpitaux. Nous avons cherché s'il existait des entreprises désaffectées possédant des trains d'irradiation dans la région de Boston. Outre que dans ce cas ils auraient récupéré le manteau de plomb – ça coûte cher –, la réponse est négative. Il en existe une en activité à une cinquantaine de kilomètres à l'ouest de Gloucester. Inutile de vous confirmer que les allées et venues du personnel sont fliquées comme le lait sur le feu... Quant aux visiteurs extérieurs, ils doivent déposer une demande d'autorisation de visite et sont ensuite escortés dans tous leurs déplacements par un membre de la sécurité. Je vois mal Charly y traînant sa victime et l'y étranglant. Je le vois encore plus mal extirpant le cadavre de là.

Thomas résuma d'un ton incertain :

– On se concentre sur les abris antiatomiques.

– Ça n'a pas l'air de vous convaincre ?

– C'est-à-dire, monsieur... je balise, c'est un cas de figure très nouveau. De plus, ce genre de construction était très à la mode durant la guerre froide, mais plus de nos jours. Je me demande si nous ne passons pas à côté de quelque chose.

– Ça n'est pas exclu... pas du tout. Mais nous n'avons rien d'autre à nous mettre sous la dent pour l'instant.

– Que fait-on maintenant ?

D'un ton aussi peu enthousiaste que celui de son adjoint, Doyle répondit :

– On épluche tous les fournisseurs de feuilles de plomb, toutes les entreprises de bâtiment spécialisées dans leur pose... Bref, on tire un peu dans tous les coins. Si vous avez besoin de moi, je suis dans mon bureau.

Espy sortit à sa suite, lui emboîtant le pas. Il se tourna vers elle :

– Oui ?

– J'aimerais vous parler deux minutes.

– Ça ne peut pas attendre demain ?

– Non.

– En ce cas... installez-vous, proposa-t-il en désignant l'un des fauteuils d'invités.

À la façon dont elle serrait les maxillaires en avançant le torse, dont elle le fixait droit dans les yeux, il sentit que cette explication-là serait probablement la dernière. Il aurait préféré l'éviter. Pourtant, en souvenir de leurs années passées dans les souterrains du Jefferson Building, il accepta ce qui allait suivre.

La voix d'Esperanza trembla un peu lorsqu'elle attaqua :

– Je souhaitais vous... (Se ravisant, parce qu'elle sentait qu'elle ne parviendrait pas au bout d'une longue phrase sans trahir son émotion, elle reprit :) Brian Synge, qui appartient à la CIA... m'a contactée, il y a peu de temps. Il pense que je pourrais représenter un atout pour les services d'infiltration.

– Ah ?

– Vous n'étiez pas au courant ?

– Pas vraiment, mentit-il. Et vous, qu'en pensez-vous ?

– Ça a l'air très intéressant.

– Je n'en doute pas. C'est également plus que dangereux.

– Nous ne faisons pas vraiment de la broderie, ici non plus.

– Certes, mais notre ennemi ne vient que de l'extérieur, pas de l'intérieur. Vous risquez de vous retrouver face à face avec votre pire adversaire, Lorca.

– Qui est ?

– Mais vous... qui d'autre ? Pour ce que j'en sais, certains de ces agents – parmi les plus structurés – finissent parfois par péter les plombs. De surcroît, ne l'oubliez pas, vous êtes une femme. Si c'est un avantage pour infiltrer les groupes et bandes, cela implique également certaines « particularités » qui peuvent se retourner contre vous... Devenir la « meuf » d'un chef de bande est un... statut assez éphémère et potentiellement suicidaire. Vous n'êtes pas de la race des tueuses, Lorca, la plupart de ces mecs si, et une bonne majorité est complètement fondue, surtout lorsqu'ils n'ont plus rien à perdre. On est très loin de Mata Hari et de James Bond.

– Je sais tout cela. Synge m'en a brossé un portrait encore plus dissuasif que le vôtre. (Elle redressa la tête et affirma d'un ton sans appel :) Mais c'est ce que je veux faire. Je vous serais donc reconnaissante d'appuyer ma demande de mutation.

– Soit, si vous avez bien réfléchi.

S'essayant à la perfidie, avec peu de succès parce qu'elle était au bord des larmes depuis un moment, elle lança :

– Votre accord... spontané ne me surprend pas. Après tout, comme ça, vous aurez la paix.

Il avait vécu un truc similaire au sujet de Liam. Une épouvantable seconde durant laquelle on songe que la lâcheté serait tellement plus confortable. Pourtant, en souvenir de ce qu'il avait ressenti pour Lorca, il renonça à se taire :

– Écoutez, Espy. Si votre décision est en quoi que ce soit influencée par... enfin je veux dire, notre courte histoire...

Elle l'interrompit, feulant :

– Non, mais il y a de quoi rigoler. Pour qui vous prenez-vous ? Le monsieur qui m'a brisé le cœur ? Je ne nie pas que vous ayez eu une certaine importance dans ma vie, mais c'est fini et depuis longtemps. Je n'ai besoin que de moi, et les seules fois où j'ai commis la bêtise de l'oublier, je me suis plantée.

Elle se leva et jeta avant de sortir :

– Bien, j'ai donc votre accord. J'appelle Synge sur-le-champ. Voilà une bonne chose de réglée.

La porte du bureau claqua derrière elle. Il tira la bouteille de whisky confidentielle d'un des compartiments du classeur mural qui couvrait le mur derrière lui et avala une longue rasade au goulot. La bouteille des défaites. Il en avait descendu quelques-unes, parfois en compagnie de Lorca, mais il avait perdu le compte.

Il fallait qu'elle ait l'avantage sur lui. Espy ne pouvait partir que sur une victoire, si dérisoire fût-elle. Un autre échec l'aurait dangereusement affaiblie et elle allait bientôt avoir besoin de toutes ses forces. Dougray J. Doyle espérait qu'elles seraient assez robustes pour la maintenir en vie.

28 octobre, John Fitzgerald Kennedy Building
et Boston Park Plaza, Boston, Massachusetts

Julia traîna quelques minutes sur l'immense place dallée de larges plaques beiges, une vraie patinoire lorsque la pluie les inondait. Un vent mordant s'engouffrait entre les immeubles, giflant la foule pressée de la pause déjeuner.

Un homme, courbé pour protéger son gobelet de café, la frôla sans lever la tête.

Tout ce chemin, tout ce temps pour en revenir là, au pied de ce bâtiment. Au sixième étage se trouvait une longue salle de réunion moquettée de bleu cobalt. Elle s'en souvenait comme si c'était hier. Quatre ans plus tôt, elle y avait pénétré.

Ses parents et Nana avaient été abattus... non, massacrés trois jours auparavant. L'hébétude du chagrin avait fait place à l'angoisse. Elle était sans nouvelles de son mari. Et si lui aussi avait été tué, et s'ils n'avaient pas retrouvé son corps ? Cordell devait passer ce monstrueux jour-là chez ses beaux-parents et Helen était sans nouvelles de lui depuis.

Quatre hommes étaient assis autour d'une table de conférence en bois roux, serrés les uns contre les autres en dépit de l'espace disponible. Un autre s'était écarté, s'adossant au mur. Thomas Sturgeon, mais elle ne l'apprendrait que des années plus tard. C'était là, à cet endroit, à cette seconde précise qu'elle avait cru mourir pour la première fois. Un homme l'avait fixée, puis il avait baissé le regard vers ses mains croisées avant de proférer l'impensable, l'insupportable. Une voix forte, des mots articulés avec netteté, sans ambiguïté. Des mots que pourtant son cerveau avait tout d'abord refusé de comprendre, de reconnaître. Cordell. L'amant magique, le mari parfait, l'homme miracle... Cordell le massacreur. Nana et ses parents n'ajoutaient que leurs trois noms à une monstrueuse liste.

Julia poussa les lourds battants de verre du grand hall de réception en retenant sa respiration. Elle resta là, figée, à cinq mètres du bureau en fer à cheval derrière lequel trois hôtesses s'affairaient. L'une d'elles, une femme d'âge intermédiaire aux courts cheveux grisonnants, leva vers elle un visage souriant et lui adressa un petit signe d'encouragement. Julia avança, comme hypnotisée, se demandant ce qu'elle foutait là. Une fraction de seconde, l'idée de fuir ce grand hall réfrigérant avec ses parois vitrées, ses miroirs et ses murs de marbre beige la traversa.

– Madame ? Puis-je vous aider ? Vous avez rendez-vous ?

Un truc glacé lui dévala dans le cerveau. Julia la regarda, luttant contre la crise de panique qu'elle sentait progresser. Elle se cramponna des deux mains au rebord du comptoir en érable et parvint à articuler d'une voix sourde :

– J'ai... rendez-vous avec... Doyle, Dougray Doyle.

L'autre se leva de son siège et tendit la main vers elle, inquiète :

– Vous ne vous sentez pas bien ? Voulez-vous vous asseoir un moment ?

– Non... je... une hypoglycémie... je... ça passe, ça va mieux, merci.

– Vous êtes sûre ?

– Oui, oui... merci.

– Puis-je vous demander une pièce d'identité, je vous prie ?

Julia tendit son permis de conduire. La femme décrocha son combiné et annonça d'une voix joviale son arrivée.

– On vient vous chercher, précisa-t-elle à Julia, en désignant la légion d'ascenseurs dont les portes en métal brossé recouvraient le mur du fond.

Doyle composa un numéro et déclara simplement :
– Elle est en bas. Vous pouvez y aller.

Il accueillit ensuite Julia au seuil du petit bureau qu'il occupait lorsqu'il séjournait à Boston. S'il remarqua sa pâleur, il ne fit aucun commentaire.
Il s'installa en face d'elle et attaqua :
– Je souhaiterais que nous mettions deux ou trois choses au clair avant d'aller déjeuner, si vous n'y voyez pas d'inconvénient.
– Je vous en prie.
– Je ne sais pas trop comment commencer, aussi vais-je sans doute manquer de diplomatie. Veuillez m'en excuser par avance. Ainsi que je vous l'ai dit, le marché est simple : il est hors de question que nous... favorisions votre rencontre avec Cordell – de quelque façon que ce soit – sans avoir pris le maximum de précautions pour vous protéger et le maximum de garanties afin de l'arrêter. Ceci implique une absolue collaboration de votre part. En d'autres termes, c'est nous qui menons la danse, ou il n'y aura pas de danse !
– Nina Kroeger ne fait plus partie du FBI.
– Nina Kroeger est de la race des flics. Elle restera toujours un flic. Vous ne portez plus de lunettes ?
Elle se demanda si elle avait bien compris et bafouilla :
– Euh... non, je suis enfin passée aux lentilles.
– Vous êtes myope, c'est bien ça ?
– Oui.
– Une myopie importante ?
Un peu perdue, Julia répondit :
– Assez. En quoi mon défaut de vision vous intéresse-t-il ?
– Ce sont vos lunettes qui m'intéressent. Les montures

ont à nouveau les faveurs des dames, n'est-ce pas ? La mode est aux petites lunettes rectangulaires. J'aime bien.

Cette conversation assez décalée avait du moins eu le mérite de dissiper les derniers vestiges de sa crise de nerfs. Elle sourit :

– Promis, la prochaine fois, j'en porterai.

– Plus tôt que vous ne le pensez, précisa-t-il sur un clin d'œil complice. (Redevenant brutalement sérieux, il la fixa.) Mrs. Holmer... Je ne sens pas très bien ce plan. J'aimerais pouvoir lire dans vos pensées, savoir au juste ce que vous cherchez.

Devinant ce qu'il taisait, elle compléta :

– Vous craignez un manque de fiabilité de ma part, c'est ça ? En fait, vous m'en voulez encore terriblement pour ma... trahison de l'année dernière. Vous avez raison. Cela ne se passera pas ainsi cette fois. Je vous le garantis.

– Pourquoi devrais-je vous croire ?

– Je vous l'ai dit. Parce que j'ai changé. Parce que je veux vraiment en finir avec cette mémoire qui me bouffe la vie. De surcroît, vous savez comme moi que je suis le seul appât qui fera sortir le fauve de sa tanière.

Il demeura silencieux quelques instants. Peut-être existerait-il d'autres options, mais elles étaient encore si incertaines. Julia était en effet son meilleur atout, parce qu'il s'agissait du seul tangible. Il admit :

– Le plan... Le seul que nous puissions tolérer est classique. Il est hors de question que Charly s'approche de vous à moins d'un mètre. En conclusion, nous devons lui tomber dessus au moment du rendez-vous.

– Il est extrêmement intelligent, très méfiant.

– Je sais. Acceptez-vous d'être appareillée ?

– Appareillée ?

– Buggée, balisée. Des micro-émetteurs de localisation satellite. Ils nous permettront de vous repérer à un mètre près.

– Bien sûr... mais il les découvrira.

– Ça dépend. Quoi qu'il avance comme argument, Mrs. Holmer, une fois que vous aurez déterminé le lieu de votre rencontre, n'acceptez aucune modification. Il tentera de vous entraîner dans un autre endroit qui le rassure parce qu'il le connaît comme sa poche ou qu'il offre des particularités propices aux yeux de Cordell. C'est gagné d'avance. Rappelez-vous toujours que c'est vous qui avez l'avantage – si je puis dire – puisqu'il veut plus que tout vous retrouver.

– D'accord.

– Bien. Et si nous allions déjeuner ?

– Quand autoriserez-vous Nina à... lui communiquer mon numéro de téléphone ?

Il feignit l'indifférence et répondit d'un ton plus léger :

– Oh, après le déjeuner. Pour l'instant passons aux choses sérieuses, la satisfaction de nos estomacs.

– Dans mon cas, il s'agit d'une exhortation superflue.

La jeune femme à queue-de-cheval poussa son chariot lourd de serviettes de toilette dans l'entrée de la suite 517. Elle extirpa une trousse de la poche ventrale de son tablier blanc à volants et inspecta les lieux du regard. Jolie chambre, spacieuse, aux murs peints d'un abricot léger, décorés de plaisantes aquarelles sans grande originalité. Une profusion de gueules-de-loup en soie, serrées dans un vase d'inspiration chinoise posé sur un guéridon, égayait la pièce de ses notes blanches, mauves et violettes. Sur la table basse du petit salon attenant, une coupe en faïence rosée débordait de beaux fruits. Deux fauteuils baquets recouverts de chintz vieux rose attendaient les gourmands.

Ses instructions étaient claires, simples : une jolie sucette, bref du boulot facile. Une reconnection des deux postes de téléphone, permettant leur basculement automatique vers une écoute et deux émetteurs de traçage satellite en guise de sucette. Soigner la « sucette » : les deux petites têtes électroniques devaient être retrouvées sans trop de difficulté en cas de fouille, sans toutefois alerter par leur évidence. L'une d'entre elles devait accompagner la « cliente » partout. Un dernier mouchard high-tech, plat comme une tablette de chewing-gum et large comme un ongle, servirait à marquer la voiture garée dans le parking. On lui avait précisé qu'il était inutile de faire assaut d'imagination pour le dissimuler. Il n'aurait sans doute pas grande utilité.

La jeune femme inventoria le contenu des placards, tiroirs, de la valise posée sur un porte-bagages et de la trousse de toilette. Bien, les informations fournies par le Bureau au sujet de la « cliente » étaient justifiées : pas une grande coquette. Elle attrapa dans la penderie les deux jupes à godets en jean, informes et passées. Elle remonta la fermeture Éclair de l'une d'elles et tira brutalement sur les deux rives de dents en plastique. La fermeture céda. Elle la suspendit au cintre et s'affaira sur l'ourlet de la seconde à l'aide d'une paire de fins ciseaux. Une décousure, d'un centimètre et demi à peine, lui permit d'enfoncer le petit émetteur plat. Elle repêcha une aiguille à coudre dans sa trousse. Elle passa ensuite dans la chambre. Son regard tomba sur un gros carnet relié de cuir fauve, dont les jolies rides trahissaient l'usage, posé au coin de la table de chevet. Elle le feuilleta rapidement. Quelques lignes barraient une page.

> *Ces êtres éternellement bienheureux, quels si grands avantages pourraient-ils espérer de notre reconnaissance qu'il leur prenne envie de tenter quoi que ce soit en notre faveur.*
> *Lucrèce.*

La jeune femme ignorait qui était cette Lucrèce – peut-être cette nana à la réputation sulfureuse, un truc en Italie, pas récent. Quant au sens de la phrase, il lui échappait. Elle tourna quelques pages et lut encore :

> *Où suis-je ? Le monde, qu'est-ce que cela veut dire ? Qui m'a joué ce tour de m'y jeter et de m'y laisser maintenant ?*

La citation était ponctuée de gros points d'exclamation hargneux. Elle haussa les épaules. Elle aussi, quand elle était gamine, elle aimait bien noter des trucs de ce genre, parfois des rimes de chansons.

Ce gros carnet devait être une sorte de journal intime et elle se foutait de son contenu, là n'était pas son travail. Elle plaqua une des têtes émettrices de la sucette derrière le rabat de la couverture en cuir.

Il fallut moins d'une demi-heure à la jeune femme pour s'acquitter de sa mission et ressortir de la suite en chantonnant. Elle abandonna le chariot au bout du couloir et emprunta l'ascenseur pour descendre jusqu'au parking.

Situé presque en face du Prudential Center, Ambrosia-on-Huntington est un des meilleurs restaurants de Boston. Cette prodigalité avait surpris Julia. Elle avait dans l'idée que les frais de mission accordés aux agents du FBI – fussent-ils directeur d'unité – ne devaient pas leur permettre beaucoup de fantaisies de ce genre. Mais elle n'allait pas bouder son plaisir, elle qui s'infligeait depuis des années la punition répétitive d'une bouffe trop abondante, trop grasse, trop médiocre.

La salle à manger principale d'Ambrosia-on-Huntington vaut à elle seule la visite. Julia ne se lassait pas de lever les yeux vers les plafonds si hauts, si autoritaires, d'effleurer la lumière qui coulait triomphalement des immenses baies vitrées. Ils avaient commencé par une des spécialités, un demi-homard servi sur des crêpes de blé complet. Dougray Doyle évitait de revenir au sujet qui les avait réunis.

Julia dégusta une gorgée de son chablis jaune doré. Fallait-il avancer vers cet homme ? Elle n'en était pas certaine. Pas certaine d'avoir envie de lutter contre sa méfiance, trop professionnelle pour être insultante. Pas certaine non plus qu'il le tolérerait. Pourtant, la constatation partit sans qu'elle y prenne garde :

– Vous avez changé depuis notre dernière rencontre.

Il la fixa de son regard si brun et murmura :

– Vous aussi. J'espère que le... moteur, catalyseur de votre changement était plus généreux que le mien.

Un serveur silencieux déposa les plats devant eux. Julia avait opté pour un tournedos Rossini, réinventé grâce à l'alliance subtile d'herbes indonésiennes. C'est une des gloires d'Ambrosia-on-Huntington : le chef mêle des épices inattendues selon des partitions secrètes.

Dès qu'ils furent à nouveau seuls, Doyle poursuivit d'un ton très doux :

– Ma femme vient de décéder.

Julia baissa le regard afin d'éviter celui de l'homme et demanda :

– Comment le supporte votre fils ? Il a treize ans maintenant, n'est-ce pas ?

– Vous êtes la première à ne pas me faire part de votre « désolation ».

– Je ne suis pas désolée, je ne la connaissais pas. Excusez-moi... Les règles m'échappent de plus en plus, l'isolement sans doute. Je deviens très mal élevée. Mais ce petit garçon me touche.

Il s'étonna :

– Vous ne l'avez jamais rencontré.

– J'ai vu sa photo... celle qui se trouvait sur votre bureau. Il a le même regard que vous. Il ne souriait pas. Ses bras étaient sagement plaqués le long du corps, mais ses mains étaient serrées en poing.

– Vous envahissez mes plates-bandes de psychologue ? tenta-t-il de plaisanter, ému que cette femme assez insaisissable se souvienne avec tant de précision d'un cliché de famille.

– Disons que cela me rappelle quelques petites douleurs au sujet de ma mère, que ce soit ou non justifié. Vous avez raison, j'ai changé. J'ai fait de menus progrès : j'ose évoquer devant quelqu'un le non-amour de ma mère. Le plus dévastateur dans ces cas-là, c'est que l'on finit toujours par croire que l'on n'a pas été aimé parce qu'on n'était pas aimable... et ça ne s'arrange pas vraiment avec l'âge.

– D'où Cordell Taylor-Caedon !

Elle se reprit et lui sourit :

– Qui pouvait rêver plus indéniable contre-preuve, plus éclatant dédommagement ? Ah ! Mais les desserts vont arriver. Chouette, j'adore les desserts. Qu'avez-vous choisi déjà ?

– Un millefeuille aux fraises et à la pistache avec sorbet au tilleul, comme vous.

Elle enchaîna aussitôt sur quelques petites anecdotes survenues au cours de son long séjour écossais, distrayantes et sans aspérité.

Comme on leur servait le café accompagné de mignardises, le téléphone de Doyle vibra doucement contre sa cuisse. Nul besoin de répondre : la suite 517 et la voiture de location de Julia étaient sécurisées.

Il avala un minuscule financier aux zestes d'orange confite et extirpa son portable de la poche de son pantalon. Il sélectionna un numéro abrégé sur son répertoire électronique. Julia l'observait, assise raide sur sa chaise.

– Allo, Nina ? Bien... Vous pouvez communiquer le numéro de Mrs. Holmer. Son portable, bien sûr. Pas celui de l'hôtel. Elle sera joignable vers... (il jeta un regard à sa montre et conclut :) à partir de quinze heures.

Julia retint le soupir qui lui venait, sans trop savoir si elle était soulagée ou défaite. Doyle referma le petit boîtier et murmura d'un ton sans appel :

– J'insiste, Mrs. Holmer : je veux être informé du moindre appel, de la moindre conversation. Dès que nous connaîtrons le lieu du rendez-vous, un agent passera à l'hôtel afin de vous appareiller.

– C'est entendu.

28 octobre, nuit du 28 au 29 octobre,
Boston Park Plaza, Boston, Massachusetts

Julia reposa le gros verre à whisky cubique sur la table basse du boudoir de sa suite, juste à côté de son téléphone portable. Elle s'était offert un de ces appareils si miniaturisés qu'ils tiennent au creux de la paume et le regrettait. Le boîtier d'un noir de chitine le faisait ressembler à un gros insecte.

Elle avait trop bu. La bouteille de Glenmorangie, commandée dès son arrivée au comptoir de la réception, s'était vidée d'un bon tiers. Le réceptionniste l'avait dévisagée avec une insistance inhabituelle dans ce genre d'établissement, qui traite les exigences – même alcooliques – de ses clients avec une courtoisie sans faille. À la décharge de l'employé, un abruti pressé l'avait percutée comme elle descendait du wagon de métro, renversant un milk-shake à la banane, bien visqueux, sur sa jupe. Le type ne s'était même pas arrêté et encore moins excusé. Sitôt dans sa chambre, elle avait balancé la jupe, déjà pas mal fatiguée, et passé un ample peignoir.

Une nausée diffuse la faisait transpirer. Était-ce vraiment la nausée ?

Merde, il était presque dix-huit heures. Pourquoi n'appelait-il pas ? Que vérifiait-il ? Julia ne doutait pas de la paranoïa de Cordell. Celle-ci ajoutait un certain relief au plaisir que lui procuraient ses jeux. La rejoindre elle, et vaincre à nouveau le FBI : une partie d'échecs à sa mesure.

Lorsque le bourdonnement sourd résonna enfin, elle bondit du fauteuil baquet. Un renvoi ramena un liquide amer au fond de sa bouche.

Trois sonneries. Une éternité. Le temps qu'il lui fallut pour se pencher, récupérer l'appareil, le porter à son oreille. Une boule étouffante dans son larynx.

D'abord un soupir de nuit blanche. Elle les connaissait si bien. Puis un rire ravi, étouffé. Puis cette voix sombre, chaude comme un ventre, cette voix qui lui avait fait fermer les yeux, s'allonger, avancer les hanches, écarter les bras :

– Bonsoir, mon amour... comment vas-tu ?

La crise de nerfs, celle de ce matin, la prit à nouveau d'assaut. Elle tituba vers le fauteuil et s'y affala. Merde... répondre, parler, un mot, n'importe quoi.

Je te hais, je te hais, je te hais tant. Il faut que tu meures, il le faut, je t'en prie, meurs !

– Bonsoir, Cordell.

Le rire encore. Elle le voyait, aussi bien que s'il avait été devant elle. Il souriait, passant sa longue main mate sur son torse.

– Non... non, ce n'est pas ce que tu dois dire. Il faut dire : « Bonsoir, mon amour. » Tu as oublié ?

– Va te faire foutre !

– Mauvaise réponse, mon ange... Mais ce n'est pas grave. Je suis trop heureux pour m'impatienter. Tu veux me voir ?

– Non... je veux t'abattre.

Un éclat de rire salua cette sortie. Le rire qu'il lui destinait lorsqu'il se moquait d'elle, juste avant de la coucher sous lui, juste avant qu'elle l'enveloppe pour le serrer près, si près. Il déclara d'un ton amusé :

– Que tu es drôle... tu m'as toujours tant fait rire. Tu ne peux pas, mon amour. Tu ne peux pas parce que tu ne veux pas... Mais d'accord, j'accepte. Voyons comment tu vas t'y prendre.

– Où puis-je te trouver, quand ?

– Non, c'est moi qui te trouverai, chérie. Voyons : un bel endroit, plein de monde, si possible d'enfants. Tiens, l'aquarium. J'adore cet aquarium... Ce tank central de presque un million de litres d'eau de mer, autour duquel s'enroule un plan incliné. Le repas des requins. Bien que je n'aie pas une passion pour les requins, des estomacs, des foies, pas beaucoup d'imagination... Ou alors le Isabella Steward Gardner Museum. Tu te souviens comme nous aimions y flâner ? Nous avons passé des heures dans cette salle... Comment se nomme-t-elle déjà, celle dans laquelle est suspendu l'étonnant portrait d'Isabella par John Singer Sargent ? Ensuite, nous nous reposions dans leur petit salon de thé. Tu commandais souvent du thé russe... M. Doyle n'osera pas y ouvrir le feu.

Elle le suivait, elle le suivait à son corps défendant dans cette salle dite « gothique », dans laquelle était aussi exposée une magnifique collection d'art religieux du XIIIe siècle.

Le Isabella Steward Gardner n'est pas un musée comme on les connaît d'habitude, et pourtant, c'est sans doute le plus émouvant de Boston. La très jolie demeure patricienne s'est enhardie d'un étrange jardin à la française. Dans ce beau lieu, un couple amoureux des témoignages du génie des hommes a accumulé des objets choisis aux quatre coins du monde. On ne le visite pas vraiment, on s'y promène, on s'y délecte de cette réunion poétique, parfois un peu extravagante, de coups de cœur.

Elle se mordit l'intérieur des joues et déclara d'un ton monocorde :

– Le FBI n'a rien à voir là-dedans... Nina n'est...

Il l'interrompit sans hargne :

– Mon ange, tu es si transparente. Bien sûr que le FBI a tout à voir. Ce n'est pas grave, au contraire, c'est savoureux.

Celui qui manie l'incertitude a le pouvoir. Je planifie l'incertitude... alors, quel lieu préfères-tu ?

Elle réfléchit à toute vitesse, se demandant quelle topographie faciliterait davantage le travail d'interception des agents en planque :

– Le musée.

– J'en étais sûr... moins d'enfants, n'est-ce pas ? Eh bien, disons demain, à seize heures, devant le portrait d'Isabella. Mon amour, je suis heureux... Ne gâche pas tout. C'est ta dernière nuit loin de moi... celles qui suivront redeviendront si complètes, si parfaites.

Lorsqu'elle le reposa sur la table, la sueur trempait le petit téléphone. Elle s'essuya le visage dans la manche de son peignoir. Elle tomba à genoux et se servit un plein verre de whisky qu'elle avala d'un trait. La brûlure de l'alcool lui ravagea l'œsophage et lui arracha une quinte de toux suffocante.

Il ne fallait pas penser, surtout pas. Penser, toutes ces années, n'avait servi à rien qu'à l'affaiblir. Il n'y avait plus ni pour, ni contre à peser, aucune alternative à évaluer. Dormir, avaler du sommeil en cachets.

Elle remplit à nouveau son verre et souleva sa masse en s'aidant d'un des deux fauteuils. Un fou rire mortifiant la secoua : aucune chance. Elle n'avait aucune chance, ni au combat, ni à la fuite. Une pauvre vache pathétique.

Elle sortit deux comprimés oblongs de somnifère de leur plaquette rangée dans sa trousse de toilette et les avala à l'aide d'une grande gorgée d'alcool avant de rejoindre le salon. Ensuite, elle forma le numéro que lui avait confié Dougray Doyle.

Curieusement, la voix tendue de trouille qui lui répondit presque aussitôt la calma. La peur n'avait plus d'objet, ou alors elle était prématurée. Elle lui relata d'un ton posé l'échange qu'elle venait d'avoir avec Charly.

– La chasse est ouverte, Mrs. Holmer.

Elle ne répondit pas. L'impression qu'elle flottait en dehors d'elle, que tout ceci ne la concernait plus vraiment. Depuis quelques secondes, Julia n'était plus Mrs. Holmer. C'était aussi bien. Il poursuivit :

– Agissez normalement. Nous serons prêts. Quelqu'un passera demain, de la part de Ms. Kroeger. Vous essaierez diverses paires de lunettes et choisirez celle qui corrige au mieux votre myopie. Vous ne devez pas les enlever. Nous avons également prévu un second appareillage, indécelable...

Mrs. Holmer, celle qui tenait le téléphone, n'exigea aucune précision, car Julia/Helen s'en foutait, elle était ailleurs. Doyle ajouta :

– Une des branches renferme un système miniaturisé de traçage... afin de vous localiser en toutes circonstances.

Elle acquiesça, raccrocha et alla s'effondrer sur son lit sans prendre la peine de rabattre la couette.

Un bourdonnement sourd, insistant. Elle tenta de le chasser de son coma. En vain, il recommençait, obstiné, péremptoire. Elle tâtonna dans l'obscurité et parvint à mettre la main sur son portable posé sur la table de chevet.

– Tu dormais, mon amour ? Je suis désolé de te réveiller. J'ai si hâte de te voir dormir. Le sommeil sent bon sur ta peau.

Elle ouvrit grand les yeux, scrutant l'obscurité de la chambre, son cœur s'affolant le long des veines de son cou.

– Concentre-toi, mon ange... as-tu eu le temps de transmettre toutes les précisions à Doyle ? (Il n'attendit pas sa réponse.) C'est bien. Nul doute qu'ils ont équipé ta voiture, ta chambre et toi d'émetteurs divers et variés. La technologie a fait tant de progrès... Mais nous sommes plus malins qu'eux, n'est-ce pas, mon amour ? Un taxi t'attendra devant le musée, mais pas à seize heures... à treize heures. Selon mes estimations, ils ne s'installeront qu'une heure avant, de peur de se faire remarquer par une trop longue planque. Tu sauteras dans le taxi et te feras conduire devant Trinity Church. Une limousine sera stationnée non loin. Le chauffeur te conduira jusqu'à moi. Helen, mon ange, si tu préviens Doyle de ce petit changement de plan, je disparais... pour un temps. Mais cette fois, je serai moins généreux : je ne te préviendrai pas de ma prochaine réapparition.

– Non ! C'est hors de question.

Un petit soupir navré lui répondit, puis :

– Helen, Helen... tu as quinze secondes pour changer d'avis... après cela, bye-bye... Tic tac, tic tac... plus que huit secondes... plus que cinq secondes, tic tac, tic...

– Je prendrai le taxi.

– Surtout, n'oublie pas au sujet de Doyle... Ce n'est pas toi qu'il veut aider, c'est lui et son système. Je le découvrirai, Helen, si tu me mentais encore...

– Je sais.

– Bien. Bonne fin de nuit, mon amour, mon ange, à demain.

29 octobre, FBI, base militaire de Quantico, Virginie

Dougray avait foncé comme un dingue après l'appel de Thomas Sturgeon chez lui. Une pluie têtue trempait la large bande noire de l'Interstate 95, la rendant traîtresse, mais l'heure très matinale lui avait permis de ne pas lever le pied de l'accélérateur.

Lorsqu'il se gara sur le parking presque désert du Jefferson, non loin de la New Beetle jaune citron que conduisait Thomas, il était sept heures moins le quart. Attendrissant, ces voitures dont la légende se transmet.

Dougray Doyle traversa le grand hall au pas de charge, saluant d'un geste le réceptionniste qui terminait le service de nuit. L'impatience lui fit délaisser l'ascenseur et il dévala les escaliers. Thomas se rua vers lui dès qu'il l'entendit.

– Monsieur... ils ont coincé Neil Foster !

– Quand ça, où ça ?

– À Logan Airport, il y a environ deux heures. Il s'apprêtait à embarquer pour le Venezuela. Pas futé ! Louisa-Mae Shepard l'attendait de pied ferme, en compagnie de la police de l'aéroport.

– Je suis sûr qu'elle s'était installé un sac de couchage sur place pour ne pas risquer de le rater. C'est le genre obstiné, plaisanta Doyle. Où en est le Boston P.D. ?

– Ils l'interrogent. Ils ont intérêt à faire des étincelles et vite, parce que les charges d'association de malfaiteurs ne tiendront pas vingt-quatre heures, surtout si un avocat s'en mêle. C'est cette Miranda Souza qui mène la danse, une autre miss « je ne lâcherai pas le morceau, même si j'en crève », si j'ai bien compris.

– Un bon flic, d'après Mark Breslow. Cela étant, pour ce que nous en savons, Foster n'est pas un tueur. Il n'est pas exclu qu'il ignore les *occupations* du client auquel il refourguait les insectes exotiques. Bon, je les appelle. Je veux suivre l'interrogatoire en temps quasi réel.

Il hésita, luttant contre une crainte superstitieuse, puis avoua :

– Je finirais presque par croire que la chance tourne en notre faveur. Si Foster lâche des infos suffisantes, nous pourrons nous passer de la participation de Mrs. Holmer. Thomas... nous avons une petite heure pour mettre sur pied un plan d'intervention, prévenir les équipes, et prévoir notre transport à Boston dans les délais les plus serrés.

– Je m'en charge.

Thomas tournait les talons lorsque Doyle demanda, agacé par cette gêne qu'il ressentait :

– Et Lorca ?

– Elle arrive.

– Bien. Thomas, les instructions sont simples : on le serre, mais au moindre danger, on le descend. Je ne veux pas qu'il ait une seule chance de nous filer à nouveau entre les pattes.

– Je l'avais bien compris comme ça.

29 octobre, Boston Police Headquarters, Massachusetts

Miranda Souza joua avec la bague afghane en argent, sertie d'une volumineuse pierre verte, qui couvrait la première phalange de son majeur.

Elle était assez menue, juvénile en dépit de ses presque quarante ans. Une masse de cheveux frisés bruns, coupés mi-long, entourait un joli visage plein de santé, éclairé de prunelles sombres.

Elle le tenait presque, du moins l'avait-elle ferré. La fatigue des quarante-huit heures sans sommeil qu'elle venait d'enfiler avait disparu, remplacée par une tension qu'elle dissimulait à la perfection derrière de petits soupirs navrés, des sourires compatissants. Elle était la « mignonne fliquesse compréhensive ». Elle aurait tout aussi bien pu interpréter le rôle de la « salope teigneuse et sans cœur », mais il ne convenait pas à ce client-là.

Neil Foster était arrivé dans la salle d'interrogatoire trois heures auparavant. Elle l'avait laissé poireauter une bonne demi-heure, tablant sur l'angoisse que génère l'incertitude. En s'installant derrière la table en aluminium scellée dans le mur, il lui avait fait le coup de l'étonnement courtois mais impatient. Souza s'était volontairement empêtrée dans ses phrases d'introduction :

– Mr. Foster, je dois vous prévenir que cet entretien est filmé. Là... regardez... la caméra est dans le coin du plafond.

Ceci pour nous éviter, comme à vous, des contestations. Vous nous avez indiqué ne pas connaître d'avocat dans notre pays, aussi allons-nous en faire commettre un d'office. (Elle avait jeté un regard à sa montre et précisé d'un air désolé :) Il est encore très tôt. Comme on vous l'a expliqué, vous pouvez garder le silence jusqu'à son arrivée. Cela étant, et puisque vous affirmez ne rien comprendre à la raison de votre interpellation, peut-être est-il souhaitable pour vous de collaborer et de faire preuve de votre bonne foi. À vous de décider. De surcroît – et il ne s'agit pas d'influence et encore moins de coercition, juste d'une information –, nous sommes dans une situation assez épouvantable... un serial killer, mais vous le savez. Une autre femme peut mourir d'une minute à l'autre, ou un homme... Et je vous épargnerai les détails de sa mise à mort.

Elle avait pas mal réfléchi à cette formulation, la choisissant assez vague pour n'avoir pas à mentir devant la caméra et, surtout, pour qu'elle déclenche un processus imaginatif chez Foster. Notre imagination peut aller si loin dans le pire, surtout lorsqu'elle s'est nourrie de toutes les informations répandues sur ce genre de crimes.

Le grand homme sec aux yeux gris, à l'allure posée et autoritaire, avait blêmi avant de lancer :

– Mais je n'ai rien à voir avec ce type, je me tue à vous le répéter depuis que vous m'avez fait rater mon vol ! Je sillonne le monde à la recherche d'artisanat haut de gamme. J'achète, je vends, ou je sers d'intermédiaire, de grossiste, à des revendeurs.

Elle l'avait coupé d'un ton calme :

– C'est en effet ce que vous avez déclaré, mais voyez-vous, Mr. Foster, nous avons de bonnes raisons de croire que vous introduisez des espèces animales interdites d'exportation et d'importation sur notre territoire. (Elle avait devancé la réplique de son vis-à-vis en concluant :) Nous n'attendons que l'autorisation du juge pour faire procéder à une analyse ADN de l'intérieur de votre attaché-case. Si des animaux, quels qu'ils soient, y ont été maintenus en captivité, nous l'apprendrons très vite. Mais il risque d'être trop tard pour la prochaine victime... Voulez-vous un gobelet de café, Mr. Foster ? Il n'est pas fameux, mais...

Il n'avait hésité qu'une fraction de seconde avant d'accepter :

– Oui... ça ne me fera pas de mal.

– Vu le jus de chaussette qu'on sert ici, même un grand cardiaque ne prendrait aucun risque, avait-elle plaisanté.

Elle venait de marquer un point. Quelqu'un qui accepte une offre baisse un peu sa garde. Cela peut aussi devenir une stratégie. Elle se rencontre surtout chez les récidivistes multiples, qui commencent à entrevoir les règles psychologiques gouvernant nos gestes les plus bénins, ou alors chez les sujets extrêmement intelligents. À l'instinct, elle ne croyait pas que Foster appartenait à ces catégories.

Elle avait ensuite tourné autour du pot, écoutant avec attention, mais le visage vide, les précisions qu'il lui fournissait sur ses clients, ses voyages, ses dernières transactions, ses critères pour sélectionner un tapis, une poterie ou des bijoux. Un discours bien rodé, très au point. Elle le guettait, évaluant sa résistance à la crispation de ses doigts, puis à sa façon de poser les mains bien à plat sur la table, attendant son premier faux pas. Alors, elle ne le louperait pas.

Il n'avançait plus le torse vers elle en parlant, mais s'était adossé contre sa chaise. Ses mains n'accompagnaient plus ses mots, il avait croisé les bras sur son torse. Il avait peur, maximisant l'espace entre eux, se protégeant dans un geste inconscient. Il jetait de fréquents regards furtifs, involontaires, vers la porte située derrière Souza, son cerveau évaluant la distance de fuite sans même qu'il le veuille. Enfin, après un silence qu'elle avait fait durer, il jeta :

– Mais qu'est-ce qui a pu vous conduire à penser que j'avais un lien quelconque avec ce... ce... type ?

– Un phalène, Mr. Foster, un grand phalène de Madagascar. *Xanthopea morganii praedicta*... retrouvé écrasé sous le cadavre d'une femme tuée dans un accident de la route... non loin de Logan Airport.

Il comprit immédiatement la relation avec lui, Souza le lut dans ses yeux qu'elle ne quittait pas du regard. Elle enchaîna :

– Je vais vous dire ce que je pense. Je crois que vous pouvez l'entendre... Et surtout en mesurer toutes les conséquences. Je pense que lorsque vous avez perçu l'intérêt de la douane à l'aéroport, vous avez ouvert votre mallette. Les phalènes se sont envolés, encore pas mal engourdis par le chloroforme ou le froid de la soute. Oui, la douanière qui a inspecté vos bagages a repéré une vague odeur de chloroforme, qu'elle a eu du mal à identifier et à mettre en concordance, parce qu'elle était sur la piste de pierres précieuses...

Miranda Souza baissa la voix, forçant sa tension.

– L'un a atterri, on ne sait trop comment, dans la voiture d'une jeune femme dont les valises étaient déchargées en même temps que les bagages des passagers de votre vol. L'insecte a dû se réveiller peu après qu'elle a démarré. Surprise, peut-être terrorisée, elle a perdu le contrôle de son véhicule... Elle était maman d'un petit garçon, pas plus haut que trois pommes... Ce papillon de nuit a commis des dégâts épouvantables...

Elle le vit déglutir avec peine. Il marmonna, presque inaudible :

– Je ne sais pas de quoi vous voulez parler.

Souza le considéra avec calme et traversa la pièce avant de se mettre sur la pointe des pieds pour éteindre la caméra. Le petit voyant rouge s'assombrit pour disparaître. Elle prit le temps de se réinstaller en face de lui, lissa sa jupe sur ses genoux et contredit :

– Je suis certaine du contraire. Et tôt ou tard, je parviendrai à le prouver. Et à ce moment-là, je ne vous lâcherai plus. Voici donc le marché que je suis autorisée à vous proposer... Réfléchissez bien, le temps presse. J'accepte de considérer que le décès de la conductrice est la conséquence d'un épouvantable hasard, j'accepte de croire que vous êtes un respectable professionnel, semi-grossiste d'œuvres artisanales, et vous sortez d'ici libre comme l'air. En échange, vous me révélez tout ce que vous savez sur le client auquel vous avez fourni ces phalènes ainsi que d'autres insectes, des abeilles tropicales du nom d'euglossines. Nous en avons retrouvé quatre dans le cadavre de sa dernière victime.

Il cligna des paupières à cette dernière révélation, qui ne lui laissait plus aucun doute sur la solidité des éléments dont disposait la femme. Il serra les lèvres, tentative manifeste pour retenir une confession. Elle porta l'estocade :

– Il s'agit d'un collectionneur d'orchidées. Il les élève aussi. En dépit de vos multiples voyages, vous avez sans doute entendu parler de lui... sous son pseudonyme : Charly. Un des serial killers les plus actifs que nous ayons eu à affronter. Un des dix hommes les plus recherchés du territoire. Il a massacré une vingtaine de victimes, hommes et femmes, peut-être davantage. Il ne s'arrêtera pas. En ce qui vous concerne, d'un strict point de vue légal, une accusation de complicité de meurtres et association de malfaiteurs a toutes les chances de tenir...

Elle mentait, mais il allait craquer et son analyse de la situation avait de bonnes chances d'être faussée. Elle s'acharna, toujours du même ton doux, sans impatience :

– D'un point de vue personnel, maintenant. Je vous le promets : je vous casserai les reins si jamais nous nous retrouvons avec une autre victime égorgée sur les bras. Je ne lâche jamais le morceau.

Elle allait conclure lorsque son téléphone vibra dans sa poche :

– Excusez-moi deux minutes, je vous prie. Allô ?

Une voix masculine qu'elle ne reconnut pas déclara :

– Maître Sullivan, l'avocat commis pour Foster, vient d'arriver.

Elle resta impavide, se contentant de répondre :

– Le dossier est presque classé. Ça peut attendre un peu.

– Compris.

Elle referma le boîtier du téléphone et reprit :

– Et puis... eh bien, vous vous débrouillerez avec votre conscience et vos cauchemars, ce ne sera plus mon problème. Car il les égorge, Mr. Foster, il leur tranche la gorge d'une oreille à l'autre... après le reste.

Elle ajouta le geste à la parole, traçant un large arc de cercle sur sa gorge du bout de son index, avant d'abattre sa dernière carte :

– En résumé, le marché est simple : la liberté d'un côté, sans ennui. De l'autre, la prison et des remords à vie. Que choisissez-vous ? Vous n'êtes pas un tueur, n'est-ce pas ? Je l'aurais senti. C'est invivable de songer que l'on est à l'origine, même involontairement, du meurtre d'un innocent... alors de vingt ! Vingt bains de sang. Vous rendez-vous compte ? Votre choix, Mr. Foster ? Nous n'avons pas beaucoup de temps.

Il essuya d'un revers de main la sueur qui trempait la racine de ses courts cheveux gris et sa lèvre supérieure. Elle remarqua qu'il tremblait. Elle attendit, écoutant la respiration désordonnée, de plus en plus bruyante de l'homme.

Une voix épuisée sembla remplir l'espace restreint de la pièce. Souza se figea, n'osant plus faire un mouvement de peur qu'il s'interrompe.

– Park Drive... Dans Fenway. C'est une maison, au 89. C'est là que j'effectuais les livraisons.

– Combien ?

– Cinq ou six.

– Toujours des insectes ?

– Oui.

– L'avez-vous rencontré ? Charly, je veux dire ?

– Je ne sais pas à quoi il ressemble. J'ai été payé par un grand type, encore assez jeune.

– Très bel homme ? Un brun frisé, peau mate, souriant ?

– Oui, ça colle assez.

– Je vois.
D'une voix heurtée, il s'enquit :
– C'était lui ?
– Il y a de bonnes chances... enfin si je puis dire.
Souza résista à l'envie de se ruer vers la porte, de cavaler jusqu'au bureau de Breslow, d'appeler Quantico. Foster mentait-il ? Elle en doutait, mais ne prendrait pas le risque de le rassurer trop tôt sur son sort, et encore moins sur l'aide et le soulagement qu'il venait de lui offrir.
Elle se leva et déclara d'un ton paisible :
– Je vais transmettre vos informations. Dès que nous les aurons vérifiées, vous serez libre. Ah... Peut-être n'est-il pas souhaitable que vous expliquiez le contenu de notre transaction à l'avocat qui devrait arriver sous peu. Moins il y a de personnes dans un secret, moins il est susceptible de vous empoisonner la vie. À vous de voir.

Mark Breslow piaffait d'impatience. Souza était avachie sur l'un des fauteuils qui faisaient face à son bureau, se massant les pieds. Lorsque l'on répondit à son appel au bout de la quatrième sonnerie, le grand flic hurla :
– Ça y est... Souza l'a feinté ! C'est une méchante maison au 89 de Park Drive.
Doyle hurla en retour :
– C'est où par rapport au musée Isabella Steward Gardner ?
– Ben, juste à côté, pourquoi ? Park Drive et Fenway encerclent Back-Bay Fens... et le musée est sur Fenway. Pourquoi ?
– Oh putain, on l'a ! Nous arrivons aussi rapidement que possible.

29 octobre, Boston Park Plaza, Massachusetts

Lorsque le petit monsieur rondouillard que lui avait annoncé la réception pénétra dans le salon de sa suite à neuf heures, une hilarité nerveuse gagna Julia.

Il était à peine plus grand qu'elle et ressemblait à une sorte de Culbuto, sanglé dans un costume trois-pièces noir. Une mèche maigrichonne de cheveux gris, lustrée de gel, était rabattue sur son crâne, dissimulant mal sa calvitie.

Il toussota et se présenta :

– Je viens de la part de Ms. Kroeger... bonjour, madame.

N'eussent été les circonstances et les vertiges qui lui faisaient tourner la tête, son débit précieux et sa façon de se tenir très droit, presque sur la pointe des pieds dans l'espoir de gagner quelques centimètres, auraient sans doute réjoui Julia.

Il jeta un regard circulaire au salon, hésita et rougit en murmurant d'un ton de confidence :

– Euh... Pouvons-nous nous installer plus à notre aise? Euh, je veux dire... dans votre chambre? Ce sera plus pratique pour l'introduction... euh, enfin... l'injection.

Julia n'avait aucune idée de ce qu'il voulait dire, mais acquiesça d'un signe de tête en le précédant. Il ne saurait jamais, ce petit homme, qu'il venait de lui faire un cadeau : un bref instant de distraction. Il méritait qu'elle fournisse un effort pour dissiper sa gêne :

– Je vous en prie. Où souhaitez-vous que je m'installe? Nous devons essayer des lunettes, c'est ça?

– Oui. Oui-oui... j'en ai là quelques paires de différentes corrections. Nous ne tomberons sans doute pas pile, mais vous n'aurez qu'à choisir celles qui vous conviennent le mieux. Euh... Ms. Kroeger, enfin... ses amis... vous ont-ils expliqué pour... le reste?

– Le reste?

– Ah. C'est bien ce que je pensais. Bon, écoutez, on va déjà passer en revue les lunettes et ensuite... eh bien, je vous présenterai le dernier appareillage.

Son embarras croissant alerta Julia qui demanda, mi-figue, mi-raisin :

– Vous comptez m'arracher une molaire sans anesthésie afin de glisser un micro dessous?

– Non... pas du tout. D'ailleurs, personnellement, je ne supporte pas la vue du sang, rectifia-t-il avec le plus grand sérieux.

– Vous me rassurez.

Elle dénicha une paire de verres qui lui convenait à peu près, à monture rectangulaire assez seyante. Elle le remercia, puis :

– Bien... passons à la fameuse suite. Dois-je me bourrer la bouche d'un bâillon?

– Ça dépend.

Les hésitations du petit bonhomme commençaient à lui coller la trouille. Elle opta pour une décision rapide :

– Écoutez, on y va. Que dois-je faire? De quoi s'agit-il?

– De l'implantation sous-cutanée d'une microbalise satellite.

– Je vous demande pardon?

– Je vous injecte un émetteur dans une localisation anatomique aussi insoupçonnable que possible. Je ne prétendrai pas que l'opération est indolore, mais en général... enfin, c'est supportable. Voyez-vous, madame, c'est le seul moyen d'être certain que nous conserverons une trace de vous.

– Ça s'enlève ensuite ?

– Oui, très facilement, sous anesthésie locale. Un petit coup de scalpel et hop.

– Et hop ? Et bien, allons-y. Où ?

– C'est à vous de voir, en fonction de ce que vous savez de la cible. Ça peut être derrière l'oreille, sous l'aisselle, à la cheville... n'importe où, pourvu que l'appareillage ne lèse aucun tissu ou organe et ne vous gêne pas... là où l'autre n'a aucune chance de l'apercevoir.

– Entre les deux premiers doigts de pied ? Ma marche est déjà pas mal handicapée par mes cent sept kilos de lard, ça ne devrait pas être pire.

– Il n'y a pas assez de place, les os sont trop proches et il existe un gros centre nerveux non loin. Trop risqué.

– Alors sous l'aisselle ?

Julia sortit le bras gauche de la manche de son peignoir et le leva au-dessus de sa tête, suivant les mouvements du petit homme qui s'affairait, retrouvant son calme grâce à l'enchaînement précis de ses gestes. L'énorme trocart qu'il extirpa d'une petite boîte en aluminium rangée dans sa mallette la fit frissonner. Elle s'accorda la permission de ne pas regarder.

La caresse glaciale d'une gaze imbibée d'alccol. D'abord une légère pression contre la peau tendre, puis une déchirure qui lui fit mordre l'intérieur de ses joues en gémissant de douleur. Surtout, une joie sauvage :

Enfoiré, je t'ai eu... Je ne dirai rien à Doyle, mais il saura quand même. Je vais te faire la peau !

29 octobre, ville de Boston, Massachusetts

Julia soupira de consternation... mince, avait-elle arraché la fermeture Éclair de sa jupe en jean en l'enlevant ? Elle haussa les épaules et enfila la troisième et dernière version du vêtement informe qui pendait à un cintre, avant de chausser des tennis dont elle avait enlevé les lacets.

Doyle, la main plaquée sur son portable vissé à l'oreille, afin de minimiser le bruit des conversations qui s'échangeaient aux quatre coins du bureau de Mark Breslow, insista :

– Comment ça, un appel ?

Demeuré à Quantico dans le but de coordonner les différentes équipes de surveillance et d'intervention, Thomas répéta :

– Julia Holmer a reçu un appel sur son portable cette nuit, à deux heures quarante-sept. La communication n'a duré que quatre minutes. Mais là où ça coince, c'est que l'appelant est relayé par un service de dispatchage situé en Hollande !

– Cordell !

– Probable.

Une bourrasque de rage secoua Doyle, de rage et de panique :

– Merde... Que lui a-t-il dit ? Et pourquoi cette conne ne m'a-t-elle pas prévenu !

Il n'avait pas refermé son portable que la sonnerie résonna à nouveau :

– Thomas, vous avez oublié quelque chose ?

Une voix hystérique, stupéfiante de la part de son adjoint, lui répondit :

– Elle est en mouvement ! Bordel ! Il est midi et demi mais elle est déjà en mouvement ! Les trois signaux bougent de façon concomitante !

– Quoi ?

– Vous êtes sourd ?

C'était la première fois que Sturgeon se permettait ce genre de réflexion avec son supérieur et Doyle eut le pressentiment qu'une catastrophe s'annonçait. Thomas reprit du même ton haletant :

– Qu'est-ce qu'on fait ? On la neutralise ?

– Non... elle se déplace bien en direction du Isabella Stewart Gardner ?

– Oui.

– Je vous rappelle, Thomas.

Il ne se rendit compte qu'à cet instant du silence pesant qui régnait depuis quelques instants dans le bureau. Quatre paires d'yeux étaient rivées sur lui.

Merde. Merde, réfléchir vite, réfléchir sans se tromper. Julia risquait de se faire égorger. La moindre erreur, et ses grands yeux bleus iraient rejoindre ceux de Cory Fried. Deux grands yeux béants, sans vie, un autre regard fixé vers le plafond. S'ils fonçaient maintenant, ils risquaient de perdre Cordell ou de faire exécuter Julia. Réfléchir. Cordell ne pouvait pas entraîner sa proie très loin, pas en plein jour, en pleine ville. Sans doute avait-il choisi le musée comme lieu de rendez-vous en raison de la proximité de la maison de Park Drive. L'idéal. Quelques centaines de mètres. Elle disparaissait aux yeux de tous.

– Capitaine Breslow... Donnez l'ordre d'assaut à vos gars en planque dans Park Drive. Maintenant. Je ne sais pas ce qui se passe, mais je veux qu'on lui bloque la retraite. Il ne pourra pas aller très loin avec une victime ligotée ou inconsciente. Selon moi, Cordell ne se trouve pas dans cette maison, il doit déjà être à l'affût non loin du musée pour surveiller le moindre mouvement de sa femme. Cela étant, rappelez à vos hommes que la cible est dangereuse et probablement armée.

Julia s'installa à l'arrière du taxi qui patientait non loin du Isabella Stewart Gardner Museum. Le chauffeur précisa d'un ton déplaisant :

– Z'avez quatre minutes de retard.

À quoi elle répondit, glaciale :

– Et alors, le compteur tourne, non ?

Cela mit un terme à toute velléité de conversation. Il leur fallut une bonne demi-heure pour parcourir la distance modeste qui séparait le musée de Trinity Church, située au coin de Boylston et de Clarendon Streets. Quelle importance ? Le temps s'était arrêté, enfin. Une sorte de ouate imperméable avait envahi son cerveau. Elle n'entendait plus la furie des Klaxon hargneux, les jurons du chauffeur, elle ne sentait plus les relents de transpiration laissés par le précédent voyageur, mal dissimulés par un sapin magique qui diffusait une écœurante odeur de fraise. Son désagréable conducteur pila devant l'église néo-romane, considérée comme une des dix plus belles réalisations architecturales du pays. Elle se souvint vaguement avoir pleuré un jour en contemplant les vitraux réalisés par Edward Burne-Jones, intimidée par la certitude que seul l'art peut véhiculer le Sacré jusqu'à ceux qui ne l'attendaient pas.

Elle descendit avec peine du véhicule, escortée par une dernière vacherie du chauffeur :

– Faudrait faire un putain de régime pour activer un peu, ma grosse.

Elle resta plantée sur le trottoir, la tête vidée, dorlotée par la couche de ouate qui atténuait toute vie autour d'elle.

Mark Breslow rugit :

– Quoi, « y a rien » ?

Doyle le vit hocher la tête de plus en plus vite. Soudain, le grand flic abattit un poing meurtrier sur son bureau et sa tête partit vers l'avant. Il geignit :

– Enfoiré de mes deux ! C'est un leurre. À l'exception d'un méchant salon meublé, le reste de la maison est à l'abandon depuis pas mal de temps, d'après les gars. Ils n'ont rencontré aucune résistance et la porte a cédé d'un coup de pied. Ils vont continuer à fouiller... mais c'est pas mal compromis. De toute évidence, ce n'était pas la tanière qu'il avait prévue pour sa victime !

Un homme en costume et casquette noire descendit d'une longue Mercedes blanche arrêtée à une cinquantaine de mètres d'elle et lui adressa un signe courtois de la main. Une livrée, un chauffeur. Il avait bien parlé d'un chauffeur et d'une limousine, n'est-ce pas ?

Elle s'installa sans un mot. Le jeune homme précisa d'un ton affable :

– Si vous souhaitez de la musique, les commandes de la chaîne sont situées derrière mon dossier. Un petit compartiment bar contient des boissons fraîches, là, juste entre les deux accoudoirs de votre banquette.

Elle hocha la tête, le remerciant d'un sourire vague.

– Je dois d'abord vous conduire à Olmsted Park, n'est-ce pas ?

Elle acquiesça d'un autre signe de tête. Elle n'en savait rien et s'en foutait, mais cela signifiait qu'ils revenaient sur leurs pas.

La voiture glissa, se libérant peu à peu du flot de la circulation.

Lorsqu'ils pénétrèrent dans la profondeur du parc, une question purement théorique lui trotta dans la tête : allait-il la rejoindre, l'attendait-il pour la tuer dans un sous-bois ?

Le chauffeur s'arrêta non loin d'un petit étang. Il ouvrit le coffre avant de descendre de voiture. Julia songea qu'elle devrait faire l'effort de surveiller ses mouvements, mais se rencogna contre le dossier accueillant. Sa portière s'ouvrit et un bras lui tendit un sac de voyage en cuir. La voix aimable expliqua d'un ton détaché :

– Il semble que vous souhaitiez vous changer intégralement à ce moment de notre voyage... ceci inclut vos sous-vêtements et même votre barrette, vos lunettes et tous vos bijoux. Ce rideau d'arbres vous protègera d'éventuels et peu probables regards.

Elle attrapa le sac et demanda d'un ton neutre :

– Et vous allez venir vérifier que je change bien de slip ?

– Non... En revanche, je dois inspecter le contenu du sac que vous me rendrez.

– Et ça ne vous étonne pas ? Ça ne vous pose aucun problème ?

– Je ne suis pas payé pour m'étonner, madame. Je suis payé pour exécuter des instructions... De surcroît, vous avez l'opportunité de refuser, auquel cas, je vous raccompagnerai et vous déposerai devant Trinity Church. Que faisons-nous ?

Elle descendit de voiture sans un mot.

Doyle se laissa tomber dans le fauteuil, toujours cramponné à son portable :

– Elle s'est arrêtée depuis un bon moment ?

La technicienne de surveillance qu'il avait en ligne pianota avant de répondre :

– Non, ce n'est pas certain... Deux des signaux demeurent immobiles mais un troisième vient de se remettre en mouvement rapide.

– Peut-on localiser l'endroit ?

– Olmsted Park pour les signaux figés... on quadrille et on intervient ?

– Oui. Et le dernier ?

– Il file vers le sud-ouest.

– On peut le rejoindre ?

– Pas évident, mais on peut tenter le coup.

– On y va.

La longue Mercedes effectua un demi-tour et ralentit avant de s'arrêter. Depuis combien de temps roulaient-ils ? Julia aurait été incapable de le préciser, d'autant qu'elle avait dû abandonner sa montre, ainsi que ses lunettes, avec le reste de ses vêtements. La lumière commençait à décliner. La robe chasuble en laine gris foncé qu'elle avait passée était un peu étriquée, les chaussures plates trop grandes.

Le jeune homme se tourna vers elle et déclara :

– Nous sommes arrivés. J'espère que ce périple vous aura satisfaite.

Il descendit aussitôt et ouvrit sa portière, lui offrant sa main pour l'aider.

Elle regarda autour d'elle en se cramponnant à son bras :

– Où sommes-nous ?

– Entre Needham et Brookline, plus près de Needham. Cette vaste étendue boisée, juste là-bas, c'est Cutler Park.

– Et vous repartez ?

– J'ai rempli mon engagement.

La ouate se déchira d'un coup.

– Vous vous foutez de moi ! hurla-t-elle. Que suis-je censée faire, ici, au milieu de nulle part, sans sac à main, sans argent, sans papiers, sans téléphone ?

– Je ne sais pas, madame. On m'a dit que l'on passerait vous prendre.

– J'exige que vous me rameniez à Boston, maintenant, ordonna-t-elle au bord des larmes, en s'accrochant toujours à la manche de l'homme.

– Je ne peux pas, madame, fit-il en se dégageant d'une secousse. Vous n'avez pas de contrat avec ma compagnie, j'ignore qui vous êtes et... vous n'avez ni papier ni argent.

La voiture démarra en trombe, la laissant tétanisée au beau milieu de la route.

Couler. Couler jusqu'au sol, s'asseoir, attendre.

Non. Non, bouge-toi, gros tas, avance, marche. Ceci n'est pas le désert, tu finiras bien par croiser une voiture, un promeneur, un joggeur, ou des habitations. Avance. Bouge-toi !

Ses chaussures la faisaient trébucher. Elle transpirait en dépit de la légèreté de ses vêtements et de la fraîcheur du crépuscule. Heureusement que les mocassins n'étaient pas trop étroits. L'idiotie de ce commentaire la fit éclater de rire, pliée au bord de la chaussée, haletante, au bord de la crise de nerfs.

Le ronflement d'un moteur la calma. Elle se redressa, s'apprêtant à lever les bras pour signaler sa présence, voire à se jeter au-devant du capot pour arrêter le véhicule.

Une fourgonnette cabossée, sur laquelle s'étalaient de grosses lettres vertes qu'elle ne parvint pas à déchiffrer dans le brouillard de sa myopie, se rapprocha en ralentissant pour s'immobiliser à une dizaine de mètres. Un homme sauta à terre et s'avança vers elle en riant :

– Bonsoir, mon amour, comment vas-tu ?

Ses yeux si bleus, dilatés de panique, la sueur qui trempait la racine des cheveux auburn, la pâleur de la peau qui virait à la transparence, tout l'émouvait jusqu'au désir. Du reste, cette voracité d'elle ne l'avait pas lâché depuis presque quatre ans, mais il n'en mesurait la véritable intensité qu'aujourd'hui.

Cordell éclata de rire, un rire de faim, de bonheur. Hum... Quel dommage ! Il fallait d'abord rentrer, et avant cela s'assurer qu'ils – il, Dougray Doyle – n'avaient aucun moyen de la pister.

Julia lutta contre l'instinct qui lui hurlait de courir, de fuir. Elle, son poids, sa fatigue, n'avaient aucune chance contre le corps magnifique, si agile. L'instinct... c'était là-dessus qu'il comptait pour la transformer définitivement en victime. L'instinct de la proie qui se sauve, sans savoir où, sans se souvenir qu'il existe une meilleure solution. Perdu pour perdu, attaquer.

Elle avait une chance, eux pas. Elle possédait une arme : elle connaissait son mari comme sa propre vie. Eux pas. De surcroît, elle bénéficiait d'un atout considérable : le mépris de Cordell pour ses victimes, les acteurs de ses jeux. Eux pas.

Le tremblement qui lui crispait les cuisses en saccades cessa. Elle lui fit face.

Il se tenait à trois mètres d'elle, souriant, ses cheveux frisés un peu longs jetant une ombre douce sur l'épaule de son sweat-shirt blanc.

– Viens vers moi, Helen, mon Helen. Tu m'as tant manqué, mon amour... Il faut arrêter cette chasse crétine... Il faut que tu viennes, que tu ne me forces pas à te forcer... Viens...

Elle compta jusqu'à trois. L'espoir vague qu'une autre voiture déboucherait du tournant, là-bas, plus loin... L'hypothèse que, peut-être, le système interne de localisation qu'on lui avait injecté plus tôt et dont elle sentait toujours la morsure sous son aisselle gauche permettrait à Doyle et à ses hommes de la rejoindre... Trois. Elle avança vers lui à pas lents. Il ouvrit les bras et plaqua son ventre dur contre le sien. Il l'entraîna doucement vers l'arrière de la fourgonnette en soupirant contre son oreille :

– Ah... mon ange...

Il caressa ses cheveux, frôlant sa nuque, remontant le long de ses maxillaires. Ses doigts s'enfoncèrent derrière ses oreilles, il gloussa :

– Où l'ont-ils insérée, Helen ? Nous verrons ça plus tard. Nous n'avons pas trop de temps. Ils sont déjà en route... Depuis qu'ils ont compris que tu avais abandonné les autres émetteurs dans le sous-bois...

Elle vit la seringue qu'il extirpait de la poche de son jean. Elle la vit avec netteté. Elle ne recula pas, ne gémit pas, ne cria pas. Elle se retrouvait véritablement seule. Repousser le désespoir. Il lui restait un mouchard. Doyle continuait de la filer, même à des kilomètres de distance. Sans doute Cordell trouverait-il la tête émettrice, sans doute n'hésiterait-il pas à lacérer sa peau pour l'extraire. Mais peut-être pas tout de suite.

Une infime piqûre, au creux de l'omoplate. L'obscurité qui dévalait soudain dans son cerveau ne la surprit pas. Elle sentit ses genoux fléchir, tenta d'avancer les mains afin d'amortir sa chute sur l'asphalte. Un bras sans complaisance la retint.

Plus rien.

Doyle avala d'un trait le verre de whisky que lui tendait Breslow. La détective Souza était installée, les fesses collées contre le rebord du bureau de son patron et répétait :

– Merde, je peux pas le croire, merde je peux pas... Bordel, comment ça peut se produire ? Le dernier signal s'est interrompu d'un coup... volatilisé !

Doyle siffla comme s'il avait envie de la gifler :

– Ça peut se produire parce qu'il se fout de notre gueule depuis le début et parce qu'il connaît toutes les ficelles.

Breslow murmura pour lui-même :

– Il va la descendre. Il n'y a plus rien entre elle et lui.

S'accrochant à un dernier espoir, Doyle demanda pour la troisième fois :

– Ils n'ont vraiment rien retrouvé dans la baraque ? Ni à Olmsted Park ?

– Que dalle. Si ce n'est toutes ses fringues, plus les lunettes, le sac, la montre... bref, ils l'ont mise à poil pour s'assurer qu'elle ne transporterait plus aucun méchant mouchard sur elle. Vous croyez qu'il ou ils savent pour l'internalisation ?

– Il. C'est « il », toujours et encore « il », enfoiré de merde de Cordell Taylor-Caedon ! (Il baissa la voix et poursuivit :) Sans doute. Il n'hésitera pas à inciser, avec ou sans anesthésie.

Soudain, sans qu'il en ait conscience, sa main se serra avec violence sur le gobelet vide et il eut, pour la première fois de sa vie, l'impression qu'il allait s'effondrer, peut-être s'évanouir. Il articula d'un ton qu'il reconnut à peine :

– Le plomb ! Une couverture de plomb sans doute doublée d'une chape de ciment ! Il a fait construire un abri antiatomique qui n'est autre qu'une cage anti-ondes ! Il a testé la fiabilité de son piège avec cette pauvre fille, Lucy Gildor... C'est pour cela qu'elle devait être baraquée, afin de se battre contre lui. Enfoiré ! Je veux qu'on appelle tous les maçons, artisans ou entreprises, de cette foutue ville et des environs. Ce n'est pas du boulot de bricoleur... et des fournitures de cette nature ne passent pas inaperçues !

30 octobre, environs de Boston, Massachusetts

Des étincelles bleu-mauve. Non, dorées. Non, pas des étincelles. Plutôt de fines ailes.

Julia parvint à lever les paupières. Une envie de les refermer, de dormir... elle serra ses doigts sur sa paume, appuyant jusqu'à ce que la griffure de ses ongles qui s'enfonçaient dans sa chair la contraigne à se réveiller tout à fait.

Un luxueux bouquet d'orchidées cascadait d'un vase en porcelaine bleu et blanc qui trônait sur une petite table de camping en aluminium. Un mélange de longs pétales fragiles, bleu-violet, entourait un cœur jaune acide, avançant comme la gueule d'un petit animal. Elles évoquaient une sorte d'iris qui se serait paré de l'arrogance des conquérantes. Les fleurs lui étaient familières, mais elle avait oublié leur genre et leur espèce. Les secondes, ailes dentelées, dorées, auréolant une bouche carmin, se nommaient *Oncidium*, l'orchidée pluie d'or.

Julia batailla avec le drap dans lequel elle était enroulée afin de se redresser. Elle était couchée sur un canapé déplié en vaste lit. Combien de temps avait-elle été inconsciente ? Quelle heure pouvait-il bien être ? Quel jour ? Elle n'en avait pas la moindre idée. La soif lui collait la langue contre le palais.

Elle regarda autour d'elle. Elle se trouvait dans une pièce de taille modeste, le canapé-lit grignotant une part substantielle de l'espace. Un assez joli paravent en bois roux clair était poussé contre le coin situé en diagonale du canapé. Aucune ouverture, juste une lourde porte blindée, fermée. Quelle était la fonction du petit boîtier électronique inclus dans le mur, juste à côté ? Une serrure intérieure ? Si elle parvenait à la faire fonctionner, peut-être pourrait-elle bloquer Cordell à l'extérieur. Mais sans doute avait-il prévu un système permettant de la désactiver à distance. Elle risquait sa fureur. Trop tôt.

Blanc... tout était si blanc. Une cellule, fraîchement installée ou restaurée. Il l'avait anesthésiée comme un animal dangereux. Elle ne conservait aucun souvenir de la suite, à l'exception d'une impression de pesanteur, comme si une chape de plomb venait de lui tomber dessus. Un autre regard autour d'elle la renseigna : il ne semblait pas y avoir de caméras de surveillance. Pourquoi n'en avait-il pas fait installer ? Elle passa la main sous son aisselle avec prudence. Le léger renflement de l'épiderme trahissait à peine la présence du mouchard. Cordell ne l'avait-il pas découvert ? Que faisait le FBI ? Pourquoi n'intervenait-il pas ?

Une idée calamiteuse lui arracha un sanglot sec. Les ondes pouvaient-elles franchir les murs qui l'entouraient ? Elle avait lu un truc un jour, au sujet du repérage des voitures volées... On ne pouvait plus les localiser dans un parking. Mais peut-être le FBI, la CIA, bref, ces gens-là conservaient-ils un avantage technologique en ne mettant pas sur le marché leurs derniers perfectionnements ? Peut-être la tête émettrice qu'ils avaient incluse sous son bras appartenait-elle à une supergénération dont personne n'aurait entendu parler ? Oui, croire cela. S'y accrocher pour l'instant.

Son regard tomba sur le plateau de bambou posé en bas du lit. Une bouteille d'eau voisinait avec un saladier débordant de raisin, de pommes et de mandarines. Elle dévissa le bouchon. La légère résistance que son geste rencontra prouvait que la bouteille n'avait pas été ouverte auparavant. Elle pouffa : gourde, quelle gourde ! Et même s'il l'avait additionnée de somnifères ou d'un poison violent, quelle importance ? Elle avait le choix entre une longue agonie de déshydratation et une mort fulgurante.

Il ne la tuerait pas maintenant, pas comme ça. La partie venait de commencer. Il l'attendait depuis quatre ans. Il n'allait pas la bâcler.

Elle songea à ses chiens, à ses chats, soulagée de les avoir confiés à cette femme, Charlotte Krakowski, juste avant de quitter le pays. Si Cordell y avait été contraint afin de la rejoindre, il les aurait abattus, sans jubilation, mais sans hésitation.

Étrange comme finalement, durant toutes ces années, le seul lien avec son humanité avait été ces mammifères disparates, martyrisés par d'autres humains. Étrange comme elle n'avait jamais douté de leur amour, de leur foi obstinée en elle. Étrange. Il n'existait nulle autre vie à laquelle penser en ce moment. Quel fléau que celui qui frappe les humains, dont ils n'ont le plus souvent aucune conscience : demeurer seul à la fin, au milieu de six milliards d'autres solitudes...

Le déverrouillage de la lourde porte la tira de sa torpeur en sursaut.

Depuis combien de temps somnolait-elle, passant d'une sorte de veille abrutie à un demi-sommeil strié d'images sans suite ?

Lorsqu'elle retrouva enfin la conscience de ce qui l'environnait, il se tenait debout, à côté du lit, les mains sur les hanches, un sourire enfantin étirant ses lèvres en découvrant à peine ses dents. Elle chassa le souvenir insidieux de tant de matins, lorsqu'elle était Mrs. Taylor-Caedon, lorsqu'elle se sentait unique, lorsque la vie était une alliée.

Il portait un pantalon de cuir noir, rien d'autre. Un autre souvenir : celui de cette nuit, un an plus tôt, lorsqu'il avait pénétré dans le mobile-home cradingue qu'elle occupait, au fond d'un champ. Cette nuit-là, il était venu juste pour elle, juste pour la tuer.

– Le petit déjeuner de ma dame est servi.

– Quelle heure est-il ?

– Quelle importance ? Il est l'heure que nous voulons.

Il tourna légèrement la tête vers le vase de fleurs et demanda :

– Elles sont magnifiques, n'est-ce pas ? Je les ai coupées pour toi, pour fleurir ta nuit. Tu sais comme je déteste les couper.

– Je ne me souviens plus du nom des mauves.

– *Ondotoglossum edwardii.* Stupéfiantes, hein ? La température qui règne ici leur convient à merveille, en revanche, elles apprécient une luminosité plus franche... Demain, je t'offrirai des cattleyas... impériales... tu sais, celles qui ont cet étonnant parfum de fleur d'oranger ? Tu les préfères parme, rouges ou blanches ?

Elle ravala la réponse qui lui venait aux lèvres : « Je m'en fous, je n'aime pas les orchidées. » Prématuré, si infantile et létal.

– Blanc et parme.

Il hocha la tête, heureux :

– Hmm... J'étais sûr que tu ne choisirais pas les rouges... on les dirait gorgées de sang.

Son sourire mourut. Il tendit un doigt accusateur vers le plateau de bambou :

– Tu n'as pas mangé de fruits ? Ce n'est pas bien. Tu en as besoin pour ta peau et tes cheveux. Nous ne voulons pas que tu deviennes terne, n'est-ce pas ?

– J'ai mal au cœur.

– Ça ne durera pas. Allez, sois une adorable petite fille, mange une jolie grappe de raisin. Tu préfères une orange ? Je te la pèle, proposa-t-il, en sortant une sorte de tube noir d'une quinzaine de centimètres de la poche arrière de son pantalon.

Un déclic sec. Une longue lame aiguë surgit du manche.

– Je n'ai pas faim.

Il se pencha vers elle, soulevant une lourde mèche frisée du bout de la lame. Il posa ses lèvres sur son front et elle sentit ses dents, pressées contre la racine de ses cheveux.

– Quelle importance, mon ange, puisque je veux que tu manges ?

La lame coula le long de sa tempe et dessina la courbure de son oreille. Un murmure ravi :

– Du raisin ou une orange ?

Une bourrasque de panique coupa le souffle de Julia. L'envie de hurler, de tenter de se redresser, de pousser l'homme baissé vers elle, de foncer droit devant, n'importe où.

Un souvenir déplacé, cette étude sur le réflexe de chasse, celui que partagent tous les prédateurs, dont l'Homme, l'ultime. La perception d'un mouvement rapide par la rétine, une fuite par exemple, déclenche aussitôt un enregistrement cérébral, un processus nerveux. Il se décline dans la nanoseconde en cascades d'hormones, lesquelles génèrent une riposte : l'instinct de chasse. Le mécanisme est si puissant, rivé aux gènes de tous les prédateurs. Il explique qu'un chat gavé continue de poursuivre et de déchiqueter une souris qu'il dédaignera dès qu'elle sera morte. Donc, immobile. Chez l'Homme, seul le fil ténu de la raison, de l'éducation, peut-être même de la morale, peut freiner la déferlante hormonale. Et ce fil-là n'amusait pas Cordell.

Elle trouva assez d'énergie, d'intelligence aussi, pour ne pas se débattre et fuir comme une souris terrorisée. Elle trouva assez d'énergie, d'intelligence pour s'offrir un pari risqué. Son intelligence, justement, avait distrait Cordell. Elle restait la seule parade efficace.

Utiliser l'intelligence. User de ce qu'elle savait de lui. Comprendre ce qu'il cherchait, ce qu'il voulait. L'amuser.

Elle se laissa aller, tourna légèrement le visage vers la lame qui dérapa sous son œil fermé. Il la recula d'un infime millimètre, attestant qu'elle avait trouvé la bonne solution, du moins pour l'instant.

– Non, j'ai dit que j'avais la nausée.

Une main s'abattit sur sa gorge. Elle déglutit avec peine sous la pression qui aplatissait son larynx.

– Tu manges, mon ange. Ne me mets pas en colère. Si tu ne manges pas, tu vas mourir.

Elle râla une réponse si inaudible qu'il relâcha sa gorge. Elle toussa, une vague de salive l'étouffant, avant de bafouiller :

– De toute façon, il s'agit d'une fin programmée, n'est-ce pas ?

– Non, non... Que tu es mélodramatique, mon amour. Si les choses étaient écrites, elles n'auraient plus aucun intérêt. Mange, ne me force pas à te forcer. Tu sais bien que je le ferai.

La lame rentra dans le manche. Il s'assit contre elle et attrapa une grappe de raisin sur le plateau de bambou. Il en détacha un grain qu'il roula dans sa bouche avant de le lui tendre, luisant de salive.

Elle le fixait. Il appuya le grain contre ses lèvres. La fine membrane se déforma. Elle l'avala.

30 octobre, Boston Police Department, Boston, Massachusetts

Esperanza venait de le rejoindre dans la salle des archives. Le capitaine Mark Breslow y avait installé la cellule de crise, pestant contre l'encombrement de leurs locaux pourtant vastes.

Doyle débarrassa un coin de la grande table qui faisait office de bureau. Son visage avait pris cette teinte gris olivâtre de l'épuisement, sa chemise était froissée, tachée d'auréoles de sueur sous les aisselles :

– Vous pouvez vous installer là.

– Vous devriez aller vous reposer quelques heures, prendre une douche, suggéra Lorca qui, pourtant, n'avait pas l'air beaucoup plus gaillarde que lui.

– Ouais... je pue, en plus.

– D'où je suis, c'est tenable.

– Je déteste sentir la sueur, la vieille sueur.

– Je ne connais pas beaucoup de gens qui en raffolent.

– C'est que vous n'empruntez pas assez les transports en commun aux heures de pointe.

– Juste... y a plein de petits bonheurs comme celui-là dont je me prive sans raison, répondit-elle d'un ton sarcastique. Et Liam... il n'est pas tout seul, surtout avec le décès récent de sa mère ?

Il la fixa droit dans les yeux et expliqua :

– Non, une jeune femme le garde. Elfride. Elle s'est installée à la maison. Elle y restera jusqu'à mon retour.

Elle se doutait de la réponse. C'était l'ultime blessure qu'elle attendait. Un dernier traumatisme, libérateur pour une fois.

– C'est bien... Où en sommes-nous ?

– Pas loin. Deux des enquêteurs de Breslow épluchent la liste des maçons et entreprises de bâtiment. Il faut que j'appelle Thomas à la base.

– Lorsque je l'ai quitté ce matin, enfin cette nuit, il était à peu près dans le même état que vous. Il devait continuer de passer au peigne fin toutes les boîtes qui vendent des feuilles de plomb.

Elle hésita et se lança :

– Il va la tuer, n'est-ce pas ?

– Il en rêve depuis si longtemps... La seule inconnue cruciale, c'est combien de temps va-t-elle réussir à l'amuser avant qu'il se lasse du jeu.

– Comment se fait-il que le dernier signal se soit interrompu net, non loin de Cutler Park ? Il ne l'a tout de même pas charcutée en pleine nature ! D'autant que nous aurions retrouvé quelque chose, du sang, l'émetteur, un truc, je ne sais pas !

– Il s'agit d'un redoutable sociopathe, ne l'oubliez pas. Il n'a rien à foutre de la souffrance de l'autre, même si ce n'est pas ce qui l'intéresse, au contraire des sadiques. Mais, non, je ne le crois pas... Il est dans sa première phase de surenchère. Il veut la séduire, la conduire à le désirer. Il ne peut pas la blesser, pas encore. Il gâcherait tout son plaisir et c'est la dernière chose qu'il souhaite.

30 octobre, environs de Boston, Massachusetts

Réfléchir.

Mais à quoi ? L'ordre claquait dans sa tête depuis... depuis combien de temps ? Une heure, deux, trois ? Depuis qu'il était reparti sur un sourire et un baiser. Réfléchir à quoi ?

Des pensées sans cohérence se heurtaient dans son esprit. Des velléités de fuite ou de résistance, de reddition aussi se succédaient sans qu'elle parvienne à en isoler une seule.

Julia se laissa aller contre le mur qui faisait face à l'épaisse porte. Elle avait inspecté chaque millimètre carré de sa geôle, insistant au mépris de toute intelligence dans l'espoir d'y découvrir une encoche, une trappe dissimulée, n'importe quoi qui nourrisse un espoir de liberté. Il n'y avait rien à découvrir. Il ne lui restait que le pan de mur contre lequel était poussé le canapé. Elle était déjà certaine de n'y rien trouver.

Elle hésita. La tête lui tournait. Le murmure incessant et monotone de l'air conditionné l'écœurait. Elle transpirait et les relents forts et aigres exhalés par ses aisselles contribuaient à sa nausée. Les suées hormonales qui précèdent de peu les règles. Lorsque la physiologie nous rappelle à notre animalité, à ses odeurs inciviles. Cette inévitable périodicité, si banale, la figea. Comment allait-elle faire, ici, sans salle de bains, sans serviettes périodiques, sans sous-vêtements de rechange, sans déodorant ? Elle se cramponna à toute sa volonté afin de ne pas fondre en larmes.

Mais sa volonté la lâcha. Elle tomba à genoux sur le ciment cru et éclata en sanglots. Merde, ses règles ! Elle n'y pensait jamais, évitant soigneusement toute référence à ce qui rythme la fécondité. Elle aurait pu avoir un enfant de lui durant toutes ces années. Elle l'avait tant espéré. À cette époque, elle guettait l'arrivée du sang menstruel comme une malédiction, jusqu'à l'obsession. Mais le sang avait toujours été ponctuel. Après cette réunion de cauchemar au John Fitzgerald Kennedy Building, lorsqu'elle avait été contrainte d'admettre que son immense amour se baignait dans le sang des autres, elle avait béni l'obstination de sa stérilité. Elle avait ensuite toujours refusé de se demander ce qu'aurait pu changer l'arrivée d'un enfant.

Surtout ne pas y penser maintenant. Il était trop tard pour cela aussi. Elle sanglota, s'admonestant :

> *Arrête, espèce de gourde ! Arrête, sers-toi de ta tête. Il ne veut pas d'enfant. Un enfant est un pari statistique. Il ne parie que s'il gagne. Il ne veut pas d'enfant parce qu'il se veut lui. Il est de la race qui se cherche un clone.*

L'image d'une légion de Cordell – magnifiques décalcomanies d'un monstre – tarit ses larmes. Une vague de haine la remit sur pied.

> *Je te hais, je te hais tant !*
> *Pourquoi faut-il que je me le répète depuis quatre ans ?*

Faire quelque chose.

Elle s'avança vers le canapé et le tira. Ahanant sous l'effort, elle tomba sur le derrière en réprimant un gémissement.

> *Lève-toi, gros tas, bouge-toi, tire ce fichu truc !*

Il lui sembla que le crissement des pieds du meuble sur le ciment envahissait toute la pièce, que lui, Cordell, devait l'entendre. Elle s'interrompit, le cœur battant la chamade, paniquée à l'idée que peut-être il allait surgir, la trouver à moitié affalée sur le sol, suante. Rien. Elle s'arc-bouta. Enfin, il lui sembla que l'espace qu'elle venait d'arracher lui permettrait de glisser sa masse de graisse entre le mur et le canapé.

Elle força, martyrisant cette chair flasque qui l'empêchait de se faufiler derrière le meuble, la suffoquant. Elle força avec une sorte de délectation masochiste, meurtrissant sa peau contre le mur humide, l'armature du canapé, songeant aux bleus qui couvriraient sans doute son abdomen, ses hanches et le haut de ses cuisses le lendemain.

Elle avait eu deux options radicalement différentes quatre ans auparavant. Elle aurait pu entraîner son corps, le soigner – à l'instar d'une Nina ou même d'une Lorca – pour le transformer en arme efficace. Au lieu de cela, elle l'avait alourdi comme un handicap, elle l'avait massacré dans l'espoir qu'il révulse Cordell. Elle l'avait métamorphosé en boursouflure inapte. Pourquoi ? Pourquoi n'avait-elle même pas envisagé la première solution ? Parce qu'au fond, elle s'était toujours détestée, toujours réservé le pire, convaincue qu'elle ne méritait pas mieux. Maman ne l'avait pas aimée. Nul ne le pouvait donc, et surtout pas elle-même. Pathétique gourde !

Va te faire foutre Katherine-ma-mère. Je vais vivre !

Une rage salutaire la galvanisa. Elle parvint à glisser jusqu'au bas du mur, tête la première.

Qu'était ce truc, là, presque à ras du sol ? Aveuglée par sa myopie, elle tâtonna du bout des doigts. Un creux. Elle gigota pour gagner encore quelques centimètres.

On aurait dit qu'un rongeur s'était attaqué au mur, creusant le plâtre de ses incisives. Une sorte de minuscule arc, luisant sur le ciment cinq centimètres plus bas, attira son regard. Elle le récupéra et l'examina. Un morceau d'ongle. Une demi-lune, recouverte d'un vernis transparent.

Elle tenta de se redresser brutalement, luttant contre le renvoi qui ramenait une salive acide de sucs gastriques dans sa gorge.

Ah mon Dieu... Quelqu'un d'autre, une femme, avait été enfermée en ce lieu, quelqu'un avait gratté la paroi à s'en arracher un ongle.

Qui ? Où était-elle maintenant ? Pourquoi ? L'avait-il tuée ? Ici même ?

Julia se rua vers le paravent, plaquant la main sur sa bouche.

« Le vrai et le faux sont des attributs du langage, non des choses. Là où il n'y a pas de langage, il n'existe ni vérité, ni fausseté. »

THOMAS HOBBES, *Léviathan*.

Nuit du 30 au 31 octobre, environs de Boston, Massachusetts

Une tétanie réveilla Julia en sursaut. Ses jambes s'étaient détendues d'un coup en ruade et une crampe douloureuse lui électrisait le mollet.

Petite, ces mouvements saccadés qui heurtent le sommeil la terrorisaient. C'était toujours le même cauchemar. Elle courait sur le toit plat d'un immeuble. Quelqu'un la poursuivait, mais le rêve n'avait jamais accepté de lui révéler l'identité de son agresseur. Slalomant entre les gros cubes des cheminées, elle parvenait au bord du toit. Un bruit de graviers écrasés derrière elle, le mouvement d'air accompagnant un geste puissant et rapide derrière son dos. Elle basculait dans le vide. La crispation éperdue de ses mains sur le bord de la couverture la réveillait. Il paraît que l'on ne se voit jamais mourir en rêve. Est-ce vrai ?

Elle perçut sa présence. Ne pas ouvrir encore les yeux, feindre un réveil pénible. Se donner le temps de respirer alors que l'envie de hurler l'étouffait.

Qui était cette femme qui l'avait précédée ? Pourquoi ? Lui ressemblait-elle, celle-là aussi ? L'avait-il tuée ? Comment ?

– Redresse-toi, je pose le petit déjeuner sur le lit. Je vais te nourrir, comme avant. Tu te souviens ? Je te donnais à manger à la cuillère, comme à un bébé.

Julia se tordit pour s'asseoir dans le lit, évitant son regard. Elle avait reposé doucement l'arc de cercle brillant de vernis en bas du mur, sous le canapé. Elle avait presque l'impression d'avoir dormi au-dessus du cadavre d'une femme inconnue comme si ce morceau d'ongle demeurait la seule preuve tangible de son existence sur terre.

– Allez... ensuite, il faudra te laver.

Incapable de contrôler sa voix, elle murmura :

– Euh... J'ai été malade. L'anesthésie, sans doute.

– Je rincerai le seau hygiénique, ne t'inquiète pas.

Elle contraignit son regard à la fixité. Ne pas jeter un regard circulaire autour d'elle. Se laver ? Comment ? Où ? Il n'y avait pas de salle d'eau dans la cage. La seule aisance de cet ordre était le grand seau chinois en émail dissimulé derrière le paravent. Il devrait la faire sortir. Le signal de l'émetteur parviendrait jusqu'au satellite d'où il serait renvoyé au FBI. Elle approuva d'un ton aussi neutre que possible :

– Oui, j'ai beaucoup transpiré.

Il pouffa et tapa dans ses mains de satisfaction :

– Oh, la vilaine fourbe ! Je sais à quoi tu penses, j'ai toujours pu lire dans ta tête. Non... Nous ne sortirons pas d'ici, enfin du moins toi. Ceci, ma chérie, est un abri antiatomique. Une jeune femme l'a testé pour toi, pour nous.

La déclaration, faite dans un sourire, lui fit monter les larmes aux yeux. Elle balbutia :

– Pardon ?

Elle eut l'impression qu'un liquide glacial lui coulait le long de l'épine dorsale. Il poursuivit :

– Oui, elle a expérimenté la sécurité du système. Je l'ai enfermée ici...

Cordell réfléchit avant de se justifier, comme si son explication rendait sa victime coupable de sa propre mort, comme si l'« inaptitude » de la femme était, à elle seule, responsable de son meurtre :

– Pourtant, je lui avais facilité la tâche. J'avais ouvert la porte du sas. Enfin bref, elle s'est très mal débrouillée... Tu ne peux pas fuir. Vois-tu, elle était plus mobile que toi, plus entraînée aussi.

– Et ?

– Elle est morte, bien sûr. Mais, on ne peut pas toujours faire ce que l'on voudrait, n'est-ce pas ?

Elle balaya les murs de la cellule du regard, cherchant une trace qu'elle n'aurait pas découverte plus tôt, une cicatrice de la présence de la jeune femme en ces lieux. Mais rien, il n'existait plus rien qu'une ridicule rognure d'ongle cachée sous un canapé. Cette femme, cette victime particulière devenait la sienne. Pour la première fois, Julia se sentait directement liée à un massacre. Elle n'était plus simplement un modèle : une couleur de cheveux, ou d'yeux, ou la forme d'une bouche. Il avait utilisé cette femme comme un rat de laboratoire, testant sur elle le protocole qu'il avait mis au point pour Julia. Étrangement, ce crime-là devenait sa famille, son sang à elle. Si elle parvenait à le tuer, ce serait pour cette inconnue. Julia sortit de cette peine étouffante pour entendre :

– ... en d'autres termes, c'est totalement imperméable aux ondes. (Il avoua, d'un ton contrit :) Sans doute en ai-je trop fait. Mais tu me connais, je n'ai pas le sens de la mesure. J'ai craint qu'ils ne possèdent un matériel encore plus sophistiqué que ceux dont j'ai eu vent et puis, j'avais une autre idée derrière la tête... Cinquante centimètres d'un béton spécial, puis une feuille de plomb d'un bon centimètre d'épaisseur, puis du plâtre pour faire joli. Je n'ai pas eu assez de temps pour faire peindre. Mais c'est assez élégant, ce blanc sobre, non ? Et oui, tu as raison : il n'y a pas de salle de bains parce qu'il aurait fallu multiplier les intervenants... trop compliqué. On ne trouve plus d'artisans qui sachent tout faire. Enfin, pour répondre à la question muette qui tourne dans ta jolie tête... Notre bon Dougray Doyle a perdu ta trace dans Cutler Park... au moment où je t'ai tirée à l'arrière de la fourgonnette et recouverte de tabliers de plomb. On se les procure très facilement sur Internet, il suffit de pénétrer sur les sites de vente de matériel de laboratoire. Personne ne nous dérangera plus, mon amour.

Il remplit une cuillère à soupe de ce qui ressemblait à de la compote et l'avança vers les lèvres de Julia en murmurant :

– Allez, on ouvre le bec. Une cuillère pour moi... Une cuillère pour toi...

Une compote de pommes et d'ananas, relevée d'une pointe de cannelle. La compote qu'il lui préparait les samedis matin d'hiver. Il poursuivit d'un ton amusé :

– Comme tu l'auras remarqué, je n'ai pas fait installer de caméras. Sais-tu pourquoi ? Le FBI parviendra tôt ou tard à localiser cette propriété. S'ils étaient plus futés, ou plus chanceux que je le prévois, s'ils débarquaient avant que nous soyons partis, je me boucle dans cet abri avec toi. Ils n'ont alors aucun moyen de savoir si tu es encore en vie, si je te menace. Même leurs amplificateurs soniques les plus puissants ne parviendront pas à franchir cette barrière de ciment et de plomb. Pourtant, certains permettent d'écouter une conversation s'échangeant dans un appartement situé à presque un kilomètre... Du coup, ils ne peuvent plus faire exploser la porte : dans un espace si restreint, le souffle aurait de grandes chances de te tuer. Il leur faudra plus de deux heures pour en avoir raison avec des moyens mécaniques... Ça nous laisse du temps... Ça me laisse le loisir de réfléchir. Allez, on fait encore un petit effort, une autre cuillère pour moi...

Elle avala mécaniquement le contenu du ramequin en porcelaine fine, aspira le thé odorant de la tasse qu'il approchait de sa bouche. Il s'interrompait parfois pour tamponner d'un air absorbé son menton, ses lèvres, à l'aide d'un coin de serviette.

Satisfait de son obéissance, il déclara enfin :

– Voilà... Pas de pain, ni de beurre bien sûr. Nous sommes au régime... un régime draconien. Helen va rentrer... Elle va très vite éliminer cette stupide Julia. Bien, il faut se laver maintenant. Ensuite, nous bavarderons un peu.

Il se leva, s'étirant de bien-être. Elle suivit son dos large, hâlé, jusqu'à ce que la lourde porte se referme derrière lui. « Éliminer la stupide Julia. » S'agissait-il d'une menace précise ? À quelle échéance ?

Son imbécillité, sa lenteur la stupéfièrent. C'était tellement évident. Il allait la remodeler à son goût, à son caprice, à son envie. Faire « rentrer Helen », disparaître Julia, puisque Julia était la personnification d'une rébellion contre lui. Helen était la femme de l'adulation, de l'acceptation. Et lorsque Helen serait « rentrée », il la tuerait pour qu'elle ne lui échappe pas à nouveau.

Paradoxale validation de la déformation de son corps. Elle avait bouffé à vomir, recommençant une fois la nausée maîtrisée. Elle avait collectionné les kilos de graisse comme autant de trophées. Elle avait ainsi cru le repousser en dehors d'elle, gommer la mémoire de leur vie commune. En cela, elle avait échoué. Pourtant, elle venait de gagner ailleurs. Elle venait de gagner du temps.

Une équation effarante. Il avait toujours semblé plus accessible à Helen – puis à Julia – de se défendre des autres en se détruisant elle-même. Doyle aurait sans doute rétorqué qu'il s'agissait d'un mécanisme très féminin. Se venger sur soi des autres. Le dernier pouvoir. Le seul que l'on croit à portée de main.

Julia avait attendu, immobile, assise dans le lit. Peu de temps, à peine une demi-heure.

Le raclement d'une barre d'acier, de l'autre côté de la porte massive, un verrou repoussé, puis deux. La porte s'entrouvrit, laissant le passage à un chariot de réfectoire.

Une large bassine fumante était posée en équilibre sur le plateau du bas. Celui du haut tintait des entrechoquements d'une bonne demi-douzaine de flacons et de pots, coincés entre deux piles de serviettes-éponges blanches.

– Allez, au baquet... déshabille-toi, mon ange.

Elle le détailla. Il ne plaisantait pas, s'affairant autour du chariot comme une nounou efficace et autoritaire. Impatient, il se tourna vers elle :

– Allez, allez, on se lève, on se déshabille et on monte dans la grande bassine.

– Non... je suis assez grande pour me laver seule !

Il fut à côté d'elle en deux enjambées. Il tendit la main. L'ordre claqua :

– J'ai dit debout, maintenant !

– Non !

Il attrapa la masse de cheveux frisés et la tordit d'une main, lui soulevant la tête sans aménité. Elle serra les lèvres pour ne pas crier.

– Ne me résiste pas, mon amour, je déteste que l'on me résiste.

Son ton se radoucit aussitôt mais elle lut dans les iris, d'un noir glacé, qu'il luttait contre une fureur meurtrière :

– Tu ne veux pas me faire de la peine, n'est-ce pas, mon amour ?

Elle obtempéra. Jusqu'où avait-il poussé l'expérience avec l'autre femme, son rat de laboratoire ? L'avait-il lavée comme un bébé ? Sans doute pas. Il voulait juste qu'elle tente de s'enfuir pour vérifier qu'il parviendrait à la tuer.

Il lui savonna les jambes, le sexe, le ventre, remontant lentement, à coups d'arabesques mousseuses, jusqu'à ses seins.

Il soupira soudain, navré :

– Oh mon Dieu... Mais quelle vilaine !

Attrapant à pleine main un des larges bourrelets qui cascadaient sur son ventre, recouvrant presque totalement son nombril, il eut un petit hochement de tête attristé :

– Quel enfantillage, mon amour... te rends-tu compte ? Tu pensais vraiment que je ne pourrais pas me défaire de cela ? Quelle pétochardise aussi. Tu voulais te démolir pour nous démolir ? Il aurait fallu pour cela avoir le courage de l'irréversible. Fort peu de gens le possèdent. Et quoi de plus réversible qu'une répugnante prise de poids ? Il suffit même maintenant d'une épaisse aiguille et d'une canule. Des années de graisse partent en filet jaunâtre et sanglant dans un bocal. C'est avec cela que tu comptais lutter ? Ah mon ange, mon ange... il faut que je t'apprenne encore tant de choses !

Elle se détesta : il avait raison. Elle avait été incapable de la même rigueur que lui, du même monstrueux courage. Elle avait négocié avec sa trouille bleue de la mort. Elle s'était grisée de sa propre grandeur en affirmant qu'elle mourrait pour l'abattre, portant son suicide en étendard. Et qu'avait-elle fait, la pathétique vache ? Elle s'était goinfrée, anticipant la fureur de Cordell, se gargarisant de son triomphe sur lui. Mais il s'en foutait parce qu'il avait la puissance de défaire ce qu'elle avait construit.

– Lève les bras, mon ange.

Elle refusa de la tête, redoutant de prononcer un mot parce qu'elle sentait les sanglots s'accumuler dans sa gorge. Contre toute attente, il sourit :

– Mais je sais déjà où ils l'ont injectée... la tête émettrice. Sous ton aisselle gauche. Alors lève les bras.

Elle obéit. Curieuse anesthésie, volontaire cette fois. Elle suivait les mouvements de ces longues mains comme si le corps qu'elles savonnaient, rinçaient, essuyaient n'était plus à elle. Et peut-être était-ce le cas. Peut-être était-il parvenu à se le réapproprier. Au demeurant, avait-il jamais perdu son acte de propriété sur la chair de sa femme ? Sans doute pas. Il avait été son seul amant et l'ordonnateur de ses cauchemars de sexe, de sueur, et de salive. La peau de Julia ne se souvenait que de ses mains à lui, que de sa peau.

Il embrassa son sexe et elle sentit la tiédeur de sa langue.

– Tu sens toujours aussi bon... l'odeur d'une mer froide... Voilà... allonge-toi sur le lit, mon ange... Il faut te masser. Tu vas perdre du poids très vite... Nous ne voulons pas que ce bel épiderme flétrisse.

31 octobre, Boston Police Department, Boston, Massachusetts

Mark Breslow insista :

– Écoutez, je n'ai pas une méchante passion pour les journalistes, mais ils peuvent se révéler précieux. Il suffit de leur donner un peu de grain à moudre, ils se chargent des hypothèses. Quelqu'un a peut-être croisé Mrs. Holmer... Bref, un méchant fil, si ténu soit-il, ne pourrait pas nous faire de mal !

– Je sais. Mais s'il pense que nous le talonnons, il risque de la descendre très vite. Autant qu'il croie qu'il dispose d'un peu de temps pour s'amuser. (Doyle soupira d'exaspération avant d'ajouter :) C'est, du reste, la consternante vérité.

Breslow acquiesça d'un air désespéré :

– Oui... votre argument se tient.

Lorca déboula dans la salle d'archives dont l'atmosphère confinée filait un épouvantable mal de crâne à Doyle.

– Ça y est... on a quelque chose.

Doyle bondit sur ses pieds et hurla :

– Quoi... mais merde, vite, quoi ?

– New-England Lead, Pipes, and Cables... Et il s'agit bien de feuilles destinées à la protection d'un abri anti-atomique.

Breslow hurla à son tour :

– Je connais ! C'est à la sortie de Lowell, au nord-ouest de l'État. Une petite firme familiale. Ils ont failli mettre la clef sous la porte, il y a cinq-six ans... alors, alors, expliquez ! aboya-t-il à l'adresse de Lorca, qui lui lança un regard vipérin.

– Soixante-seize mètres carrés en plaques de un centimètre d'épaisseur... Ça coûte une petite fortune. Si je ne me suis pas plantée dans les divisions, ça représente la couverture intégrale d'une pièce d'environ douze mètres carrés. Le maçon qui a commandé était pressé. C'est grâce à cette hâte que New-England Lead, Pipes, and Cables a obtenu le marché... Ils avaient les plaques en stock... La femme qui a répondu à mon appel m'a expliqué que ce genre de matériau avait été très en vogue au moment de la guerre froide mais que... la toxicité du plomb aidant, il n'y avait plus guère que les labos qui se fournissaient encore.

– Le maçon, cria Doyle, son nom ! Ils ont livré eux-mêmes ? Ça doit représenter un foutu poids !

– Non, le gars est venu charger avec un camion.

– Et il ne s'est pas étendu sur l'usage qu'il comptait faire des plaques, ce type ? Comment s'appelle-t-il ?

– Non, juste qu'il les destinait à un abri. Tony Leone. Sa société est enregistrée au 56, Salem Street, Boston. On appelle depuis une demi-heure, mais nous tombons toujours sur son répondeur.

– Vous faites un tour là-bas, Lorca. Il nous faut ce mec, et il nous le faut maintenant.

– Ça marche.

Pointant l'index sur Breslow comme s'il l'accusait, Doyle demanda :

– Au nord-ouest, donc pas loin de Cutler Park, là où le signal a cessé ?

– Plus au nord. Pourquoi... Vous croyez qu'il se terre dans le coin ?

– Ce n'est pas exclu. Pour l'instant, il faut mettre la main sur ce Tony Leone.

31 octobre, Boston, Massachusetts

Dame Sara-Jane Chifley-Stanton reposa le magazine féminin qu'elle parcourait sans parvenir à se concentrer.

Elle était sans nouvelles de Charles Delcortal depuis deux jours et son absence lui tapait sur les nerfs. Elle s'en voulait de cette faiblesse, de ce manque qu'elle ressentait pour la première fois depuis la mort de son père.

Que faisait-il ? Elle avait laissé plusieurs messages chez lui, sans résultat. D'un autre homme, elle aurait pensé qu'il se débarrassait d'elle sans grande élégance depuis qu'il savait le premier prix acquis à son orchidée. Mais pas de lui. Surtout, pas d'eux.

Il s'était passé quelque chose de si exceptionnel lors de cette nuit, *La* nuit. Ils avaient dansé nus, ventre contre ventre. Lorsqu'il avait lié son bras droit le long de son torse à l'aide de la ceinture de son kimono, elle avait éclaté de rire. Elle qui, pour rien au monde, n'aurait lâché le contrôle de ses mouvements, de sa vie à quiconque. Elle avait fermé les yeux, renversant la tête vers l'arrière et il avait parcouru de la langue le sillon des artères de son cou. Avait-elle jamais eu envie de quelqu'un à ce point ? Jamais. Lui aussi la voulait au point de pouffer comme un gamin surpris.

Il l'avait poussée doucement jusqu'au lit, tombant à ses côtés. Puis il l'avait plaquée contre son ventre, remontant les genoux pour lui faire un berceau. Ils s'étaient endormis, collés l'un à l'autre, épuisés par un désir dont la conclusion – l'antalgie peut-être – ne serait pas le sexe. L'abstinence devenait le luxe douloureux qu'eux seuls pouvaient s'offrir.

Nul besoin de questions, d'explications. Elle savait. L'évidence s'imposait enfin.

Sara-Jane lâcha un soupir exaspéré en regardant sa montre. Ce foutu gynécologue avait toujours au moins trois quarts d'heure de retard. Une façon comme une autre d'insister sur son excellence et donc un agenda comble.

Elle attrapa un autre magazine et jeta un coup d'œil au sommaire. Un titre l'arrêta :

« Sociopathie : notre société engendre-t-elle les monstres qui la détruiront ? Le retour en activité de Charly, Cordell Taylor-Caedon, le don Juan égorgeur. » D'abord une moue de déplaisir : où allaient-ils chercher des titres aussi racoleurs ? Ses doigts avaient compris avant elle. Ils feuilletaient le magazine avec une fébrilité sauvage, arrachant à moitié une feuille récalcitrante. Elle lut l'article, mais surtout elle détailla la photo de Charles, Charles Delcortal, une photo prise cinq ans auparavant, dans le port de Boston. Delcortal... fallait-il être aveugle et lente, pour ne pas avoir entrevu l'anagramme incomplète ?

Elle se leva et, sous l'œil médusé d'une charmante secrétaire, sanglée dans une blouse rose trop ajustée sur ses formes généreuses, sortit de la salle d'attente en courant.

31 octobre, environs de Boston, Massachusetts

Le soir tombait déjà. La nuit serait belle, pleine.

Cordell rêvassait, allongé sur l'un des grands canapés du salon.

Il avait d'abord un peu craint le soulagement que lui procurait l'« arrivée » d'Helen dans ses murs à lui. Soulagement n'était pas le bon terme... Plénitude ?

Oh... il devait l'admettre : elle lui avait beaucoup manqué. Peut-être de façon moins blessante maintenant, grâce à sa rencontre avec Sara-Jane. Il allait rappeler cette dernière, mais c'était encore trop tôt. Où alors lui expliquer qu'il était en voyage, pour quelques jours ? Semaines ? Bref, jusqu'à la fin du jeu.

Mais il avait eu tant envie d'Helen, ce désir n'avait jamais cessé. Pas de désir sexuel, non, le problème ne se posait pas en ces termes. Il avait besoin de son existence... tant qu'il n'en serait pas las. Comment avait-elle cru possible de le déposséder d'elle ?

Sara-Jane était encore trop neuve pour partager les milliers de conversations qu'il avait échangées avec Helen durant son... absence. Une absence comme une crise d'adolescence, violente, brouillonne. Car elle ne voulait que lui, c'était évident, mais elle était butée, si tenace dans l'opposition.

Oui, il avait tant parlé à Helen durant ces quatre ans, imaginant ses réponses, ses énervements. Parfois, il avait ri aux éclats, car elle pouvait devenir une telle tête de mule lorsqu'elle était convaincue d'une théorie inverse de celle de son mari, la défendant pied à pied, à coups d'arguments, de citations. Nombre de ces discussions imaginaires avaient tourné autour du pouvoir. Helen ne comprenait pas que l'on puisse désirer le pouvoir, juste pour le pouvoir. Selon elle, il n'était qu'un outil pour avancer.

> *Une chose m'a toujours intrigué. Les hommes aiment tant les records. Un éphémère dépassement, la preuve qu'ils parviennent au sublime ne serait-ce qu'un centième de seconde. Ils passent ensuite le reste de leur vie à redouter que quelqu'un égale ou dépasse ce record. Tu sais, comme le « tireur le plus rapide de l'Ouest ». Pour quoi faire ? Pour la griserie de cette nanoseconde de différence ? Une nanoseconde de presque divinité peut-elle, à elle seule, justifier une existence ? Je l'ignore. Quoi qu'il en soit, quel terrible calvaire que le néant d'avant et celui qui le suivra.*
>
> *J'aime l'idée d'un interminable brasier, car vois-tu, une seule chose ne lasse jamais : le pouvoir. Des heures et des heures de pouvoir jusqu'à vous amener où je le veux. Comme une intoxication, toujours surprenante, toujours satisfaisante. Un festin de pouvoir.*

Il s'étira en bâillant et se dirigea vers l'immense cuisine laboratoire, blanche, lumineuse de la perfection glaciale de son émail, de ses chromes et de ses vitres.

Un truc se refusait à lui depuis des mois déjà. Une notion obsédante. Étrange. Il comprenait si vite d'habitude, pourquoi donc ne parvenait-il pas à mettre le doigt sur cette chose ? Sara-Jane était... tellement Sara-Jane. En revanche, Helen... Helen était... une image dont la banalité navrante s'imposa à lui : une glaise en devenir. L'empreinte de ses doigts mats sur sa chair pâle.

Il souleva le couvercle de la casserole et huma la soupe. Tomates au basilic, très diététique. Elle aurait droit à deux yaourts maigres et à un fruit. Ensuite... un excellent verre de vin. Juste un. Il sourit à la bouteille qui respirait sur une desserte.

Quelle jubilation de dénouer ce qu'elle avait mis tant de temps à réussir. Un grotesque maquillage adipeux. Comment avait-elle pu penser qu'elle avait le droit d'opérer cet affligeant changement ? Elle n'avait aucun droit, puisqu'il les conservait tous.

31 octobre, Boston, Massachusetts

Lorsqu'elle aperçut les deux flics du Boston PD en planque peu discrète dans une voiture garée devant la maison du 89, Park Drive, Dame Sara-Jane Chifley-Stanton ralentit. Un pincement d'angoisse la fit frissonner : l'avaient-ils arrêté ?

Idiote ! Elle se serait giflée pour cette hypothèse crétine. Personne ne l'arrêterait. Nul n'était assez fort, assez intelligent, assez retors pour cela, sauf elle, et elle souhaitait juste le rejoindre pour dormir toute sa vie dans l'arc de ses jambes, où qu'il aille, quoi qu'il fasse.

Ils n'étaient plus vraiment deux, pas encore tout à fait un. Remédier au plus vite à ce manque.

31 octobre, Boston, Massachusetts

En dépit du volet métallique baissé et du petit panonceau sur lequel était inscrit en grosses lettres incertaines « Fermé jusqu'à réouverture », Lorca avait tambouriné. Abrutis ! Bien sûr que c'était fermé jusqu'à ce que ça rouvre. Bande de crétins !

La fleuriste qui tenait la minuscule échoppe à côté du local de Tony Leone avait détaillé son badge bleu et blanc d'un air de veau égaré en bafouillant :

– Ah ben, j'sais pas. L'est pas là... J'l'ai pas vu depuis... oh... au moins plusieurs jours. Pourquoi, qu'est-ce qui se passe ?

Une réflexion idiote avait traversé l'esprit de Lorca : c'était la première fois qu'elle entendait un être, *a priori* – et sans doute abusivement – crédité d'une intelligence, bafouiller avec mollesse. Elle avait quitté la boutique avant de laisser transparaître son exaspération.

D'épiceries en cafés, de pizzerias en laveries, elle finit par retraverser tout le quartier au pas de charge, pour se rendre chez le caviste du coin de Hanover Street, sur les conseils d'un restaurateur qui lui avait précisé qu'une des cousines de Tony, une certaine Bianca Leone – y tenait la caisse.

Elle fonça dans Margin Street avant de rejoindre Salem, puis de bifurquer dans Cross Street. Le froid piquant lui fit monter les larmes aux yeux. Le froid ? Elle renifla pathétiquement, cherchant en vain un mouchoir dans la poche de sa veste en mouton retourné.

Seule. Elle était seule. Redevenue seule après une courte présence. Celle de Doyle. Il aurait pu l'accompagner, comme il l'avait fait des années durant. Quelle affligeante histoire ! Une de ces relations débiles qui n'existent qu'avant et après, rarement pendant. C'était de sa faute à elle, intégralement, mais l'admettre ne la dédouanait pas. Du reste, elle avait toujours vécu à côté de sa vie, attendant elle ne savait quoi, en tout cas, jamais ce qu'elle obtenait. Bordel, quel gâchis. Mrs. Holmer, la baleine, aurait sans doute déniché une de ces phrases géniales de philosophes. Certaines vous semblent si pertinentes lorsqu'on les entend : on se demande pourquoi on n'y avait pas songé avant. Peut-être parce qu'il fallait qu'un autre formule l'éclatante vérité à votre place ?

La jeune femme brune qu'on lui désigna chez le négociant en vin l'accueillit avec une sorte de réserve peureuse que Lorca comprit rapidement lorsqu'elle murmura :

– Il lui est arrivé quelque chose, c'est ça ? C'est pas normal qu'il n'ait pas donné signe de vie depuis plus de quinze jours ! C'est un type sérieux, Tony, trop même. Il aurait eu peur que sa mère – ma tante – s'affole. D'ailleurs, elle est aux cent coups, elle a harcelé les flics des jours durant, retourné tout le quartier. Il a fallu que le médecin lui prescrive des trucs, des calmants, elle pétait pas mal les plombs. Il faut vous dire que Tony est son fils unique, c'est la prunelle de ses yeux.

Lorca parvint à endiguer le flot de paroles inquiètes de la femme et jeta un regard vachard à un vendeur qui se rapprochait, appâté par l'idée de ragots à collecter. Cela ne sembla pas suffire à décourager le curieux. Esperanza siffla, mauvaise :

– Prenez donc une chaise et installez-vous, vous entendrez mieux.

Le type disparut aussitôt dans la deuxième grande salle aux murs recouverts de présentoirs à bouteilles en bois foncé.

– Ms. Leone, quand avez-vous vu Tony pour la dernière fois ?

– Il est passé dire bonjour à ma tante le vendredi matin, tôt, avant de rejoindre son chantier. C'était le 10 octobre. Ça fait donc vingt et un jours.

– Et depuis, aucun signe de vie ?

– Rien. D'abord les flics du quartier ont rigolé en disant qu'il jetait sa gourme, que c'était pas trop tôt.

– Comment ça ?

Bianca baissa les yeux :

– Ben, Tony fréquentait pas beaucoup. Enfin... les filles. Bien sûr, ma tante et ma mère ont toujours refusé de s'apercevoir que...

– Je vois. Vous pensez qu'il aurait pu faire une fugue en compagnie d'un mec ?

– Non... non, il aurait trouvé un prétexte, n'importe quoi, pour appeler sa mère et la rassurer. Les flics ont simplement repéré sa fourgonnette, le mardi suivant, abandonnée dans Merrimac Street. La fourrière allait l'embarquer. Elle était garée devant une bouche d'incendie. Non, je crois que...

Lorca vit une grosse larme rouler sur la joue de Bianca qui inspira bouche ouverte avant de compléter sa phrase :

– Je crois qu'il lui est arrivé quelque chose de... grave.

> *Enfoiré de merde... Tu as buté ce mec après qu'il a terminé les travaux, n'est-ce pas ? Tu l'as séduit d'abord ? Tu l'as baisé ? Est-il mort en sanglotant de reconnaissance dans tes bras ? Comme les autres ? Je te hais. Je te hais comme je ne haïrai plus personne. Je te hais pour tous ceux qui m'ont abîmée.*

Lorca mentit avec autant de sincérité qu'elle le pouvait :

– Il ne faut pas perdre espoir... on ne sait jamais.

L'autre hurla soudain :

– Vous me prenez pour une conne ou quoi ?

– Pardon. Je vous demande vraiment pardon.

Le patron, alerté par l'éclat de son employée modèle, s'approcha, l'air sévère. C'était un monsieur d'une soixantaine d'années, tiré à quatre épingles, droit dans son joli costume gris sombre, portant une barbiche poivre et sel taillée à la Richelieu. Fixant Lorca dans les yeux, il demanda assez fort :

– Un problème, Bianca ?

– Non, Mr. Magnani. Tout va bien.

Il croisa les bras dans le dos, s'écartant de quelques pas, et Lorca sentit qu'il était prêt à intervenir pour voler au secours de la jeune femme. Une étrange tendresse, si exceptionnelle qu'elle l'avait presque oubliée, lui fit cligner des paupières. Se doutait-il qu'elle était de taille à l'envoyer à l'hôpital s'il s'avisait de lever la main sur elle ?

– Bianca... Où puis-je trouver votre tante ? Il faut que je sache où se situe le chantier sur lequel Tony travaillait.

La jeune femme plaqua une main sur sa bouche et fondit en larmes. Lorca la poussa avec douceur dans le coin de la première salle du magasin, intimant d'un geste de la main l'ordre au patron vigilant de demeurer où il se trouvait. Bianca sanglota durant quelques secondes, puis parvint à articuler :

– Elle séjourne chez ma mère, à Newton. Mais ça ne sert à rien. C'est pour cela que je suis sûre qu'il... qu'il est mort... c'est bidon. Il a donné une adresse bidon. On y est allées, toutes les trois, le dimanche suivant. On a aussi donné le renseignement aux flics. Mais pourquoi a-t-il refilé une adresse bidon !

Parce qu'un séducteur magique et létal le lui avait demandé. Ils obéissent tous, jusqu'à la mort.

– Les flics ont-ils saisi l'estafette comme pièce à conviction ?

– Vous parlez, bien sûr que non... Elle est au garage.
– Vous avez les clefs ? On peut y aller ?
– Les clefs sont chez ma tante. Mais j'ai un double des siennes. Je... enfin, je termine à vingt heures.
– Oh, je suis certaine que Mr. Magnani se fera un plaisir de vous laisser sortir une petite heure plus tôt. Allez chercher vos affaires. Je lui en touche deux mots. Je vous attends dehors. Je dois faire mon rapport téléphonique.

Nuit du 31 octobre au 1er novembre, environs de Boston, Massachusetts

Julia ouvrait la bouche, la refermant sur la cuillère.

Elle avait presque terminé le contenu du plateau, à l'exception de ce qui se dissimulait sous le cône d'une serviette blanche. Lorsqu'elle lui avait demandé ce que cachait le linge, il avait ri, appliquant un index sur sa bouche :

– Chut, c'est une surprise pour ma douce.

Il essuya le liquide orangé qui dégoulinait sur le menton de Julia :

– Une bonne orange, c'est plein de vitamines.

Il fouilla dans la poche de son pantalon de cuir noir et ouvrit la main devant sa bouche. Un comprimé. Un comprimé bleu.

– Avale, ma chérie. Tu vas bien dormir. Il nous reste une petite heure à peine, avant que tu sombres.

Elle avala.

– Retire ton peignoir. Allez...

Elle défit la ceinture, il aida l'éponge à glisser le long de ses épaules.

– Bien... Tu es adorable. Comme tu m'as manqué... Et maintenant, le cadeau.

Il dévoila la petite pyramide couverte de la serviette en épais coton blanc.

Deux beaux verres en cristal taillé, remplis d'un lourd vin rouge, nuances de terre brune, de violet. La suite dévala dans la mémoire de Julia. Elle la connaissait. Si bien. Elle l'avait tant aimée quelques années plus tôt. L'infime chuintement du métal cinglant l'air ne la surprit pas. Julia suivit du regard la longue langue acérée qui se posait à la pliure du bras de Cordell. Elle détailla la progression de la pointe, la pression qui creusait un petit sillon dans la chair. La lame s'immobilisa sur le delta des veines du poignet. Elle s'inclina, s'enfonça. Julia vit nettement le bord tranché de la peau embrasser le métal.

Un rire renversa la tête de Cordell vers l'arrière. Hypnotisée, Julia compta les secondes. Deux, il en fallut deux pour que la première goutte lente et rouge vif se forme. Une de plus pour qu'elle abandonne l'incision et s'écoule avec paresse vers la paume ouverte. Les autres la suivirent avec précipitation. Un minuscule lac se forma, noyant peu à peu les lignes de sa main. Il le versa dans un des verres et appliqua ses lèvres sur la plaie en fixant Julia.

Il fit tourner le liquide, unissant les deux rouges, puis remplit sa bouche d'une longue aspiration. Il colla ses lèvres à celles de la femme figée. Le vin tiédi dévala dans la gorge de Julia. Il lui sembla qu'elle buvait son sang à même la plaie.

Une réflexion brouillonne traversa le brouillard chimique qui commençait à s'immiscer. Elle n'avait jamais goûté son propre sang. Petite, lorsqu'elle se blessait, elle hurlait, incapable même d'appliquer sa main sur le filet rouge, paniquée à l'idée que sa vie fuyait d'elle. Le premier sang avait été celui de Cordell. Non... Le sang premier est celui de la mère, celui qui oxygène, qui nourrit le fœtus.

Justement, celui de Cordell.

Elle se sentit basculer dans son cerveau.

– Voilà... allonge-toi confortablement. Tu veux que je te raconte une jolie histoire ? L'histoire d'un monsieur qui était fou de sa femme. Elle avait été très méchante avec lui, mais il lui pardonnait...

Elle parvint à marmonner :

– Tu ne sais pas ce que c'est qu'être fou de quelqu'un... ou plutôt si... tu es fou de toi. Je peux le comprendre, je l'étais aussi.

– Je n'ai pas entendu, chérie, répète...

Sa tête dodelina, elle ferma les yeux, se laissant glisser dans ce début de sommeil qui lui desséchait la gorge. Loin, très loin, elle l'entendit fredonner un air qu'elle connaissait sans parvenir à l'identifier. Il chantait souvent cette chanson, le soir surtout. Merde, il fallait qu'elle se souvienne avant de sombrer... Son cerveau se débattit contre le sommeil qui l'engourdissait.

Un groupe de rock très célèbre. Une chanson au sujet d'un homme, si obsédé par une femme qu'il souhaite devenir sa mère, rester pour toujours le commencement et la fin. La nourrir, l'oxygéner de son sang.

Le froid la fit sortir de sa léthargie. L'odeur d'une peau qu'elle connaissait mieux que la sienne. Elle leva doucement les paupières. Un torse qu'elle avait embrassé à la folie.

Elle était nue, plaquée contre lui. Les bras de Cordell enserraient ses épaules, comme pour prévenir une fuite. À sa respiration profonde, elle devina qu'il s'était assoupi. Tournant la tête millimètre par millimètre, elle parvint à distinguer l'heure affichée par sa montre à chiffres fluorescents : minuit moins le quart. Seulement ?

Sa dernière pensée structurée, juste avant de fléchir sous la camisole chimique, lui revint. Quel était ce jeu ? Il ne ressemblait en rien aux parades amoureuses et fatales qui avaient tant distrait Cordell dans le passé. Danse séductrice avec meurtre. Il y avait autre chose. Une chose qu'elle avait frôlée toutes ces années, sans vouloir la comprendre. Il la nourrissait, la lavait, la peignait, la privant de bouffe pour la remodeler à son bon plaisir. Un bébé. Une créature personnelle. Non, une création.

Elle lui en avait fait la confession à plusieurs reprises durant leur splendide vie de couple : il l'avait mise au monde, puisque sa mère n'avait fait que la pousser hors d'elle, pour la confier aussitôt aux bras tendres mais professionnels de Nana. À chaque fois, il souriait de plaisir, la caressant comme un petit animal. Ce qui alors n'avait été qu'un délire de femme amoureuse prenait l'éclat froid d'un tableau clinique. Cordell créait son enfant, sa chose. L'enfantement de nouveaux hybrides d'orchidées n'avait été qu'un dérivatif à une gestation interrompue quatre ans plus tôt. Cordell redevenait sa mère.

« Charly : le jeu des dieux », la thèse de psychologie qu'elle avait écrite à son sujet. Cordell abattait les barrières de la physiologie. Cordell dépassait ses dernières limites, sa réalité physique.

Pourquoi elle ? Pourquoi l'avait-il choisie comme enfant, comme clone ? Lui paraissait-elle si perméable ? Percevait-il chez elle des potentialités qu'elle ignorait ? Les monstres sont-ils capables de renifler la monstruosité chez leurs congénères ? Elle avait tant redouté la possibilité d'une « contagion », jusqu'à ce qu'elle utilise son intelligence plutôt que de se laisser guider par la terreur.

Et si... et si elle parvenait à réécrire le rôle qu'il lui réservait ?

Le souffle du dormeur contre son épaule. Tiède, léger. Elle se laissa aller contre lui. Le sentit-il ? Il allongea une jambe et émit une sorte de murmure indistinct, satisfait.

Les chances de Julia s'amoindrissaient avec cette conclusion. S'il s'était agi d'un nouveau jeu de séduction, s'il avait tenté de faire céder la femme, elle aurait pu lutter pied à pied. Elle le connaissait assez. Elle se serait montrée rétive pour l'appâter, lâchant peu à peu d'infimes concessions pour le rassurer sur son pouvoir. Puis, très progressivement, elle serait parvenue à le convaincre de sa soumission. Grisé par son ultime succès, il aurait baissé la garde. Peut-être l'aurait-il massacrée ensuite, mais du moins avait-elle une chance.

Le jeu était maintenant différent. Il ne s'agissait ni de

sexe, ni de séduction, et encore moins de danse. Du reste, ce n'était pas un jeu. Sans doute Cordell n'avait-il jamais été aussi sérieux de sa vie.

Comment fait-on l'enfant ?

Comment devient-on celui du tueur ?

Nuit du 31 octobre au 1er novembre, Boston, Massachusetts

Bianca Leone grelottait de froid dans le garage obscur, tenant d'une main une torche afin d'éclairer Lorca, enfouie sous le tableau de bord de l'estafette et dont elle n'apercevait plus que le postérieur.

Claquant des dents, elle demanda :

– Vous trouvez quelque chose ?

– Pas encore, haleta Espy, cassée en deux.

– Mais vous savez ce que vous cherchez ?

– Pas vraiment.

– Vous ne devriez pas porter des gants pour...

– Si vous croyez qu'il a abandonné des empreintes, vous vous foutez le doigt dans l'œil.

La petite voix de Bianca gémit :

– C'est qui, « il » ? Vous savez des trucs que vous ne me dites pas, c'est ça ?

– Non... mais j'ai une petite idée, biaisa Lorca en se redressant, essoufflée. Bordel, mais qu'est-ce qu'ils foutent ! Ça fait combien de temps que j'ai appelé le Boston PD ?

– Deux bonnes heures.

– Bonjour les équipes d'intervention ! J'espère que le déminage est plus rapide.

Elle ressortit de l'habitacle, sur les nerfs.

Il avait d'abord fallu retrouver les clefs du garage et de l'estafette chez Mrs. Leone. Puis Lorca avait fouillé l'arrière de la camionnette de fond en comble, vidant cordages, dalles de Placoplâtre, sacs de sable, truelles, seaux de toutes sortes, rouleaux de zinc. La boîte à gants n'avait pas révélé grand-chose si ce n'était des dragées de chewing-gum, un paquet de préservatifs aromatisés à la fraise, un bandana noir raide de poussière de ciment et différents trousseaux de clefs.

Elle attrapa sans un mot la torche des mains de Bianca et s'agenouilla, balayant le plancher du faisceau lumineux. Une sorte de gros dossier sombre était poussé sous le siège passager.

Il s'agissait d'un classeur en plastique noir. Elle l'ouvrit si brutalement que des bouts de papier s'en échappèrent pour voleter autour de ses jambes avant d'atterrir sur le sol du garage. Elle jura, hors d'elle :

– Fait chier, bordel !

Bianca se précipita pour l'aider à les ramasser. Elle était livide de froid et ses lèvres bleuissaient. La colère de Lorca tomba d'un coup. Elle enleva sa veste en mouton et ordonna :

– Passez ça.

– Mais vous allez peler !

– Je viens d'attraper une bonne suée avec cette gymnastique.

– Ben, justement, c'est mauvais après de...

– Fermez-la et enfilez-moi cette veste. C'est pas le moment de me prendre la tête, d'accord ?

La jeune femme s'exécuta pendant que Lorca étalait les petits bouts de papier sur le capot de la camionnette. Des factures. Des reçus, rien d'autre. Notes d'essence, de restaurant, de livraison de matériau, un changement de pneus. Sans doute avait-il profité d'une de ces promotions saisonnières, puisque Joey's Garage lui avait fait une ristourne de vingt pour cent sur les quatre roues. Lorca jeta un regard. Ouais, les pneus étaient tout neufs... Elle éplucha les factures, les lisant, les relisant... soudain, un truc. Elle hurla :

– Je l'ai. Sac à merde… je vais te faire la peau. Moi, Lorca y Fernandez.

Elle récupéra son portable dans la poche de son pantalon. Dougray Doyle répondit aussitôt :

– Ils sont partis… Ils devraient être là dans…

– Rien à foutre, j'ai plus besoin d'eux ! Il faut chercher aux environs de Winchester et Woburn. Tony Leone a déjeuné toute la semaine du 3 octobre dans une pizzeria : Dolce Italia, dans Woburn, et il a fait changer ses quatre pneus le 6 chez Joey's garage à Winchester. Charly a dû vider tout ce qu'il pouvait y avoir de révélateur de la boîte à gants, mais il n'a pas vu le dossier de factures glissé sous le siège passager. Du reste, je suis tombée dessus en dernier.

– Oh merde… oh merde, on l'a.

Elle l'entendit hurler à la cantonade :

– Vous me trouvez le patron de Dolce Italia à Woburn, vous le sortez du lit s'il le faut. Je veux lui parler, et vite.

S'adressant de nouveau à elle, il ordonna :

– Vous rappliquez, Lorca, au galop. Lorca… vous êtes top. (Puis, très bas.) Lorca… je vais… Nous allons vous regretter.

1er novembre, environs de Boston, Massachusetts

Lorsqu'elle le sentit se réveiller, elle ferma les yeux, feignant de dormir. Il déposa une série de petits baisers sur son front, légers comme des pétales. Le corps de son mari se détacha du sien. Il se releva en murmurant, presque inaudible :

– Dors, mon bébé.

Penser. Réfléchir. Réfléchir vite et parfaitement bien.

Au début, lorsqu'elle avait découvert la cage, elle avait redouté un affrontement, un assaut physique. Il n'y en aurait pas, pas avant longtemps. Pas avant qu'il n'admette que sa monstrueuse maternité avait avorté. Il ne deviendrait pas le créateur qu'il rêvait d'être. Pas avec elle. Gagner du temps. Se convaincre que chaque minute qu'elle arracherait à Cordell était un avantage de plus pour le FBI, les conduisant peut-être jusqu'à elle. Elle devait résister le plus longtemps possible, jusqu'à, peut-être, trouver un moyen de sortir de cette prison, de tuer le démiurge.

Le claquement sec de la porte du sas. Un verrou poussé contre la lourde porte, puis deux.

Il était parti. Pour combien de temps ? Le temps, encore le temps. Le temps s'était refusé à cette jeune femme qui l'avait précédée ici. Ou alors peut-être n'avait-elle pas compris qu'il était sa seule possibilité de salut ? Résister. Tenir le plus longtemps possible, pour elle, pour cette femme aussi, pour ce mince arc de cercle vernis au-dessus duquel Julia s'endormait.

Pygmalion. Helen/Julia était le pantin. Étrange. Étrange comme ce syndrome de Pygmalion est masculin. Les hommes se dévouent, se préoccupent de fils – exceptionnellement de filles – spirituels dont ils ne toléreront pas l'éloignement. Cordell aurait pu devenir le fils spirituel adulé de son père à elle, ce père qui avait toujours traité sa fille de sang avec une tendresse un peu lointaine. Il avait adoré son gendre comme s'il se retrouvait en lui, l'accompagnant de ses conseils, jugeant génial le moindre de ses actes, hilarante chacune de ses plaisanteries. Ce gendre qui l'avait égorgé un peu plus tard. Elle se souvenait de l'éclair de bonheur qui illuminait le visage du grand homme austère lorsque Cordell s'avançait vers lui, mains tendues. Les femmes éprouvent peu ce fantasme créateur. Pourquoi ? Parce qu'elles n'en ont pas le pouvoir ou parce qu'elles enfantent d'une réalité biologique ?

Pygmalion : l'homme qui voulait être Dieu ou simplement mère ?

Réfléchir. Détruire la mère anthropophage.

Nana était maintenant si loin d'elle. Juste un beau souvenir douloureux. Lorsque la petite Helen boudait, ou désobéissait, Nana la grondait d'un « Ne fais pas l'enfant ». Sa mère Katherine hochait parfois la tête en murmurant d'un ton navré : « Quelle enfant ! » Nana, ma pauvre chérie... Vois-tu, ma vie tient à un fil. Il va me tuer, comme toi, comme mes parents. Ma seule arme est le temps, ma seule stratégie est de « faire l'enfant ».

Mais comment ? Rien n'était utilisable ici. Casser le vase ? Non, il flairerait le piège.

Julia arracha l'ongle de son index gauche d'un coup de dents, découvrant une pulpe à vif, suintante. Elle serra les paupières sous la douleur et attaqua de la pointe d'une canine la chair de son doigt. Elle aspira la plaie, appelant le sang. Un hoquet de nausée la secoua.

Rien à foutre. Agis, pauvre vache !

La tête lui tournait. Elle pressa la blessure. Le raclement d'un, puis de deux verrous.

Il posa le plateau entre ses pieds nus et referma la porte avant de le reprendre. Elle geignit :

– Ah... je me suis fait mal. Je me suis accroché l'ongle.

Il se précipita vers le lit, étudia son doigt en grimaçant :

– Ouh... c'est très douloureux. Tu es toute pâle.

– Et puis, je vais encore me l'accrocher... ça râpe.

Elle fourra le doigt dans sa bouche. Il lui agrippa le poignet :

– Non... mais ne fais pas ça, voyons ! Enfin, c'est comme ça que les plaies s'infectent ! Bon, commence, ton thé va être froid. Je vais chercher de quoi te soigner. Qui va avoir une jolie poupée ?

Elle lui sourit pour la première fois, un sourire timide.

– Ah là, là, quelle enfant, plaisanta-t-il. N'empêche, il faut soigner ce bobo au plus vite. Je vais chercher la trousse de pharmacie. J'en ai pour deux minutes et ensuite... on joue au docteur.

Elle sourit à nouveau.

La blessure l'élançait. Pire que tout, Julia progressait en aveugle, sans avoir la moindre idée de la nouvelle ruse qu'elle devrait tenter.

C'est alors que la stupéfaction la cloua sur place. Il avait laissé la porte du sas entrouverte. Merde, comment ne l'avait-elle pas vue plus tôt ? La méfiance de Cordell s'amenuisait. Elle étouffa un rire de triomphe. Elle pouvait être la plus intelligente.

Une bourrasque d'adrénaline la fit bondir hors du lit. Une chance enfin, la seule, l'unique, celle qu'elle attendait ! Elle tira le drap, l'enroulant en toge autour d'elle. Vite. Depuis quand était-il parti ? Elle avait encore le temps de fuir. Certes, elle ignorait la topographie des lieux, mais, en toute logique, l'abri avait été installé au sous-sol de la maison. Redoubler de prudence, ne pas l'alerter d'un son.

Julia avança d'un pas, tendant l'oreille, cherchant à déchiffrer le silence qui l'environnait, seulement troublé par le ronronnement de l'air conditionné. Il lui sembla que l'air qui provenait de l'extérieur de la cellule était plus frais, plus vital. Un autre pas. Son cœur s'accéléra, lui remontant dans la gorge. Elle tendit le bras devant elle. Encore deux mètres, peut-être trois, et elle toucherait la lourde porte blindée du bout des doigts. Ensuite, elle se précipiterait.

Conne !

Arrête, maintenant, tu es une vraie conne !

Le silence étrange, comme une menace, comme un déguisement.

Elle recula vers le canapé, posant les pieds avec une infinie douceur sur le sol en ciment.

Il l'attendait. Il ne s'agissait pas d'un oubli de sa part. Mais d'un piège, d'un autre de ses tests. Il patientait derrière la porte, à quelques mètres sans doute. Elle était en train de commettre la même erreur fatale que la jeune femme qui l'avait précédée. Elle se transformait à nouveau en souris affolée. Elle n'avait aucune chance parce qu'il avait tout prévu. Il attendait simplement qu'elle l'oublie. Idiote, idiote. Recouche-toi. Le temps n'est pas venu.

Qu'espérait-il au juste ? Qu'elle fuie pour la tuer ou qu'elle l'attende pour lui prouver qu'il gagnait, lui permettant de poursuivre son fantasme d'enfantement ? Julia misa sur la deuxième hypothèse. Elle n'ignorait pas que, si elle se trompait, elle n'aurait pas l'occasion d'en formuler d'autre.

Il s'écoula trois bonnes minutes avant qu'il ne réapparaisse, radieux. Il referma avec soin la porte derrière lui.

– Tu as toujours aussi mal ?

– Non, davantage. Ça m'élance terriblement. C'est ridicule, une si petite blessure... et ça fait si mal. Ça me porte au cœur.

– Pourquoi crois-tu que l'arrachage d'ongles ait eu la faveur de tous les tortionnaires ?

Il extirpa un petit flacon de plastique transparent de la

trousse, un long bout de gaze et un rouleau de sparadrap. Il se pencha vers le doigt maculé de sang séché et déposa un léger baiser sur le bobo en murmurant :

– Allez, un bisou pour enlever la douleur.

Il soigna son doigt, la cajolant de ces petits mots que l'on destine aux enfants :

– Ouh... ça va piquer... mais tu es une grande fille, n'est-ce pas ?

Elle couina, forçant un peu la protestation. Pourquoi utilisait-il de l'alcool ? Il existe des désinfectants plus efficaces et indolores ou presque.

Elle comprit lorsqu'il la berça en chantonnant : il devait lui faire mal pour pouvoir la consoler.

– Là, c'est fini maintenant. Bon... comme nous avons été très courageuse, ce soir, je t'offrirai une belle boule de glace, mais une seule. Que préfères-tu ? Cassis, chocolat, vanille, fraise, citron vert ?

– Deux, bouda-t-elle.

– Deux ?

– Oui, deux boules !

Il prétendit hésiter, dodelinant de la tête, pinça les lèvres de fausse sévérité, puis accepta :

– Bon, à titre exceptionnel. Deux, c'est d'accord. Quel parfum ?

– Chocolat et chocolat.

– Oh... La petite monstresse que voilà ! Je suis trop faible avec toi.

Elle ferma les paupières sur un sourire.

Combien ont cru que le sort, enfin, les comblait lorsqu'ils t'ont rencontré ? Combien ont songé que le hasard se décidait à les rembourser d'une vie de médiocrité ? Combien ont guetté ton sourire, quêté ton amour ? Combien se sont vidés de leur sang entre tes bras ?

Je te hais. Tu es une injustice. Tu avais tout, comme si la nature insistait pour faire de toi un de ses rares miracles. Pourquoi fallait-il que tu te repaisses du sang des autres ?

Il déclara :

– Avec tout ça, ton thé est froid.

Les yeux toujours clos, elle gémit :

– Ce n'est pas grave. Je ne pourrai rien avaler de toute façon. J'ai une épouvantable migraine. Ça me donne mal au cœur.

Elle tendit la main devant elle et effleura son torse. Il lui sembla qu'il frissonnait. Elle laissa retomber sa main.

– Je vais te chercher de l'aspirine et du thé chaud. Tu as toujours été sujette aux migraines, dès que tu t'énervais. Allonge-toi, mon bébé, tu seras mieux. Je reviens dans cinq minutes. (Il gloussa :) Quel souci, cette petite fille, mon Dieu ! Si tu veux, ensuite, nous choisirons un livre et je te ferai la lecture.

– Oui, je veux bien.

Le son rauque des verrous. Elle se redressa. Bien sûr, il n'avait pas oublié de les repousser. Jamais il n'oublierait.

Réfléchir. Il serait bientôt de retour. Elle ne pouvait pas subtiliser un couteau ou même une fourchette. Elle avait surpris son regard lorsqu'il inventoriait chaque plateau après qu'elle eut fini de manger.

Réfléchir. Vite.

Elle détailla le plateau comme si elle se noyait. Une tasse remplie de thé au lait, une soucoupe, une petite assiette sur laquelle était posé un pot de yaourt, une coupelle de soupe de fruits rouges, des couverts, une serviette en lin blanc. L'énumération tourna dans sa tête. Vite. Elle passa ses deux mains sous le plateau et le balança au sol. Fracas de porcelaine brisée. Elle sauta du lit, récupéra un large éclat de la soucoupe et le cassa contre le ciment. Une longue et large aiguille de porcelaine. Fine. Elle la fourra dans la taie d'oreiller et s'agenouilla à côté du petit ravage prémédité, attendant.

Le temps s'écoule si étrangement lorsque chaque instant

est un répit. Qui aurait cru que quelques secondes, une minute puisse signifier une vie ? Pas elle.

Encore ce bruit d'acier raclant l'acier. Il était de retour, portant avec précaution un bol de thé. Elle pleurnicha :

– Oh, je suis désolée... c'est mon doigt, et puis cette migraine... ça me handicape. J'ai tenté de soulever le plateau et... pardon.

– Tu m'as fait peur, j'ai cru que tu avais eu un malaise.

Pourtant, elle le vit ramasser les couverts, les compter.

Elle fronça les sourcils, soupira, obsédée par une seule chose : la large esquille de porcelaine. Quand ?

Il fallait le garder auprès d'elle, trouver le moment. Il n'y en aurait pas deux. Elle abattit son joker. Elle n'ignorait pas qu'il pouvait se révéler traître.

– Qu'as-tu pensé... dans ce hangar de Quincy, l'année dernière ? Lorsque tu as...

– Égorgé le blondinet qui voulait te tuer ?

– Oui, Michael Baghurst.

– Pas grand-chose, répondit-il d'un ton léger. Je le pistais depuis un moment, sans connaître son identité. Une anecdote, rien de plus. Lui et sa mort.

Il baissa la tête et elle suivit le mouvement des cheveux si bruns qui coulaient sur son front. Il poursuivit d'un ton tendu :

– J'étais furieux contre toi. Tu m'avais déçu, trahi. Tu étais partie, rompant ce cordon... ce lien. Tu voulais vivre sans moi. Y es-tu parvenue ? Ne me mens pas, je le saurai. Je sais toujours quand tu me mens.

Elle songea « non, tu le savais » et tricha :

– J'ai cessé de vivre. Je ne sais donc pas si je suis parvenue à vivre sans toi. La question n'est pas là.

– Oh, mais si, bien sûr, qu'elle est là. Tu as de nouveau bu mon sang, tu te souviens ? Personne ne pourra jamais être plus proche de toi que moi. Le sais-tu ? Je suis dans ta tête, jour et nuit, je coule dans tes veines, tu respires avec mes poumons.

Elle hésita à peine avant d'oser :

– C'est la définition d'une mère. Enfin... de ce que l'on en espère... pas de la mienne, bien sûr.

– Katherine, pathétique idiote, si avare d'elle-même.

Elle le ramena où elle le voulait :

– Oui, j'ai bu ton sang. M'aurais-tu laissé le choix ? J'en doute.

Il l'écoutait, la tête inclinée sur le côté, une lueur de ravissement dans ses prunelles si sombres, et commenta :

– Quelle belle expression, « être du sang de quelqu'un ». J'aime le sang. C'est magnifique, si précieux, si unique et pourtant si commun. Non, je ne t'aurais pas laissé le choix, c'est certain. Mais après tout... pour en revenir à ta définition – ou à ta métaphore, je ne sais pas –, aucun fœtus n'a le choix du sang de sa mère, non ?

– C'est vrai.

Il caressa sa gorge, sa main descendant entre la naissance de ses seins.

Et si elle cédait ? Si elle abdiquait ? Quel soulagement. Un désert puis la mort. Pas d'effort, juste un beau vide.

Un visage triangulaire qu'elle n'attendait pas, auquel elle n'avait pas pensé depuis pas mal de temps, s'imposa : Lorca. Cette garce perfide. Cette odieuse gonzesse se battrait jusqu'au bout, même condamnée, jusqu'à la dernière goutte de son sang.

L'aiguille de porcelaine.

1er novembre, Woburn, Massachusetts

Leonello Ponti écarquillait les yeux. Il ne comprenait rien à ce qui se passait. Du reste, il avait perdu le fil une bonne heure auparavant.

Des flics qui tambourinaient comme des dingues sur la porte de son appartement, situé à l'étage de son restaurant, l'avaient réveillé en sursaut à cinq heures du matin.

Il avait glapi, en amateur avisé de séries policières :

– Vous avez un mandat de perquisition, d'arrestation, signé du juge ?

Le plus âgé des trois flics avait levé les bras au ciel en gémissant :

– Mais de quoi il nous parle, celui-là ? On a juste besoin de vous parler, monsieur ! C'est pas Starsky et Hutch, d'accord ! C'est urgent : une femme a été enlevée...

Leonello avait rugi, les cheveux hérissés au sommet de son crâne :

– J'ai jamais enlevé de femme ! J'appelle mon avocat.

– T'en as pas, rigolo !

Soufflant, suant, affolé, Ponti avait fini par comprendre que l'on avait juste besoin de lui. Soudain flatté, il avait obtempéré et, passant une canadienne sur son pyjama, avait suivi les policiers, leur enjoignant même de se dépêcher un peu : on attendait son témoignage de toute urgence.

Ce type si brun qu'il l'avait d'abord cru italien avant d'entendre son nom, lui répétait la même question de façon différente, pour la deuxième fois. Leonello couina :

– Je suis pas sourd et encore moins débile, j'ai compris ! Oui, ce type, Tony... Tony Leone, il venait manger chez moi le midi. C'est lui l'enleveur ?

– Non, il ne s'agit pas du ravisseur.

– Ah bon, je préfère ça...

– Il était maçon, c'est bien ça ?

– Oui... Il travaillait dans le coin, une grosse propriété.

– Où ?

– Ça, je sais pas.

– Vous a-t-il dit à quoi il travaillait ?

– Un truc de fondu, qu'il m'a dit.

– De fondu ?

– Ouais, son client quoi.

– Un abri antiatomique ?

– Dans ce genre-là. Faut quand même avoir un grain à notre époque, vu qu'on va tous crever de la pollution... mais il n'a pas été plus précis que ça.

Le flic très brun serra les poings, et Ponti comprit qu'il était à bout, lorsqu'il insista d'un ton très doux :

– Mr. Ponti, c'est très important... une femme risque de mourir. Vous a-t-il révélé autre chose, un détail, n'importe quoi, qui nous permette de préciser où se trouve cette propriété ?

Leonello se creusa les méninges à la recherche d'une phrase. Il en était certain : Tony avait fait allusion à un pont, un pont fragile.

– Ça y est ! s'écria-t-il en se levant d'un bond avant de se rasseoir aussi sec. Il était pas mal inquiet, rapport au poids d'un camion, avec les matériaux... un pont, pas trop robuste.

– Un pont ? Où y a-t-il un pont ?

– Y en a quelques-uns, des ponts privés surtout. Tout le long de la rivière qui descend de Mishawum Lake, celle qui alimente le lac du Winchester Boat Club... pas mal de rupins dans le coin. Y a deux ou trois belles propriétés. M'est avis que celle que vous cherchez pourrait être l'une d'entre elles.

Leonello n'était pas mécontent. Ce type brun – un super agent du FBI à ce qu'il avait compris, pas n'importe quel flic de bourgade – avait l'air vachement intéressé par ce qu'il lui racontait. Non, ça valait le coup de se décarcasser pour des mecs comme ça. Pas comme ceux qui courent après les pare-brise à PV comme s'ils protégeaient la veuve et l'orphelin ! Du coup, un autre petit truc lui revint :

– Ça peut vous aider... Y avait pas de chien. Dans la grande baraque, là, y avait pas de clébard. Ça arrangeait pas mal Tony, rapport qu'il s'était fait mordre une fois chez un client. C'est pas courant, parce que dans ces propriétés, ils ont souvent des cabots de garde. Le genre molosse plein de dents.

Doyle lui serra la main à lui déboîter l'épaule et fonça.

Doyle lui serra la main à lui décrocher l'épaule en douce.

« Ce n'est pas la violence qui reconstruit, mais celle qui ruine qu'il faut condamner. »

MACHIAVEL, *Discours sur la première décade de Tite-Live.*

1er novembre, environs de Boston, Massachusetts

Accélérait-il la périodicité des nuits en raccourcissant la durée des journées ? Elle avait l'impression qu'une douzaine d'heures à peine s'étaient écoulées depuis la dernière fois où il lui avait tendu un comprimé bleu. Si tel était le cas, pourquoi ? Dormir contre elle comme s'il veillait la maladie d'un enfant ?

Les deux seuls avantages de Julia étaient une large aiguille de porcelaine et une importante accoutumance aux somnifères, qui lui permettait de métaboliser plus vite la dose qu'il la forçait à avaler depuis deux jours. Ou deux nuits.

Elle entrouvrit les paupières. Il était à nouveau allongé contre elle, plaquant cette fois le dos de Julia contre son ventre musclé, ses avant-bras bloquant son cou. Il suffisait d'une secousse violente : elle mourrait de suffocation, le larynx écrasé. Elle tenta de se dégager doucement. Il grogna en appuyant à peine sur sa gorge :

– Chut... ne bouge pas mon ange. Je suis bien. Ne bouge surtout pas.

– J'ai trop chaud.

Elle déglutit avec peine.

– Tu as chaud de moi, c'est bien. Rendors-toi. J'aime quand tu dors.

Il eut une sorte de rire très doux, ensommeillé :

– Ça se passe merveilleusement bien entre nous, n'est-ce pas ? Je le savais, j'en étais certain. Le sens-tu, toi aussi ?

– Hmm..., bafouilla-t-elle.

Quelque chose allait suivre, elle en était sûre, quelque chose de redoutable.

– Il va falloir quitter cet endroit, ma douce. Ces larves finiront tôt ou tard par le découvrir. Ne t'inquiète pas, j'ai tout prévu. Nous allons déménager dans un très joli endroit, très loin.

Elle sentit la pression sur sa gorge s'alléger. Il s'endormait. Où, quand ? S'il la transportait ailleurs, comment Doyle remonterait-il sa piste ? Le temps... le temps fuyait, se dérobait devant elle. D'une voix engourdie, elle demanda :

– Quand ?

Il dormait. Elle s'écarta, repoussant son bassin à quelques millimètres de son ventre. Il sursauta :

– Chut...

– Quand... quand déménageons-nous ?

– Demain, mon ange. Avant il faudra que j'incise afin d'ôter cette tête d'émetteur. Mais... je ne te ferai pas mal, promis. Dors, mon bébé. Nous sommes si bien.

Une sueur de trouille naquit à la racine de ses cheveux. Elle fit un effort gigantesque pour reprendre son souffle sans à-coup. Une voix hurlait dans son crâne, la sienne :

– Non... non, je vous en prie ! Faites quelque chose, Doyle, merde, bougez-vous !

Se calmer. Se calmer tout de suite. Reprendre le fil de l'intelligence. Le temps était passé. Il ne restait plus aucune seconde pour les feintes, les stratégies.

Elle avança la main, étendant presque imperceptiblement le bras jusqu'à atteindre son oreiller. Merde, avait-elle manqué de patience ? La panique la figea. Il grogna dans son sommeil et remonta davantage ses genoux sous elle. Elle lutta contre la trouille qui accélérait sa respiration. Quelques minutes, si longues, d'interminables secondes lourdes de sang, de hurlements. Repousser l'imagination de la large plaie qu'il ouvrirait autour de sa gorge, de ses mains à elle, vernies de rouge, tentant de maîtriser le flot artériel qui répandait sa vie sur ses seins. Enfin, elle sentit l'éclat, tiède du contact de sa tête, au bout de ses doigts.

Réfléchir. Il n'y aurait plus d'autres occasions. Si elle échouait, il la tuerait parce qu'il serait contraint d'admettre qu'il s'était trompé, qu'elle ne deviendrait jamais son enfant. Il ne le lui pardonnerait pas. Elle serait la première à lui refuser ce qu'il convoitait.

Elle plaqua l'éclat au creux de sa paume droite. Elle détendit ses jambes avec brusquerie et bondit hors du lit en hurlant comme une folle.

Il fut aussitôt debout, les jambes écartées, prêt à tuer.

Une crise de nerfs qu'elle aurait souhaité feindre secoua Julia. Elle hurlait sans discontinuer, sanglotant à s'étouffer. Il la rejoignit en deux enjambées, la détaillant, surpris, méfiant sans doute. Il la serra contre lui, cria :

– Mais que se passe-t-il?

– J'ai fait un cauchemar, hoqueta-t-elle. Du sang... il y avait du sang partout. J'ai eu si peur...

Elle sanglota et s'approcha de lui, posant une main sur sa hanche. Elle appuya son front sur la poitrine de l'homme magnifique qui caressait ses cheveux. Il s'apaisa, elle le sentit à son souffle. Encore un moment, juste un minuscule moment. L'éclat nacré souriait au creux de sa main. Le renflement de l'artère fémorale courait à la pliure de l'aine mate. Elle se recula à peine pour prendre son élan et frappa de toutes ses forces. L'épine meurtrière lacéra la mince tunique musculaire, s'enfonçant dans le vaisseau. Une bourrasque de sang la teinta aussitôt, dévalant le long de la cuisse.

Deux ou trois minutes, il fallait juste tenir aussi longtemps.

Julia se dégagea de ses bras d'un violent coup de genou dans le bas-ventre et se rua en diagonale de la cage, agrippant dans sa fuite le grand vase d'orchidées pour s'en faire une arme.

Cordell resta interdit, la respiration coupée par le coup, la tête penchée vers la blessure, fasciné par le fleuve de sang qui s'écoulait de lui. Il déclara d'un ton incrédule :

– Mais cela ne peut pas se terminer ainsi... mon bébé...

Savait-il ce qu'il faisait ? Sans doute pas. Pourtant la question obséderait ensuite Julia, sans qu'elle parvienne jamais à y répondre.

Il arracha de la plaie le long poignard de porcelaine. Le flot artériel, que plus rien ne retenait, s'échappa en longues saccades, au rythme de ses pulsations cardiaques.

Les mains toujours crispées autour du vase, elle le vit fléchir, puis tomber à genoux. Elle vit la belle peau mate se couvrir d'un voile cendré. Elle le vit couler au sol.

Elle aussi coula le long du mur, jusqu'à terre.

Quel volume de sang nous permet de vivre, déjà ? Quatre, cinq litres ? Était-ce suffisant pour que la nappe qui s'élargissait sous lui s'avance jusqu'à elle ? La coulée rouge vif serait-elle aspirée par le ciment cru avant de l'atteindre ? La noierait-elle ?

Qu'est-ce qu'elle foutait là ? Qu'est-ce qu'elle foutait là, tassée comme une poupée de chiffon ?

Les crispations musculaires agitèrent le corps de l'homme qu'elle avait adulé. Les dernières.

Merde, qu'est-ce qu'elle foutait là, en vie, comme une idiote qui ne sait pas qu'elle n'a pas de vie ? Le ciment était en train de l'aspirer.

Enfoiré. Ah mon Dieu. Cordell, mon amour, je t'ai tant aimé.

Lorsque les vérins et béliers hydrauliques eurent raison de la porte, trois heures plus tard, elle n'avait pas bougé, fixant toujours la nappe rouge sombre qui avait coagulé en s'oxydant.

Doyle se précipita vers elle. Elle était blottie contre le mur, ses genoux ramenés sous son menton, ses bras enserrant ses mollets.

– Julia... Julia... Dites quelque chose ! Je vous en prie. Parlez...

Elle ne le regarda pas, ne l'entendit pas, grelottant en dépit de la chaleur étouffante qui régnait dans la petite pièce, lourde de l'odeur métallique du sang.

6 novembre, FBI, base militaire de Quantico, Virginie

Dougray leva la tête du dossier qu'il lisait sans vraiment parvenir à s'y intéresser. Thomas Sturgeon passait pour la troisième fois en quelques minutes devant la porte entrouverte de son bureau.

– Thomas ? Entrez un moment. J'avais presque fini et puis j'en ai marre. Je ne vais pas tarder à rentrer chez moi.

Son adjoint s'installa en face de lui dans un soupir, croisant les jambes avant de demander :

– Elle vous a appelé depuis sa sortie de l'hôpital ?

– Non... mais je n'y comptais pas.

– Vous avez eu le médecin ?

– Oui... Elle a souffert d'une sorte de catatonie temporaire. C'est en général associé à la schizophrénie, mais selon le psychiatre, des crises isolées, de courte durée, peuvent survenir après un choc mental violent.

– Ça se manifeste comment ?

– Dans son cas, surtout par une prostration. Elle est restée tassée en fœtus dans son lit durant plusieurs jours. Le médecin pense qu'elle a aussi été victime d'hallucinations. C'est fréquent, paraît-il. Elle n'arrêtait pas de s'essuyer les seins avec son drap et de repousser quelque chose ou quelqu'un.

L'inquiétude se lut sur le visage fin de Thomas. Il insista :

– Il peut exister des séquelles ? Ou des... récidives ?

– Pas nécessairement. Tout dépend de son état psychiatrique.

– Franchement, moi, ce qui me bluffe, c'est comment Julia est parvenue à tenir aussi longtemps sans péter les plombs.

– Parce qu'elle avait un but crucial, plus puissant qu'elle.

– Le tuer ?

– Non... Juste savoir si elle en était capable, si elle le souhaitait vraiment. Être certaine qu'elle n'était pas « contaminée », comme elle disait. C'est plutôt maintenant que je m'inquiète pour son équilibre. Qu'est-ce qui parviendra à la contraindre de survivre, une fois la procédure légale expédiée et cette histoire totalement terminée ?

Thomas décroisa les jambes et plongea ses mains jointes entre ses genoux. Il était mal à l'aise et Dougray en diagnostiqua la cause avant qu'il ne se décide à parler :

– Euh... Esperanza m'a téléphoné hier soir, à la maison. Pour me dire au revoir. Elle partait quelques jours en vacances avant d'emménager à Washington. J'aurais préféré... je ne sais pas... qu'on dîne ensemble... on bosse en collaboration depuis pas mal de temps...

– Justement, Thomas. Elle ne pouvait pas. Elle s'est contentée d'un coup de téléphone dans mon cas aussi. Je comprends. J'aurais sans doute fait pareil.

– Elle fait une grosse connerie en rejoignant Synge.

– Je n'en suis plus certain. Et de toute façon...

– Ouais. Je vois ce que vous voulez dire. Bon... eh bien moi aussi, je vais me rentrer. À demain, monsieur.

– À demain, Thomas.

6 novembre, National Airport, Washington DC

Esperanza écouta l'annonce débitée d'une voie suave. Merde, trois heures d'attente supplémentaire pour cause de brouillard. À ce rythme-là, les quatre jours de congé qu'elle s'accordait en Californie, avant de rejoindre sa nouvelle affectation, fondraient vite.

Elle repoussa pour la millième fois l'insoluble débat qui menaçait le calme fragile qu'elle était parvenue à s'imposer. Avait-elle eu raison de quitter Quantico ? Même Synge, dont pourtant la fonction consistait à recruter de nouveaux agents, avait fait preuve d'une prudence presque maniaque vis-à-vis d'elle. Il n'y était pas allé avec le dos de la cuillère en déclarant :

– Agent Lorca, inutile de vous expliquer que dans ce genre de boulot, les secrets, même d'alcôve, ne sont plus de mise. Je réserve mes jugements moraux aux choses importantes et je me fous de la façon dont vous occupez vos nuits. En d'autres termes, je suis au courant de votre liaison avec Doyle. De son issue aussi. Si votre décision tient à une déconvenue ou à un chagrin sentimental, vous faites fausse route. C'est le genre d'erreur d'aiguillage qui peut vous coûter votre peau et celles d'autres agents infiltrés.

Elle n'avait pas une passion pour Brian Synge, mais c'était un homme intelligent et elle le devinait fiable. Aussi avait-elle été aussi sincère qu'elle le pouvait :

– Vous l'avez dans le désordre. La « déconvenue », comme vous l'appelez – ce que moi je nommerais « la grosse baffe dans la gueule » – m'a juste incitée à faire le point sur ma vie, sur ce que j'étais, sur la merde que j'avais produite jusque-là. Un douloureux catalyseur, rien d'autre.

De toute façon, elle ne signait pas de contrat avec son sang. Elle pourrait toujours faire machine arrière à l'issue de sa formation.

Elle se leva du siège qu'elle occupait en bout de rangée et flâna dans l'aéroport pour tuer le temps. Dix minutes s'écoulèrent avant qu'elle ne revienne à son point de départ, une goutte d'eau. Elle repartit et pénétra dans une librairie-presse, décidée à acheter un magazine de n'importe quoi qui lui fasse passer un moment. Elle patienta dans la queue, son numéro spécial consacré à la Guerre civile à la main, l'épaule appuyée contre un des piliers de soutènement, juste à proximité d'une jolie affichette représentant la gueule d'une orchidée pourpre. Elle en avait sa claque, de ces fleurs ! Elle lut l'annonce du 6e meeting-salon de la fondation Stanton, une société d'orchidophilie de Nouvelle-Angleterre, ainsi que celle d'un prix récompensant le plus bel hybride. Le nom du lauréat était mentionné : un certain Charles Delcortal.

Suivant le mouvement de la file, elle avança de deux pas.

Le magazine lui échappa des mains. Elle arracha l'affiche du pilier et sortit en trombe du magasin.

Le vacarme assourdi de la circulation autoroutière lui parvint avant la voix étouffée de Doyle :

– Je... je voulais vous faire un cadeau d'adieu... Et puis je me suis dit que ce serait de mauvais goût...

– Lorca ? Où êtes-vous ?

– Mais finalement... je crois que je viens de le trouver. Il s'agit d'une affiche. Une très jolie affiche représentant une orchidée pourpre tachetée d'or : l'hybride qui a obtenu le prix cette année. Un hybride élevé par un certain Charles Delcortal. Renversez le nom, ça donne Charly Cordel-Tal...

– Quoi ?

– Pourquoi l'Honorable Dame Sara-Jane Chifley-Stanton, présidente d'honneur et fondatrice de la société en question, ne s'est-elle pas manifestée ? Avec la couverture médiatique dont a bénéficié depuis plusieurs jours la mort de Taylor-Caedon, nul doute qu'elle l'ait reconnu, à moins d'être sénile. Personnellement, mon système d'alarme mental vire au rouge incandescent. Voilà, c'est tout. Adieu Dougray. Et pardon, même si c'est un peu tard.

– Espy...

Elle avait raccroché.

6 novembre, environs de Fredericksburg, Virginie

Dougray Doyle aida Elfride à débarrasser la table. Demain, il s'intéresserait de près à cette fondation Stanton et à sa présidente.

Elfride avait dîné en leur compagnie tous les soirs depuis le décès de Rosemary, pour le plus grand plaisir de Liam, heureux de cette présence et aussi, c'est humain, des talents de cordon bleu qui l'accompagnaient et changeaient agréablement des multiples variations paternelles sur le thème du hamburger.

Le petit garçon s'était ensuite installé devant l'ordinateur poussé dans un coin du grand salon afin d'atteindre un niveau supérieur dans son nouveau jeu, une histoire très compliquée au cours de laquelle il devait – lui le chevalier blanc – affronter des monstres baveux, éructant, pustuleux, bref, répugnants bien que très improbables.

Dougray glissa leurs assiettes dans le lave-vaisselle. Lorsqu'il se redressa, elle le fixait, bras croisés, appuyée contre le rebord de l'évier, une position qu'elle adoptait souvent. Son air sérieux le troubla. Il s'enquit :

– Euh... J'ai fait quelque chose qu'il ne fallait pas ?

– Non. Je viens d'une petite ville d'Allemagne... plutôt d'un gros bourg, d'ailleurs.

Un peu perdu, il répondit :

– Je suis désolé, je n'ai jamais visité l'Allemagne.

– Ça arrive. Les filles de chez moi, enfin de ma génération, ne sont pas encore très dégourdies... Enfin, je veux dire avec les garçons, euh... les hommes...

Une timidité inattendue le rendit muet. Inattendue mais assez délicieuse. Elle poursuivit, pâle de gêne :

– Euh... je sais que le moment est plutôt très mal choisi... mais bon. Mon problème, c'est que... Enfin, je crois que ce ne serait pas sain que je reste ici si je... enfin, si je m'étais complètement trompée. (Elle eut un mouvement nerveux de la tête, se mordant les lèvres d'incertitude.) Ah, quelle catastrophe, pardon... ça ne serait déjà pas facile en allemand, alors en anglais je ne trouve plus mes mots, c'est épouvantable !

Il déglutit et parvint à retrouver l'usage de la parole. Il se conduisait comme un adolescent crétin. Sans doute que Liam s'en tirerait mieux que lui. Bordel, ce que c'était bon, comme la vie qui reviendrait soudain, on ne sait pas d'où, mais on s'en fout, parce qu'elle a si cruellement manqué, si longtemps.

– Non... Si une chose est sûre, Elfride, c'est que vous ne vous êtes pas trompée, vraiment pas. L'autre chose, c'est que j'ai complètement perdu l'habitude de... de ça, quoi. En plus, moi, je n'ai que l'anglais pour me dépatouiller et je n'ai pas l'impression d'être très brillant dans ce genre de domaine.

Elle sourit :

– Alors c'est bien. Pour l'instant, ça va. Les filles de chez moi ne sont pas très délurées, comme je vous le disais... Mais on sait prendre le taureau par les cornes quand il le faut.

Il avança la main et repoussa les longs cheveux de la jeune femme derrière son oreille.

6 novembre, entre Boston, Massachusetts et l'Europe

Une petite pierre, parfaitement ronde, rose et vert, verte des algues qui s'y étaient incrustées, vestiges millénaires.

« And May came home with a smooth, round stone. As smooth as a world and as large as alone *. » C'était de qui cet adorable poème, déjà ? Mince, comment avait-elle pu l'oublier !

– Madame, une coupe de champagne ?

Julia acquiesça d'un sourire poli. L'hôtesse de l'air enregistra sa commande.

Elle serra au creux de sa main la sphère de granit, usée par l'incessante caresse des eaux noires du loch.

Elle allait restituer son emprunt.

Elle était incapable de penser à ailleurs et à plus tard.

Sans importance.

La vie vit !

* « Et May rentra à la maison avec une pierre ronde et lisse. Aussi lisse qu'un monde, aussi vaste que solitaire. »

6 novembre, Boston, Massachusetts

Dame Sara-Jane Chifley-Stanton reposa la coupe de champagne rosé sur le manteau en marbre de la cheminée, juste à côté de la bouteille vide. Elle tituba vers son élégant bureau, trébucha et faillit s'affaler sur une pile de dossiers.

Elle parvint à se traîner jusqu'à son fauteuil et se laissa glisser sur le coussin. Elle avait froid, mal au cœur. Une violente migraine lui déchirait le crâne.

Un peu plus tôt, elle avait pulvérisé de désespoir le joli miroir qui l'avait tant distraite. Les morceaux gisaient non loin de la porte-fenêtre.

Elle récupéra avec peine l'enveloppe molletonnée qu'elle avait reçue en début d'après-midi. Un courrier de réexpédition, envoyé par une boîte postale de Caracas, Venezuela. Elle en extirpa la magnifique lettre... Des mots d'amour, des mots d'âme, des mots de fin, tracés d'une belle écriture sur un papier de couleur crème.

> *Mon amie, ma très chère,*
>
> *Vous savez maintenant, j'en suis certain. Quel soulagement. Celui de pouvoir mettre enfin des mots sur une émotion vivace et parfaite. Quelle vertigineuse alchimie que notre rencontre, l'osmose de deux destins. Vous sentiez. Nous aurions pu être au-delà de tout, sans limite, mais j'ai fauté. Pourrez-vous me le pardonner un jour ?*
>
> *L'amour n'est pas une émotion. C'est, au fond, le terme géné-*

rique qui les recouvre toutes : haine, possession, don, soumission, domination, désir, défi, sacrifice, enfantement, libération, mort, vie, infini... toutes et pourquoi pas l'éternité. Effrayant, n'est-ce pas ? Comme la liberté des monstres.

Si vous recevez cette lettre, c'est que je me serai trompé. Elle n'était pas de mon sang, elle ne faisait pas partie de moi. Il s'agira de la seule erreur que j'ai jamais commise, elle se devait donc d'être létale. J'ai commis l'irréparable stupidité de vous manquer de peu, quand vous étiez ce que j'avais cherché de tout temps.

Nous sommes des mutants, ne l'oubliez jamais, quoi que vous en fassiez. Je vous aime infiniment, ma très chère.

À vous, en vous.

Cordell Taylor-Caedon

Une, puis deux, puis un océan de larmes trempèrent le lourd saphir de sa bague, le faisant étinceler sous la lumière des vasques qui éclairaient le bureau.

Sara-Jane lut et relut encore ces phrases qu'elle connaissait pourtant par cœur, jouant sans s'en rendre compte avec un fin coupe-papier d'argent ciselé.

Un geste, un geste qui était à peine le sien. Le stylet se ficha avec violence dans le bois de rose, faisant voler des éclats sur le tapis.

Elle détestait cet insecte obèse dont elle avait vu les photos. Sa femme. Elle la détestait à suffoquer. Cette approximation d'être, bouffi de graisse, pétri de trouille, venait de lui dérober son infini, son ultime amour.

L'insecte obèse ne méritait que la destruction.

Annexe *

MACHIAVEL ET HOBBES, LES CONSPUÉS

Machiavel, Niccolo (1469-1527)

Secrétaire au service de la République de Florence, philosophe.

Si une œuvre a été conspuée, c'est bien *Le Prince* qui fut mis à l'index de l'Église en 1552. En réalité, Machiavel souffrit sans doute de l'italophobie qui secouait la France de l'époque et visait Catherine de Médicis, dont il était le maître à penser.

Spinoza, Rousseau et Hegel vinrent plus tard au secours de son œuvre et Bacon en dit même : « Cet homme n'apprend rien aux tyrans, ils ne savent que trop ce qu'ils ont à faire. Au contraire, il instruit les peuples de ce qu'ils ont à redouter d'eux. »

En réalité, Machiavel n'offre pas de doctrine générale du gouvernement ou de l'État, mais des conseils, des diagnostics illustrés d'exemples historiques, afin de garantir sa survie.

Le prince peut se résumer à un discours réaliste : « Fonder un État, c'est prendre le pouvoir et le garder. » Même la religiosité devient un outil de gouvernement. En cela, il fut considéré par certains comme le précurseur de l'État laïque.

* Elle est destinée aux curieux et n'a d'autre objet que d'offrir une information fort succinte.

Hobbes, Thomas (1588-1679)

Philosophe et mathématicien.

La philosophie de Hobbes est avant tout mécaniste : tout est mouvement, la vie est mouvement.

Hobbes fut accusé d'une vision très négative et pessimiste de l'homme, accréditée par le fameux : « L'homme est un loup pour l'homme. »

L'idée politique maîtresse de Hobbes est (très schématiquement) que l'homme « naturel » (état de nature) est dominé par sa peur de perdre la vie, ce qui le conduit à l'agressivité et la guerre continuelle. Il doit donc former des groupes, des sociétés, afin d'assurer sa survie et son confort. Hobbes en déduit que ce « pacte » d'association est en même temps un pacte de soumission à un pouvoir absolu (à l'époque, la monarchie) allant jusqu'à une contradiction assez obscure : une coexistence entre le pouvoir illimité du souverain et un droit inaliénable à la résistance que les sujets conservent.

Ses formules, parfois brutales, et sa vision très pragmatique du « besoin » de société, lui valurent beaucoup d'ennuis, notamment avec l'Église, et il fut poursuivi pour délit d'impiété.

Photocomposition CMB Graphic
44800 Saint-Herblain

Impression réalisée sur CAMERON par

BRODARD & TAUPIN

GROUPE CPI

La Flèche

pour le compte des Éditions Calmann-Lévy
*31, rue de Fleurus, Paris 6e*
en mars 2005

Imprimé en France
Dépôt légal : avril 2005
N° d'éditeur : 13902/01
N° d'impression : 29156